사상
최고의
그놈

사 상 최 고 의 그 놈 2

초판 1쇄 찍은 날 | 2015년 2월 02일
초판 1쇄 펴낸 날 | 2015년 2월 10일

지은이 | 꿈꾸는 이
펴낸이 | 서경석

편 집 장 | 권태완
편집책임 | 나정희
편   집 | 최고은
디 자 인 | 신현아

펴낸곳 | 도서출판 청어람
등록번호 | 제387-1999-000006호
등록일자 | 1999. 5. 31
어람번호 | 제11-00014호

주소 | 경기도 부천시 원미구 부일로 483번길 40 서경B/D 3F (우) 420-822
전화 | 032-656-4452 팩스 | 032-656-4453
http://www.chungeoram.com
E-mail | chungeorambook@daum.net

ⓒ 꿈꾸는 이, 2015

ISBN 979-11-04-90085-3 04810
ISBN 979-11-04-90083-9 (SET)

premium
coffee
Ian Maxwell

2

사상 최고의 그놈

꿈꾸는 이 장편 소설

도서출판 청어람

Contents

11화

너 좀 무서워, 외계인아

지금이 몇 시지? 두꺼운 커튼이 쳐 있으니 시간을 알 수가 없네. 어젯밤 그 난리를 치고 나서 잘못했다고 싹싹 비는 나를 이안이 다시 안아 들고 침대로 와서 잠이 든 것까지는 알겠는데…… 몇 시나 된 거야.

"……이안? 어디 있어요?"

으으, 머리야…… 말할 때마다 머리가 울려……. 아으, 속 거북해. 근데 이 외계인은 어디로 간 거야?

침대에서 일어나 주위를 둘러보아도 그가 보이지 않았다. 여전히 알몸인 채로 누워 있던 나는 침대를 벗어나지도 못하고 내 옷을 찾으려 방바닥을 살펴보았지만 어디에도 내 옷은 없었다.

얘는 내 옷을 벗겼으면 찾아 입기 쉽게라도 둘 것이지, 무슨 선녀와 나무꾼 흉내라도 내는 거야, 뭐야?

하는 수 없이 얇은 시트를 몸에 둘둘 말아서 미라처럼 걸어나갔다. 띵한 머리를 부여잡고 방을 나서니 주방 쪽에서 맛있는 냄새가 나고 있었다.

"이안? 뭐 해요?"

"어, 일어났어?"

이안은 능숙하게 주방에서 요리를 하고 있었는데 한 손으로 프라이팬을 돌리는 그 모습이 내가 봤던 그의 모습 중 가장 섹시해 보였다.

아침부터 저 외계인이 섹시해 보이다니…… 내가 생각해도 이젠 돌아갈 수 없을 정도로 콩깍지가 낀 것 같다. 팬을 부지런히 움직일 때마다 불끈 솟는 힘줄이 더없이 멋져 보였다.

"지금 뭐 만들어요?"

"그냥 간단하게 속풀이용 북엇국하고 채소볶음. 거기 앉아. 다 됐어."

"음…… 그런데 이안, 내 옷은 어디 있어요?"

"버렸어."

응? 뭐라고? 내가 제대로 들은 게 맞나?

"버려요?"

"딴 놈이랑 같이 술 마시고 온 날 입은 옷이라 볼 때마다 생각날 것 같아서 버렸어."

"이안!"

아니, 뭐 이런 게 다 있어? 질투도 적당히 해야 애교로 봐주지!

이건 해도해도 너무한 거 아니야?

"침실 옆이 드레스룸이니까 가서 아무거나 골라 입어."

그래…… 지은 죄가 있으니 내가 참는다. 내가 한 번만 더 딴 놈하고 술을 마시면 아예 날 죽이겠구나.

이안이 일러준 방으로 들어가 보니 옷걸이에 가지런하게 색깔별로, 종류별로 옷이 걸려 있었다. 이안이 워낙 키가 커서 박스 티셔츠 하나만 입어도 원피스 같을 것 같긴 한데 속옷은 어쩔 거야! 아우, 저놈의 속 좁은 외계인…….

난 그중 제일 길어 보이는 티셔츠 하나를 골라 입고 다시 주방으로 나갔다.

"다 됐어, 어서 와."

식탁 위에 깔끔하게 차려져 있는 밥과 국을 보니 갑자기 시장기가 몰려왔다. 반신반의하며 첫술을 떠봤는데 오오오오, 이것은! 우리 엄마가 끓여준 것보다 더 맛있는 북엇국이었다.

"우와, 이안 짱! 완전 맛있어요!"

"입에 맞는다니 다행이네. 많이 먹어."

"무슨 남자가 요리를 이렇게 잘해요?"

"유명한 요리사들은 거의 다 남자야. 차별하지 마."

아, 하긴 그렇다. 그런데 이안의 앞에는 아무것도 놓여 있지 않았다.

"이안은 안 먹어요?"

"난 먼저 먹었어. 신경 쓰지 말고 어서 먹어."

음…… 그렇게 먹는 걸 쳐다보고 있으면 신경을 안 쓰려야 안 쓸 수가 없지 않니? 난 부담스러운 이안의 시선을 느끼며 꾸역꾸역 입안으로 밥과 국을 밀어 넣었다. 퍼준 거 남기면 또 한 소리 들을까 봐서 마지막 국물 한 방울까지 남김없이 먹어치운 난 곧바로 설거지를 하려고 팔을 걷어붙였지만 이안이 한사코 나를 밀어내는 바람에 결국 주방에서 쫓겨났다.

"리아는 나가서 소파에 얌전히 앉아 있어."

"그럼 다른 거 뭐라도 시켜요, 앉아서 받아만 먹으려니 불편해요."

이안의 입꼬리가 순간 한쪽으로 길게 말려 올라갔다.

"다른 거 시킬 거 많으니까 이런 것까지 할 필요가 없다는 말이었는데."

으응? 그…… 래? 아, 그렇구나. 그런데 뭘. 뭐 시킬 건데? 어째 좀 불안한데…….

아무튼 시키는 대로 소파에 앉아 뒹굴거리고 있는데 주방 정리를 다 마친 이안이 내게로 다가왔다.

"잘 먹었어요. 그런데 지금 몇 시예요? 이 집에 시계가 없네. 내 휴대폰은 배터리가 다 나가서 충전 중이에요."

"지금 아마 한 12시쯤 됐을걸?"

"네?"

이안의 말에 난 깜짝 놀라 충전기에 꽂아둔 휴대폰의 전원을 눌렀다. 오후 12시 17분.

으아악! 오늘 오전에 수업 있었는데!

아니나 다를까 진경이로부터 부재중 전화가 여러 통 와 있었다.

"이안! 왜 안 깨웠어요! 오늘 전공수업이었단 말이에요!"

"하루쯤 빠진다고 어떻게 되는 것도 아니잖아."

"내가 몇 번을 말해요, 이안은 상관없을지 몰라도 나는 아니란 말이에요. 취업하려면 학점을 최대한 잘 받아야 해요."

"글쎄, 그 학점도 하루 빠진다고 뭐가 어떻게 되는 게 아니잖아."

그래, 말을 말자. 내가 언제 저 외계인에게 말로든 뭐로든 이긴 적이 있었나…….

"아, 몰라요. 오늘 수업 그거 하나였으니 일단 좀 쉬었다가 오후에 학원이나 가야겠어요. 지금도 머리가 울려…… 으으, 나 다시는 술 안 마실 거야."

"학원에 간다고?"

이안이 의아하다는 표정으로 고개를 갸웃거리며 물었다.

"가야죠, 일부러 돈 내고 다니는 건데 그거까지 빠지라는 거예요?"

"누가 가도 된다고 했어?"

헐…… 이건 뭐지, 이건 또 뭐지, 얘 또 왜 이러지?

"이안, 나랑 약속한 거 잊었어요? 학원 갈 시간은 주기로 했잖아요. 왜 하루 만에 딴소리예요?"

"리아야말로 내가 얘기한 거 잊었어?"

"뭘요?"

"잘못의 경중에 따라 처분하기로 했었던 거 기억 안 나?"

응? 가만…… 어제? 그냥 한 소리 아니야? ……아니야?

"어제 육하원칙에 따라 설명을 들은 결과 리아의 죄는 죄질이 아주 나빠."

컥! 뭘 또 그걸 죄질이라고까지…… 아니, 사람이 실수도 할 수 있는 거잖아! 그리고 내가 그 선배랑 손을 잡았니, 끌어안기를 했니. 나 진짜 아무것도 안 했다고!

"이안, 진짜 너무하는 거 아니에요? 그래서 지금 나더러 학원도 가지 말라는 거예요?"

"당연하지, 가긴 어딜 가. 게다가 거기에 그 선배라는 사람도 있다며. 더 안 되지."

"돈 다 냈다니까요!"

"그 돈 얼만데. 내가 줄게."

"이안!"

이안은 내 곁으로 다가와 앉더니 부드럽게 내 머리카락과 얼굴을 쓰다듬었다.

"리아, 내가 언제 빈말하는 거 봤어? 난 언제나 리아에게 진지한데 리아는 아직도 그걸 잘 모르나 봐."

"아니, 아니, 나도 이안한테 진지한 거 알잖아요. 하지만 그건 그거고 이건 이거죠! 진짜 이럴 거예요?"

그러나 이안은 내 질문엔 대답도 하지 않고 그 어느 때보다도 싱그러운 미소를 지으며 내게 물었다.

"뭐 필요한 거 있어?"

얜 또 무슨 자다 봉창이야. 말하다 말고 왜 딴소리냐고! 너 지금 일부러 화제를 돌리는 거지? 그치?

"일단 속옷하고 갈아입을 옷은 확실히 필요하겠네. 그리고 또? 뭐가 필요해, 리아?"

"하던 얘기나 마저 해요. 나 진짜 안 보내줄 거예요?"

"리아."

"말해요."

"리아 마음대로 다 해도 된다고 했잖아."

아, 진짜, 왜 자꾸 이랬다저랬다 해! 헷갈리게 굴지 말고 일관성을 좀 지켜! 그럼 나, 가도 되는 거지? 아, 옷은 일단 해결을 해야 하는구나.

"이 집에서만."

"저기…… 이안? 지금 뭐라고…….''

"리아가 원하는 대로 구속하지 않고, 참견하지 않고 뭐든지 리아 마음대로 다 해주기로 어제 분명히 약속했는데? 자, 이제 필요한 거 다 말해. 내가 얼른 나가서 사올게."

"……농담이죠?"

"누가 그래, 농담이라고."

이 자식…… 진심이다…… 진심이야. 진짜로 할 셈인 거야? 제발 아니라고 말 좀 해줘. 너 진짜 이럴 때마다 무섭단 말이야.

"리아가 똑바로 얘기 안 하면 이번에도 그냥 내 취향대로 사올까?"

"아니요! 잠깐만! 응, 그러니까 아주, 아주, 아주 평범한 속옷 세트랑 편하게 입을 원피스!"

……일단 옷이라도 제대로 갖춰 입고 생각해 보자. 도망을 가더라도 이 꼴로 갈 순 없잖아?

"리아."

"네, 네?"

"도망갈 생각 하지 말라고 처음부터 지금까지 계속 얘기했던 거 기억하지?"

"그, 그럼요! 당연하죠!"

"내가 어떻게 나올지 궁금하면 시도는 해봐도 좋아."

"전혀! 안 궁금해요! 네버네버!"

이안은 씩 웃으며 내게 짧은 입맞춤을 하더니 그대로 밖으로 나가 버렸다. 아마도 내가 입을 옷을 사러 가는 거겠지. 으으…… 어째 점점 얘기가 공포나 스릴러로 가고 있네. 난 분명히 이안과 로맨스를 꿈꿨는데! 저렇게 비현실적으로 잘생긴 남자인 데다가 스펙도 능력도 뭐 하나 빠질 게 없는 완벽한 남자와 연애를 하면 핑크빛으로 반짝반짝 빛나야 하는 거 아니야? 근데 왜 난 무섭지…….

복에 겨운 소리일지는 몰라도 난 요즘 들어 이안이 나를 조금만 덜 사랑해 줬으면 좋겠다는 생각을 종종 하게 된다. 이안은 다 좋은데 집착이 너무 쩌니까…… 이안과 본격적으로 연애라는 걸 하게 된 건 불과 두 달도 안 됐는데 10년은 늙은 기분이다.

쟨 내가 어디가 그렇게 좋은 걸까? 아…… 웃겨서 좋아한댔지. 아니, 내가 어디가 웃겨? 난 지극히 평범한 사람인데? 아, 몰라몰라. 괜히 머리 복잡하게 생각하지 말자. 생각해서 되는 놈이었으면 애초에 여기까지 오지도 않았지. 이안을 생각하지 말고 나를 생각해보자.

난 이안을 어떻게 생각하지?

뭐, 이건 늘 생각하는 거라 따로 생각할 필요도 없네. 캔커피 반딧불이 설탕별 변태 뱀파이어 미친 우주최강 외계인.

길다.

자, 그럼 난 이안을 왜 좋아하지?

일단 잘생겼지. 그것도 완전! 탤런트, 영화배우 다 갖다 붙여도 이안 옆에선 오징어로 보일 거야. 그리고? 음…… 돈이 많아! 그냥 돈만 많은 게 아니라 무한대로 벌 능력도 있어! 자식……. 난 이게 제일 부럽다. 또? 자상해. 말하지 않아도 내가 뭘 원하는지 뭘 필요로 하는지 다 알아. 다 챙겨줘, 막 퍼줘. 키스도 잘하고…… 날 만지는 손길에도 사랑이 듬뿍 담겨 있어서 안겨만 있어도 날 사랑하는 게 자동으로 느껴져…… 따뜻해.

오케이, 정리됐어.

그럼 이번엔 싫은 거.

너무 이안 마음대로만 하려고 해. 자기가 원하는 게 있으면 내 말은 깡그리 무시하고! 또 집착! 갑이야, 갑! 쩔어도 너무 쩔어! 나를 상대로 하면 길가에 난 잡초도 질투할 놈이야! 아…… 이건 병 아닌가? 진짜 병원에 데려가 봐야 하나? 입안이 쓴 것도 그렇고 음…… 애정결핍인가? 그럼 혹시 내가 자꾸 피해서 그러는 건가? 내가 더 많이 사랑한다고 표현하면 안 그러려나? 아예 안 그러진 않겠지만 그래도 좀 줄어들려나?

난 이안 없이 살 수 있나?

어디 보자…… 없어도 여태껏 잘 살아왔으니 뭐, 살기야 살겠지만 어떻게 사느냐가 문제 아니겠어? 지금 만약 이안이 내 앞에서 사라진다면…… 싫다. 많이 힘들 것 같아. 아니, 많이가 아니라 아주 많이. 응? 이것도 부족한데? 죽을 것 같이? 이건 좀…… 하여튼, 엄청 무지 몹시 힘들 것 같다. 그렇다면! 결론은 났네. 정리 끝!

난 이안을 사랑해. 완전 많이 사랑해. 그러니까 이안의 문제점을 고치기 위해서 노력을 아끼지 말자. 일단은 무조건 사랑을 많이 표현해 주자. 그동안 내가 너무 인색했지? 수동적이고……. 좋았어, 내가 더 적극적으로! 그러면 이안도 조금은 달라지겠지?

이런저런 생각들을 하고 있는 사이에 시간이 많이 지났는지 현관의 잠금장치가 풀리는 소리가 들려왔다.

"이안?"

"오래 기다렸어?"

이안이다! 그럼 준비한 대로 작전 개시!

난 쪼르르 달려가 이안의 목에 매달렸다.

"이안, 왜 이제 와요. 보고 싶어서 혼났어요."

대패 어디 있니! 대패! 나 미치겠다. 내가 뱉은 말인데도 내가 먼저 미치겠다!

그래도 이안은 듣기 좋았는지 나를 번쩍 안아 올렸다.

"웬일이야? 나를 이렇게 다 반기고."

"내가 언제는 안 그랬어요? 마음은 항상 그랬어도 표현이 서툴러 그렇지, 내가 이안을 얼마나 좋아하는데요. 몰라요?"

누가 내 오그라드는 손을 좀 펴줘. 이안은 피식 웃으며 나를 소파에 얌전히 내려놓고 머리를 헝클어뜨려 놓더니 쇼핑백에서 여러 가지 물건들을 꺼내 보였다.

"일단 제일 급한 거부터 사왔어. 여기 세면도구하고 속옷, 양말, 원피스 몇 벌, 이지웨어 두 벌, 슬리퍼. 이거면 됐지? 또 필요한 거 있으면 말해."

"으응……."

내가 웃는 게 웃는 게 아니야. 아니야, 포기하지 마. 이안은 날 사랑하는 게 분명하니까 내가 먼저 다가서고 더 많이 사랑하면 이 병적인 집착도 좀 나아질 거야. 그러니 절대 포기하지 마.

"갈아입고 올게요."

"그렇게 해."

이안이 사온 옷을 입고 거울을 보니 눈썰미가 좋은 그 덕분에 사이즈도 딱 맞고 간만에 무슨 패셔니스타가 된 것 같았다.

예쁘네, 옷이. 옷은 예쁜데 어제 마신 술로 인한 숙취 때문에 다크서클이 턱이 아니라 무릎까지 내려올 기세라 얼굴은 퀭해 보였다. 이 꼴로 나가긴 어딜 나가. 이안 말대로 오늘은 그냥 쉬고 내일은…… 어떻게든 이안을 설득해 봐야지.

"맘에 들어?"

"응, 아주 마음에 들어요. 이안은 옷 고르는 안목도 좋으니까."

"다행이네. 그럼 이제 우리 뭐 하고 놀까? 나 심심해."

넌 심심하니? 아닐 줄 알았는데. 나 놀려먹는 재미가 쏠쏠하지 않았어? 난 아주 피가 바짝바짝 마르는구만!

"이안, 이리 와봐요."

나는 이안을 향해 양팔을 한껏 펼치고 서 있었다.

"왜 그래?"

"나도 이안 좀 안아주게요. 생각해 보니까 늘 이안이 먼저 날 안아줬더라고요. 나도 이제 이안한테 표현을 많이 하기로 했어요."

"그거 듣던 중 반가운 소린데?"

이안이 웃으며 다가와 나를 꼭 끌어안았다. 나도 그를 있는 힘껏 꼭 끌어안았다. 그리고 그의 목에 팔을 두르고 까치발을 들어 짧지만 깊은 키스도 해주었다. 이안의 눈동자가 순간 확 커졌다가 사그라진다.

"사랑해요, 이안. 내가 태어나서 이렇게 먼저 표현한 사람은 이안이 처음이에요. 아마 앞으로도 날 이렇게 만들 사람은 이안밖에 없을 거예요. 그만큼 이안은 이제 나한테 엄청나게 중요한 사람이 되어버렸어요. 그러니 나 두고 어디 가지 말아요. 나 버리면 안 돼요."

비상~ 비상~ 대패! 전동 대패! 박박 밀어줘! 박박!

이렇게 오글거리는 대사를 날리면서 이안의 부드러운 머리카락을 쓸어 넘겨준다거나 손가락으로 오뚝한 콧날을 훑는다거나 매끈한 턱 선을 매만져 준다거나 해야 하는 건 잘 알고 있지만 이미 내 손가락과 발가락은 주먹을 꽉 말아 쥔 지 오래였다. 주인의 오글거림을 참지 못하고 스스로 손을 펴는 걸 거부하고 있는 듯했다.

자식들, 까칠하기는……. 나도 뭐 이러고 싶어서 이러는 게 아니야! 너희들이 적극 협조를 해줘야 나도 빨리 끝낼 거 아니냐고! 니들만 오글거리는 줄 알아? 난 지금 토할 것 같아…….

"리아가 이렇게 해주니까 너무 좋다."

오오! 반응 오는데? 너 이런 거 좋아하는구나?

"그래요? 앞으로 매일 이렇게 해줄게요. 이안이 좋아하니까 나도 좋아요."

"고마워. 나도 사랑해, 리아."

이안이 내 입술을 가르고 들어왔다. 이제는 그가 갑자기 키스를 해와도 움찔거리거나 놀라지 않는다. 내 입술이 세상에서 가장 달콤하다고 말해주는 사람이니까 얼마든지 실컷 맛보라고 기꺼이 내 입술을 내어준다. 다음엔 키스도 내가 먼저 해줘야지. 그것도 길게, 아주 길게.

한참을 그렇게 내 입안을 마음껏 누비던 이안이 만족스러운 표정을 지으며 내게서 떨어지는 걸 보고 난 용기를 내어 이안에게 조심스럽게 말을 꺼냈다.

"저기…… 이안."

"왜?"

"학원 말이에요……."

꿈틀. 이안이 한쪽 눈썹을 움직였다.

워워~ 진정해. 왜 이래, 나 아직 시작도 안 했는데!

"음…… 내가 혼자 다니는 게 그렇게 싫으면 이안이 따라오면 어때요? 어차피 수업이 마감되어서 같이 듣진 못해도 강의실 밖에서 기다리는 건 괜찮아요."

"왜 그렇게 그 학원을 못 다녀서 안달이야?"

"아니, 그게 아니라 영어가 좀 달려서 배우려는 거잖아요."

"그럼 내가 가르쳐 줄게."

"됐어요, 이안이 두 달 동안 내게 가르친 건 알러뷰, 유럽미밖에 없잖아요."

"이번엔 진짜 진지하게 다른 거 가르쳐 줄게."

"정말이요? 그렇다면야…… 사실 발음은 이안이 최고니까."

이안이 날 안아 들고 다시 소파로 가서 살포시 내려놓고는 내 옆에 딱 붙어 앉아 말을 시작했다.

"잘 보고 듣고 따라 해봐."

"응, 응, 알았어요."

"I'll never do such a thing again. It's an act of madness (다시는 그런 짓을 하지 않겠습니다. 그건 정말 미친 짓이었어요)."

……이안의 단점 추가.

뒤끝 작렬.

난 어이를 상실한 눈으로 이안을 잠시 쏘아보았다. 내가 따라 하지 않고 입을 꾹 다문 채 뾰루퉁하게 있는 걸 본 이안은 오히려 왜 그러냐고 되물어왔다.

"왜 그래?"

"몰라서 물어요? 무슨 남자가 이렇게 뒤끝이 길어요? 어제 일은 내가 잘못했다고 몇 번이나 사과했잖아요."

"난 그래서 그런 거 아닌데."

퍽이나! 너 일부러 이러는 거 다 알거든?

"그럼 하고많은 문장 중에 하필 이런 걸 골라서 가르쳐요?"

"왜? 이게 어때서? 회사 생활에 필요한 걸 가르쳐 달라며. 회사 생활 하다 보면 외국인 바이어들을 만나서 상대할 기회도 생길 테고 크고 작은 실수도 하게 될 테고, 그러다 보면 정중한 사과의 표현도 알아야 할 거 아니야. 이건 내가 생각하기에 최고의 사과 표현이야."

말을 말자…… 이 외계인을 상대할 사람은 세상에 아무도 없다.

"하여튼 그거 말고 다른 거. 해요, 다른 거. 뭐 없어요?"

"있지. 그럼 이거 어때? I'll do whatever you say, my master(시키는 대로 뭐든지 다 하겠습니다, 주인님)."

"이안!"

"어, 이것도 마음에 안 들어? 그럼……."

"됐어요! 내가 이안한테 뭘 기대한 거야. 됐으니까 이제 저리 가요."

이안이 꼼짝 않고 그대로 앉아 있으니 할 수 없이 내가 먼저 일어나 주방으로 걸어가 냉수 한 컵을 따라 마셨다.

저 미친 외계인을 어쩌면 좋지? 아니, 내가 아무리 좋아도 그렇지, 이건 진짜 너무하는 거 아니야?

"리아."

"왜요!"

"I love you just the way you are(있는 그대로의 당신을 사랑합니다)."

"그러니까 알러뷰 타령은 이제 됐다고요!"

"I'm absolutely crazy about you(난 미친 듯이 당신을 사랑합니다)."

너도 네가 미친 건 아는구나. 난 모르는 줄 알았지. 알면 이제 그만 좀 해!

"이안, 아무리 생각해도 이건 아니에요. 나도 이안을 사랑하고 있는 건 맞지만, 솔직히 이안은 도가 너무 지나쳐요. 과유불급이라는 말도 몰라요?"

"To love and to be loved is the greatest happiness in life(사랑하고 사랑받는 것이 인생 최대의 행복입니다)."

"나도 그건 아는데! 아, 됐어요. 이제 그만해요. 자꾸 소리 지르니까 머리만 더 아파. 나 좀 쉬어야겠으니 이안 따라오지 말아요!"

난 지끈거리는 머리를 붙잡고 침실로 들어가 문을 닫았다. 그냥 쉬기로 한 거 잠이나 실컷 자야겠다. 저 외계인은 잠깐 잊어버리자.

잊어버릴 수가 없잖아! 여기는 이안 집이고! 난 밖으로도 못 나가고! 이건 아니야, 이건 아니야! 뭔가 대책을 세워야 해, 기발한 대책을. 저 외계인의 집착을 좀 덜 하게 할 수 있는 좋은 방법이 없을까?

가만! 혹시…… 나랑 잠자리를 안 해서 그런가? 원래 남자들은 아무리 좋아하는 여자라도 한 번 잠자리하고 나면 좀 시들해지는 경향이 있다고 들은 것 같은데…… 내가 처음이라서 배려해 주느라고 억지로 참고 있는데 딴 놈이 채갈까 봐 불안해하고 있는 걸까? 음…… 그게 좀 일리가 있는 것 같아. 그럼 내가 먼저 덮쳐? 확? 잡아먹어? 근데 뭘 알아야 덮쳐도 덮치지……. 아! 내 친구 네이버가 있지! 검색하자. 검색, 검색…… 근데 뭐라고 검색을 해? 성관계 하는 방법? ……이건 너무 노골적이잖아. 그럼 첫날밤은 어떻게? ……요 정도는 괜찮겠지?

나는 재빨리 스마트폰으로 첫날밤에 대해서 검색을 해보았다. 응? 이게 뭐야. 질문에 대한 대답은 거의 다 **그라를 복용하라는 것이었다. 아마도 질문을 작성한 사람이 남자여서 남자에게 도움될 만한 약을 복용하라고 답 글을 준 것 같다.

나한테 도움이 전혀 안 되잖아! 난 디테일을 원해, 디테일을! 어디 보자……. 그럼 뭐로 검색을 다시 하지? 여자가 덮치는 방법? 이건 좀 그런데…… 남자를 유혹하는 법? 음…… 이건 괜찮다.

오케이! 다시 검색! 오옷! 있다, 있어! 어디 보자…… 그러니까 1단계.

―남자와 시선을 마주치세요. 바라보는 겁니다. 상대에게 한 번, 두 번, 세 번 정도 눈빛으로 잠깐씩 시선을 마주칩니다. 눈이 마주치면 슬며시 고개를 돌려서 시선을 자연스럽게 피하시면 돼요. 여기서 눈빛이 중요한데 째려보거나 인상 쓰거나 그러시면 안 돼요. 약간의 무표정에서 너무 웃지 않는 그냥 바라보는 눈빛이요. 속으로 내가 너를 보고 있어. 뭔가 갈망하는 눈빛. 보면서 마주치면 자연스럽게 시선을 피하시는 게 포인트입니다. 남자 쪽에 약간의 물음표를 남기는 것입니다. 호기심이죠.

오호, 일단 호기심을 유발시켜라, 이거지? 내가 너를 갈망하고 있어……. 이런 눈빛? 그럼 그다음에는? 남자가 나에게 호기심을 가졌다고 치고, 그다음은?

―2단계. 그럼 이젠 남자를 꼬셨는데, 연애 초 스킬을 알려 드릴게요. 더 매력적인 여자가 되려면 사랑에 빠졌어도 자신의 업무 대인관계 및 취미 생활을 절대로 소홀히 하지 마세요. 자신의 시간을 유지해 가면서 남자들이 '어, 이거 뭐지? 나 좋아하는 거야? 아닌가?'라고 헷갈려 할 정도로 당신의 페이스에 말리게 자신의 삶을 주도하세요.

……지금 나랑 장난해? 그게 안 돼서 지금 이 짓을 하고 있는 거잖아! 에잇! 쓸모없는 것 같으니! 뭐, 테크닉이라든가 그런 거 알려 주는 건 없어? 없는 거야? 응? 밑에 뭐가 더 있네. 어디 보자…….

─잠자리에서 매력적인 여자가 되고 싶으신 분들은 이걸 기억하세요. 남자들은 낮에는 귀엽고 사랑스럽고, 착한 여자가 좋다가도 밤에는 앙큼하고 관능적이고, 야하고 섹시한 여자를 좋아한답니다. 섹시한 여자가 되기 위해 남자들이 좋아하는 섹시란제리를 입어보는 건 어때요? 내 남자가 섹시한 당신의 모습에 더 흥분하는 상상을 해보세요. 실루엣이 비치는 망사와 레이스로 된 브라와 T팬티, 요즘은 가터벨트의 로망 판타지가 많은 남자들도 많습니다. 로맨틱한 잠옷과 슬립으로 섹시하게 자신을 더욱 어필하는 특별한 밤을 보낼 줄 아는 여자가 매력 있고, 코스프레 같은 걸로 상황 역할도 해보면 남자들은 색다른 기분으로 연애를 하게 될 것입니다. 사랑받는 방법. 당신만의 테크닉을 키우고 싶은가요? 진정한 매력녀와 명기 섹시한 여자는 성인란제리, 성인용품들을 같이 이용해서 잠자리를 즐길 수 있는 여성입니다.

성인용품…… 그것이 무엇이다냐. 아니, 난 그냥…… 평범한……. 뭐, 그건 그렇다 치고, 여기 있는 섹시란제리 입고 춤추는 것도 해봤는데 이안은…… 웃었지. 그럼 춤이 문제였나? 그치? 꼬물꼬물…… 그럼 춤을 추지 말고…… 눈만 게슴츠레? 눈 마주치면 살짝 수줍은 듯 피하고?

잠깐, 이건 뭐지? 코스프레 상황극? 역할 놀이? 아…… 뭐, 이렇게 복잡하고 생각할 게 많은 거야. 음, 아까 이안이 주인님이 어쩌고 하는 거 보니 그런 거 좋아하나? 오케이, 그럼 그걸로 결정! 그런데 지금 섹시란제리가 없는데…… 이안한테 이걸 사다 달랄 순 없잖아. 뭔가 서프라이즈가 되어야 더 효과가 좋을 것 같은데.

에잇! 다시 검색! 섹시란제리가 없을 땐 어떻게 해야 하나요……
응? 남자들은 알몸에 앞치마만 둘러도 환장합니다? 이거다! 아까
주방에서 앞치마를 봤거든! 후후…… 이안, 기다려. 내가 아주 오
늘 정신 못 차리게 해줄게.

난 방문을 조용히 열고 이안의 현재 위치를 파악했다. 음, 소파
에 앉아 책을 보고 있군. 일단은 이안의 시선을 돌릴 필요는 없으
니 조용히 나갔다가 앞치마만 챙겨가지고 들어오면 되는 거야. 하
나, 둘, 셋! 출발!

"리아, 뭐 해?"

"응? 아…… 물 좀 마시려고……."

"안 잤어?"

"이, 이제 잘 거예요. 이안은 나 신경 쓰지 말고 보던 책이나 봐요."

난 뻣뻣한 걸음걸이로 주방 쪽으로 걸어가 물을 따라 마시는 척
을 하면서 얼른 앞치마를 챙겨서 작게 말아 쥐었다.

좋았어, 앞치마 획득! 그럼 이제 어쩐다? 다짜고짜 알몸에 앞치
마만 걸치고 이안에게 오라고 하면 뭔가 개연성이 좀 떨어지지 않
나? 아! 그래, 상황극을 하라고 했지? 상황극이라면…… 이안이 좋
아하는 주인님 놀이가 좋겠어. 마침 아직 늦더위가 기승이니까 목
욕을 시켜주겠다고 하는 거야. 어제 보니까 등 밀어주는 거 엄청
좋아하는 것 같더라. 그러면서 슬금슬금 이안이 좋아하는 곳을 공
략하다가 게슴츠레 눈빛 공격!

그다음엔…… 뭐, 어떻게든 되겠지. 일단은 먼저 욕실에 들어가
서 물을 받자. 그다음에 옷을 갈아입고 이안을 부르면 되겠지?

내가 욕실 쪽으로 발걸음을 옮기자 이안이 내게 고개를 돌려 다시 물었다.

"거긴 왜?"

"으응? 아…… 더워서. 아직도 술 냄새나는 것 같기도 하고…… 그래서 샤워 한 번 더 하려고요."

"내가 해줄까?"

"아니! 아니, 아니! 이안은 그대로 거기 있어요. 꼼짝하지 말고."

난 쏜살같이 욕실로 들어가서 옷을 벗고 물을 틀어놓았다. 내가 먼저 깨끗하게 목욕재계를 한 후 이안을 불러야지. 어제는 술기운에 대충대충 씻었으니까 오늘은 머리도 감고 온몸에서 향기를 풍기게 만들어야 하지 않겠어? 나름 대망의 첫 경험인데 말이야. 음…… 처음엔 좀 고통스럽긴 하다지만…… 괜찮아, 이안인데 뭐. 난 이안이 정말 좋으니까 이안이라면 할 수 있어. 아마 하룻밤 풋사랑으로 끝난다고 하더라도 그게 어디냐며 이안에게 육탄전을 펼칠 여자들이 널리고 깔렸을 텐데 난 이안이 미칠 정도로 사랑한다니까 무서울 게 뭐가 있어?

그래, 하는 거야! 오늘이 바로 D—day야! 나는 정성스럽게 온몸을 구석구석 씻고 나서 머리까지 깨끗이 감은 후 수건으로 물기를 닦아낸 다음 앞치마를 둘렀다. 머리에 물기가 뚝뚝 떨어지지만 뭐, 어차피 젖을 건데 굳이 말릴 필요는 없겠지? 거울 앞에서 몸을 이리저리 돌려보았다. 앞은 뭐…… 그런대로…… 뒤는? 으왓!! 야해, 야해, 완전 야해! T팬티는 저리 가라야! 좀 민망하긴 하지만 뭐, 어때. 이안이 좋아하기만 하면 되는 거지. 그럼 준비는 완료. 이제 이안만 부르면 되겠지? 은근하게…… 나른하게…… 눈동자를 약간 풀고…….

"이안, 이리 좀 와봐요."

후훗, 깜짝 놀랄 거다.

웅? 왜 대답이 없지? 내 목소리가 안 들리나?

난 좀 더 큰 소리로 이안을 불러보았다.

"이안~ 이안~ 이안 맥스웰! 여기 좀 와봐요!"

그러나 문밖에선 그 어떤 인기척도 들리지 않았다. 어…… 뭐지? 설마 잠든 거야?

난 문을 살짝 열고 고개만 내민 채로 집 안을 두리번거렸다. 이안이 있었던 소파는 텅 비어 있었다.

뭐야? 없잖아. 그럼 방에 있나?

살금살금 뒤꿈치를 들고 걸어가 침실 문을 열어보았지만 그곳에도 이안의 모습은 보이지 않았다. 어떻게 된 거지? 그때부터 집 안 수색에 들어갔다. 주방! 없고…… 다용도실! 없어. 드레스룸! 엥? 없는데. 그럼 애…… 나간 거야?

순간 맥이 탁 풀리는 것 같아 자리에 털썩 주저앉았다. 비장한 각오로 준비를 했건만 당사자가 없다니…… 나 뭐 한 거야. 또 삽질했네. 아니야! 멀리 간 건 아닐 거야. 잠깐 뭐 사러 나갔거나 음…… 쓰레기를 버리러 나갔다던가, 그런 거겠지. 나한테 말도 안 하고 멀리 갔을 리가 없어. 그러니까 이대로 기다렸다가 이안이 들어오면 현관문에서부터 주인님 놀이하면서 욕실로 끌고 들어가면 되겠지? 그래, 그래, 그게 오히려 더 극적이겠다.

아! 혹시 이안이 그럴 리는 없겠지만 다른 사람이랑 같이 온다거나 하는 불상사가 있을 수 있으니까 미리 확인 전화를 해야겠다.

왜 신혼부부들이 종종 그런 낭패를 겪는다잖아? 우스갯소리긴 하지만 그런 소리가 나올 정도면 아주 일어나지 않을 가망성이 없는 일은 아니니까 유비무환! 모든 걸 내 계획에 맞추기 위해서 돌다리도 두드려 보고 건너야지 않겠어?

난 얼른 휴대폰을 찾아 이안에게 전화를 걸었다.

"이안? 어디예요?"

[리아가 더워하는 것 같아서 아이스크림 사러. 금방 들어가.]

이것 봐. 멀리 간 게 아니었어.

"응, 그렇구나. 얼른 와요. 나 심심해요."

[알았어, 리아는 무슨 아이스크림 사다 줄까?]

"난 녹차 아이스크림이요."

[그럴게. 더 필요한 건?]

"없어요. 그런데 올 때 혼자 오는 거죠?"

누구랑 오기만 해봐. 하긴, 너 친구가 없지?

[왜, 누구랑 같이 갔으면 좋겠어?]

"아니요! 이안만 있으면 돼요, 이안만! 꼭 이안 혼자 오라고요."

[큭큭, 알았어. 10분이면 돼.]

10분이라고 했지? 그럼 그동안 머리나 좀 말리고 있어야겠다. 워낙 긴 머리라 다 말리진 못해도 적어도 물기가 떨어지는 건 없앨 수 있으니까 촉촉이 젖은 머리를 연출하는 데는 아무 문제 없어.

위이잉, 위이잉. 재빠르게 머리를 대충 말리고 나니 시간은 8분 정도 지나 있었다. 난 소파에 놓여 있는 방석 하나를 들고 현관문 앞으로 가서 그 위에 무릎을 꿇고 앉아 이안을 기다렸다. 잠시 후 현관의 잠금장치가 풀리는 소리가 들려오자 난 그대로 바닥에 납작 엎드렸다. 문이 열리자마자 이안의 신발이 들어오는 것이 보인다.

"이제 오십니까, 주인님."

아…… 죽고 싶다. 아니야, 참아야 해! 참아야 하느니!

인사를 마치고 고개를 들어보니 이안의 얼굴에는 놀라움이 가득 담겨 있었다.

"……지금 뭐 하는 거야, 리아?"

"주인님이 오시기를 기다리고 있었습니다. 미천한 저를 위해 손수 아이스크림까지 사오시다니, 저는 주인님께 보답할 길이 없어 작은 정성으로 목욕물을 준비했으니 어서 드시지요. 제가 다 알아서 하겠습니다."

이안은 내 주위를 빙글 돌아보더니 알몸에 앞치마만 두르고 있다는 것을 깨닫고는 입가에 커다란 호선을 그렸다.

"어떻게 이런 생각을 다 했지? 딱 내 취향이야. 당장 앞치마를 종류별로 다 사와야겠어."

저기, 이안아…… 지금 그게 문제가 아니라 이런 나를 보고도 뭐 느끼는 거 없니……?

"주인님, 일단 몸을 씻으세요. 목욕 시중도 제가 들고 다 하고 나면 마사지도 해드릴게요."

"좋아."

이안은 내가 이끄는 대로 욕실로 들어갔다. 욕실에 들어가서도 가만히 서 있기만 하는 이안을 내가 멀뚱히 쳐다보고 있자, 이안이 내게 말했다.

"뭐 해?"

"네?"

"목욕 시중든다며. 벗겨줘야지."

아…… 너 아주 이 놀이에 푹 빠졌구나. 아예 한술 더 뜨고 있네. 그래, 한다, 해.

이안의 셔츠 단추를 하나씩 풀어내리는데 아무리 그래도 긴장이 되는지 손끝이 파르르 떨려왔다. 셔츠를 벗기고 나니 이안의 탄력 있고 멋진 상반신이 드러났다. 이번엔 바지…… 음…… 이건 좀……. 일단 지퍼만 내리고 뒤로 돌아가서 벗겨야겠다.

이안의 벗은 몸은 몇 번이나 보았지만 볼 때마다 예술이라고 생각한다. 남자에게 아름답다는 표현을 쓸 수 있는 사람이 몇이나 될까. 이안은 아름다움 그 자체다.

옷을 다 벗은 이안은 내가 미리 준비한 욕조에 들어가 몸을 담갔다. 난 풍성한 거품을 내어 이안의 팔을 정성스럽게 닦아주고 등도 밀어주었다.

"어떠세요, 주인님? 편안하세요?"

"응, 좋아."

이안의 얼굴에 만족스러운 미소가 떠올랐다.

기대해, 이안. 이게 끝이 아니야!

난 목욕을 마친 이안의 몸을 수건으로 닦아주고 허리에 큰 수건을 둘러준 다음 침실로 이끌었다.

"이제 마사지해 주는 거야?"

"네."

"주인님이라고 해야지."

아…… 이걸 그냥…… 놓치질 않는구나.

"네, 주인님."

내가 웃는 게…… 웃는 게…… 아니야. 얼굴에 경련 일어날 것 같아…….

이안을 침대 위에 엎드리게 한 후 욕실에서 아로마 오일을 가져와 정성스럽게 펴 바른 뒤 마사지를 시작했다.

"으음……."

이안이 기분이 좋은지 낮은 신음을 토해냈다. 덩달아 나도 기분이 좋아져서 더 열심히 이안을 마사지하는 데 집중했다. 특히 어디를 건드리면 움찔하는지 꼼꼼히 체크해 가면서.

하지만 이안이 좋아하는 것까진 나도 참 좋았는데 마사지라는 것이 워낙 체력을 요하는 중노동이었기에 점점 힘이 들어 이마에 땀방울이 맺혀오고 있었다.

아…… 이 저질 체력 어쩔 거야. 아직 시작도 안 했는데 벌써 지치면 어떡해.

내 손끝에서 힘이 빠져나가는 걸 느꼈는지 이안이 몸을 일으켜 세우며 물었다.

"힘들어, 리아?"

"아니에요, 주인님이 기뻐하시니 저도 좋습니다."

좋았어, 일단 눈이 마주쳤어. 은근하게 바라보다가 살짝 시선을 피하라고 했지? 난 검색해서 나온 글에 충실하게 이안을 물끄러미 바라보다가 시선을 피하는 것을 여러 번 반복했다.

"리아, 나한테 뭐 숨기는 거 있어?"

응? 이게 아닌데?

"오늘따라 수상한데…… 안 하던 짓을 하고."

반응이 왜 이러지? 너 아까는 좋다며!

"이리아, 이리 와."

그렇지, 걸려들었어! 이제부터 시작하면 되는 거지?

기다렸다는 듯 난 이안의 위로 올라가 그에게 키스를 시작했다. 혀끝으로 살살 이안의 입술을 간질이다가 조금씩 안쪽으로 파고들었다. 나 모르게 아이스크림이라도 한 통 퍼먹고 왔는지 이안의 입 안은 온통 달콤함으로 가득 차 있었다. 난 그의 가지런한 이, 잇몸, 혀를 차례로 맛보고 탐스러운 입술을 한껏 머금어가면서 속도를 조절하는 것도 잊지 않았다. 너무 저돌적으로 돌진해도 역효과가 나니까 약간의 아쉬움은 남겨둔 채로 더 몸이 달아오르게 천천히, 그러다 때론 빠르게 이안의 입속을 누비고 다녔다.

간만에 적극적인 나의 모습을 봐서 그런지 이안이 나를 안은 팔에 점점 더 힘을 주고 있었다.

이안에겐 수건 한 장이, 내게는 앞치마 한 장이 있으니 직접적으로 맨살이 닿는 부분은 적었지만 그래도 평소와는 다르게 묘한 흥분감이 있어서 내 심장이 미친 듯이 달리고 있었다.

한참을 그렇게 이안의 입술을 탐하고 있는데 등 뒤에서 이안이 내가 입은 앞치마의 매듭을 푸는 것이 느껴졌다.

"……이안?"

"아직 안 끝났잖아. 주인님이라고 해야지."

"아…… 네, 주인님."

"이거 명백하게 나를 유혹하는 걸로 봐도 무방한 거지?"

눈치챘구나. 하긴, 눈치채라고 한 거니까 뭐…….

난 얼굴이 달아오르는 것을 느끼며 고개를 끄덕였다.

"다른 사람도 아닌 리아가 유혹을 하는데 기꺼이 넘어가 줘야지."

이안이 내게서 앞치마를 벗겨냈다. 이제 나와 그의 사이에는 얇은 수건 한 장만이 가로막고 있을 뿐이었다.

"진짜 괜찮은 거야, 리아?"

"네…… 주인님."

"그럼 사양하지 않고."

이안은 재빨리 나와 그의 위치를 바꾸어 버렸다. 순식간에 침대에 눕혀진 나는 이안의 공격을 여과 없이 받아들일 수밖에 없었다. 이안은 내 목덜미를 키스하는 것으로 시작해서 쇄골로 이어지더니 이내 봉긋한 가슴으로 내려가 마음껏 지분거렸다.

"아아……."

탄성에 가까운 나의 신음소리가 터져 나오니 이안도 자극을 받아 더 바쁘게 움직였다.

"이안…… 자국 남기지는 말아요……."

"내 맘이야. 주인님 말 들어야지."

이안이 말 끝내기가 무섭게 내 목덜미를 강하게 흡입했다.

"아흑!"

아…… 몰라, 몰라……. 이제 네 맘대로 해. 나 지금 정신을 차리기가 힘들어.

이안의 입술이 닿는 곳마다 뜨거운 열기가 전해져서 온몸으로 파고드는 짜릿한 쾌감 때문에 난 점점 정신이 아득하게 멀어지고 있었다. 이안의 입술이 조금씩 아래로 내려가면서 내 몸이 들썩이는 정도도 조금씩 커져 갔다. 내 배꼽 주변을 살살 간질이던 이안이 나를 힐끗 쳐다보며 씩 웃었다.

"기분 좋아?"

"으응……."

"더 기분 좋게 해줄게."

"흡……."

이안은 달콤한 샘물을 쟁취하려는 사람처럼 정신없이 입술을 부딪쳐 왔다. 내 몸이 제멋대로 이쪽저쪽으로 비틀어지며 쉴 새 없이 야릇한 음성을 토해낸다. 방 안 가득 나의 숨소리가 울려 퍼지고 그것은 내 귀로 돌아와 날 더욱 더 민망하고 부끄럽게 만들어가고 있었다.

"이안…… 그만……."

이안이 나의 얼굴을 똑바로 바라보면서 부드럽게 미소 지었다.

"정신 놓지 마, 리아. 이제부터가 시작이야."

찬란하게 웃는 이안의 미소가 어쩐지 무서워지기 시작했다. 또 뭘 하려는 걸까. 지금도 충분히 숨을 내 맘대로 쉬기가 힘들 정도인데. 이제는 이안이 나를 쳐다보고 있는 것만으로도 흥분이 되고 있었다. 이안이 기다란 손가락을 들어 천천히 내 배 위를 지나간다.

"흡!"

이제부터가 진짜라는 듯 그가 뇌쇄적인 미소를 뿜으며 내 위로 올라섰다.

"하아…… 이안……."

"이제부터 내가 해줄 수 있는 건 없어, 리아. 그냥 지금 눈빛 그대로 나를 지켜봐. 그걸로 충분해."

아니, 이 자식아! 지금 내가 뭘 보고 말고 할 상황이 아니란 말이다!

그의 눈빛은 여전히 사랑을 가득 담고 있긴 했지만 나의 눈동자는 왠지 모를 낯설음에 흔들리고 있었다. 그런 나의 행동이 몹시 귀여웠는지 이안은 연신 내게 자잘하게 키스를 퍼부으며 조용하게 미소를 지어주었다. 그의 미소는 언제나 찬란하게 빛이 나지만 오늘따라 더 아름답게 보이는 것은 이제 내가 그를 온전히 받아들였기 때문이 아닐까 싶다.

난 정말로 이 엄청난 외계인을 사랑하게 되어버렸나 보다.

거센 폭풍우가 휘몰아치고 난 뒤에 고요함이 찾아오는 것처럼 숨 가쁘게 오르내리던 우리의 호흡도 점차 안정을 취해가고 있었다. 이안이 나를 꼭 끌어안으며 나직하게 속삭였다.

"힘들지 않았어?"

"처음엔…… 좀…… 그래도 생각보다는 괜찮았어요."

"다행이다."

이안이 내 머리카락을 쓸어 넘겨주면서 내 볼과 입술에 차례로 입 맞추어주었다.

"사랑해…… 알고 있지?"

"응…… 알아요. 나도 사랑해요."

"이제야 리아가 진짜 내거가 된 거 같아."

이안의 말에 난 흐뭇하게 미소 지었다. 그래, 이제 나 네 거야. 네 거 맞아. 그러니까 이제 나 숨 좀 쉬게 해줄래? 거사도 치르게 해줬겠다, 지금이 딱 좋은 타이밍이겠지?

"저기, 이안."

"왜?"

"나도 이제 이안 아니면 안 되니까 우리 어제 한 약속은 없던 걸로 해주면 안 돼요? 지금 세상이 어떤 세상인데 자기 애인을 감금하다시피 하고 살아요. ……좀 억지스럽잖아요. 이안이 그렇게 싫으면 학원은 안 다닐게요. 데이트도 자주 하고, 아니다. 학교 가는 시간을 빼면 전부 이안이랑 같이 지낼 테니 나 집에 좀 보내줘요. 네?"

이안은 여전히 부드러운 미소를 머금고 내 머리를 쓰다듬고 있었다. 그리고 천천히 그의 입이 열리며 나온 대답은 내 예상을 완전히 뒤엎는 말이었다.

"이제 리아가 얼마나 색기가 흐르고 유혹을 잘하는 여자란 걸 알았으니 앞으로 더더욱 외출 금지야. 다른 사람을 만날 기회를 완벽하게 차단해야겠어. 꿈도 꾸지 마, 리아."

으악! 야! 너 왜 이래! 이러면 내가 열심히 검색까지 해가면서 한 노력이 뭐가 되냐고!

"이안, 방금 그 말, 진심이에요?"

"진심이야."

"진짜, 진짜 진심이에요?"

"그렇다니까."

아, 나 이 자식…… 내가 그렇게 노력을 했는데 들은 척도 안 해준다 이거지? 알았어, 좋아. 그렇다면 나도 생각이 있어. 남자는 여자의 눈물에 약하다고 했으니까 그 방법을 써보도록 하겠어! 가만있자. ……눈물이…… 안 나오네. 사실 뭐, 울 상황은 아니니까. 내가 모르는 사람한테 납치를 당한 것도 아니고, 내가 좋아하는 사람이랑 함께 있는 게 꼭 나쁜 것만은 아니지만 그래도 이건 아니잖아! 눈을 깜빡거리지 말고 있어보자. 그럼 눈물이 나오겠지?

1초, 2초, 3초, 4초…… 으으…… 눈 시려…… 참아야 해, 참아야 해…… 아싸! 나왔어!

난 커다란 눈망울에 그렁그렁 눈물을 담은 채 이안을 바라보았다.

"이안……."

"왜 그래?"

이안이 나를 보고 살짝 당황한 기색을 비친다. 그렇지! 여기서 조금만 더 눈물을 고이게…….눈 깜빡이지 말고 있다가 한 번에 또르르 떨어뜨려야지. 난 그를 바라보고 있는 시선을 아래로 살짝 떨어뜨리며 커다란 눈물방울을 시트 위에 뚝 떨어뜨렸다.

이안이 깜짝 놀라며 나를 이리저리 살펴보기 시작했다.

"왜 이래, 많이 힘든 거야? 아파? 아, 리아는 처음인데 내가 너무 흥분을 해서 자제가 안 됐나 봐. 미안해, 어서 누워. 누워 있어. 너무 아프면 진통제라도 줄까?"

이안이 어쩔 줄 몰라 하며 쩔쩔매는 모습은 이상하게도 내게 묘한 쾌감을 안겨주었다. 나는 웃음을 참으려 아랫입술을 꽉 깨물었는데 이안은 그마저도 내가 고통을 참아내는 모습으로 보였나 보다.

"리아…… 이렇게 힘들어할 줄 몰랐어."

사실 좀 많이 힘들고 아프고 뻐근하기도 했지만 이안의 반응이 재미있어서 난 간헐적으로 짧은 신음을 내뱉었다. 그럴 때마다 이안은 내 팔과 다리를 주무르며 연신 손등에 입을 맞추고 있었다.

"으음……."

"그렇게 힘들어?"

"좀…… 힘들어요."

이안은 내 이마에 입을 맞추고 머리카락을 쓸어주면서 사랑이 가득 담긴 눈으로 바라보다가 시원한 물 한 잔을 가져와 먹여주기까지 했다.

이거 괜찮은데? 갑자기 상전이 된 것 같아.

"리아."

"네, 왜요?"

"좀 쉬었어?"

"네."

"그럼 한 번 더 하자."

잠깐만……! 뭐라고? 너 지금 뭐라고 했어? 너 제정신이니? 나 지금 파김치 된 거 안 보여? 나 심신이 피로로 가득한 사람이라고! 몰라? 정말 몰라?

"리아, 원래 안 쓰던 근육들을 갑자기 쓰면 알이 배기고 힘들잖아. 그럴 땐 같은 운동을 반복해 줘야 더 빨리 풀리는 법이야. 끙끙 앓고 누워 있는 것보다 몇 번 더 하면 금방 풀릴 거야."

악마다! 이 자식은 악마야……. 피도 눈물도 없는 놈 같으니……. 들어보니 한 번이 아니라 몇 번을 할 태세구만! 너 진짜 날 죽일 셈이야?

난 기가 차서 말도 나오지 않았다. 이안을 말없이 노려보다가 그가 가져온 물을 한 번에 바닥까지 들이켜고 침대 옆 탁자에 소리 나게 내려놓았다.

탁!

그 소리가 집 안의 정적을 뚫고 크게 울려 퍼졌다.

"이안."

이제 나도 더 이상은 그를 참아줄 기분이 아니게 되어버렸다.

"……일단 좀 씻고 올게요."

난 내 몸 같지 않은 내 몸을 이끌고 어기적어기적 욕실로 들어가 힘겹게 샤워를 마쳤다.

생애 첫 경험이었는데……. 물론 아주 황홀하고 색다른 경험이긴 했지만 이제 진짜로 내가 결정을 내려야 할 때가 온 것 같다. 내가 할 수 있는 모든 걸 다 해봤는데 이안은 변할 기미가 보이지 않는다. 아니, 오히려 전보다 점점 더 심해지고 있는 기분이다. 이안은 내게 과분할 정도로 멋진 사람이지만 이대로 가다간 로맨스가 아니라 호러 미스터리 스릴러가 될 것만 같다.

이안이 저렇게 내게 병적인 집착을 계속 보인다면 언젠가는 내가 그를 진심으로 미워하고 원망하고 증오하는 날이 오게 될 것 같다. 첫사랑이든 두 번째 사랑이든 어쨌든 내가 사랑한 사람과의 추억은 아름다운 채로 남겨두는 게 맞는 거겠지. 지금부터 내가 할 초강수를 이안이 받아들여 준다면 다행이고, 아니라면…… 그건 그때 생각하자. 아니라고 해도 내가 할 수 있는 일은 없으니까.

사랑하는 사람과 처음으로 사랑을 나누고도 난 전혀 기쁘지가 않았다. 이안이 나를 사랑하는 방법이 잘못된 것인지, 내가 그를 사랑하는 마음이 그보다 작아서인지 몰라도 지금 이 상황은 나에게 엄청난 스트레스를 주고 있는 것만은 분명한 사실이었다.

그러니 이제 결정을 내려야 할 시간이다. 드레스룸으로 들어가 이안이 사온 옷들 중 하나를 골라 입었다. 한 발, 한 발 뗄 때마다 허리 밑으로 엄청난 고통이 밀려왔다.

아…… 이대로 집까지나 갈 수 있을까? 뭐, 어떻게든 되겠지.

마지막으로 가방을 어깨에 둘러메고 이안이 있는 침실로 다시 걸어갔다.

"……리아?"

여전히 침대에서 나를 기다리고 있던 이안이 눈을 커다랗게 뜨고 나를 올려다보았다.

"미안해요, 나 더는 못 하겠어요. 갈게요."

설명은 나중에. 지금은 너무 피곤하니까 그냥 갈래……. 잘 있어, 이안.

"리아!"

그대로 돌아서서 방을 나가려는데 이안이 다급하게 침대에서 뛰어내려 나를 끌어안았다.

"어디 가려고 이래?"

"집에요."

"나랑 있기로 했잖아."

"미안해요, 그 약속 못 지키겠네요."

이안은 나를 거칠게 돌려세우고 다그쳤다.

"갑자기 왜 이래? 우리 방금 전에 사랑을 나눈 사이란 거 잊었어?"

"알아요, 지금도 난 이안을 사랑해요."

"그런데, 왜! 어째서!"

"이안…… 난 지금까지 이안이 외계인이 아닐까 싶을 정도로 완벽한 사람이라고 생각했어요. 그만큼 이안은 내게 과분한 사람이었으니까. 당신 같은 사람이 왜 나같이 별 볼 일 없는 여자를 좋아하나 싶어서 처음엔 반신반의했지만 어느새 나도 이안이 좋아졌어요. 그건 변하지 않는 사실이에요. 그래서 이안의 그 말도 안 되는 억지를 다 받아주고 있었던 거예요. 알고 있어요?"

"알아, 알아, 내가 억지 쓴다는 거 나도 알아. 그래도 리아는 다 받아줬잖아. 언제나 웃으면서, 때때로 엉뚱하게 나를 웃기면서 다 받아줬잖아. 그런데 갑자기 왜 이러냐고!"

그래…… 너도 네가 심하다는 자각은 있었나 보구나. 그나마 다행이네, 진짜로 미친놈은 아니어서.

"이안, 이제 나 힘들어요. 그러니까 우리 떨어져서 생각할 시간을 좀 가지는 게 좋겠어요."

"지금 헤어지자는 거야?"

"그런 말이 아니잖아요. 난 이안에 대해서, 이안은 나에 대해서 생각해 보자는 거예요."

"그게 그 말이잖아, 뭐가 달라! 리아, 혹시 기억해? 난 이제껏 여자를 만나면서 단 한 번도 내가 먼저 헤어지자고 한 적이 없다는 말. 그 여자들은 매사에 관심 없는 내 태도에 질려서 가버렸어. 그런데 리아한테는 내가 모든 걸 다 쏟아부었는데도 날 떠나겠다고 하면 난 대체 어느 장단에 맞춰야 해?"

음. 너 진짜 몰라? 딱 중간이면 되는 건데. 넌 중간이 없어, 중간이. 애가 왜 이렇게 극단적이야…….

"리아 가지 마. 나 이제 진짜 리아 없으면 안 돼."

으윽! 저게 뭐야, 저건 또 뭐야!

이안이 간절한 목소리로 눈물을 글썽이며 내게 말을 하는데, 그의 몸은 물론 눈물에서까지 눈부시게 광채가 나고 있었다.

이야…… 이건 또 처음 보는 광경이네. 반딧불이 외계인은 눈물도 야광이냐. 앗! 정신 차려야지, 여기서 또 홀랑 넘어가면 안 돼. 냉정하게…… 침착하게…… 안 그러면 또 이안에게 휘말린단 말이야. 너 계속 이러고 살 거야? 싫지? 완전 싫지? 그럼 참아야 해. 이 악물고 돌아서! 맘 약해지지 마!

난 차마 떨어지지 않는 발을 힘겹게 떼면서 신발을 신는 데까지는 성공했다. 이제 저 문밖을 나서기만 하면 된다.

"잘 있어요, 이안."

내가 잠금장치에 손을 대려는 순간 이안이 갑자기 날 등 뒤에서 끌어안으며 애원했다.

"제발 가지 마……. 제발…… 부탁이야……."

내 어깨에 얼굴을 묻고 흐느끼는 이안이 점점 소리를 높이더니 나중엔 거의 통곡에 가깝게 울부짖고 있었다. 내 한쪽 어깨가 어느새 이안이 흘리는 눈물로 인해 축축하게 젖어오고 있었다.

아, 안 되는데. 진짜 안 되는데……. 음…… 으음…… 아, 얘는 왜 이렇게 서럽게 울어. 너 진짜 나 아니면 안 되는 거야? 그런 거야?

"리아…… 제발……."

아, 어떡해. 어떡해……. 얘 왜 이렇게 불쌍하게 울어? 정말 미치겠네. 에이 씨! 이제 나도 몰라! 인생 뭐 있어? 이렇게 내가 좋다고 하잖아! 나 아니면 못 산다잖아! 내가 어디 가서 이렇게 완벽한 남자를 만나서 이만큼 사랑받겠어? 그래, 좀 집착이 심한 게 흠이긴 하지만 그거 말곤 완벽하잖아? 그거야 차차 고쳐 나가면…… 되는 거겠지?

"……알았어요, 안 갈게요. 이제 그만 울어요."

"정말이야?"

"응, 이안 두고 안 가요. 여기 있을게요."

"진짜지? 나 버리는 거 아니지?"

"버리긴 왜 버려요, 내가 이안을 얼마나 사랑하는데."

"그래?"

순간, 이안의 표정이 급격하게 변화하기 시작했다. 그렁그렁 촉촉하게 물들어 있던 눈물이 순식간에 마르더니 그의 입가에 커다란 호선이 그림처럼 그려지고 있었다.

"눈물 연기는 이렇게 하는 거야, 리아."

난 순간 온몸에 소름이 돋아났다.

이…… 자…… 식…… 그게 연기였어? 연기였다고? 너 아카데미 남우주연상 감이야!

이안은 그대로 나를 번쩍 안아 들고 다시 침실로 걸어갔다. 바들바들 떨고 있는 나는 그야말로 고양이 앞에 놓인 생쥐나 마찬가지였다.

"우리 리아, 생각할 여유도 있고 멀쩡하네. 그런 의미에서 우리 한 번 더 할까?"

오 마이 갓! 난 이제 죽었구나.

다음 날 아침이 밝아왔다. 난 손가락 하나 까딱할 기운도 없다. 지치지도 않아! 무슨 짐승도 아니고! 날 죽이려고 들어! 오늘이 토요일이니 망정이지 평일이면 또 수업을 빼먹을 뻔했다. 힘들어. 죽겠어. 온몸이 안 쑤시는 데가 없어.

슬며시 눈을 뜨고 옆을 보니 이안이 색색 소리를 내며 편안하게 잠들어 있었다.

그래, 너도 힘들지? 힘들겠지. 그렇게 힘을 썼는데…… 아니, 그동안 하고 싶어서 도대체 어떻게 참은 거래? 밀렸던 방학숙제 하듯이 한 방에 몰아서 한 거야, 뭐야. 에구구…… 삭신이야. 외계인이 사람 잡네…….

난 목도 마르고 화장실도 가고 싶어져서 내 배 위에 올라가 있는 이안의 손을 슬그머니 치우고 일어섰다. 으악! 너무 아파서 소리도 안 나와. 겨우 몸을 일으킨 것뿐인데도 소리 없는 비명이 온몸에서 나오는 것 같았다.

"어디 가려고?"

윽! 깼냐. 잠귀도 밝아라…….

"가, 가긴 어딜 가요. 그냥 물 좀 마시러……."

"기다려. 가져다줄게."

"아니요, 괜찮아요. 어차피 화장실도 가야 해요."

"물 먼저, 화장실 먼저?"

"응? 그야…… 물…… 먼저? 왜요?"

이안은 부스스 일어나 기지개를 켜더니 침대에서 벗어나 나를 안아 들고 주방으로 갔다.

"어? 어? 왜요?"

"힘들잖아."

이안은 조심스럽게 나를 식탁 위에 올려놓고 물 한 잔을 건네었다.

자식, 너도 양심이 있긴 있구나. 나 힘들 거라는 거 알고 있는 걸 보니.

꿀꺽꿀꺽 시원하게 물 한 잔을 다 비워낸 나를 보던 이안이 다시 날 안아 들고 욕실로 향했다.

"씻겨주는 것도 내가 할까?"

"정중히 사양할게요."

"왜?"

"그러다 또 돌변하면 곤란하니까요."

이안은 하하 소리 내어 웃으며 나를 욕실 앞에 내려주고 다시 주방으로 걸어갔다. 아, 진짜! 옷이나 좀 먼저 입지. 불안한데……. 이안이 알몸으로 돌아다니고 있는 한 나에게 이 집은 상당히 위험한 지역이다. 뭐, 옷을 입고 있어도 마찬가지긴 하지만, 그래도 기분상……. 에이, 몰라. 일단 나부터 씻고 옷을 입어야겠다.

부리나케 씻고 나와 옷을 입고 보니 주방에서 보글거리는 소리와 함께 맛있는 냄새가 솔솔 풍겨왔다.

이안이 또 요리하는구나. 쟨 진짜 못 하는 게 없어, 사람 기죽게.

조용히 이안이 요리하는 모습을 보고 있으니 전문요리사가 따로 없었다. 현란한 칼질과 함께 한 치의 오차 없이 일정하게 잘려 나가는 채소들, 프라이팬을 돌리는 저 손놀림! 아……예술이네, 예술이야.

"배고프지? 먼저 먹어. 난 씻고 올게."

"아니에요, 얼른 씻고 와요. 같이 먹게."

"그럴래? 그럼 잠깐만 기다려."

이안이 씻는 동안 난 차려진 음식들의 간을 보았다. 으…… 역시…… 우리 엄마가 해준 것보다 더 맛있어. 잠시 후, 이안이 다 씻고 나오자 우리는 식탁에 마주 앉아 아침 식사를 했다.

"그런데 이안, 이안은 어떻게 이렇게 요리를 잘해요? 진짜 요리사 같아요."

"한식, 중식, 일식, 양식 조리사 자격증 다 가지고 있어. 먹고 싶은 거 있으면 말만 해."

"그 많은 걸 다? 요리사가 될 것도 아니고 식당을 차릴 것도 아닌데 왜 그렇게 많이 배웠어요?"

"심심해서."

그렇겠지. 내가 잠시 잊고 있었구나. 넌 나 만나기 전까진 참 삶이 무료한 놈이었단 걸. 그래, 좋은 게 좋은 거지. 그렇게 내가 좋다는데 싫을 게 뭐 있어. 피할 수 없다면 즐겨! 그냥 누려! 그럼 되는 거지. 흑…… 근데 왜 눈물이 나지…….

"참, 이따가 진경 씨 올 거야."

"응? 아…… 주식 투자 수업?"

"응."

"그렇구나."

"끝나면 진경 씨랑 같이 밥 먹고 집에 가."

"진짜? 그래도 돼요?"

난 밥 먹던 숟가락을 내려놓고 이안에게 반색하며 물었다. 이안은 피식 웃으며 내 이마를 튕겨내더니 다시 밥을 먹기 시작했다.

"진짜죠? 나중에 딴말하기 없어요!"

"그럼 내가 설마 리아를 진짜로 가둬두기라도 할 줄 알았어? 리아는 날 범죄자로 만들 셈인 거야?"

"아니, 이안이라면 충분히……."

이안이 어디 계속해 보라는 눈으로 나를 바라보았다.

헉! 아니지, 괜히 긁어 부스럼 만들지 말고 입 다물자.

"아…… 하하…… 나도 그런 줄 알았어요, 그럼요, 당연하죠."

"내일 뭐 할 거야?"

"내일? 특별히 할 일은 없는데…… 왜요?"

"그럼 우리 집으로 와."

으이그. 너 또 심심할까 봐 그러는 거지? 알았다, 알았어. 놀아줄게.

"알았어요, 몇 시까지요?"

"3시."

"3시? 알았어요. 우리 어디 교외라도 나갈까요? 이제 바람도 선선한데."

"그 시각에 가긴 어딜 가."

"왜요? 3시면 가까운 데는 충분히 갈 수 있죠. 하다못해 인천 월

미도라도⋯⋯."

잠깐만⋯⋯! 뭐가 이상한데? 이 자식이 그걸 모를 리가 없는데. 설마!

"저기, 설마 새벽 3시를 얘기하는 건 아니죠?"

"왜 아니야, 맞아."

야! 새벽 3시에 내가 여길 어떻게 와! 차도 다 끊겼는데! 결국 집에 갔다가 바로 다시 오라는 말이잖아!

내가 말은 못 하고 씩씩대고 있으니 이안이 내 거친 숨소리를 듣고 고개를 들었다.

"왜, 싫어?"

허허. 싫다고 했다간 봉변당할 분위기로구나.

"아니요, 싫기는요. 집에 가서 옷 갈아입고 필요한 것만 챙겨서 그냥 바로 다시 올게요."

"그럴래? 그럼 같이 가."

"으응⋯⋯ 그래요."

아⋯⋯ 정녕 난 이 외계인을 이길 수 없단 말인가. 뭔가 방법이 없나? 아주 획기적인⋯⋯ 그런 방법. 진짜진짜 딱 한 번만 골탕먹여봤으면 소원이 없겠네.

"리아."

"네? 네."

"리아는 나 못 이겨."

킥! 이놈의 텔레파시는 보내지도 않았는데 자동으로 전달이 되네.

난 잘 먹었다는 인사를 마치고 어정쩡하게 이안의 시야에서 벗어나 거실로 나갔다.

차라리 안 보이는 데서 생각해야지. 보이는 데서 생각을 하면 표정으로 다 드러난다고 했으니 안 보이면 상관없겠지? 이따가 진경이 오면 몰래 좀 물어볼까? 갠 그래도 나보다는 남자 많이 만나봤으니 나보다는 나을 것 같은데……. 이안의 실체를 까발리면 아마 기절할지도 몰라. 환상이 깨졌다며 슬퍼하거나, 아니면 혹시 나대신 신고하겠다고 할지도…….

음, 그건 곤란하니까 말려야겠지? 이안이 정상이 아니긴 해도 그래도 사랑하는 사람을 유치장에 보낼 순 없으니까. 근데…… 이안이 푸른 수의를 입은 모습을 상상해 보면…… 멋져! 영화 빠삐용에 나온 줄무늬 죄수복을 입은 모습도 상상해 보면…… 그것도 짱 멋져! 이안이 입으면 그런 옷들도 유행이 될지도 몰라.

……나 미친 거 아니야? 아, 진짜 저 이상한 외계인이랑 붙어 있으니까 나까지 이상해지는 것 같아. 이젠 정말로 뭐가 정상이고 뭐가 비정상인지 잘 구분이 안 가! 나…… 세뇌당하고 있는 건가?

"응, 맞아."

깜짝 놀라 돌아보니 이안이 빙긋 웃으며 서 있었다.

"리아는 나한테 세뇌당하는 거야. 완전히 내 거니까."

이…… 소유욕 찌는 외계인을 이제 어떡하면 좋을까요? 누가 좀 알려줘요…….

12화
내가 사랑하는 외계인

　선선한 가을바람이 점점 차갑게 느껴지는 걸 보니 올해도 가을은 무척이나 짧을 것 같다. 여름이 끝났다고 생각하자마자 가을은 순식간에 지나가고 또다시 내가 가장 싫어하는 겨울이 오겠지. 가난한 사람들에게 겨울은 최악의 계절이니까. 게다가 내가 살고 있는 옥탑방은 기름보일러라서 엄청난 기름값 때문에 작년에도 감기를 달고 살았는데 올해는 또 어떻게 보내야 하나…… 라는 걱정은 안 해도 되는구나! 지금 그 옥탑방은 내가 살고 있는 주소지이긴 하지만 이안을 만나고부터는 일주일에 한두 번 가는 게 고작이니까. 이걸 좋다고 해야 하나 싫다고 해야 하나…….

　상당히 보수적이고 소극적인 내가 거의 동거나 다름없이 남자친구랑 한집에서 지내고 있다는 게 내가 생각해도 놀라울 따름이었다. 이안은 첫날밤을 보낸 이후로 매일같이 내게 청혼을 하고 있다. 어떤 날은 무심하게, 어떤 날은 애원하듯이, 또 어떤 날은 협박에 가깝게 프러포즈를 한다. 남들이 보면 복에 겨운 소리겠지만 사실 난 좀 걱정이 앞서고 있었다. 지금도 이 지경인데 결혼까지 하고 나면 이안이 나를 꽉 틀어잡고 놔줄 것 같지가 않기 때문이다. 내가 이안을 사랑하는 건 정말 의심할 여지가 없는 사실이어도 결혼 전에 그것만큼은 확실히 짚고 넘어가고 싶은 문제였다.

그리고 무작정 이안과 결혼하기보다 나도 좀 사회생활이라는 것도 해보고 경력도 쌓고 싶은 마음이 더 커서 그런가, 이안의 프러포즈가 마냥 기쁘지만은 않은 게 사실이었다.

그래서 일단은 뭐가 됐든 졸업부터 하고 보자고 미뤄둔 상태인데, 그 약발이 언제까지 먹힐지는 잘 모르겠다.

"지지배가 아주 복이 터져서, 로또 맞은 줄도 모르고 남의 염장을 지르고 있네!"

고민 끝에 진경이에게 조언을 얻으려 했더니 반응이 이 모양이다.

"진경이 네가 안 당해봐서 그래. 어떨 땐 진짜 무섭다니까?"

"그만해라, 솔로 가슴에 불 지르지 말고!"

"아악! 미치겠네, 나 진짜 진지하다니까!"

"야! 나 같으면 그런 남자한테 평생 구속당하고 살 거야! 제발 날 가둬줘, 사식만 넣어줘, 이러면서! 뭐가 문제야? 인물 좋아, 목소리 환상이야, 돈도 많아, 능력 출중해, 거기다 너 아니면 안 된다고 목을 매고! 맞다, 요리도 잘한다며? 에잇! 너 지금 속상한 척하면서 은근히 자랑하는 거 아니야? 진짜 재수 없다!"

"아니라니까!"

말로만 들어서는 이안이 이상한 게 안 느껴지나? 아니면 진경이 말대로 내가 이상한 건가? 아…… 이젠 진짜 모르겠어…….

"리아야, 너 길을 막고 물어봐. 이안 같은 남자가 너만 좋다고 거의 정신이 빠져서 쫓아다니는데 왜 마다하는 거야? 오히려 이안이 정신 차리기 전에 잡아야 하는 거 아니야?"

……하긴 내가 생각해도 이안이 나한테 너무 과분하긴 하지. 그래도! 난 그렇게 평생은 못 살아!

진경이는 길게 한숨을 쉬더니 내게 한 방법을 제시해 주었다.

"정 찜찜하면 상담을 한번 받아보든가."

"상담? 정신과?"

"아니, 그렇게 거창한 거 말고. 진료기록이 남는 걸 우리나라 사람들은 불편해하잖아? 사실 별문제 될 것도 아닌데 말이야. 어쨌든 이런저런 이유로 요새는 오히려 사설 상담소가 더 호황이야. 부부클리닉 같은 건데, 결혼을 앞둔 커플들도 많이 상담받는데. 그런데 한번 찾아가 봐."

"거기가 어딘데?"

"얼마 전에 우리 사촌 언니가 형부랑 대판 싸우고 냉전 중에 잘잘못을 가리자며 간 데가 있다고 하던데……. 잠깐만, 전화로 좀 물어볼게."

진경이는 바로 사촌에게 전화를 걸어 정확한 위치와 이름, 전화번호를 알아내어 내게 건네주었다.

"자, 여기. 꽤 사람들이 많다고 하니까 미리 예약 잡아야 할 거야."

"응, 고마워. 그런데 꼭 이안이랑 같이 가야 하나?"

"너 혼자 가서 뭐 하려고? 그런 건 원래 양쪽 입장을 다 들어봐야 판단할 수 있는 거야."

"아…… 그러네. 그럼 이안한테는 뭐라고 하면서 같이 가자고 하지? 다짜고짜 상담받으러 가잘 수는 없잖아."

"그건 네가 알아서 해야지, 그런 것까지 내가 알려줘야 해? 밥상 차려줬으면 떠먹는 건 네가 해!"

어우…… 지지배…… 버럭쟁이. 이거 잘되면 생색은 또 얼마나 낼까. 알았다, 알았어! 내가 알아서 한다! 해!

그 길로 진경이와 헤어진 후 난 바로 이안에게 전화를 걸어 현재 위치를 묻고 난 후 쇠뿔도 단김에 빼랬다고 바로 그의 허락을 구하기 위해 달려갔다.

"이안, 뭐 하고 있어요?"

그는 그늘이 드리워진 벤치에 누워 무언가를 열심히 들여다보고 있었다.

"신혼여행지 검색 중이야. 피지는 지난번에 오래 머물렀으니 제외하고 유럽은 사람이 너무 많고…… 동남아 쪽은 더하네. 좀 색다른 데 없을까? 사람도 없고 볼 것도 많은 데……."

"아니…… 뭐…… 굳이 그럴 필요는…… 그리고 아니, 그전에…… 나 아직……."

"차라리 아프리카로 갈까? 못 보던 동물이나 곤충도 많고, 관광객도 별로 안 마주칠 것 같고. 어때?"

누가 신혼여행을 아프리카로 가니! 제정신이야? 그리고 나 분명히 말하는데, 난 그 못 보던 동물이나 곤충 하나도 안 궁금해! 죽을 때까지 안 보고 살아도 상관없어! 아니, 그냥 모르고 살고 싶어. 난 다리 없는 것들, 다리 많은 것들 딱 질색이란 말이야! 다리는 딱 두 개, 팔도 딱 두 개. 인간이 좋아, 인간! 그 이하도 그 이상도 싫어! 싫어! 완전 싫어!

"음…… 그런 건 나중에 정해도 되니까 일단 나부터 좀 봐줄래요?"

"물론이지."

이안은 그제야 휴대폰을 주머니에 집어넣고 자리에서 일어나 앉았다. 내가 그의 옆으로 다가가 앉으니 기다렸다는 듯 이안은 내 무릎을 베고 다시 누웠다.

"사람들 쳐다보잖아요, 일어나요."

"보라고 하는 거야."

그러냐……. 이젠 왜냐고 묻지도 않으마. 뭐라고 할지 너무 뻔해서 쓸데없는 체력 낭비는 안 하련다.

"나 부탁이 있어요."

"나한테?"

"네."

"말해."

"꼭 들어준다고 약속해요."

이안은 대답 없이 날 뚫어지게 바라보더니 다시 일어나 제대로 앉으며 대답했다.

"헤어지자거나, 잠시 시간을 갖자고 하거나, 생각할 여유를 달라거나 이런 것만 아니면 뭐든 들어주지."

"정말이요? 그런 거 아니니 걱정 말아요. 오히려 앞으로 우리 관계에 더 득이 되는 일이에요!"

"그렇다면 아무래도 상관없어."

"진짜죠? 나중에 딴말하기 없기예요!"

"당연하지."

다행이다. 이 자식 의외로 쉬운데? 아니야, 아니야. 안심하긴 일러…… 일단 말이나 던져 보자.

"우리 상담 한번 받으러 가면 안 될까요? 음. 그러니까 우리 관계를 더욱 돈독히 하고…… 상대방의 입장을 좀 더 확실하게 알 수 있도록 도와주는 상담센터가 있대요. 난 이안을 좀 더 이해하고 이안은 날 좀 이해할 수 있는 좋은 기회가 될 것 같아요."

"좋아, 언제 갈 건데?"

응? 진짜? 이렇게 쉽게? 나야 언제든 대환영이지! 가만있어 봐! 일단 예약! 예약!

"아무 때나 시간 내줄 수 있어요?"

"물론."

웬일이래, 이 외계인이 이렇게 순순히 나올 때가 다 있고. 마음 바뀌기 전에 얼른 예약해야지! 전화를 걸어 최대한 빠른 시간으로 아무 때나 해달라고 했더니 내일 저녁 6시가 어떠냐고 답이 왔다.

오. 빠른데? 좋았어! 내일! 전문가 얘기를 들으면 이안도 좀 나아질지도 몰라. 하다못해 노력이라도 해줄지 몰라! 그럼 난 이안을 더, 더, 더, 더 예뻐해 줘야지! 누가 뭐래도 그는 내가 정말 사랑하는 특별한 외계인이니까. 아…… 벌써부터 내일이 기다려진다.

다음 날. 이안과 나는 약속한 대로 진경이가 알려준 상담소로 달려갔다. 그런데 어째 대기실 분위기가…… 싸늘하다. 예약시간에 맞춰 온다고 서두르다 좀 일찍 와버렸는데 상담실 안이 방음이 잘 안 되는지 고성이 오가고 있다. 조금 있으니 여자의 흐느낌 소리도 들린다.

이거 뭐지? 제대로 온 거 맞나? 하긴, 여긴 부부클리닉 같은 곳이라고 했으니 서로 맺힌 거 풀려면 뭐…… 조용히 끝나진 않겠지.

그나저나 이안이 분위기 이상하다고 그냥 나가자고 하면 안 되는데…… 차라리 나갔다가 다시 올까? 그게 나으려나? 아니야, 나갔다가 이안이 마음 변해서 다시 안 오겠다고 하면 그게 더 큰일이니까 일단은 그냥 버텨보자, 버티는 거야!

곁눈질로 슬그머니 이안을 쳐다보니 다행히 별문제 없는 것 같다. 이안은 아무렇지도 않은 표정으로 대기실 벽에 붙어 있는 글귀들을 훑어보고 있었다.

—남편들이 보통 친구에게 베푸는 것과 꼭 같은 정도의 예의만을 부인에게 베푼다면 결혼 생활의 파탄은 훨씬 줄어들 것이다. —화브스타인

—사랑하는 사람과 행복하게 살기 위해서는 한 가지 비결을 알아두어야 한다. 그 비결은 상대를 자기에게 맞추려 하지 말고 자기를 상대에게 맞추어야 한다는 것이다. —발자크 소설 中

—결혼 전에는 눈을 뜨고 결혼 후에는 눈을 감아야 한다.

—사람은 반드시 장단점이 있다. 부부로서 연을 맺고 살아가면서 상대의 단점을 하나하나 지적한다고 무슨 도움이 되겠는가. 오히려 눈을 감고 어지간한 것은 못 본 척해야 할 필요가 있다는 뜻이다. —토마스 프라

—남편은 존경, 여자는 사랑을 먹고 산다. —빅토리스

"뭘 그렇게 보고 있어요?"

"그냥. 심심해서 읽어보는 거야."

"지루하죠? 조금만 기다리면 되니까 참아줘요."

"별로. 정신과 상담이랑 비슷한 거잖아? 많이 해봐서 거부감 같은 건 없어."

"그래요? 다행이다……."

웬만한 남자들 같으면 이런 데 데리고 오기가 하늘의 별 따기만큼 힘이 든다는데 이안은 미국에서 살던 사람이라 그런지 그다지 거부감이 없는 것 같다. 이 정도면 시작은 괜찮은 셈이지? 일단 전문가의 도움을 받고 진단이 내려지면 이안도 금방 수긍할 수 있을 거야. 잠시 후 눈물 콧물이 뒤범벅으로 덮여 있는 남녀가 나오고 5분여가 흐른 뒤 들어와도 좋다는 안내를 받았다.

이안 때문에 온 건데도 어쩐지 난 약간 긴장이 되어 이안의 손을 꼭 붙잡았다.

"긴장하지 마, 별거 아니니까. 그냥 감기 치료 받으러 왔다고 생각해."

"으응…… 알았어요……."

……어라? 이게 아닌데? 어째서, 왜 네가 나를 안심시키는 거

지? 이거 뭔가 좀 바뀐 거 아니야? 여기는 너 때문에 온 거야, 나 때문이 아니라! 너 몰라? 정말 몰라?

뭐가 어찌 됐든 간에 이안이 이렇게 매우 협조적으로 나오니 난 이것만으로도 충분히 만족하며 상담실 안으로 들어갔다. 일반 병원과는 달리 가정집에서 흔히 볼 수 있는 편안한 소파가 놓여 있었고 향긋한 차의 향기가 풍겨오고 있었다.

"어서 오세요, 날씨가 꽤 많이 차졌죠? 따뜻한 허브티 한 잔 마시면서 우리 천천히 얘기해요."

상담사는 약 40대 후반쯤으로 보이는 여성이었다. 친절한 미소를 지으며 우리에게 앉으라고 한 후 곧이어 따뜻한 차를 내주었다. 상담사는 나와 이안을 번갈아 바라보다가 이내 이안에게만 시선이 머물렀다.

쯧쯧쯧…… 나이가 많아도 여자들이란 어쩔 수 없나 보구나. 이안을 한 번이라도 보면 절대로 잊을 수 없는 얼굴이긴 하지. 그렇다고 저렇게 대놓고 쳐다보면…… 살짝 기분 안 좋은데?

"음…… 그러니까 두 분은 아직 결혼은 안 하신 거죠?"

왜? 아줌마가 하시게? 아…… 이러면 안 되는데. 나 왜 이리 꼬였지? 저 상담사가 자꾸 이안만 쳐다보니까 나도 모르게 신경이 날카로워지는 것 같아. 자, 자. 릴렉스, 릴렉스. 지금 문제는 그게 아니니까 최대한 자연스럽게 협조를 얻어가야 해.

"네, 하지만 졸업하는 대로 곧 할 예정입니다."

이안이 입을 열어 상담사에게 대답하고 나니 상담사는 그의 목소리에 또 한 번 반한 것 같았다.

"세상에…… 목소리까지 일품인 예비 신랑이시네요. 신부님 좋으시겠어요…….''

잠깐만. 내가 예민한 건지 아닌지는 나중에 생각할게요. 방금 하신 말씀 중에 뒤의 말줄임표가 상당히 거슬리네요. 아쉬워요? 내가 이 남자랑 결혼한다니까? 아, 나 또 이러네. 릴렉스…… 릴렉스…….

"그런데 우리 리아는 저한테 불만이 많은가 봅니다. 여기까지 오자고 한 걸 보면 말입니다.''

"어머, 무슨 일일까요? 신부님이 한번 말씀해 보시겠어요?"

왔다! 여기서 대답을 잘해야 해! 이안의 기분을 최대한 상하지 않게 하면서 문제점을 확실히 짚어내야겠지?

"음…… 일단 이안이 저를 너무 좋아해요.''

"그것참…… 부럽네요.''

응? 아니, 아니, 아줌마! 얘길 끝까지 들어야 할 거 아니에요! 그리고 부럽다니! 부럽다니! 아줌마, 그거 무슨 뜻이에요? 그 나이에 이안이랑 연애라도 해보고 싶다는 거야, 뭐야? 어라? 아…… 나 자꾸 왜 이래. 후우…… 심호흡 한 번 하고. 오케이, 다시!

"저기…… 그러니까, 그 정도가 너무 지나치다는 게 문제예요.''

"구체적으로 말씀해 주시겠어요?"

난 일단 한 번 이안의 표정을 살피고 아직까지 별문제가 없는 것을 확인한 후 상담사에게 나의 고충을 토로했다.

"다른 남자랑 눈도 못 마주치게 하고 말도 못 붙이게 해요.''

"당연한 거 아닌가요? 사랑하는 여자가 다른 남자와 대화하는 걸 좋아하는 남자가 세상에 어디 있나요?"

어? 이게 아닌데? 내가 말하는 데 문제가 있나?

"진짜 딱 한 번 술 마신 것뿐인데 그 후로 2일이나 집 밖을 못 나서게 했다니까요!"

"······신부님이 잘못하셨네요. 다른 남자랑 얘기하는 것도 모자라 술까지 마신다면 화가 날 만도 하죠. 당연합니다."

아줌마! 진짜 자격증 있는 거 맞아요? 너무 노골적으로 이안 편만 들고 있는 거 아니냐고요! 아참참······ 릴렉스······ 릴렉스······.

"후우······ 그 점에 대해선 충분히 상황 설명도 했고 미안하다고 수도 없이 사과했어요. 그런데도······."

"한번 생긴 상처가 사라지기는 쉬운 게 아닙니다. 아시다시피 사랑이란 건 상대방에 대한 신뢰가 기본 바탕으로 깔려 있어야 하는 것이니까요. 그 점에서 신부님은 신랑님의 신뢰를 저버린 것이나 마찬가지입니다."

와······ 나, 돌겠네. 그게 아니라고요, 이 아줌마야! 나 진짜로 감금당했다니까?

"신랑님께서 받으신 상처는 앞으로의 결혼 생활에 트라우마로 남을 수도 있으니 신부님께서는 신랑님의 마음을 잘 어루만져 주셔야 합니다. 물론 신부님이 보시기에 신랑님께서 약간 억지를 부리고 있다고 생각하실 수도 있겠지만, 그 역시 사랑의 표현이니까 잘못을 인정하고 믿음을 주는 노력을 계속하셔야 할 겁니다."

아줌마······ 나 그거 계속했다고요. 아주 골백번도 넘게! 말 한마디 할 때마다 왠지 내가 다 잘못했다는 분위기로 몰아가는 상담사 때문에 난 할 말을 잃고 망연자실하게 앉아 있었다. 아니, 뭘 어떻게 들으면 내가 한 얘기가 저렇게 왜곡이 되지? 내가 아니라 이 안이 정상이 아니란 말이야! 난 지극히 정상이라고!

"그럼 이번에는 신랑님의 말을 들어볼까요? 신부님에게 어떤 불만을 가지고 있나요?"

"리아는 틈만 나면 내게서 도망가려고 합니다. 날 사랑한다고 말하면서도 말이죠. 이상하지 않습니까?"

"이상하네요……."

아줌마! 수긍하지 마! 수긍하지 마! 그게 아니라! 아우, 답답해!

"보시는 것처럼 저도 리아도 평범한 외모는 아닙니다. 그래서 늘 다른 이성의 유혹을 받곤 하죠. 전 리아가 보는 앞에서 단칼에 거절하지만 리아는 아닙니다. 오히려 마음을 받아주지 못하는 것에 대한 죄책감 같은 걸 가지고 있는지 그 사람들에게 미안하다고 말을 합니다. 상대방에게 여지를 주니 점점 더 끈질기게 달라붙는 거 아닐까요?"

야! 내가 언제! 얘 웃기는 애네! 그리고 네가 단칼에 거절한 사람은 라일리잖아! 심지어 걘 남자야!

"신부님, 이런 식으로 계속 신랑님을 실망시키면 앞으로의 결혼 생활에 큰 문제가 될 수도 있습니다."

오 마이 갓, 사람 잡네! 아줌마, 이게 그러니까. 아우, 내가 미칠 것 같아! 어떻게 설명을 하지?

"조심스러운 질문을 하나 하겠습니다. 상담의 일환이니 오해하지 말고 들으세요. 혹시 잠자리를 하셨나요?"

"물론입니다."

헉! 어떻게 그런 소리를 아무렇지도 않게! 거기다 대답하는 넌 또 뭐니?

"만족스러우시던가요?"

"당연합니다. 제가 사랑하는 사람이니까요. 리아는 온몸에 달콤한 향기를 품고 있으니 그것만으로도 저를 충분히 만족시키는 사람입니다."

"그렇군요. 그것은 사랑하는 사람에게 느끼는 특정한 호르몬 때문입니다. 신랑님은 신부님을 정말 많이 사랑하시는군요……."

글쎄, 아줌마. 그 뒤의 말줄임표가 아까부터 상당히 거슬린다고 요! 정신이 혼미…… 어질어질…… 아니야! 정신 똑바로 차려야 해! 여기서 물러설 순 없어!

난 어떻게 하면 이 불리한 상황을 다시 내게 유리하게 돌릴 수 있을지 곰곰이 생각해 보았다.

아! 그래! 그게 있었지!

"잠깐만요!"

난 자신 있는 목소리로 상담사의 시선을 끌었다.

"말씀하세요."

"이안은 독점욕이 너무 강해요. 절 집에도 못 가게 하고, 또 직장을 구하기 위해 애쓰는 것도 싫어해요. 그냥 자기하고만 놀아달라고 해요. 요즘 세상이 어떤 세상인데 여자가 결혼한다고 살림만 하나요? 너무하는 거 아닌가요?"

"신부님은 혹시 자신이 정말로 하고 싶은 일이 따로 있으신 건

가요?"

"꼭 그런 건 아니지만…… 사람이 돈을 벌어야죠!"

"삶을 살아가는 데 있어서 돈이란 것은 필수불가결한 요소이긴 합니다. 하지만 그것이 삶의 목적이 되어선 안 되죠. 오히려 삶을 피폐해지게 만들 뿐이랍니다."

아줌마…… 돈 없이 살아봐요. 피폐 그 자체라니까!

갑자기 그때 이안이 나와 상담사 사이에 끼어들며 말했다.

"돈이라면 제게 이미 차고 넘칠 정도로 있습니다. 저는 우리가 한 살이라도 어릴 때 더 많은 것을 함께 나누고, 구경하고, 같은 시간을 보내며 많은 추억을 남기고 싶습니다. 좋아하지도 않는 일을 하면서 시간을 낭비하기보다 서로의 사랑을 확인하면서 좋은 시간을 보내는 게 더 유익한 거 아닙니까?"

헐…… 너 나한텐 그렇게 얘기 안 했잖아! 아니, 했던가? 아무튼! 난 그게 싫다고! 남자 하나 잘 꼬셔서 팔자 고쳤단 소리 듣기 싫단 말이야!

"저기! 저는 특별히 좋아하거나 되고 싶은 건 없지만 온전히 한 사람 몫을 하면서 살고 싶어요! 그래야 남들에게도 더 떳떳하고……"

"신부님."

"네?"

"신부님이 가장 신경을 쓰셔야 할 것은 다른 사람의 시선이 아닌 바로 신랑님의 마음입니다. 듣고 보니 신랑 되실 분께서 재력까지 겸비하시고 그것을 본인을 위해 쓰기보다 신부님을 위해 쓰는 것을 더 생각하고 계신 듯합니다. 사회에서 인정받고 경력을 쌓아 가는 것도 물론 중요한 일이겠지만, 신부님이 하시는 말씀에선 본인이 꼭 이루어야 할 뚜렷한 목표가 있는 것도 아니고 그저 다른 사람들의 색안경 쓴 시선만 두려워하시는 걸로 들리는군요."

어…… 어라?

"길지 않은 시간이지만 두 분의 대화를 종합해 본 결과 신랑님은 신부님에 대한 애정과 배려가 아주 깊습니다. 그에 반해 신부님은 본인의 입장만 계속 주장하고 계시는군요."

어라라?

"모든 것은 다 때가 있는 법입니다. 그때를 놓치면 후회해도 소용없는 일이 되어버릴 수도 있으니 생각을 잘 해보시길 바랍니다. 이렇게 근사하고 멋진 예비 신랑께서 신부님을 이리도 깊게 사랑하고 계신데 왜 자꾸 현실을 부정하려고만 하시나요?"

어라라라?

"받아들이세요, 온전히 온 마음을 다해서. 그러면 편해지실 겁니다."

저기…… 여보세요? 저기요? 제 말 안 들려요?

"신부님이 신랑님에 대해서 집착과 독점욕이라고 말씀하신 부분은 도가 지나친 점도 물론 없지 않겠지만 원인 제공은 분명 신부님이 하신 겁니다. 그러니 이제부터라도 마음을 다해 사랑을 표현하시고 두 분이 같이하는 시간을 더 늘려보세요. 신랑님이 신부님에 대한 신뢰가 회복되면 그때 일을 해도 늦지 않습니다."

이게…… 아닌데……?

"제가 보기에 이렇게 완벽한 신랑감은 세상 어디에도 없습니다. 본인이 지금 얼마나 큰 재산을 가지게 됐는지 빨리 깨달으시길 바랍니다. 그것 외에는 별다른 문제점을 찾질 못하겠네요. 두 분 만나서 반가웠고 다른 문제가 있으면 다시 한 번 찾아주세요. 오늘 상담은 이것으로 마치겠습니다."

아…… 이런…… 젠장……. 결국 아무런 수확 없이 상담실을 나선 나는 오히려 예전보다도 이안에게 우위를 점령하게 만드는 꼴이 되고 말았다.

"리아."

"네, 네?"

"아까 상담사가 하는 말 잘 새겨들었지?"

"……."

"리아만 잘하면 아무 문제 없다고 하잖아."

혹 떼러 왔다가 혹 붙이고 나왔네. 김진경! 너 죽었어!

"여기, 진경 씨가 소개해 줬다고 했지? 맘에 들었어. 앞으로 종종 이용해야겠는걸?"

됐거든! 나 여기 다신 안 올 거야! 차마 뭐라고 말도 못 하고 먼저 걸어가는데 이안이 뒤따라오며 계속 빈정거렸다.

"이제 리아 큰일 났네. 빼도 박도 못 하게 나한테 잡혀 살게 생겼어."

"……."

"거봐, 어떤 남자도 내 여자가 다른 남자랑 같이 있는 꼴은 못 본다잖아. 그것도 술까지 마시면…… 용서 못 하지, 안 그래?"

"……."

"사랑하는 사람과 늘 함께 있고 싶은 것도 당연한 거라잖아. 그치? 그런 의미에서 오늘도 우리 집에서 잘 거지?"

누가 저 외계인의 입 좀 막아줘…….

"그러지 말고 아예 집을 옮기는 건 어때? 어차피 결혼할 거잖아."

결혼은 너 혼자 하니? 너 아직 우리 부모님도 안 만났고, 나도 너희 부모님 안 만났어.

"이번 주말에 리아 부모님한테 인사드리러 갈까?"

"미쳤어요?"

"미치긴 왜 미쳐? 당연하잖아. 결혼할 사람 부모님에게 인사는 드려야지."

"그런 것도 다 졸업 후에 하기로 했잖아요!"

"이왕 이렇게 된 거 몇 달 좀 빨리 하면 어때. 뭐가 달라져?"

최소한 내가 일자리를 구할 때까지만이라도 좀 참아주면 안 되겠냐고! 뭐가 그렇게 급해!

"하여간 안 돼요. 나중에 해요."

"나중에 언제?"

"졸업하면."

"졸업하고 나면 또 취업하면, 이럴 거잖아."

아, 이런 눈치 빠른 자식. 귀신이 따로 없네.

"알면 좀 그때까지 기다려 주면 안 돼요?"

"싫어."

그래, 그렇겠지. 언제 네가 내 말을 곧이곧대로 들어준 적이나 있었니. 별로 기대도 안 했단다.

"리아."

"왜요."

"사랑해."

윽. 뜬금없기는…… 잠깐, 설마? 또?

이안은 사람들이 많이 다니는 교차로 횡단보도 신호등 앞에서 한쪽 무릎을 꿇었다.

일어나! 일어나! 나 이런 거 싫다고 몇 번을 말해! 제발 다른 사람들 시선 끄는 짓 좀 하지 말라고! 창피하단 말이야!

"이안 맥스웰이 이리아에게 바치는 아홉 번째 프러포즈입니다. 저와 결혼해 주시겠습니까?"

온몸에 빛을 두른 이안이 내 눈을 바라보며 또다시 청혼을 하고 있었다. 때마침 신호에 걸린 차들이 우리를 보면서 쉴 새 없이 클랙슨을 울렸고 지나가는 사람들의 모든 시선이 우리에게 꽂히고 있었다. 특히 여자들의 시기와 부러움이 공존하는 시선들은 내게 있어서 참 참기 힘든 일이었다.

"제발 일어나요, 이안. 부탁이에요."

"대답하기 전까진 안 일어날 거야."

"졸업하면 한다고 했잖아요!"

"졸업하면 바로?"

"……."

내가 바로 대답을 하지 못하고 있는 걸 본 이안이 더 큰 소리로 내게 물었다.

"리아, 나와 결혼해 주시겠습니까?"

으…… 이거…… 어떡하지…… 도망갈까? 잡히겠지? 그리고 집에 가면 또 사정없이 날 물어뜯을 거야. 그럼 어떡해? 한다고 해? 그럼 얘는 졸업식을 결혼식으로 만들고도 남을 놈인데? 생각, 생각, 생각…… 생각이 안 나!

이안이 내 손을 잡으며 손등에 입을 맞췄다. 그와 동시에 구경하고 있던 여자들의 짧은 탄식이 들려왔다.

"리아, 대답해."

에라, 모르겠다!

"조, 졸업하고 1년 후! 반드시 결혼할게요!"

이안은 그런 나의 대답이 그다지 마음에 들지 않는지 눈썹을 씰룩거렸다.

윽! 왜! 뭐! 뭐가 마음에 안 드는데! 그것도 엄청 많이 봐준 거야, 몰라? 정말 몰라?

"왜 1년이 더 늘었어?"

허어…… 얘 봐라. 내가 언제 졸업하면 바로 결혼한다고 했었던가? 잠깐만. 생각 좀 해보고…… 야! 아니거든? 난 분명 졸업한 후에 생각을 해보겠다고 했지, 한다고는 안 했어!

"이안, 그 정도도 나 무지 많이 양보한 거예요. 그러니 이쯤에서 합의해요."

"별로 썩 마음에 드는 건 아니지만 일단은 알았어. 앞으로 리아 마음을 돌리도록 좀 더 획기적인 이벤트를 생각해 볼게."

아니야! 생각하지 마! 아무것도 생각하지 마! 그냥 머리를 비워!

비워! 비우라고!

"이안, 오늘은 너무 피곤해서 그러니까 나 좀 쉬게 해줘요. 뭐가 어찌 됐든 청혼은 승낙했잖아요."

"알았어."

"그럼 나 여기서 바로 지하철 타고 갈 테니까 내일 봐요."

"어딜?"

"집에요."

"우리 집으로 가."

아니, 난 쉬고 싶다고! 너네 집 가면 또 못살게 굴 거잖아! 그건 쉬는 게 아니야!

"그냥 집에……."

"이리 와."

이안은 내 손을 꼭 잡은 채 지하철역 안으로 들어갔다. 방향을 보니 우리 집은 절대 아니다.

그래, 괜히 또 힘만 빼고 지치느니 그냥 간다, 가…….

"리아는 그냥 가만히 있어. 내가 밥도 주고 씻겨주고 재워줄게. 편하게 쉬어."

너 무슨 개 키우니…… 이러다 아예 목줄 매고 개집에 들어가는 거 아닌가 모르겠다.

이안의 집에 도착한 나는 그대로 침대 위에 쓰러졌다. 이안 하나만 상대하기도 벅찬데 그 말도 안 되는 상담사랑 붙었더니 체력 고갈 상태다.

아무래도 체력을 좀 더 길러야겠어. 정신적으로도 육체적으로도 체력이 너무 저질이야. 저 이상한 외계인을 감당하려면 지금 내게 필요한 건 강철 체력이야!

이런 내 마음을 아는지 모르는지 이안은 내게 다가와 옆에 앉아 물었다.

"벌써 자려고? 아직 해도 안 졌는데. 뭐라도 먹고 자."

"아니요, 됐어요. 그냥 누울래요."

"어디 아픈 건 아니지?"

"으응…… 아니에요."

아프다기보다는…… 뭐랄까? ……심신이 피로하다…….

얼마나 시간이 지났을까. 난 칠흑 같은 어둠 속에서 눈을 떴다. 지금이 몇 시쯤이나 됐을까? 이렇게 캄캄한 걸 보니 한밤중이겠구나. 그런데 이안은? 어디 있지? 손으로 내 옆자리를 더듬어보았지만 이안은 그곳에 없었다. 이상하네. 편하게 자라고 나가서 자나? 난 방 밖으로 나가보려고 침대에서 벗어나 바닥에 발을 디뎠다.

응? 이건 뭐지? 발바닥 쪽에서 뭔가 바스락거리는 소리가 났다. 종이인가? 난 스탠드 조명을 켜고 방바닥을 확인했다.

헉! 이게 다 뭐야?

방바닥엔 노란색 포스트잇 종이가 한가득 붙어 있었다. 허리를 숙여 깨알 같은 글씨가 적혀 있는 종이들을 한 장씩 떼어서 읽어보았다.

—I'm writing a letter to the one I love.

사랑하는 이에게 편지를 쓰고 있어요.

아⋯⋯이안이 다 해놓은 거구나⋯⋯ 그럼 어디⋯⋯.

—I only want you just because you're there.

난 단지 당신이 존재한다는 것만으로 원하고 있어요.

—I love you to high heaven.

하늘 끝까지 당신을 사랑합니다.

—You don't know how much I love you.

내가 얼마나 당신을 사랑하는지 당신은 모르고 있어요.

—I will love you for the rest of my life.

내가 죽어도 당신을 사랑할 겁니다.

—I love you more than words can express.

말로 다 표현하지 못 할 정도로 당신을 사랑합니다.

—From the beginning, I loved you more than anyone else in the world.

처음부터, 난 세상 그 누구보다 당신을 사랑했습니다.

—And I love you more every day.

그리고 날마다 더 당신을 사랑하고 있습니다.

—Every day, I'm afraid to lose you I love.

매일같이 난 내가 사랑하는 당신을 잃을까 봐 겁이 납니다.

—OK. Now and then, do you know I really love you?

좋아요, 그럼 이제 내가 당신을 얼마나 사랑하는지 알고 있나요?

아…… 이 자식……. 누가 뭐라고 한 것도 아닌데 갑자기 내 눈에 눈물이 차올랐다. 세상에 태어나서 엄마 아빠한테도 받아보지 못한 사랑을 지금 받고 있다고 생각하니 어쩐지 가슴 깊은 곳에서부터 뜨거운 것이 치밀어 올라 울컥했다.

널 정말 어쩌면 좋을까. 내 자는 얼굴 보면서 이걸 쓰고 있었던 거야? 그런데 이왕이면 한글로 쓰지 그랬어……. 필기체 영어는 알아보기 힘들단 말이야…….

뭐, 아무튼 감동적이니 패스. 너 어디 있니? 누나가 좀 예뻐해 줄게.

방문을 열고 거실을 살펴보니 바닥에 또 똑같이 노란 포스트잇이 소파까지 길게 늘어서 있었다.

—You mean the world to me. Will you marry me?
당신은 나에게 세상 전부나 마찬가지예요. 나랑 결혼해 주겠어요?
—I'll give you my all if you marry me.
나와 결혼해 준다면 내 모든 것을 당신에게 바치겠어요.
—Please let me know soon whether it is yes or no.
가부를 빨리 알려주세요.
—Would you give me your hand?
나와 결혼해 줄래요?

으이그…… 하여간 놓치질 않는구나. 틈만 나면 이렇게 들이대고 있으니. 하지만 뭐…… 조금, 아주 조금 맘에 들었어. 넌 역시 내가 만난 사람 중에 최고야. 아니다. 세상 그 어떤 누구보다도. 사상 최고야.

한 장씩 포스트잇을 떼면서 소파에 가보니 이안이 아주 편안한 얼굴로 잠이 들어 있었다.

자는 게 제일 예쁘다. 입도 안 열고, 들이대지도 않고, 날 당황하게 만들지도 않으니. 관상용으론 딱인데. 내 남자하기는 좀 부담스러워…… 그래도 멋지긴 하다.

이안의 잠든 얼굴을 한참 바라보다가 그의 손등에 붙어 있는 마지막 한 장의 포스트잇을 발견했다.

—This is my gift to you. It's me!
내가 당신에게 주는 선물은 바로 나예요!

풉! 귀여워. 응, 그래. 맞아. 네가 나에겐 가장 큰 선물이야. 좀 피곤하고 지치고 힘들긴 해도 매일 사랑받고 있다는 걸 잘 알고 있어. 그대로 돌려주지 못해서 미안해. 원래 트리플 A형들은 좀 소심해서 그래. 그래도 결국은 네가 원하는 대로 다 하고 있잖아? 그러니까 조금만 기다려 줄래? 너한테 조금이라도 어울리는 여자가 되고 싶으니까. 지금은 내가 너무 초라해서 너에게 다가갈 수가 없어. 넌 너무 빛이 나는 사람이니까.

난 이안의 이마에 조심스럽게 입을 맞춰주었다. 그리고 잠든 그의 귓가에 아주 작은 소리로 속삭였다.

"Yes. I'm at your disposal(그래요, 당신이 원하는 대로 할게요)."

이안이 조금 움찔거렸다. 아차차…… 나도 모르게. 음…… 빠져나갈 구멍을 만들어 둬야겠다.

"But, not now……(하지만 지금은 말고요……)."

휴우…… 이 정도면 됐겠지? 참 나, 이젠 자는 애를 두고도 긴장을 하네.

안도의 한숨을 내쉬고 있을 때, 갑자기 이안의 눈이 번쩍 떠졌다. 깜짝 놀란 내가 뒤로 물러서려는 걸 이안은 재빨리 목덜미를 휘감아 그에게로 끌어당겼다.

"아하하…… 이안 깼어요?"

"응."

"음…… 방에 들어가서 자요. 여기서 이러지 말고."

"다 들었어."

응? 뭘?

"앞에 것만 접수. 뒤에 거는 안 들은 걸로."

아…… 그거. 잠깐. 야! 너 왜 골라 들어! 들으려면 다 들어야지! 난 분명히 지금은 아니라고 했다? 지.금.은 아니라고!

내가 어색한 미소를 지으며 그에게서 빠져나가려고 하자 이안이 나를 잡은 손에 더욱 힘을 주었다.

"또 어딜 가려고."

"음…… 그게…… 화장실?"

"이리 와."

이안이 뜨거운 입술로 내 입술 위에 내려앉았다. 언제나 그렇듯이 이안의 키스는 너무도 달콤하고 황홀하다. 단 한 순간도 놓치지 않으려는 듯 이안은 내 입안을 누비고 다녔다. 난 나도 모르게 스르르 눈이 감기고 온전히 그에게 나를 맡기고 있었다.

"리아, 누구 거야?"

응? 이건 또 무슨 뜬금없는 소리야?

"네?"

"너 누구 거냐고."

내가 누구 거라니…… 난 당연히 내…… 아, 원하는 대답이 이게 아니구나. 해줄까, 말까. 후훗! 약 오르지롱.

"음…… 낳아주신 우리 부모님 거?"

"애도 아니고 이제 성인이잖아."

"그럼 자주적으로 내 거?"

"……."

왜! 뭐! 내가 틀린 말 했어? 참 나…… 이거 가지고 삐지기는…… 알았다, 알았어. 옜다! 먹고 떨어져!

"난 이안 거."

으아아! 대패! 대패! 내가 해놓고 감당을 못 하겠어! 대패 가져와! 빨리!

하지만 그제야 만족스러운 미소를 입가에 띤 이안은 살며시 나를 안아주었다.

"그럼 이제 나랑 여기서 사는 거지?"

저…… 여보세요? 혹시 제 말에 무슨 문제가 있었나요? 어째서 또 얘기가 그렇게 되는 겁니까?

"이안."

"왜?"

"이안은 다 좋은데 너무 들이대요."

"좋으니까 그러지."

"아니, 무슨 애도 아니고 왜 이렇게 보채요. 이러다 내가 진짜 질려서 이안한테 헤어지자고 하면 어쩔 거예요?"

그래, 어차피 이안하고 결혼하기로 마음먹은 건 맞긴 하지만 이 문제만큼은 꼭 짚고 넘어가야겠어. 너 진짜 너무 들이대! 조금만, 아주 조금만…… 자제를 부탁해.

"리아는 내가 싫어?"

"내가 언제 싫다고 했어요? 조금만 자제를 해달라는 거잖아요."

"싫은 게 아니면 됐어. 패스."

아니, 뭐 이런! 야! 너 귓구멍이 막혔어? 왜 그래, 도대체! 뭐가 문제야!

"그보다 나 배고파."

"그래요? 음…… 우리, 라면 먹을까요? 야참으로 먹는 라면이 제일 맛있어요. 다음 날 100% 후회하긴 하지만."

"리아도 배고파?"

"난 뭐 그냥 그래요."

"그럼 나만 먹을래."

엇! 치사하게…… 먹을 거 가지고…… 내가 먹으면 얼마나 먹는다고. 응? 그런데 왜? 어째서? 와이? 나한테 점점 가까이 오는 거야? 너 배고프다며? 얼른 주방으로 가서 물이나 끓여!

"잘 먹겠습니다."

이안이 나를 번쩍 들어 올려 침실로 성큼성큼 걸어갔다.

아…… 배고프다는 게…… 이거야? 나 또 네 먹잇감이 되는 거구나. 오늘은 또 얼마나 오래 할 건데? 우리 인간적으로 시간을 좀 정해놓고 하면 안 될까? 넌 외계인이라 괜찮을지 몰라도 인간의 몸을 가지고 있는 나는 너무 힘들다.

"리아는 그냥 가만히 있어. 내가 다 알아서 할게."

아니, 나는 그게 아니고! ……알았어……. 맘대로 해. 언제 네가 내 말을 들어주기나 했니. 마음껏 먹어, 소화 잘 시키고. 알았지? 살려만 줘라.

이안이 날 침대에 내려놓은 후 천천히 옷을 벗기 시작했다. 아까 켜놓은 스탠드의 불빛 덕분에 이안의 모습이 적나라하게 내 눈앞에 펼쳐졌다.

윽…… 나 코피 날 것 같아. 저 자식 몸이…… 몸이…… 아…… 예술이다.

머리끝부터 발끝까지 단 한 군데도 흠잡을 곳이 없는 이안은 순식간에 태초의 모습이 되어 침대 위로 올라왔다.

아담이 아마 이렇게 생겼었을 거야. 그러니 자손이 그리 번창을 했지……. 누가 봐도 잡아먹고 싶게 생겼잖아? 이브라고 뭐 별수 있었겠어?

"이안."

"왜?"

"잠깐만요."

"그러니까 왜."

"나 이안 좀 만져 봐도 돼요?"

"마음대로."

이안이 말을 마치자마자 내 옷에 손을 대었다.

"아니, 아니, 아니! 이안은 가만히 있고 나만! 나만! 내가 먼저!"

"왜 또."

"그게…… 하다 보면…… 어느 순간부터 정신을 놔버려서 이안을 제대로 보지도 못하고 제대로 만져 보지도 못한단 말이에요. 그러니까 잠깐만 나한테 시간을 좀 줘요, 멋진 남자친구 감상 좀 하게."

"큭큭, 알았어. 좋을 대로 해."

이안이 내 옆에 얌전히 누워 나를 바라보았다. 꿀꺽. 마른침이 넘어간다. 난 천천히 손을 들어 탄탄한 그의 어깨부터 매만지기 시작했다.

운동을 하는 것도 아닌데 어떻게 이렇게 어깨가 떡 벌어졌지? 참 희한하네. 넌 아마 신이 만들 때 무슨 창조 공모전에 출품하려고 내놓은 작품일 거야. 그러지 않고서야 이럴 순 없어. 여자보다도 하얗고 매끄러운 피부. 진짜 부럽다, 이 자식아.

이번엔 몸통에 잘 자리 잡은 그의 단단한 가슴에 손을 대어보았다. 내가 움직일 때마다 잔 근육들이 움찔거리는 게 간지러운 모양이다. 천천히 그의 배꼽 주변까지 손가락을 옮겨갔다. 어쩜 이렇게 군살 하나가 없을까. 그동안 그렇게 퍼먹은 설탕들은 다 어디로 간 거야. 오늘 보니 배꼽 주변에 있는 털들이 소용돌이 같은 모양을 이루고 있었다. 오오, 이건 또 몰랐던 사실이네.

"으음……."

이안이 움찔움찔하며 짧은 신음을 토해냈다. 응? 너 설마 느끼니? 이거 좋아? 더 해줄까? 난 이안의 배꼽 주변을 빙글빙글 돌아가며 간질여 보았다. 나한테 감상할 시간을 주겠다고 했으니 내게 손대지는 못하고 혼자서 몸을 이리저리 뒤트는 이안이 너무 재미있었다.

그럼 어디…… 조금만 더……. 천천히 조심스럽게 그의 허벅다리로 손을 옮겨가는데 갑자기 이안의 손이 날아와 내 손을 낚아채갔다.

"Time over. 이제 한계야."

순식간에 일어난 일이었다. 정말로 눈만 몇 번 깜빡였을 뿐인데 어느새 나도 그와 같이 태초의 모습으로 침대 위에 누워 있게 되었다. 어라? 이건 뭐지? 얘 마술도 해? 손도 안 보였는데!

"충분히 감상할 시간도 줬겠다, 이제 아무 문제 없는 거지?"

아니, 뭐…… 문제라고 한다면…… 좀…… 시간을 정해두자는 거……?

"잠은 이미 충분히 잤으니까 피곤하다는 핑계는 대지 마. 배고픈 것도 이따가 내가 다 해결해 줄 테니 중간에 도망가는 거 용납 안 해."

으…… 말도 못 꺼내겠다.

"음…… 알았어요, 알았는데…… 저기 있잖아요, 이안?"

"타임아웃이라고 했잖아. 이제 발언권 없어."

이안의 입술이 무서운 기세로 내 목덜미를 머금기 시작했다.

아…… 또 정신 놓을 시간이구나. 근데 얜 내 목에 왜 이리 볼일이 많아……. 누가 뱀파이어 아니랄까 봐. 그 기억을 마지막으로 난 정신이 아득해 져가는 것을 느끼며 눈을 감았다. 이안…… 살려는 줄 거지……?

☆　★　☆

며칠 뒤.

"아…… 조금만 더…… 조금만……."

"음…… 리아, 빨리해."

"좀 참아요, 남자가 왜 이렇게 참을성이 없어요?"

"참는 것도 한계가 있는 거야. 5초 안에 끝내."

"진짜 너무해, 계속 이안이 원하는 대로 다 했잖아요. 나 좀 만족시켜 주면 안 돼요?"

"이거 왜이래? 이거 분명히 리아가 하자고 한 거야. 내가 아니라. 그렇다고 일부러 져줄 수도 없는 노릇이잖아."

이안과 나는 휴일을 맞아 오랜만에 한가로운 시간을 보내다가 밖으로 나들이를 나가는 대신 집에서 젠가 게임(나무 조각을 탑처럼 쌓아놓고 하나씩 빼는 게임)을 즐기고 있는 중이다. 이안의 집에서 여러 가지 보드게임을 발견한 나는 이것저것 배워가면서 이안과 함께 놀이를 해봤지만 단 한 번도 이기질 못하고 끝이 났다. 그나마 젠가는 몇 번 해본 적도 있고 고도의 집중력만 있으면 되는 게임이라 이길 수 있을 줄 알았는데 여우 같은 이안이 자꾸 교묘하게 조각을 빼가는 바람에 내리 세 판을 졌다.

"알았어요, 지금 중요한 순간이니까 자꾸 말시키지 말아요."

난 조심스럽게 조각을 빼내느라 숨도 쉬질 않고 있었다. 거의 성공하나 싶었는데 갑자기 이안이 내 귀에 바람을 불어넣는 바람에 깜짝 놀라서 손이 미끄러졌다. 우르르 무너져 내리는 나무조각들을 멍하게 바라보다가 이안을 쏘아보았다.

"치사하게!"

"내가 뭘?"

"방해했잖아요! 페어플레이 정신에 위배되는 거예요."

"우리가 무슨 올림픽 하는 것도 아니고 거창하게 페어플레이 정신까지 들먹일 건 없잖아. 그보다 이제 그만하고 나랑 놀아줘 봐. 심심하단 말이야."

헐…… 여태 나랑 논 건 놀아준 걸로 안 쳐주는거냐. 그럼 하루 종일 멀뚱멀뚱 네 얼굴만 쳐다볼까. 이젠 하다하다 나무 조각에까지 질투를 하는 거냐. 진짜 너 같은 놈은 보다보다 첨 본다.

"자요, 그럼 이제 뭐 해드릴까요? 원하시는 걸 말씀이나 해보시죠."

"노래 불러줘."

노래…… 가 듣고 싶으면 음반을 사는 걸 추천한다. 꼭 생 라이브로 들어야겠니.

"딱 하나만 부를 거예요. 뭐 불러줄까요?"

"생일 축하 노래."

응? 응? 생일? 생일? ……너 혹시 오늘 생일인 거냐……?

"이안 혹시 오늘이 생일이에요?"

"응."

"그걸 왜 이제 말해요!"

"안 물어봤잖아."

아…… 그러네. 이안의 생일이 언제인지 물어본 적이 없구나. 가만, 그럼 이안은 내 생일 아나?

"리아 생일은 3월 14일."

으헉! 어떻게 알았지?

"리아에 대해서 내가 모르는 건 거의 없다고 보면 되지 않을까? 키는 165라고 우기고 있지만 실은 162. 몸무게는……."

"스톱! 그만! 안 들을래요, 거기까지!"

"왜?"

"여자의 신체 조건을 그렇게 함부로 얘기하는 법이 어디 있어요!"

"다른 사람도 아니고 본인에게 얘기하는데 뭐가 어때서?"

그러네…… 암튼! 지금 내 몸무게는 나도 모르니까 얘기하지 마! 알고 싶지 않아!

"그건 그렇고 진짜 이안 생일이 오늘이면 내가 이러고 있을 때가 아닌데. 뭐 갖고 싶은 게 있거나 가고 싶은 데 있어요? 아직 오늘이 다 가려면 시간이 많이 남아 있으니까 생각해 봐요. 아! 일단 축하 노래부터."

난 이안의 앞에 두 손을 곱게 중창단 단원처럼 모으고 서서 성의

있게 생일 축하 노래를 불러주었다.

세상에…… 결혼까지 생각한 연인의 생일조차 모르다니. 난 연인 자격도 없어. 그러고 보니 난 이안에 대해서 아는 게 별로 없구나. 오늘을 기점으로 확실히 이안에 대해서 속속들이 알아봐야겠다.

"생일 축하해요, 이안. 생각해 봤어요?"

"뭐를?"

"갖고 싶은 거."

"리아."

너 한 대만 맞자……. 그런 거 말고!

"리아 말고 가지고 싶은 건 아무것도 없어."

"그럼 어디 특별히 가보고 싶은 데는요?"

"달."

"달이요? 하늘에 떠 있는 달? moon?"

"응. moon. honeymoon."

너 아무래도 안 되겠다. 진짜 딱 한 대만 맞자…….

"장난하지 말고요. 내가 해줄 수 있는 걸 말해야죠."

"그럼 그걸 리아 말고 누가 해줄 수 있어? 내가 갖고 싶은 리아는 리아만 줄 수 있고 내가 결혼하고 싶은 사람도 리아뿐이니 허니문도 리아만 해줄 수 있지."

졌다. 하긴 내가 널 무슨 수로 이기니. 생각도 안 했단다.

"아무래도 안 되겠어요."

"뭐가?"

"그래도 명색이 결혼을 약속한 사이인데 난 이안에 대해 아는 게 너무 없어요. 그래서! 오늘은 그것이 알고 싶다, 이안 맥스웰의 날로 잡기로 하겠어요."

"풋! 그건 또 뭐야?"

"뭐긴 뭐예요? 일단 말로 하면 잊어버리기도 쉽고 또 생각을 정리할 시간도 필요하니까 질문을 정리해서 A4지에 깔끔하게 정리해서 가져올게요."

"나 참, 별 쓸데없는 데 그렇게 열정을 불태우고 그래. 나한테 신경을 좀 쓰라니까."

"이게 왜 쓸 데가 없어요? 잘 알지도 못하는 사람과 결혼을 할 수는 없는 노릇이잖아요."

난 이안에게 입을 샐쭉 내밀고 종이에다가 이안에 대해 궁금했던 것을 하나씩 적어 내려갔다.

음…… 일단 가족 관계. 양부모라는 건 알지만 또 다른 형제가 있는지, 아니면 혼자인지. 그리고 정확한 미국 주소. 또…… 음…… 응? 나 왜 별로 궁금한 게 없지? 이상하다. 원래 궁금한 게 많아야 정상 아닌가? 좋아하는 음식? 단거. 그리고 나……. 좋아하는 음악? 샌프란시스코. 좋아하는 사람? 나……. 좋아하는 곳? 나랑 함께라면 어디든……. 이러니 내가 궁금한 게 없지! 대답이 뻔해! 너무 뻔해!

"다 적었어? 어디 줘봐."

이안이 내가 쓰다 만 종이를 가져다가 뭐라고 끼적였다.

"뭐 해요?"

"대답 적는 중인데?"

이안이 적어놓은 걸 보니 정확한 미국 내 주소지와 양부모인 걸로 보이는 맥스웰 부부의 이름이 적혀져 있었다. 다른 이름은 없는 걸로 보아 원래 맥스웰 부부에겐 아이도 없고 다른 아이를 입양하지도 않았나 보다.

"생일인 거 모르고 지나쳐서 미안해요."

"상관없어. 내겐 별 의미 없는 날이야. 오히려 리아를 처음 만난 날이라면 모를까."

"오늘은 이안이 하자는 거 다 해줄게요! 우리 뭐 할까요?"

이안이 나의 말을 듣더니 이를 드러내 보이면서 화사하게 웃었다.

"진짜?"

"진짜."

"한 번만 천천히 다시 말해줄래?"

아…… 얘 또 왜 이래……. 넌 사람 말을 그렇게 못 믿니? 나 몰라? 나 이리아야. 아무리 없이 살아도 빌린 돈은 칼같이 갚는다고 해서 칼리아라고 불려. 이래 봬도 꽤 신용 있는 사람인데 너한텐 아닌가 보구나. 좋아. 까짓 한 번 더 해주는 게 뭐가 어렵겠어.

난 이안의 눈을 똑바로 바라보며 한 자, 한 자 정확히 발음했다.

"오늘은 이안이 원하는 거, 하자는 거 다 들어줄게요. 미리 선물 준비 못 한 대신 이게 내 선물이에요."

이안은 매우 만족스러운 미소를 입가에 올린 후 일어나 드레스 룸으로 들어갔다. 커다란 선물상자를 가지고 밖으로 나온 이안이 내게 그 상자를 내밀며 말했다.

"여기에 있는 거 전부 한 번씩 다 입어봐 줘."

"이게 뭔데요?"

상자를 열어본 나는 경악을 금치 못했다. 그곳에는 총 일곱 벌의 속옷 세트가 들어 있었는데 전부 망사와 T팬티로 이루어진 색색의 향연이 펼쳐져 있었다.

참…… 취향…… 골고루도 골라왔네. 호피에 얼룩말에 뒤는 다 망사…… 이건 또 뭐야? 얜 아예 앞도 망사네…… 뭐 어쩌라는 거야…… 헉! 이건 심지어 밑도 뚫려 있어!

"이안…… 저기…… 이걸 그러니까 전부?"

"응. 그리고 피지에서 했던 것처럼 그 꼬물이 댄스 다시 춰줘. 나 그때 진짜 숨넘어가는 줄 알았어. 자세히 못 봤단 말이야."

"시, 시, 싫어요! 절대 싫어요! 죽어도 못 해요!"

나의 강한 부정을 들은 이안이 휴대폰을 들어내 귀에 들려주었다.

[오늘은 이안이 원하는 거, 하자는 거 다 들어줄게요. 미리 선물 준비 못 한 대신 이게 내 선물이에요.]

치사한 자식…… 녹음을 하다니……. 억울한 마음에 올려다본 이안의 얼굴엔 정말이지 눈이 멀 정도로 찬란한 미소가 빛나고 있었다.

약 한 시간 후. 난 거의 녹초가 되어가고 있었다.

헉헉…… 이 지독한 외계인 같으니……. 기어이 일곱 벌을 다 입힌다 이거지? 피지에서 그 단 한 번의 섹시 댄스를 췄던 것도 내가 얼마나 힘이 들었었는데! 물론, 넌 꼬물이 애벌레 댄스로 보였겠지만…… 아무튼! 그거 한 번으로도 내가 얼마나 힘들었었는데 그걸 기어이 일곱 번을 다 시키고 있네!

겨우겨우 여섯 번의 스트립댄스를 마치고 이제 마지막 한 벌 만이 남았다.

에고고…… 삭신이야……. 진짜 넌 오늘이 생일만 아니었으면 국물도 없었어!

난 가쁜 숨을 몰아쉬며 드레스룸으로 가서 마지막으로 입을 속옷 세트를 집어 들었다. 그런데 이 마지막 한 벌이 내게는 지금까지 보다도 가장 큰 난관으로 다가왔다. 이건 정말 속옷이라고 말하기도 민망할 정도로 모든 부분이 망사로 되어 있어서 입으나 마나 당최 뭘 가릴 수가 없는 속옷이었다.

게다가 압권은 바로! 아래에 입을 속옷…… 심지어 밑이 뚫려 있다.

음…… 이거 진짜 입어야 하나…….

"리아, 아직 멀었어?"

이안의 재촉하는 소리가 들려왔다.

아오! 그래! 한다, 해! 잠깐이면 끝나니까 하긴 하는데! 대신…… 그…… 허리 숙였다가 들어 올리는 그거만 하지 말자. 밑이 다 뚫려서 그랬다간 훤히 다 보일 거 같아. 내 팔자야…….

한참을 망설이다가 이왕 할 거 눈 딱 감고 빨리 끝내자는 심정으로 후딱 갈아입고 가운을 걸친 나는 이안이 기다리고 있는 침실로 다시 들어갔다. 이안은 지금까지 총 여섯 번의 스트립댄스를 관람

하는 동안 숨넘어갈 정도로 웃느라 지쳐 이제는 아예 침대 위에 쓰러져 있는 상태였다.

넌 뭐가 그렇게 웃기니? 나 참…… 나름 섹시댄스였는데! 관두자. 넌 언제나 나의 예상을 상회하니까 그냥 차라리 생각을 안 하련다.

"이안, 이번이 마지막이에요. 그리고 나 다시는 이거 안 해요, 알았죠? 약속한 거 잊지 말아요!"

"크크크크, 알았다니까. 어서 하기나 해."

처음 한 번의 스트립쇼를 본 직후, 이안은 아예 작정하고 방 안에 오디오 세트를 가져와서 끈적끈적한 음악까지 곁들여 제대로 감상을 하고 있었다. 저걸 그냥…… 아주 신났네, 신났어.

이안이 웃느라 떨리는 손으로 플레이 버튼을 누르자 다시 그 끈적끈적한 목소리의 여가수가 부르는 노래가 흘러나왔다. 흐느적흐느적 음악에 맞춰서 살랑살랑 엉덩이를 흔들며 가운을 벗은 나는 이안이 꼬물이라고 부르는 섹시 웨이브에 혼신의 힘을 가했다. 난 분명히 섹시인데 왜 쟤 눈엔 애벌레로 보이는지 알 길이 없는 나는, 마지막이니만큼 더 공을 들여 나름 엄청난 웨이브를 선보였다.

"자, 이제 끝! 됐죠?"

"어? 그거 뒤돌아서 허리 숙였다가 일어나는 거 안 했잖아."

그걸 또 외웠냐……. 징한 놈.

"지금까지 한 걸 뭘 똑같이 또 하라고 그래요. 이번 건 이걸로 패스. 끝!"

"그런 게 어디 있어. 분명히 내가 원하는 대로 다 들어주기로 약속한 건 리아잖아. 생일인데…… 선물도 안 주고……. 내 생일인 거 알지도 못하고…… 하나밖에 없는 사랑하는 사람인데…….”

“알았어요! 해요, 해! 한다고요!”

저…… 지독한 외계인…… 끈질긴 외계인……. 너 나중에 두고 보자. 언젠가 내가 꼭 너의 스트립쇼를 보고야 말리라!

하는 수 없이 창피함을 무릅쓰고 이안에게 마지막 남은 필살기까지 선보인 나는 내 손으로 그 지긋지긋한 음악을 꺼버린 후 침대에 털썩 주저앉았다. 어서 가서 옷이라도 갈아입고 싶지만 지금은 손가락 하나 들 기운도 없는 상태였기 때문에 지친 몸을 잠시라도 쉬게 해주고 싶은 생각뿐이었다. 이안은 자지러지게 웃다가 침대 바깥으로 굴러떨어져 이젠 바닥에서 뒹굴며 웃는 중이다. 그래, 마음껏 웃어라. 그렇게 재미있었냐. 나는 죽겠다. 그래도 얼마 지나지 않아 이리저리 뒹굴며 웃던 이안의 웃음소리는 점점 사그라지면서 감정을 추스른 듯했다.

“아…… 진짜 리아는 최고야. 날 이렇게 웃게 만드는 여자는 세상에 리아뿐이야.”

“그것참…… 고맙다고 해야 할지……. 어쨌든 칭찬으로 받아들일게요. 하지만! 두 번 다시 안 해요. 무슨 일이 있어도! 알았죠?”

“알았어, 알았어. 이리 와, 리아.”

됐거든? 뭘 또 오라 가라 해! 나 죽겠다고! 이 땀 안 보이냐고! 안고 싶으면 네가 와! 넌 웃는 거밖에 한 게 더 있어? 난 지금 죽을 지경이야!

내가 본체만체 고개를 돌리는 것을 본 이안이 피식 웃으며 내게 다가와 그의 무릎 위에 나를 올려놓았다.

앗. 아무리 힘들어도 옷부터 갈아입었어야 하는데…… 지금 이 옷은…… 참…… 옷이라고 말하기도 거시기한…… 그런데 이안 무릎에 앉았으니 다시 일어나게 해줄 리가 없고…… 아까까지는 힘들고 더워서 땀이 났었는데 지금은 갑자기 밀려오는 긴장감 때문에 식은땀이 흘러내렸다.

"수고했어, 리아. 내 생애 최고의 생일 선물이었어."

예상했던 대로 이안의 입술이 나를 찾아와 달콤하게 머금었다. 조금씩 안으로 파고들면서 내 입안을 유유히 누비고 다녔다. 점점 더 깊숙이 안으로 침투해 오는 그의 혀가 나의 혀를 거세게 휘감아 올렸다 풀기를 여러 번 반복하니 난 지금 내가 놓인 처지를 까맣게 잊고 그의 키스에 빠져 정신을 차리기 힘들었다.

아…… 너무 좋다. 역시 사랑하는 사람과 하는 키스는 언제 해도 달콤하고 기분이 좋아지는구나. 으응? 그런데 잠깐. 너 손이 자꾸 움직인다? 어허! 어딜 기어올라 와! 거기 안 서? 딱 서! 딱 서 있어!

이안의 손이 자꾸만 내 몸을 더듬기 시작했다. 그제야 내가 거의 벗고 있는 거나 다름이 없다는 사실을 깨달은 내가 이안의 품에서 빠져나오려고 몸을 비틀었다.

"왜 그래?"

"응? 아…… 좀 힘들어서……."

"그렇구나. 그럼 리아는 가만히 있어. 아무것도 안 해도 돼. 내가 다 알아서 할게."

야! 뭘 알아서 해, 뭘! 그게 아니고! 너 떨어지라고, 당장 떨어지라고!

"저기 이안!"

"왜."

"우리 인간적으로 밥은 먹고 합시다!"

"배고파?"

그걸 말이라고 해? 내가 지금까지 얼마나 중노동을 했는데! 너 몰라? 그렇게 웃어놓고 정말 몰라? 배가 아주 쑥 들어간 거 안 보여? 배만 들어갔니? 피곤해서 눈까지 쑥 들어간 건 어쩔 거야? 나 이러다 난민 소리 듣게 생겼어!

"지금 엄청나게 배고파요! 밥부터 먹어요, 밥!"

"알았어, 내가 뭐라도 만들어 올게."

엇! 이안이 직접 만들어 오면 금방 끝나잖아. 안 돼, 안 돼, 안 돼, 안 돼! 오늘은 절대 안 돼! 이안, 미안하지만 생일 선물은 이걸로 끝이야, 나까지 달라고 하지 마. 나 지금 힘들어서 너랑 뭘 또 하고 싶은 생각 추호도 없거든? 가만있어 봐…… 어떻게 해야 이 상황을 뚫고 나가지?

"이안! 외식해요, 외식!"

"외식?"

"명색이 생일인데, 우리 고기 먹읍시다. 고기, 고기!"

"고기 먹고 싶어?"

"아니, 사람이 왜 그래요, 중노동을 시켰으면 체력 보강을 시켜 줘야 할 거 아니에요. 나가요, 일단 나가서 먹자고요."

그렇지! 일단 집 밖을 벗어나야 이안이 딴생각을 안 할 테고 고기도 배부르게 맘 편히 먹고. 일석이조잖아? 여기서 먹으면 내가 다 먹기만을 기다리는 네 앞에서 내가 목구멍으로 음식이 넘어가겠니? 안 체하면 다행이지.

간신히 이안을 설득하는 데 성공한 나는 서둘러서 옷을 갈아입었다. 큰일 날 뻔했네. 저 자식 아주 날 잡아먹으려고 작정을 했었어. 무서운 놈……

이안과 분위기 있는 곳에서 우아하게 칼질을 하고 싶은 마음은 굴뚝같았지만 난 그 분위기마저 이상한 쪽으로 흘러가는 것을 우려해 결국 숯불구이집으로 향했다.

그래, 이거나 그거나 다 같은 고기야. 소냐, 돼지냐 그 차이지 뭐. 뱃속에 들어가면 다 똑같아. 일단은 먹고 보자! 먹고 튀는 거야! 후후후……

맛있는 냄새를 풍겨가며 익어가고 있는 고기들을 보니 원래부터 배가 고프기도 했었지만 금방이라도 입에서 침이 뚝뚝 떨어질 정도로 시장이 몰려왔다.

으…… 배고파…… 대충 익었으니 일단 먹고 보자.

젓가락을 들어 고기 한 점을 집으려는데 이안이 내 손을 막았다.

"아직 안 익었어, 리아."

"원래 고기는 핏기만 가시면 먹는 거예요."

"그거 누가 그래? 소고기는 몰라도 돼지고기는 잘 익혀 먹어야 탈이 안 나지."

"괜찮아요, 고기는 뱃속에 들어가면 다 똑같아요."

어이없어하는 이안의 시선을 고스란히 받아내면서도 난 꿋꿋하게 입안에 고기 한 점을 쏙 집어넣고 우물거렸다.

"리아, 밥이랑 같이 먹어. 아니면 채소라도 곁들이든가."

"난 됐어요, 이안이나 그렇게 먹어요. 난 원래 고기 먹을 땐 밥 안 먹어요."

"어째서?"

"그래야 고기를 더 많이 먹을 수 있으니까. 밥은 매일 먹는 거지만 고기는 매일 먹을 수 있는 게 아니잖아요? 그러니까 먹을 수 있을 때 최대한 많이 먹어야죠."

"리아가 원하면 언제라도 얼마든지 고기 사줄 테니까 이제부턴 그렇게 먹지 마. 몸에 안 좋아. 우리 오래도록 건강하게 살아야 하잖아."

내가 참…… 너한테 별소리를 다 듣는구나. 날마다 설탕을 들이 붓는 애한테 들을 얘기는 아니라고 본다, 난. 넌 아마 40도 되기 전에 당뇨 올걸? 그래, 우리 둘이 넌 당뇨, 난 고지혈증으로 나란히 병원 다니면 되겠네. 내버려 둬. 난 이렇게 살다 죽을 거야. 난 절대로 고기의 즐거움을 포기 못 해.

"그보다 이안, 이제 곧 있으면 졸업인데 이안은 뭐 생각해 둔 거 있어요?"

"뭘?"

"졸업 후 진로라든가 계획이요."

"있지."

그래? 있어? 난 또 네가 아무 생각 없이 사는 줄 알았더니 그건 또 아닌 모양이네?

"뭔데요?"

"음…… 구체적으로 계획을 잡자면 좀 더 있어야겠지만 굳이 순

서를 정하자면 일단은 미국으로 가서 리아를 우리 부모님께 소개
시키고 그다음에 리아 부모님께 인사드리고. 사실 허락이 필요한
나이는 아니지만 그래도 예의는 지켜야 하니까 하는 거야. 그런 다
음에 식장은…… 아, 한국에서 하지 말까? 신혼여행이나 신혼살림
같은 건 아무래도 리아의 의견을 수렴해야 하니까 나중에 다시 생
각해 보는 게 좋겠지? 일단 내 생각은 이래."

그러니까 졸업 후 계획이 나랑 결혼하는 거냐……. 아니! 그거
말고! 야, 이 자식아! 내 질문의 요지가 뭔지 몰라? 정말 몰라? 됐
다. 말을 말자. 외계인과 정상적인 대화를 나누려고 했던 내가 잘
못이다.

이안이 먹든 말든 놔두고 나 혼자 열심히 젓가락질을 쉼 없이 하
고 있는데 어디선가 나를 아는 척하는 여자의 목소리가 들려왔다.

"리아? 너 리아 맞지?"

응? 누구지?

소리가 나는 쪽으로 돌려보니 엄청 화려하게 차려입은 여자가
내게로 다가오며 말을 걸고 있었다.

"……누구?"

"어머, 얘 너 나 기억 안 나니? 나 유정이야, 최유정."

최유정? 최유정이라면…… 같은 과, 같은 학번 동기이긴 한데.
……너님은 누구세요? 얼굴이 완전 다른데요?

"그…… 러니까 1학년 때 같이 수업 들었던 최유정?"

"응, 맞아. 이제 기억나?"

아니…… 사실은 기억 안 나……. 내가 아는 유정이는 뚱뚱한 것

까지는 아니지만 꽤 살집이 있고 쌍꺼풀도 없고 턱도 사각인 데다 코도 낮아…… 그런데 댁은 누구세요?

내가 자신을 유정이라고 주장하는 여자의 얼굴을 자세히 뜯어보며 관찰을 하니 그 여자가 나만 들리도록 귓가에 살짝 속삭였다.

"너무 변해서 몰라보겠지? 아주 조금 시술 좀 받았어."

아…… 과학의 힘을 빌렸구나……. 잠깐, 조금? 조금이라고? 야, 웃기지 마! 이건 완전 딴사람이잖아! 너 완전히 얼굴을 갈아엎었어! 페이스오프야! 이건 말도 안 돼! 이야…… 그 병원 어디냐. 이건 성형수술이 아닌 아트다, 아트. 완전히 새로 창조를 했네.

"으응…… 그래, 오랜만이다."

"옆에 남자 분은 누구? 애인?"

"응? 응."

"우와, 이렇게 멋진 남자를 어떻게 만난 거야? 너 여전히 능력 좋구나."

어째 말에 묘하게 가시가 있는 것처럼 느끼는 건 나뿐인가? 유정이는 이안에게 다가가 자기소개를 하며 손을 내밀었다.

"안녕하세요? 전 리아 친구 최유정이에요. 만나서 반가워요."

"이안 맥스웰입니다."

"어머, 한국분 아니세요?"

"국적은 미국입니다."

"그러시구나……. 리아는 어떻게 만났어요? 얘 보기보다 인기도 많아서 남자가 끊이질 않는 앤데 어떻게 용케 잘 잡으셨네요."

이거 지금 공격 들어온 거 맞지? 내가 착각하는 거 아니지? 어,

이상하네? 내가 얘한테 뭐 잘못한 게 있었나?

"네, 리아가 워낙 인기가 많아서 지금도 진을 좀 빼고 있습니다."

"그렇죠? 하긴 리아가 마음이 여려서 워낙 맺고 끊는 걸 잘 못해요. 예전부터 그랬거든요. 하지만 사귈 것도 아니면서 여지를 흘리고 다니는 건 정말 상대방에 대한 예의가 아니죠, 안 그래요?"

"맞습니다."

야! 와…… 얘 진짜 웃기는 애네? 내가 언제 남자들에게 여지를 흘리고 다녔어? 난 도무지 기억에 없는데? 그리고 이안 저것은 또 왜 맞장구를 치고 난리야! 아주 쌍으로 나를 죽이려고 드는군.

이안과 유정이는 나를 도마 위에 올려놓고 아주 잘근잘근 씹어대고 있었다. 모처럼 만에 먹는 맛있는 고기가 소화가 안 될 정도로 두 사람의 입방아에 내가 만신창이로 놓여 있었다.

"그런데 유정이 너는 여기에 왜 있는 거야?"

"아, 회사 사람들이랑 회식 왔어."

"안 가봐도 돼?"

"응, 이제 파장 분위기라 안 가봐도 돼."

이런…… 좀 보내려고 했더니 그것도 쉽지가 않네…….

"리아, 넌? 어느 회사 다녀?"

"어? 나? 난 아직…… 졸업을 못 했어."

"아직도? 세상에…… 난 너 벌써 졸업하고 취업한 줄 알았는데. 이제 졸업반이면 나이 어린 애들이랑 신입사원 경쟁해야 하는데 힘들겠다. 어쩌니? 특히나 여직원은 나이 어리고 파릇파릇한 애들을 선호할 텐데……. 시간 날 때 마사지라도 좀 받으러 다녀. 인물로라도 밀어야지, 안 그래?"

이거 지금 욕이야, 칭찬이야. 아까부터 묘하게 자꾸 거슬리네. 그런데 이안은? 왜 가만히 있지? 자기 여자친구가 당하면 좀 나서 주고 그래야 하는 거 아니야? 슬쩍 이안을 쳐다보니 이안은 아주 재미있다는 표정으로 나와 유정이를 번갈아 바라보고 있었다. 재미있구나. 네 여자친구는 지금 너덜너덜해져 가고 있는데…… 넌 재미있냐?

"그래, 뭐…… 안 그래도 취업난이 심각해서 사실 걱정이 좀 많이 되고 있긴 해. 그러는 유정이 너는 어느 회사 다녀?"

"나? 나야 뭐. 아빠 회사 다니는 거지. 착실하게 일 배워야 나중에 회사 물려받아도 잘할 수 있지 않겠어? 아! 너 다 떨어져서 혹시 갈 데 없으면 나한테 말해. 친구 좋다는 게 뭐니? 내가 아빠한테 말해서 네 자리 하나 정도는 만들어줄게."

그러고 보니 애네 집이 무슨 의류 수입 업체였지. 참 나, 지도 낙하산 주제에 누굴 챙긴다는 거야? 그리고 은근히 기분 나쁘네? 내가 아예 취업 못 할 거라고 미리 못 박는 거야? 그런 거야? 이거 왜 이래, 야! 내가 아무리 궁해도 너한테는 부탁 안 해! 별 그지 같은 게 그지 같은 걸로 더럽게 생색내고 있어!

화내기도 민망하게 교묘히 내 신경을 긁고 있는 유정이 때문에 분을 삭이지 못하고 있는데 이번에는 이안에게 화제의 초점이 돌아갔다.

"그런데 이안은 지금 뭐 따로 하는 일 있어요?"

"없습니다."

"어머, 백수? 저런…… 그럼 내가 괜찮은 아르바이트 하나 소개할까요?"

품…… 이안에게 아르바이트라니. 번지수 잘못 찾았지. 유정아, 내가 모르긴 몰라도 너희 회사 아마 이안이 살 수도 있을 거다. 음…… 그건 좀 무린가? 그럼 대주주 정도……?

내가 유정이의 제안에 피식 웃고 있는데 뜻밖에도 이안은 나를 한 번 쳐다본 후 찬란한 미소를 지으며 유정이에게 대답했다.

"그럴까요, 그럼?"

잠깐, 이거 뭐지. 이안이 아르바이트를 한다고? 왜? 어째서? 주식 폭락했나? 아닐 텐데? 난 영문을 알 수가 없어서 동그랗게 눈을 뜨고 이안을 쳐다보았다.

"이왕이면 리아랑 같이 할 수 있는 아르바이트면 좋겠는데 안 될까요?"

난 싫은데…… 쟤랑 별로 친하지도 않았고 아까부터 자꾸 뾰족하게 날 세우면서 얘기하는 게 어째 꺼림칙한데…… 최유정은 나를 한번 힐끗 쳐다보고는 다시 이안에게로 시선을 돌렸다.

"아마 그건 안 될 거예요. 신상품 카달로그 찍는데 서브모델이 필요한 거거든요. 메인모델은 물론 유명한 연예인이에요. 뭐, 구경만 한다면 모를까."

"리아, 구경하러 올래?"

"됐어요."

짜증 나, 짜증 나, 짜증 나. 아까부터 티 안 나게 내 신경을 자꾸 건드리는 최유정도 짜증 나고 뭐가 좋은지 저 쓸데없이 빛나는 미소를 날리며 대답하는 이안도 짜증 나. 내가 꼭 두사람 사이에 끼어 있는 눈치 없는 여자가 된 것 같아. 뭐지, 이 기분은?

최유정은 다시 한 번 내게 시선을 아래로 내리깔며 물었다.

"연예인 구경하고 싶으면 와도 돼. 사인 하나 받아가면 횡재하는 거잖아. 요즘 제일 잘나가는 이민후랑 수진이 메인모델이야."

"그래? 너희 회사 돈 많은가 보다. 광고비만 해도 어마어마할 텐데."

부글부글 끓어오르는 화를 억지로 내리누르며 대답하긴 했지만…… 이민후! 보고 싶다! 실물! 완전! ……그냥 못 이기는 척하고 갈까? 아니야! 자존심이 있지! 안 가! 절대로 안 가! 그깟 연예인이 뭐 대수야? 에이 씨…… 보고 싶다…… 이민후…….

"너 모르니? 중고등학생들한테 몇 년 전부터 우리 회사 제품들이 불티나게 팔리잖아. 가격도 만만치 않은데 말이야. 덕분에 사회적 이슈가 되어 뉴스까지 나갔지만 매출은 오히려 더 올랐어."

"그게 너희 회사에서 수입한 거야? 한 벌에 백만 원이 넘는 점퍼?"

"응, 몰랐구나? 아무튼 네 남자친구가 아르바이트하면 입은 옷도 전부 줄 거야. 아르바이트 비용은 따로 지급하고. 서브는 어차피 신인모델 쓰려고 했던 거라 누굴 데려가든 상관이 없어."

으…… 사진 몇 장 찍고 연예인도 보고 돈도 받고 옷도 준대. 그냥 하라고 하고 못 이기는 척 따라갈까? 콩고물로 여자 옷도 하나 챙겨주려나? 아니지! 왜 이래! 정신 차려! 넌 자존심 없어?

머릿속으로 수없이 많은 물음표와 느낌표가 떠다녔다. 수십 번도 더 마음이 왔다 갔다 하긴 했지만 그래도 난 이민후보다는 자존심을 택하는 쪽으로 방향을 잡았다. 이 생각 저 생각으로 머리를 쥐어뜯으려다 이안과 눈이 마주쳤다. 난 이안의 저 표정을 아주 잘 알고 있다. 지금 초인적인 인내심을 발휘하며 웃음을 참고 있는 중이다.

모르긴 몰라도 내가 또 웃었나 보군. ……아니, 왜? 도대체 왜? 난 생각도 못 해? 그게 뭐? 남들 다 하는 거 아니야? 근데 왜 나만 웃긴대? 하여간 취향 참 특이해…….

얼추 다 먹기도 했고 밥맛 떨어져서 더 이상 고기가 들어갈 것 같지도 않아 자리에서 일어서려는데 최유정이 이안에게 말을 걸었다.

"이안이라고 했죠? 괜찮으면 우리 와인 한잔하면서 일 얘기 할까요? 촬영 날짜 잡히기 전이지만 그전에 미리미리 준비하는 것도 괜찮지 않아요?"

헐…… 야, 최유정. 너 지금 이안한테 작업 거는 거야? 네 눈에 난 아예 안 보이니? 투명인간이야? 존재감이 없나? 간만에 만난 동기라서 좋게 봐주려 했는데 아주 끝까지 내 신경을 긁네.

하지만 번지수 잘못 찾았어. 우리 이안은 그렇게 헤픈 남자가 아니야. 절세가인이 와도 나만 좋다고 하는 스토커 외계인인 거 모르지? 어딜 들이대! 이안, 빨리 싫다고 해! 어서! 알바도 때려치워! 네가 돈이 없길 하니, 연예인 병이 걸렸니. 관둬, 관둬! 내가 오늘 특별서비스 대방출로 꼬물이 댄스 한 번 더 춰줄 테니까 집에 가서 쎄쎄쎄나 하자.

하지만 이안의 대답은 나의 기대를 완전히 저버렸다.

"그럴까요? 리아는 어떻게 할래? 같이 갈까, 아니면……."

"……이안, 진심이에요?"

"응, 심심한데 잘됐잖아."

"뭐…… 라…… 고? 너 미친 거야? 진짜 진심이야? 나보고 그냥 가라고? 아니…… 뭐, 사실은 먹고 튀려고 한 게 사실이긴 하지만 지금 상황이 되고 보니 썩 내키지가 않네.

"이안이 그러고 싶으면 그렇게 해요. 난 그냥 집에 갈래요."

"그럼 그렇게 해."

하! 잡지도 않아? 예의상 한 번 더 권하면 같이 가려고 했는데 너 끝까지 이렇게 나올 거야? 좋아! 네가 그렇게 나온다면 나도 아쉬울 거 하나도 없어! 간만에 잠 푹 잘 수 있겠네! 집에 가서 밀린 청소하고 기말고사도 준비하고 나도 할 거 많아, 이거 왜 이래!

"알았어요. 그럼 먼저 일어날게요."

최유정은 나에게 무심하게 손을 한번 흔들고는 이안에게 더 달라붙었다.

저것이…… 얼굴 뜯어고치고 살 빼고 나더니 아주 자신감이 갑상승했나 보네. 그래, 돈 많은 것들끼리 어디 한번 잘 해봐라! 흥이다!

난 자리를 박차고 나와 그대로 지하철역으로 향했다. 대차게 그 자리를 나오긴 했지만 그래도 자꾸만 뒤를 돌아보게 되는 건 어쩔 수 없는 사람 심리인지 난 몇 번이고 이안이 나를 잡으러 와줄 거라 믿고 뒤를 돌아보았다. 그렇지만 그것은 정말 나의 바람일 뿐이었나 보다. 끝까지 이안은 나를 잡지 않았다.

뭐지, 대체 뭐지? 어째서 날 그냥 보내는 거지? 게다가 오늘은 생일이잖아! 나랑 함께하고 싶은 거 아니었어?

점점 화가 솟구쳐 오르기 시작했다. 난 무엇을 위해 일곱 번이나 되는 스트립댄스를 추었던가! 이안 맥스웰 캔커피 반딧불이 설탕별 변태 스토커 미친 뱀파이어 외계인…… 너 두고 보겠어! 나 없는 자리에서 네가 무슨 짓을 하고 다니는지 내가 오늘 낱낱이 파헤치고 말겠어! 미행은 너만 할 줄 아는 줄 알아? 나도 할 수 있어, 이거 왜 이래!

난 가던 길을 멈추고 다시 급하게 되돌아갔다. 너 걸리기만 걸려. 아주 아작을 내고 말 거야!

조심스럽게 안을 들여다보니 다행히 아직 그 자리에 이안과 최유정이 남아 있었다. 하지만 그것도 잠시, 그들은 자리에서 일어나 계산을 마치고 밖으로 나왔다. 여차하면 택시를 잡을 심산이었지만 그들은 근처에 있는 곳으로 자리를 옮길 생각인지 나란히 서서 걷기 시작했다.

옳거니! 땡잡았어! 택시비 굳었어!

살금살금 발소리를 죽이며 최대한 거리를 유지한 채 그들의 뒤를 따라갔다. 잠시 후 그들의 발걸음이 멈춘 곳은 지하에 있는 한 카페였다. 최유정이 이안의 팔을 잡아끌며 아래로 내려갔다.

저것 봐라? 뿌리치지도 않아? 이게 진짜!

바로 따라 들어가면 시선 집중이 될까 봐 난 한동안 그 자리에 서 있다가 잠시 후 다른 손님들이 들어가는 틈을 타 잽싸게 그 무리에 섞여서 자연스럽게 안으로 들어가는 데 성공했다. 들어가자마자 매의 눈으로 그들이 어디 있는지 찾아보기 시작했다.

찾았다!

맨 구석진 자리 조명도 어두운 곳에 이안과 최유정이 앉아 있었다.

흥! 눈에 안 띄게 아주 맨 구석으로 자리를 잡으셨구만! 그래도 소용없어! 우리 이안은 맨홀에 빠져도 빛이 나는 희한한 생물이니까!

다행히 전면이 오픈되어 있는 인테리어가 아니라 좌석별로 중간 정도의 칸막이가 설치되어 있어서 난 어렵지 않게 그들과 가장 가까운 자리를 잡아 몸을 숨길 수 있었다.

"주문하시겠습니까?"

점원이 내게 메뉴판을 들이밀었지만 난 펼쳐 보지도 않고 대답했다.

"제일 싼 거요."

"네?"

"아무거나 제일 싼 거 달라고요, 말 시키지 말고 얼른 가세요!"

들키지 않아야 하는데 눈치 없는 점원이 두 번이나 물어본다. 아…… 나 오늘 일진 왜 이러지……. 점원을 보내고 나서 난 내 두 귀에 온 신경을 집중했다. 카페 안에 음악 소리가 그다지 큰 건 아니었지만 잔잔하게 묻혀 말소리가 제대로 들리지 않아 아예 벽에 귀를 붙이고 앉았다.

"리아는 어떻게 만나셨어요?"

최유정…… 너 그게 왜 궁금한데? 너 진짜 이안에게 마음 있는 거야? 그래? 좋아, 이안! 가라! 밟아버려! 우주최강 외계인의 진면목을 보여줘! 너 사람 썩 죽이는 거 타고났잖아! 지금이 기회야! 밟아!

그러나 이안의 입에서 나온 대답은 나의 예상과는 전혀 다른 말이었다.

"리아는 그냥 학교에서 오가다 만난 사이죠."

뭐? 오가다 만나? 웃기시네! 야! 네가 죽자고 따라다녔잖아! 그걸 왜 빼! 제일 중요한 건데!

"아…… 그러시구나. 하긴 리아가 좀 눈에 띄죠? 우리 처음 입학식 때도 남학생들 난리도 아니었어요. 동기들은 물론이고 선배들까지 다 리아한테 눈독을 들였으니까요."

그래? 난 전혀 몰랐는데. 이게 왜 자꾸 없는 소리를 만들어 붙여? 이안! 믿지 마! 저거 다 거짓말이야!

"맞습니다. 지금도 리아한테 자꾸 남자들이 따라붙어서 제가 힘든 적이 한두 번이 아닙니다."

헉! 저건 또 뭐래. 야! 내가 언제!

"그렇죠? 리아 걔가 아닌 것 같으면서 남자들을 혹하게 하는 재주가 있다니까요. 근데 이렇게 멋진 남자친구를 두고도 그럴 수 있다니 정말 놀랍네요. 나 같으면 절대 한눈 안 팔 텐데 말이에요."

아니, 그러니까 대체 언제 내가 한눈을 팔았는지 좀 알려줄래? 이것들이 진짜! 왜 이래! 난 감금당하면서도 이안에게 군소리 한 번 안 했다고!

"그래요? 리아가 유정 씨를 좀 닮았으면 좋겠는데 말이죠. 지금도 틈만 나면 도망칠 궁리만 하는 게 눈에 보일 정도입니다."

"어머나, 세상에! 말도 안 돼! 나라면 절대 안 그래요! 이안 같은 사람을 두고 어떻게 그럴 수 있지? 미친 거 아니에요?"

"그러게 말입니다."

얼씨구! 둘이서 아주 죽이 척척 맞네!

"주문하신 음료 나왔습니다."

"거기 두고 가세요."

난 점원의 얼굴은 쳐다보지도 않은 채 그들의 대화에만 귀를 기울였다. 어디까지 가나 한번 두고 보자.

"유정 씨라면 절 어떻게 대할 것 같습니까?"

"말해 뭐 해요. 당연히 떠받들고 다니죠. 이안은 그냥 옆에 서 있는 것만으로도 충분히 내 가치를 높여줄 수 있는 사람이잖아요. 게다가 우리 학교 졸업생이면 학벌도 꽤 괜찮은 편이고요. 내가 외동딸이라 그런지 우리 집에선 사윗감을 좀 공들여 찾고 계시긴 하지만 이안을 데려가면 아마 단번에 오케이하실걸요? 아니라고 하더라도 내가 이안을 놓지 않을 테지만 말이에요."

난리 났네. 처음 만난 자리에서 상견례까지 할 판이구만! 그래, 네가 날 아는 척할 때부터 알아봤다. 날보고 아는 척한 게 아니라 처음부터 이안이 마음에 들어서 날 이용한 거라 이거지? 어쩐지 이상하다 했어. 같은 학과라곤 해도 말 몇 마디 못 나누고 휴학한 게 다인데 왜 그렇게 반갑게 아는 척을 하나 했지.

"지금 이 말 그대로 리아가 좀 들었으면 좋겠네요. 긴장 좀 하라고 말이죠. 리아는 너무 긴장감이 없습니다."

"그래요? 왜 그렇게 멍청한 짓을 하지? 이안이 너무 잘해주는 거 아니에요? 복에 겨우니까 그러죠."

"아무래도 그런 것 같습니다."

와…… 나 환장하겠네. 그래, 너무 잘해주긴 하지. 너무 잘해줘서 문제지. 미행도 하고 납치도 하고 감금도 하고 사생활이라곤 전혀 없으니까.

"이안."

"말씀하시죠."

"나 어때요?"

쳇. 드디어 본색을 드러내는군. 어디 백날 해봐라. 이안이 넘어갈 것 같아?

"예쁘시네요. 게다가 오너의 딸이기도 하고."

"나 지금 솔로예요. 물론 양다리는 사절이니까 이안이 정리하고 오면 언제든지 받아줄 의향이 있는데 어때요?"

"진심이십니까?"

"그럼요. 나 솔직히 이안에게 첫눈에 반했어요. 요즘은 세상이 달라져서 여자가 먼저 대쉬하는 게 큰 흠도 아니잖아요? 이미 애인이 있다는 게 좀 걸리긴 하지만 두 사람 사이가 원활하지 않다면 내게도 기회는 있는 거 아니겠어요? 날 선택한다면 이안에게 득이 되면 됐지, 해가 되지는 않을 거예요. 어쩌면 골든에버 무역의 차기 경영권 승계자가 될 수 있을지도 모르고 말이에요."

"최유정 씨와 결혼을 한다면 말이겠죠."

"맞아요. 똑똑한 사람이라면 머릿속으로 계산이 되지 않나요?"

저걸 그냥! 확 뛰어나가서 엎어? 뭐 저런 뻔뻔한 게 다 있어? 아니, 그보다 이안. 너 왜 딱 잘라 거절 안 하니? 날 사랑한다며? 그게 고작 이 정도야? 너도 사람이라 이거야? 그동안 외계인이라고 생각했었는데 오늘 보니까 너도 사람 맞구나. 돈에 좌지우지되는 평범한 사람 말이야.

갑자기 속이 타들어가고 목이 바짝바짝 말라서 테이블에 손을 뻗어 아까 점원이 놓고 간 뭔지 모를 음료를 한방에 쭉 들이켰다. 으…… 써…… 이거 뭐야. ……술이야? 아, 하긴 여기 술집이지……. 오늘은 왠지 술이 땡기는 날이네. 한 잔 더 마셔야겠다.

난 점원에게 손짓해서 같은 걸로 한 잔 더 주문했다. 꽤 독한 술인지 빠르게 취기가 돌고 있었지만 지금 내 마음이 엉망이라 그런지 오히려 더 취하고 싶은 심정이었다.

이안도 예쁘고 부잣집 딸이 더 좋은 걸까? 그럼 나한테 여태 한 건 뭐지? 그냥 가지고 논 건가? 웃겨서? 재미로? 늘 심심하단 소리를 입에 달고 다녔으니 정말 그럴 수도 있겠다. 괜히 따라왔어. 차라리 몰랐으면 좋았을걸. 난 그래도 진심이었는데…….

그들의 대화가 길어질수록 내 앞에 놓인 술잔도 늘어갔다.

아…… 취한다. 어질어질…… 빙빙 도네.

난 벽에 등을 기대고 눈을 감았다. 술기운 탓인지 어쩐지 울고 싶은 기분이다. 그런데 그 순간, 이안의 목소리가 점점 더 또렷하게 들려왔다.

"이봐요, 최유정 씨. 골든에버 무역이 마케팅의 힘을 입어 큰 성공을 거둔 기업이란 건 압니다. 하지만 코스닥에도 상장하지 못한 기업이 뭐 그렇게 대단하다고 유세를 부리는지 모르겠군요. 내가 그렇게 싸 보입니까?"

응? 이안?

"지금…… 뭐라고 했어요? 너무 무례한 거 아닌가요?"

"무례라면 그쪽이 먼저 우리 리아에게 했죠. 은근히 무시하는 발언을 섞어가면서. 화를 내기도 안 내기도 뭐할 정도로 교묘하게. 내가 모를 줄 알았습니까? 난 또 하도 그렇게 깔보기에 대기업 자제라도 되는 줄 알았더니 고작 옷 파는 회사 가지고 그렇게 어깨에 힘을 주고 다니는 거였군요."

"아니, 뭐 이런 게 다 있어? 그쪽이 우리 회사에 대해서 얼마나 안다고 이래요? 당신에게 무시당할 정도로 우리 회사가 그렇게 허접하지 않아요!"

"시가총액 6천억 정도에 부채비율 50%를 제하고 나면 겨우 3천억. 유보율은 형편없고, 한 번 마케팅 성공한 걸로 우려먹기 재탕 삼탕하면서 또 다른 브랜드 런칭. 그것도 물론 빚으로 말이죠. 경기불황과 겹쳐서 어음 한 번 제대로 돌면 바로 쓰러질 회사가 뭐 그리 대단합니까?"

최유정의 목소리는 더 이상 들리지 않았다. 내 귀가 잘못된 건지 최유정의 말문이 막힌 것인지 확실하진 않지만 지금 내게 들리는 건 아름다운 저음인 이안 목소리뿐이었다.

"지금이라도 난 그 회사 어음채권 모두 사들여서 한꺼번에 돌릴 수 있습니다. 못 믿겠으면 어쩔 수 없지만 나중에 후회해도 소용없을 겁니다. 난 그럴 만한 능력도 있고 재력도 있으니까. 그리고 최유정 씨 당신이 그렇게 무시한 이리아란 여자는 이런 나를 손가락 하나로 움직일 수 있는 유일한 사람입니다. 당신 따위와는 감히 비교도 할 수 없는 여자이지요."

어……? 진짜?

"리아에게 사과하라고 하고 싶지만 당신이란 존재를 또 리아에게 각인시키고 싶은 생각은 없으니 다신 안 만났으면 좋겠군요. 내 앞에도 리아 앞에도 나타나지 말아주시죠. 또 한 번 오늘 같은 일이 벌어지면 나도 내 행동을 장담하지 못하겠습니다."

"……진짜 재수가 없으려니까!"

짧은 욕설을 내뱉으며 최유정이 자리에서 일어났다. 이안에게 뭐라고 하는 것 같긴 한데 너무 말이 빠르고 내 귀가 점점 먹먹해져서 잘 들리지가 않았다. 잠시 후 최유정이 밖으로 나가는 것이 보였다. 걸음걸이를 보아하니 화가 아주 많이 난 것 같았다.

음…… 그런데 난 언제 나가지? 이안이 먼저 나가야 할 텐데. 쟨 왜 안 나가? 이안이 점원을 부르는 소리가 들렸다. 이제 계산하고 나가려나 보다.

"옆 테이블하고 같이 계산해 주십시오. 저 아가씨 블랙러시안 몇 잔 마셨습니까?"

"세 잔입니다."

"걷지도 못 하겠군. 알겠습니다. 계산하고 택시 불러주십시오."

……진즉에 들켰구나.

이안이 내 자리에 앉는 걸 본 순간 내 몸은 돌처럼 굳어갔다.

"나 없는 데서 술 마시는 거 안 된다고 했을 텐데, 참 말 안 듣네."

"아…… 하하……."

내가 할 수 있는 건 오직 어색한 미소를 짓는 것뿐이었다.

"그래도 리아의 질투를 볼 수 있었던 건 새로운 경험이었으니 오늘은 특별히 봐줄게."

정말? 휴…… 다행이다.

"지금은 술 때문에 정신없지?"

난 힘없이 고개만 끄덕였다.

긴장이 풀려서 그런가, 점점 더 취기가 오르고 있었다.

"그럼 내일 맨정신일 때 얘기해. 각오하고."

"네? 왜요?"

"리아도 나 아니면 안 되는 거 딱 걸려놓고 왜 이래? 이제 더는 안 봐줘."

"아니, 좀 전에 분명히 봐준다고…….“

"오늘만, 이라고 얘기했잖아, 내일은 해당 사항 없어."

눈꼬리가 휘어지게 웃으며 부드러운 목소리로 내게 말하는 이안이 내게는 그 어느 때보다도 무섭게 느껴졌다.

음…… 그냥 술 취한 척할까? 사실 취한 건 맞잖아. 자는 척해? 일단은 이안이랑 같이 갔다가 이안이 잠들면 튀는 거야. 나중이야 나중 문제고 지금 살고 봐야겠어!

"리아, 택시 왔대. 나가자."

"으음…… 아…… 취한다."

비틀비틀 거리며 이안에게 기대어 택시에 올라탄 나는 그대로 눈을 감았다. 자는 척…… 잠든 척…….

"리아, 자는 거야?"

자는 척…… 잠든 척…….

"할 수 없네."

이안은 나를 안아 들고 집으로 올라갔다. 침대 위에 사뿐히 내려놓고 이불까지 덮어준 뒤 이마에 입을 맞춰주었다.

"잘 자."

이안의 발소리가 멀어져 갔다. 집 안의 적막함 때문인지 곧 샤워를 하는 물소리가 고요함을 가르고 집 안에 울려 퍼졌다. 술까지 마셔서 졸려 죽겠고 몸에선 열이 오르지만 진짜로 잠이 들면 안 되기에 눈을 감고 누워서 귀에만 모든 신경을 집중했다. 잠시 후 이안이 침실로 들어오는 것이 느껴졌다. 이안은 내가 깨지 않도록 조심스럽게 침대 위로 올라와 내 옆에 얌전히 누웠다.

……얼마나 시간이 지났지? 휴대폰을 열어 확인할 수가 없기에 정확한 시각을 알 수는 없지만 꽤 긴 시간이 지난 것 같았다. 옆에 누운 이안의 숨소리가 매우 깊고 고른걸 보아 잠든 게 분명해 보였다. 아주 천천히 침대 시트를 걷고 바닥으로 내려왔다.

이안은? 음…… 자는군. 좋아, 그럼 탈출 시작!

살금살금 뒤꿈치를 들고 침실을 빠져나갔다. 오케이! 여기까지는 일단 성공! 그럼 이제 거실을 가로질러 현관까지만 가면 된다! 아니, 근데 이 집은 쓸데없이 왜 이리 넓어……. 이안이 누워 있는지 다시 한 번 확인한 후 난 재빨리 거실을 가로질렀다. 헉헉…… 이거 완전히 미션 임파서블인데? 어쨌든 현관까지도 성공! 가만있자. 신발이…… 응? 내 신발 어디 갔지? 이안이 날 안아 들고 와서 신발을 여기서 벗긴 게 아니던가? 침대에서 벗겼던가? 기억이 안 나네? 이런. 자, 자, 여기서 생각을 잘해야 해.

지금 이안이 있는 침실로 가는 건 위험부담이 너무 커. 그렇다면? 맨발로 나갈 수는 없으니까 슬리퍼 없나? 없군……. 하긴 이안은 언제나 머리끝부터 발끝까지 완벽하니까 슬리퍼 찍찍 끌고 다닌 적이 없었지. 그럼, 운동화! 그나마 운동화가 낫다. 이안의 운동화에 내 발을 집어넣고 소리가 나지 않게 조용히 현관의 잠금장치를 풀었다. 으…… 심장 떨려……제발, 제발…… 됐다!

이제 나가기만 하면 탈출 성공! 일단 집으로 가서 오늘 일을 이안에게 어떻게 설명할지를 생각해 보는 거야! 아무 준비 없이 당할 수는 없잖아? 오늘은 여길 벗어나는 게 상책이야!

아주아주 조심스럽게 현관문을 열고 한쪽 발을 밖으로 빼는 순간 갑자기 환한 빛이 내 주변을 덮쳤다.

"어디 가, 리아?"

신이시여…… 제가 뭘 그리 잘못했다고 이러십니까. 그냥 한 번은 눈감아줘도 되는 거 아닙니까.

난 허망하게 실패한 나의 탈출 계획을 뒤로하고 천천히 고개를 돌렸다. 거실 불을 환하게 켜고 팔짱을 낀 채 나를 바라보고 있는 이안의 얼굴이 눈부시게 다가왔다.

"아…… 깼어요?"

"이젠 리아가 옆에 없으면 잠이 안 와."

"그…… 래요? 아하하……."

"그런데 어디 가려고?"

올 것이 왔다! 뭐라고 하지?

"음……뭐 좀 사오려고……."

"뭘?"

"숙취 해소제! 그거요! 아…… 머리가 너무 아파서……."

오오! 나의 임기응변 실력이 그래도 꽤 늘었는걸! 이 정도면 이안도 대충 넘어가겠지?

"들어와."

"네?"

"집에 있으니까 들어오라고."

"아…… 네. 있었구나. 난 없는 줄 알고…… 하하."

이런 빈틈없는 자식 같으니라고. 사람이 좀 뭔가 모자란 게 있어야 인간미가 있는 거야. 넌 당최 인간미가 없어, 인간미가. 이안은 냉장고에서 숙취해소음료를 꺼내 내게 건네주었다. 한 번에 들이켜고 어색하게 서 있는 나를 이안이 잡아끌어 소파에 앉혔다.

"리아."

"네? 아, 네."

"나 사랑하지?"

얜 또 왜 자다 봉창이야. 그거 몰라서 물어? 넌 내가 이 세상에서 유일하게 사랑하는 외계인이야. 사랑하지…… 하는데…… 아니, 내가 사랑 안 한다는 게 아니라……. 음…… 좀 무서워……. 어느 날 갑자기 하늘에서 뚝 떨어진 것처럼 내 앞에 나타난 순간부터 난 도저히 너에게서 벗어날 수가 없잖아.

"왜 대답을 안 해?"

"네? 아! 그럼요, 당연하죠. 사랑하지도 않는데 이렇게 같이 있을 리가 없잖아요. 이안은 뭘 그렇게 당연한 걸 물어요?"

"그렇지? 당연하지?"

"네."

이안의 얼굴에 점점 화사하게 미소가 번졌다. 잠시 그의 얼굴에서 묘한 위화감을 느끼던 찰나 이안이 내게 종이 한 장을 내밀었다.

"그럼 찍어."

앤 참 뭐 쓰고 찍는 거 좋아하네. 그래, 뭐, 또 각서 하나 받으려고 하는 거야? 써주지 뭐. 까짓 거. 대신 오늘 일은 그냥 좀 넘어가주라.

이번엔 또 무슨 조항을 걸고 내 발목을 잡으려는 건지 확인하려다가 맨 위에 인쇄되어 있는 첫 글자에 갑자기 목이 턱 메어왔다.

―혼인신고서

"이……이안? 지금 이거…… 여기다 뭘 찍으라고요?"

"지장."

"아니, 근데 이거는 좀…….."

"싫어?"

"왜 이러는지 이유를 좀 알아야…….."

"난 리아를 사랑하고 리아도 날 사랑하는데 더 이유가 필요해? 법적 성인이라 부모님 동의도 필요 없잖아. 내가 다른 여자랑 말 몇 마디 나눈 걸로 질투에 불타오르는 리아를 보니 내가 안심시켜 주기 위해서라도 이렇게 한 거야. 걱정하지 마, 리아. 난 리아 거니까."

나 걱정 안 해! 안 한다고! 너 지금 이런 식으로 아까 일 들먹이는 거야? 물론, 조금. 아주 조금 열받긴 했지만 그래도 이건 아니지!

네가 오해의 소지를 줬었잖아! 그냥 나 있는 자리에서 해도 되는 걸 꼭 굳이 둘만 남아 했어야 했어? 너 일부러 그랬지? 그런 거지? 내가 빼도 박도 못 하게 잡아두려고 너 일부러 그런 거 아니야?

"뭐 해? 찍으라니까."

"잘못했어요!"

"뭐를?"

"응…… 이안 의심한 거랑……."

"또?"

"허락 없이 술 마신 거……."

"또?"

응? 또? 나 이거밖에 없는데? 내가 뭘 또 잘못했나? 어디 보자…… 없는데?

"저기, 이안. 내가 뭘 잘못했는지 그냥 속 시원히 말해주면 나도 인정할 테니 일단 그 종이 좀 치우고 얘기할래요?"

"묻지도 따지지도 말고 그냥 찍어."

"이안! 진짜 왜 이래요? 다른 건 몰라도 이건 좀 아니잖아요! 법적으로 연계될 문제는 아무리 내가 성인이어도 부모님과 의논해야 하는 게 인지상정이에요!"

"아주 틈만 나면 도망갈 기회만 노리는 연인을 잡아두려면 별수 있나, 이럴 수밖에."

또 들켰냐……. 그런 거냐.

"오늘 하루만 해도 두 번이나 그랬지. 한 번은 아까 외식하기 전. 두 번째는 방금 전. 아니야?"

……귀신이다, 이놈.

"잘못했어요……. 이제 안 그럴게요."

"무조건 찍어. 그럼 믿어줄게."

"이안…… 아니, 이건 아무리 그래도 좀……."

"구청에 신고만 안 하면 되는 거 아니야? 이건 그냥 내 마음이 놓이려고 써달라는 거야. 날 위해서 그 정도도 못 해줘? 사랑한다며. 사랑하는 사람 생일도 모르고."

와…… 이 자식, 뒤끝 장난 아니네. 야! 그거 내가 아까 그 민망한 속옷 입고 일곱 번이나 스트립쇼한 걸로 다 때운 거 아니었어? 너 뒤끝 진짜 우주최강이다!

"신고는…… 진짜 안 할 거예요? 맹세해요?"

"정식으로 식 올리기 전까진 안 해. 대신 리아도 약속해, 더 이상 도망 안 간다고."

"진짜 맹세! 약속! 그러니까 이것만은……."

"써."

이런…….

결국 난 속으로 눈물을 삼키며 혼인신고서를 작성할 수밖에 없었다. 그날 손이 발이 되도록 빈 후에야 이안에게서 난 그 혼인신고서를 받아낼 수 있었고, 언제나 몸에 지니고 다니라는 그의 말에 지금도 내 가방 안에 고스란히 담겨 있는 중이었다.

13화

예상치 못한 전개

"리아, 나 심심해."

또 시작이군.

"혼자 놀아요."

"혼자 뭐 하고 놀아."

"그렇게 할 거 없으면 청소라도 하든가요."

"했어, 아까."

"그럼 차라리 TV를 사요! 심심할 땐 그게 최고니까!"

졸업시험을 앞두고 초긴장 상태인 나와는 달리 아무것도 아쉬울 게 없는 이안은 날마다 나보고 놀아달라고 징징대는 통에 아주 난감하기 짝이 없는 상황이 계속되고 있었다. 아무리 봐도 일부러 저러는 게 틀림이 없다. 내가 졸업시험을 망치고 취업도 망쳐야 제

뜻대로 될 테니까.

"이안은 괜찮을지 몰라도 난 아니란 말이에요. 공부하는 데 방해하지 말고 저리 가요. 자꾸 이러면 난 그냥 내일부터 도서관으로 갈 거예요! 이것도 이안이 보채서 방해 안 한다는 조건으로 이안 집에서 하는 거잖아요. 잊었어요?"

"알았어. 그런데 내가 다 가르쳐 준다고 해도 리아가 싫다고 했잖아. 일일이 자료 찾고 그러지 말고 내가 가르쳐 주면 금방 끝날 텐데. 그럼 시간도 절약되고 나랑 놀 시간도 많아지고."

"내 힘으로 해야 뭐든지 내 머릿속에 잘 들어오는 거예요. 이안 도움 필요 없으니 저리 가서 놀아요."

이안은 단호한 나의 태도에 약간 실망하며 소파에 드러누웠다.

불쌍한 척하지 마, 이 외계인아. 너랑 나랑은 사는 방법이 다르니 어쩔 수 없어. 내가 너랑 똑같이 놀고먹으면 내 미래는 암담하기만 할 뿐이라고!

"리아."

"왜요."

"취업은 어느 쪽으로 하고 싶은 거야?"

"그냥 뭐 닥치는 대로 시험 봐야죠. 비서직이나 마케팅 쪽이 더 적성에 맞을 것 같긴 한데, 꼭 그게 아니더라도 상관없어요. 돈 따박따박 잘 나오고 연봉 많이 주면 무슨 일이든 할 수 있으니까."

"연봉 많이 주고 다달이 월급 따박따박 잘 나오기만 하면 아무 일이라도 상관없다고?"

"그렇다니까요, 이제 말 좀 그만 시켜요."

난 아예 휴지로 귀를 막아버리고 책에만 몰두하기 시작했다. 이 안을 만나고 자꾸 내가 말려들어 가서 그렇지, 사실 내가 이 정도로 허당은 아닌데 이상하게 이안 앞에만 서면 내가 아닌 것처럼 되어버리니 희한한 일이다.

집중하자, 집중. 졸업시험은 반드시 수석으로! 이안이 봐준다고 했으니까 나만 잘하면 수석은 떼 놓은 당상이나 다름없잖아?

"리아."

안 들려, 안 들려.

"리아."

안 들린다…… 안 들린다…… 안 들린다…….

"내가 연봉 끝내주게 높고 월급 따박따박 잘 나오는 데 소개시켜 줄까?"

응? 난 나도 모르게 내 의지와는 상관없이 내 고개가 먼저 돌아가는 것을 느꼈다.

"정말이요?"

"응."

"어딘데요? 대기업이에요? 보너스, 상여금 다 나오고?"

"아마 그럴걸?"

"어딘데? 어디, 어디?"

"나."

아…… 이걸 그냥 확! 매번 당하면서 어째 난 매번 넘어가냐…….

"……패스."

"왜? 나처럼 확실한 직장이 어디 있다고?"

"결혼하자는 말은 졸업 후 1년 뒤에 다시 하는 걸로 합의 봤잖아요."

"그러니까 결혼 말고 리아가 내 비서로 취직하면 되지."

"이안이 하는 게 뭐가 있다고 내가 이안 비서를 해요."

"하면 되지. 좀 귀찮아서 지금은 안 하는 건데 리아가 원하면 할게."

아…… 돈 자랑하는 방법도 참 가지가지구나. 부럽긴 하다만 사양하련다. 네 비서가 내 경력에 도움이 되는 것도 아니고, 아무리 연인이어도 언젠가 헤어질 수도 있는 건데 그런 위험부담을 안고 너의 비서가 되기는 좀 그렇구나.

다시 집중! 집중, 집중, 집중.

"연봉 1억 줄게."

헛! 순간 내 손이 멈칫했다. 1억이란다, 1억! 아니야, 아니야. 순간의 유혹에 흔들려선 안 돼. 그냥 평범하게 입사시험 쳐서 말단 직원부터 시작하자. 열심히 하다 보면 직급도 오르고 연봉도 오르겠지. 내가 내 힘으로 자리를 잡아야 나중에 이안 부모님께 인사드리러 갈 때도 면목이 좀 서지 않겠어? 우리 부모님이야 뭐…… 그냥 패스. 아마 이안을 데리고 가면 동네 잔치할지도 몰라.

"리아."

"아, 진짜 됐다니까요!".

"그럼 리아는 입사시험 어디어디 칠 건데? 다른 애들 보니까 벌써 리스트 쫙 뽑아 들고 면접 준비하는 것 같더라."

"대기업은 무조건 다 칠 거예요. 그리고 중소기업 중에서도 재무구조 탄탄한 쪽으로만 알아보고 선배들 평이 좋은 곳으로 봐야죠."

"그럼 리아 시험 보는 곳 나한테도 알려줘. 나도 보게."

"뭐요?"

난 보던 책을 덮고 이안을 쏘아보았다. 이 외계인이 지금 나의 경쟁자가 되겠다는 거야?

"아니, 난 리아랑 같이 일하면 좋을 것 같아서."

"그래도 엄연히 뽑는 인원이 정해져 있는데 이안 때문에 내가 떨어질 수도 있다는 생각은 안 해봤어요?"

"나만 붙으면 안 다니면 되지."

이런 쏘쿨…… 야! 난 아니거든? 난 나 혼자라도 붙으면 뼈를 묻을 각오로 다닐 거야. 그러니까 자꾸 나 쫓아다니면서 고춧가루 뿌리지 말고 넌 그냥 하던 대로 놀고먹어!

"아, 몰라요. 이제 진짜 말시키지 말아요! 시험이 내일인데 시간만 가고 있잖아요."

"내가 예상문제를 뽑아줄 수도……."

"이안!"

☆　★　☆

며칠 뒤, 정말이지 말도 많고 탈도 많았지만 무사히 졸업시험이 끝났다. 이안이 아는 것도 비껴가는 배려를 보여준 덕분에 학과 수석은 내 차지가 됐고 수석졸업이라는 영예를 안게 되었다. 찬바람이 매섭게 부는 어느 겨울날 우리는 그렇게 웃으며 졸업을 했고 그리고 그날, 운명의 만남이 이루어졌다.

"리아야, 졸업 축하한다."

"고마워요, 엄마. 아빠, 안 와도 된다는데 뭐 하러 힘들게 올라오셨어요?"

"그래도 우리 장한 딸이 수석으로 졸업했다는데 어떻게 가만히 있어. 동네에 현수막도 걸고 왔다."

"……그건 좀 참으시지 그랬어요."

"말도 마라, 동네 사람들이 한턱 내라고 아주 난리도 아니다."

으이구…… 배보다 배꼽이 더 크겠네. 아니, 무슨 내가 나사에 스카우트된 것도 아니고 겨우 수석 졸업한 걸 가지고 동네잔치를 해…….

"리아, 부모님이셔?"

헉! 이 자식을 깜빡 잊고 있었다. 그냥 넘어갈 리가 없는데! 어떡하지? 난 불안한 눈으로 우리 부모님을 쳐다보았다.

……역시. 이안의 쓸데없이 눈부신 외모에 이미 두 분의 상태가 좋지 않아 보였다.

"아…… 네. 인사하세요. 이쪽이 우리 엄마, 그리고 이쪽이 아빠예요. 엄마, 아빠! 자, 자, 정신 차리시고 인사하세요. 제 졸업 동기 이안 맥스웰이라고 해요. 한국 태생은 맞는데 미국 시민권자예요."

"어…… 그래요. 만나서 반가워요."

"자, 그럼 인사 끝! 우리 밥 먹으러 갈까요?"

난 얼른 부모님의 등을 돌려세우고 자리를 벗어나려고 애를 썼다. 이안에게는 복화술로 '나중에'라는 말은 남긴 채 말이다.

"리아, 잠깐만. 부모님이 괜찮으시면 제가 식사 대접하고 싶은데 안 될까요?"

야! 너 내가 하는 말 못 들었어? 나중이라고 했잖아, 나중! 애프터! 몰라? 정말 몰라? 너 일부러 이러는 거지?

"예전부터 찾아뵙고 싶었는데 리아가 막아서 그러질 못했습니다. 정식으로 인사드리겠습니다. 저는 리아랑 결혼을 전제로 진지하게 만나고 있는 중입니다."

오 마이 갓…… 기어이 일을 저지르는구나.

"……리아야? 저 청년이 하는 소리가 무슨 소리니? 우린 금시초문인데……."

"아하하…… 그게요…… 그러니까……."

"일단 식사부터 하시고 천천히 말씀드리겠습니다. 이쪽으로 오시죠."

이안은 나와 눈도 마주치지 않은 채, 우리 부모님을 모시고 학교 밖으로 나섰다. 그리고 그곳엔 당연히, 마이바흐가 떡하니 서 있었다. 이미 엄마는 이안의 찬란한 외모에, 아빠는 마이바흐의 고고한 자태에 넋이 나가기 일보 직전이었다.

영악한 놈…… 평소엔 잘 끌고 다니지도 않으면서 오늘따라 마이바흐 사마를 모시고 나온 이유가 정녕 무엇이냐! 이런. 게임 끝났네.

이안은 보기만 해도 으리으리한 식당에 우리를 데리고 갔다. 미리 준비를 해놨던 것인지 졸업 시즌인데도 불구하고 식당에는 우리 외에는 한 테이블도 있지 않았다.

"……이안, 예약한 거예요?"

"응, 통째로."

그럼 그렇지…… 작정하고 왔구나. 혹시나 해서 이안에게 살짝 물어봤는데 대답은 역시나.

여전히 어리둥절해 있는 우리 부모님을 모시고 전망이 제일 좋은 자리에 착석시킨 이안은 웨이터를 불러 주문을 시작했다.

"제 임의대로 시켜놓긴 했는데 특별히 좋아하는 음식이 있으시면 말씀해 주시죠. 주방장에게 따로 말해놓겠습니다."

"아니, 우리는 뭐…… 아무거라도……."

이미 기가 죽을 대로 죽은 우리 부모님은 그저 이 모든 게 신기한 듯 주변만 두리번거리고 있을 뿐이었다. 형형색색의 음식들이 줄지어 나오고 우리는 난생처음 먹어보는 고급 요리들로 인해 눈과 입이 모두 즐거워졌다. 그렇게 대단한 식사가 끝이 난 후, 아빠가 먼저 용감하게 이안에게 말을 붙였다.

"그러니까 그쪽이 우리 리아하고 사귀는 사이다…… 이거요?"

"말씀 편하게 하십시오."

"그건 나중에…… 좀 편해지면 그리 합시다. 둘이 사귀는 사이 맞소?"

"그렇습니다. 청혼도 여러 번 했는데 거절당했죠."

아빠는 엄마와 시선을 잠시 맞춘 후에 고개를 끄덕이고 질문을 다시 쏟아내었다.

"리아, 너도 저 친구가 마음에 드는 거고?"

난 그저 어색한 미소로 대답을 대신하려다 이안의 따가운 눈초리를 느끼고 입을 열었다.

"……네, 진지하게 만나고 있어요."

"그럼 왜 여태 우리에게 일언반구도 없었니?"

엄마도 참아왔던 질문을 나에게 하기 시작했다. 그러게요. 내가 왜 그랬을까요? 아마도 이안을 보자마자 날 팔아넘기려고 할까 봐?

"뭐…… 그렇게 됐어요. 아직 졸업 전이고…… 나중에 직장 구하고 천천히 말씀드리려고……."

날도 추운데 땀은 왜 이렇게 나는지. 난 손바닥이 끈끈해지는 것을 느끼고 애꿎은 테이블만 만지작거리고 있었다.

"그럼 다시 그쪽에게 물어볼게요. 우리 리아 어디가 그렇게 맘에 듭니까?"

제발…… 웃겨서라는 말은 하지 말아줘…… 아! 몸이 달아요…… 이런 것도! 그건 진짜 아니야…….

"리아는 제가 만난 사람들 중 가장 사랑스러운 사람입니다. 언제나 자기 일에 최선을 다하고 결과를 겸허히 기다리며 누구보다도 열심히 하루하루를 살아갑니다. 저는 리아만큼 모든 일에 열심인 사람을 본 적이 없습니다. 그렇게 열심히 일하고 집중하는 모습이 제 눈에는 세상 그 어떤 누구보다도 아름다워 보입니다."

오…… 그래? 그건 나도 몰랐던 사실인데? 난 또 내가 웃겨서 좋아하는 줄 알았지.

"그리고 아주 재미도 있고요."

이안이 나를 보며 찬란한 미소를 날려주었다.

그래…… 넌 참 재미있을 거다. 날마다 날 가지고 이것저것 실험하고 골탕먹이고 아주 재미지겠지.

그 이후로도 우리 부모님은 이안에게 가족 관계, 거주지, 향후 진로 등등 여러 가지를 질문을 끊임없이 퍼부었고, 이안은 그에 대해 상세하게 대답해 주었다. 맛있게 먹은 음식들이 도로 튀어나오려고 하는 순간, 드디어 대화는 끝이 났고 난 간신히 그 자리에서 벗어날 수 있었다. 부모님과 함께 있는 자리였기에 이안은 나를 붙잡지 않고 얌전히 나와 우리 부모님을 내가 살고 있는 옥탑방 앞까지 데려다주었다.

"그럼, 전 이만 가보겠습니다. 차후에 더 좋은 곳으로 모시게 기회를 주십시오."

"그래요, 가봐요."

이안은 정중하게 허리를 숙여 인사를 마친 후 내 사랑 마이바흐 사마와 함께 사라졌다.

"아하하…… 엄마, 아빠, 좀 놀라셨죠? 그러니까 이게 어떻게 된 거냐 하면……."

"……일단 들어가서 얘기하자."

어? 왜 저러시지? 이안을 보기만 해도 마음에 쏙 들 거라고 생각했던 내 예상과는 달리 우리 부모님의 표정은 꽤나 어두워 보였다. 집 안에 들어서자마자 아빠는 나에게 물이고 커피고 다 필요 없으니 일단 앉으라고 말씀하셨다.

"저기…… 왜 그러세요?"

난 갑자기 엄마 아빠가 이러시는 이유를 알 수가 없었다. 분명히 아까까지만 해도 분위기 좋았던 것 같은데…… 내가 착각했나?

"리아야, 아까 그 청년 말이다."

"이안이요? 네, 왜요?"

"너 혹시 그 청년 만나고 나서 이상한 일 없었니?"

하하…… 엄마, 아빠, 말도 마세요. 내가 걔 만나고 이상한 일 겪은 걸로 치자면 책을 써도 모자라요. 아직 해가 안 져서 그렇지 해졌을 때 만났어 봐요. 걔 온몸에서 빛이 난다니까요? 말이 돼요? 반딧불이가 따로 없다니까요? 게다가 텔레파시 능력도 있어요. 내가 속으로 생각한 거에 막 대답을 해! 어쩔 땐 진짜 무서워! 또 걔는 만날 단것만 먹어요. 허구한 날 입이 쓰다나 뭐라나……. 하여간 그 많은 단것 중에서도 내가 제일 달다고 하네요. 미친 거 같죠? 알아요. 그래서 나도 처음엔 걔를 캔커피 반딧불이 미친 설탕별 외계인이라고 불렀으니까요.

이거 말고도 무지하게 많은데 엄마 아빠한테 말씀드릴 순 없어요. 말하면 바로 내가 정신병원 신세를 질 것 같아서. 아무도 안 믿겠지, 누가 믿어 그걸.

내가 어색한 미소를 지으며 아무 대답을 하지 않자 아빠가 또 한 번 묻는다.

"정말로 이상한 점 하나도 못 느꼈어?"

"그러니까 뭔지 확실하게 말씀을 하세요. 그래야 저도 대답을 하든가 말든가 할 거 아니에요."

내 대답 어디가 이상한 건지 내 말을 들은 엄마가 먼저 난리가 났다.

"어머, 어머, 이거 봐요. 뭐가 있는 거 맞는다니까요?"

"엄마, 왜 이러는지 좀 시원하게 말 좀 해봐요. 답답해 죽겠네!"

"리아야, 아무래도 난 아까 그 청년이 이상해."

맞아요, 이상한 건 확실하죠. 개보다 이상한 사람 아마 이 세상에 없을걸요.

"그 비싼 차를 턱턱 끌고 다니고, 오늘 그 식당만 해도 그래. 그 식당이 어디 우리 같은 사람들이 편하게 가서 먹을 곳이니? 그런 곳을 통째로 예약을 하려면 돈이 얼마가 드는 거야?"

"뭐…… 이안이 워낙 잘 번다고 하니까 그런가 보다 하는 거지, 저도 자세히는 몰라요."

"얘가, 얘가, 큰일 날 소리 하고 있어! 너랑 결혼까지 하자고 했다며? 그럼 알아볼 만큼 알아봐야 할 거 아니야! 아무리 생각해도 이상해. 대체 널 뭘 보고 좋아한다고 했을까?"

엄마…… 방금 그 말은…… 자기 딸한테 할 소리가 아닌 것 같은데요…….

"여보, 그렇지 않아요? 우리 집이 부자도 아니고, 리아 얘가 예쁘기야 하지만 사실 인물로 따지면 세상에 예쁜 여자들이 얼마나 많아요? 돈도 없고, 집안 배경 없고, 아무것도 내세울 거 하나 없는 얘를 그렇게 좋다고 쫓아다니는 건 수상해도 보통 수상한 일이 아니잖아요."

어째…… 점점 기분이 더 나빠지네……. 엄마! 그러니까 난 엄마 딸이라고! 친딸!

고슴도치도 제 새끼는 예쁘다는데 엄마, 지나치게 객관적인 거 아니에요?

"리아야."

이번엔 아빠까지? 왜요, 또 무슨 말을 하시려고요! 나도 이안에게 한참 뒤처진다는 거 알아요! 그래서 기를 쓰고 내 힘으로 뭔가를 하려고 하는 중이란 말이에요! 좀 기다려요, 좀!

"너 혹시 그 친구가 계좌번호를 알려달라든가…… 그러지 않던?"

"네? 아…… 한 번……."

"이거 봐요! 내 말이 맞는다니까요!"

엄마는 아까보다 한층 더 흥분을 감추지 못하고 있었다.

"그리고 또? 뭐 있었어? 비밀번호를 알려달라고 하지는 않았고? 혹시 주민번호도 가르쳐 줬니?"

응? 이건 또 무슨 소리야?

"인감도장 같은 거 절대로 주면 안 된다, 알았지?"

"잠깐, 잠깐, 잠깐만요! 지금 두 분 무슨 말씀하시는 거예요? 그러니까 이안이 무슨 사기꾼이라도 된다는 말이세요?"

"말이 안 되니까 하는 소리지. 그렇게 완벽한 남자가 하고많은 여자 중에 너한테 목을 맨다는 게 가당키나 하니?"

글쎄, 나 두 분 딸이라고요! 친딸! 아…… 나, 친자 확인해야 하나? 어떻게 자기 자식을 이렇게 깎아내리지?

"나한테 뭐 뜯어먹을 게 있다고 사기를 치겠어요? 말이 돼요? 아니면 나 몰래 엄마 아빠 비자금이라도 만들어놨어요?"

"그게 아니지, 바보야! 요즘은 장기매매가 성행한다더라. 너처럼 젊고 술, 담배 안 하는 건강한 여자의 장기는 아마 엄청나게 비싸게 팔릴걸? 혹시 같이 병원을 가자 거나 그러진 않던?"

"엄마!"

"아니다. 그렇게 티 나게는 안 하겠지? 그럼 앞으로 둘이서만 만나는 일은 없도록 하고 특히! 술을 마신다거나, 그 사람이 주는 음료수는 먹지 마. 약을 탔을 수도 있어!"

헐…… 완벽한 남자를 만난다는 건…… 참 여러 가지로 피곤한 일이구나. 뭐지, 이건…… 내가 생각한 반응이랑 너무 다른데?

그날 부모님이 다시 내려가실 때까지 이안에 대해서 그런 사람이 아니라고 설명하느라 아주 진땀을 뺐다. 뭐…… 그만큼 날 사랑하고 걱정해서 하시는 말씀이라고 생각하고 그냥 넘어가긴 했지만 이안이 알면 아마 웃다가 쓰러질 거야. 아무튼 지금 중요한 건 그게 아니고! 졸업도 했으니 내일부터 본격적인 취업전쟁이다! 청년 실업 문제가 그렇게 심각하다는데 나까지 그 실업 인구에 동참할 순 없잖아. 내가 지금까지 뭣 때문에 그렇게 기를 쓰고 공부했는데. 기필코 이번 연도에 바로 취업 성공해야 해.

그런데 지금 나의 가장 큰 복병은 이안인데 말이지……. 이 자식 진짜로 내가 가는 데마다 따라다니면서 시험 본다고 나서면 어떡하지? 혹시라도 이안하고 같은 회사에 입사하게 된다면……. 으…… 그거 싫다. 집착 쩔고 뒤끝 긴 이안이 나한테 어떻게 할지

불 보듯 뻔한데 일할 때만큼이라도 좀 편하게 해야 하는 거 아니냐고. 이안이 물어보면 내가 시험 안 보는 데만 골라서 대답해야겠다.

오래간만에 내 집에서 온전히 혼자만의 시간을 가질 수 있었던 나는 이안에게 부모님은 내일 가실 거라고 메시지를 보낸 후 잠자리에 들었다. 나중에 알게 되더라도 이 정도는 애교로 봐달라고 해야지. 나도 혼자만의 시간을 좀 가지고 싶다고!

다음 날 아침 난 눈을 뜨자마자 기절하는 줄 알았다. 이안이 내 침대 위에 앉아 자는 나를 내려다보고 있었다.

"으악! 이안? 여기 어떻게 들어왔어요?"

"문 열고."

"아니, 그러니까 그 문을 어떻게 열었냐고요!"

"열쇠로."

내가 이안한테 열쇠를 맡긴 적이 있었던가? 아닌데? 무슨 열쇠?

"그 열쇠가 어디서 났는지 물어봐도 될까요……?"

"예전부터 가지고 있었는데? 리아가 도망 다닐 때 하나 복사해 뒀어."

"그거 범죄예요. 알아요, 몰라요?"

"알게 뭐야."

헐…… 이 자식. 무슨 배짱이야.

"아무튼 열쇠 내놔요. 허락 없이 막 들이닥치는 거 하지 말고요. 나 심장마비 오는 줄 알았어요."

난 이안에게 손바닥을 내밀어 까딱거렸다. 얼른 내놔, 얼른. 확신고해 버리기 전에. 안 그래도 우리 엄마 아빠가 너 의심하고 있는 거 모르지? 이거 아시는 날엔 넌 그날로 철창행이야.

이안은 내 손을 쳐다보며 씨익 입꼬리를 올리더니 주머니에서 작은 상자를 꺼내어 내 손바닥 위에 올려놓았다.

"응? 이건 뭐예요?"

"열어봐."

이안이 내민 상자 안에는 작고 반짝이는 반지 하나가 들어 있었다.

"이안?"

이안은 그 작고 반짝이는 반지를 내 손에 끼워주며 입을 맞췄다.

"리아 잡아둘 족쇄. 이거 끼고 기다려. 하루도 빼놓지 마, 나중에 확인할 거야."

"응? 어디 가요?"

"비자 만료돼서 일단 미국으로 들어가야 해. 유예기간이 있긴 하지만 아버지가 갑자기 몸이 안 좋아지셔서 그런지 빨리 들어오라고 하시네."

아…… 이 자식 미국 사람이었지. 그런데 아버지가 몸이 많이 안 좋으신가?

"그럼 언제 와요?"

"가급적 빨리 올게. 다시 비자 받으려면 좀 시간은 걸리겠지만 가자마자 비자 신청부터 다시 할 거야."

아니야, 천천히 와도 돼. 나부터 취업 좀 하고 자리 좀 잡은 다음에 그때 와도 돼. 마음 푹 놓고 천천히 있다가 와.

"응…… 그렇구나. 아버지가 몸이 많이 안 좋으신가요? 걱정이 겠다."

"뭐, 워낙 연로하셔서 노환이 온 거야. 자식 없이 오래 기다리다가 날 입양하신 거라 지금 두 분 다 팔십이 넘으셨어."

"아…… 그렇구나. 그럼 빨리 가봐야겠어요. 언제 가요?"

"지금."

"지금?"

아니, 얜 또 왜 이렇게 행동력이 LTE야. 나야 좋지만…… 많이 안 좋으신가? 그러니 급하게 아들을 부르는 거 아니야?

"리아도 데려가려고 했는데 보나 마나 입사시험 본다고 버틸 거 알기에 그냥 두고 가는 거야. 대신 내가 올 때까지 한눈팔지 말고 얌전히 있어. 나중에 걸리면 어떻게 될지 나도 몰라."

"아하하…… 걱정 말아요, 내가 이안을 두고 누굴 만나겠어요? 안 그래요?"

"그렇지, 미치지 않고서야 그럴 리가 없다는 건 잘 알고 있지만 가끔 리아가 그걸 까먹는 것 같아서 말이야."

이안의 눈이 가늘게 떠지면서 나를 훑어보았다.

으…… 얘 왜 이래…… 무섭게.

"걱정 붙들어 매고 얼른 다녀와요. 나 얌전히 기다리고 있을게요."

"알았어. 그럼 얼른 준비해."

"무슨 준비?"

"공항 안 가?"

"내가 공항을 왜 가요?"

"공항에서 헤어지는 안타까운 연인 연출해야 할 거 아니야. 나 그런 거 꼭 한 번 하고 싶었어."

참 가지가지 한다. 넌 그렇게 하고 싶은 거 많아서 그동안 어떻게 참았니.

"알았어요, 잠깐만 기다려요. 옷만 갈아입고…… 응?"

자리에서 일어나려는 나를 이안이 갑자기 밀어 넘어뜨렸다. 순식간에 이안이 나를 깔고 앉아 있었다.

"……왜? 지금 나가야 하는 거 아니에요?"

"막히는 시간까지 감안해서 정확히 39분의 여유가 있어."

"그래서요? 그동안 나 준비하라는 거 아니었어요?"

"그동안 내가 준비를 해야지."

"저기…… 잘 이해가 안 가는데 무슨 준비를 이안이 해요?"

"리아 안 보고 버틸 준비."

그 말을 끝으로 이안의 입술이 내 입술을 더듬어 찾아왔다. 시간이 부족하다 느꼈는지 처음부터 무서울 정도로 거세게 내 입을 가르고 들어오기 시작했다. 단 한 군데도 이안의 혀가 스치지 않은 곳이 없을 정도로 매우 빠르고 강렬하게 그가 내게 부딪쳐 온다. 아직 잠도 제대로 깨지 못했는데 이안의 뜨거운 숨결이 계속 내 안으로 파고들어 난 점점 온몸에 힘이 빠져나갔다. 조금의 여유도 사정도 봐주지 않은 채 이안의 입술은 그대로 미끄러지듯 내 목덜미로 옮겨가 맛있는 음식을 맛볼 때처럼 여러 번 베어 물더니 이내 점점 아래로 내려가기 시작했다.

"으응…… 이안…… 잠깐만……."

"왜."

"설마 지금……."

"문제 있어?"

"아니…… 시간이……."

이안은 나의 말에 피식 웃으며 하던 일을 계속했다.

"충분해."

아, 충분하구나……. 저기, 늘 말하는 거지만 나 뭐 좀 먹이고 하면 안 되겠니? 진이 아주 쭉쭉 빠지는데…….

이안의 집처럼 두꺼운 커튼이 드리워지지도 않은 내 옥탑방은 사방이 환한 햇살로 가득 차 평소보다 몇 배의 부끄러움을 안겨주었다. 그런 내 모습이 더 흥분을 가속화시키는지 이안은 분주히 손을 움직이며 내 몸을 쓰다듬었다.

"아무래도 안 되겠어."

"하아…… 하아…… 뭐가요?"

"보면 볼수록 리아는 색기가 넘친단 말이야."

아니, 나더러 뭘 어쩌라고! 네가 이렇게 만들었잖아! 네가 건드리지만 않으면 내가 이렇게 될 일이 없단 말이다!

"그건 이안이……."

"응, 그래서 오늘은 좀 확실하게 표시를 남겨야겠으니 아파도 참아."

"뭐라고요?…… 아앗!"

이안은 내 몸 구석구석에 자신의 흔적을 남기기 시작했다. 여린

살들만 골라서 강하게 흡입을 하니 통증보다도 엄청난 짜릿함이 온몸으로 퍼져 나갔다.

"이안, 그만…… 그만…… 좀……."

"아직."

기어이 이안은 내 목덜미부터 종아리까지 한 군데도 빠뜨리지 않고 키스마크를 만들어놓았다.

이런…… 면접 보러 갈 때 목이 긴 셔츠와 바지만 입어야겠네.

"후…… 이제 됐어요? 만족해요?"

난 내 팔에 피어난 꽃잎 자국들을 보며 퉁명스럽게 이안에게 말했다. 하지만 이안은 다시 내 몸을 부드럽게 매만지며 자잘한 키스를 퍼부었다.

"아니, 이제 본게임."

응? 뭐? 이걸로 부족해? 너 공항 안 가니? 비행기…… 비행기…… 이런…… 내가 먼저 붕 뜨겠네……! 그래, 오늘 가면 한동안 못 온다니까 급한 건 알겠다만……. 자고 일어나서 비몽사몽인 사람에게 이건 좀 너무하지 않니? 하다못해 이라도 좀 닦고…… 넌 냄새 안 나니? 나한테 나는 입 냄새를 나도 느낄 정도인데? 그 정도로 내가 좋은 거냐? 그런 거냐. 뭐, 내가 괴로운 게 아니라 네가 괴로운 거라 상관은 않겠다만 너도 참 취향 독특하다.

"리아, 딴생각하지 마. 나한테 집중해."

"네?"

"나한테만 집중하라고. 지금 이런 상황에도 딴생각을 할 수 있다니, 내가 너무 봐줬나 보지? 다른 생각은 전혀 안 나게 해줄까?"

"아니! 아니요! 나 완전 이안만 생각하는 중인데!"

"눈 감아."

찬란하게 미소를 지으며 이안이 내 두 눈에 키스를 해주었다. 그리고 모든 것이 끝날 때까지 난 그의 말대로 정말 아무것도 생각을 할 수 없을 정도로 황홀경에 빠졌다. 억울하지만 이 자식…… 완전 잘해. 선수야…….

☆　★　☆

세 시간 후. 인천공항.

……갔다! 이상한 외계인이 드디어 자기 별로 돌아갔다! 자유다! 이게 얼마 만에 느끼는 자유야? 가만있자, 일단 진경이를 불러서…… 음…… 나 면접 준비해야 하는구나. 이런 젠장. 간만에 좀 놀아볼까 했더니…… 그것도 안 되겠네.

……아니야! 이미 원서는 다 썼고! 보내기만 하면 되고! 오늘 하루 논다고 어떻게 되지는 않을 거잖아? 게다가 비행기 시간이 있으니 미국에 도착할 때까지가 완전범죄가 가능한 유일한 시간이야! 이안은 미국에 가서도 아마 시시때때로 전화를 해댈 텐데 그때 밖에 있다거나 음악 소리가 들린다거나 하면 사람을 붙여서라도 날 감시할지 몰라. 그러니까 기회는 지금부터 약 열 시간! 취업이 되고 나면 눈코 뜰 새 없이 바쁜 신입사원 연수 기간이 될 텐데 지금 아니면 언제 놀아보겠어? 대학 다니는 내내 알바하랴, 공부하랴 아무것도 못 해봤는데 오늘이 마지막 기회야. 놓치면 안 돼!

난 이안이 탄 비행기가 이륙하는 걸 확인하자마자 서둘러 진경이에게 전화를 걸었다.

"진경이니? 너 오늘 뭐 해? 별일 없어? 와아, 잘됐다! 나랑 좀 놀아줘!"

[너 늘 이안이랑 놀잖아. 이안이 평소에 일 없이 너한테 연락하지 말라고 얼마나 신신당부를 했는데.]

"아니, 아니, 이안 지금 막 비행기 타고 미국 갔어. 그러니까 지금 빨리 나와서 나랑 놀아줘, 응?"

[너랑 둘이서 뭐 하고 놀아, 재미없게. 헌팅이라도 하면 모를까.]

"헌팅은 무슨! 야, 넌 인생에 남자가 없으면 재미를 못 느끼냐?"

[당연하지! 너처럼 이안같이 멋진 애인이 있는 애는 죽었다 깨도 모를 거다! 한겨울에 옆구리 시리게 이게 뭐니? 하여간 있는 것들은 남의 사정을 몰라요.]

"그래? 이안이 너 뭐 사주라고 나한테 카드 맡기고 간 거 있는데 그냥 쓰지 말까?"

[어디십니까, 당장 날아가겠나이다.]

이런 기회주의자 같으니라고. 너 이런 식으로 계속 나오면 앞으로 진짜 국물도 없을 줄 알아! 이게 우정보다 선물을 선택한단 말이지? 하여간 돈이 최고구나, 돈이.

"나 아직 공항이니까 음…… 어디가 좋을까? 홍대?"

[좋지, 홍대! 불금이고! 오늘 죽어보자!]

"오케이! 나 지금 출발하니까 너도 빨리 나와."

[알았어! 날아갈게!]

우후후…… 현재 시각 오후 4시. 새벽 2시까지 놀아도 안 걸린다. 꺄홋! 내가 그동안 알바와 공부에 치여 살아서 그렇지 절대 놀줄 몰라서 그런 게 아니란 말이지. 오늘이 아니면 두 번 다시 이런 기회는 오지 않을 거야! 꼭 이안이 문제가 아니라 신입사원이 되면 또 정신없이 바쁠 거 아니야? 이안이 도착하면 전화한다고는 했지만 뭐…… 그땐 새벽이니까 자느라 못 받았다고 해도 되고…… 일단은 놀자! 놀자! 오늘이 천금 같은 기회다!

룰루랄라 콧노래를 흥얼거리며 홍대 입구에 가는 공항버스에 올라탄 나는 성인이 되어 처음으로 젊음을 만끽할 생각을 하니 기분이 절로 좋아졌다.

사실 그동안 내가 나한테 너무 무심했어. 이건 꾹 참고 열심히 살아온 나에게 주는 보상이야. 그러니까 이안, 넌 그냥 비행기에서 잠 좀 푹 자고 아버지 병간호 잘하다가 와. 내가 딴짓을 하겠다는 게 아니라 앞으로 또 열심히 살아갈 활력소를 가져보겠다는 거야, 알았지? 이해하지?

하지만 난 이안이 탄 비행기가 이미 창공 위에 떠 있다는 것을 알고 있음에도 불구하고 나도 모르게 몇 번씩이나 주변을 살펴보게 되었다.

이 자식이 또 언제 어디서 튀어나올지 몰라……. 나를 살짝 안심시켜 놓고 함정에 빠뜨린 적이 한두 번이 아니잖아? 설마 이번에도? ……아니야, 아니겠지. 설마 아버지가 아프다는데 그럴 리가. 그래도 다시 한 번…… 유비무환으로 점검해 보자. 왼쪽! 없고……. 오른쪽! 없어……. 뒤! 없다. 위! 위는 당연히 없나……. 오케이! 이상 무! 자, 자, 자, 놀아보자. 끼얏호!

잠시 후, 홍대 입구에 도착한 나는 진짜 급하게 나왔는지 머리도 말리지 않은 채 지하철역 앞에서 오들오들 떨고 있는 진경이를 발견했다.

"야, 감기 걸리겠다. 머리라도 말리고 나오지 그랬어."

"미용실부터 가자. 나 머리할 때도 됐고 너도 입사시험 준비하려면 머리 좀 해야 하는 거 아니야? 클럽 가려면 아직 시간이 있으니까 머리부터 하자."

"하긴 그러네. 머리가 좀 지저분하지? 아예 단발로 자를까?"

"무슨 소리야. 너 머릿결이 얼마나 좋은데. 끝에만 다듬고 매직 스트레이트 해. 난 웨이브 넣을 거야."

그래, 오늘 하루만큼은 돈 걱정 하지 말고 나를 위해 투자를 아끼지 말자. 어차피 입사시험 보려면 머리도 깔끔하게 보여야 하니까 하려고 했던 거잖아?

진경이와 난 미용실에 나란히 앉아 머리에 이상한 걸 뒤집어쓰고 도란도란 밀린 얘기보따리들을 풀어놓았다. 특히나 진경이가 박장대소한 부분은 우리 부모님이 이안을 사기꾼으로 몰아갔던 때의 대목이었다.

"뭐? 푸하하하! 그거 이안도 알아?"

"아니, 모르지. 얘기하기도 전에 비행기 타고 갔잖아."

"대박이다, 진짜. 너희 부모님 특이하시네. 우리 엄마 같았으면 쌍수 들고 환영했을 텐데."

"그러게. 나도 이럴 줄은 몰랐지."

한참을 그렇게 수다 삼매경에 빠져 있을 즈음 진경이가 사뭇 진지한 표정으로 내게 물었다.

"그런데 리아야, 너 이번에 어디어디 시험 쳐?"

"나? 일단 S사, L사, G사, K사. 나머지는 떨어진 다음에 천천히 알아볼래."

"다 대기업이네. 만만치 않을 텐데."

"나도 알아. 그래도 꿈은 크게 가져야지. 될 거라는 생각은 안 하지만 부딪쳐 보고 안 되면 선배들이 추천하는 기업 중심으로 알아볼 거야."

"그런데 S사는…… 음, 아니다."

"응? 뭔데?"

"아무것도 아니야."

이것이 진짜…… 야! 너 말하다 말고 끊으면 상대방이 얼마나 궁금한지 몰라서 그래? 나도 한번 해줄까? 진경아 너 말이야……. 아니다. 이렇게!

내가 이글이글 타오르는 눈빛으로 진경이에게 강한 텔레파시를 보내자 진경이는 나를 힐끔힐끔 쳐다보며 어렵게 말을 이어갔다.

"음…… 그러니까 네가 꼭 알아야 할 필요는 없지만 우리 오빠라는 인간이 말이야."

"응? 진혁 씨? 진혁 씨가 왜?"

"어, 지난번에 S사에서 기술이전 계약을 하자고 왔는데 우리 오빠가 그냥 인수합병을 해달라고 했거든."

"그래서?"

"결국 S사에서는 손해 볼 게 없으니까 인수합병을 하는 대신 우리 오빠를 개발팀장으로 데려갔어. 직급으로 따지면 아마 상무이사쯤 될걸?"

"대단하다. 너희 오빠가 만드는 소프트웨어가 그렇게 값이 나가는 거야?"

난 새삼 잊고 있었던 진혁 씨의 얼굴을 떠올려 봤다. 내가 실수한 것도 꽤 많아서 아마 나 같은 건 이미 잊어버린 지 오래일 테지만 괜히 면접장에서 만나게 되면 서로 어색한 거 아니야? 설마 면접관으로 나타나는 건 아니겠지? 아…… 그럼 안 되는데. 보지도 않고 떨어뜨리는 거 아니야?

"저기, 혹시 진경아……."

"왜?"

"너희 오빠 이번에 면접관으로 나온다거나 그러진 않겠지?"

"아마 아닐걸? 그런 건 회사에 오래 있었던 사람들이 하는 거 아니야? 우리 오빠는 들어간 지 6개월도 안 됐어. 나나 좀 낙하산으로 넣어달라고 했더니 단칼에 거절하더라. 야박하기는. 남매의 정이라곤 눈곱만치도 없어!"

진경아…… 아마 나 같아도 그랬을 거야. 솔직히 너 할 줄 아는 게 없잖니. 미안하다, 친구야. 그러게 공부 좀 하지 그랬어.

"아, 몰라! 난 그냥 이렇게 지내다가 시집이나 갈래. 취업 같은 거 해봤자 괜히 피곤하기만 하고. 좀 더럽고 치사해서 그렇지 우리 오빠가 용돈은 넉넉히 주는 편이거든."

"너 그러다 그 용돈도 끊기면 그땐 어쩌려고?"

"그땐 뭐 이안한테 배운 걸로 주식 투자나 하지, 뭐."

그게 그렇게 쉬운 거면 내가 여태 이러고 있겠니? 정말 넌 답도 없다. 머리를 다 하고 나니 시간이 꽤 흘러 거리에 사람들이 몰려들기 시작했다. 이제 본격적인 불금이 펼쳐지는 순간이었다.

"자, 돌아보자! 오늘 우리 홍대에 있는 클럽 전부 다 가는 걸 최종 목표로!"

진경이가 마치 전장에 나가는 장수처럼 비장하게 손을 들며 말했다. 나도 그 기분에 편승해 오늘이 마지막인 것처럼 놀아보기로 다시 한 번 각오를 다졌다.

"좋아! 오늘 죽어보자!"

본격적으로 진경이와 나의 클럽 순회 탐방이 시작되었다. 나도 나름 어리고, 한창 놀고 싶은 나이인데도 지금까지 남들 다 가본다는 클럽 같은 곳은 아예 눈도 돌리지 않았었다. 그런 건 부모 잘 만나서 팔자 편한 것들이나 가는 곳이라고 생각했기에 난 내 손으로 학비와 생활비를 벌기 위해 하루가 24시간인 게 원망스러울 정도로 정말 바쁘게 살았었다.

그리고 오늘! 그렇게 말로만 듣던 홍대 클럽에 드디어 발을 들이다니, 감격스러움에 눈물이 앞을 가렸다.

"리아야, 뭐 해? 들어가자!"

"응? 응! 가자, 가자!"

현란한 조명과 음악이 문을 열자마자 내 심장을 울리는 것처럼 느껴졌다. 젊은 남녀들이 한데 어우러져 같은 춤을 추기도 하고 저마다 다른 개성을 뽐내며 추기도 하는 등 이곳은 정말 내게는 신천

지나 다름없었다. 멍하니 그 자리에 서 있는 나를 진경이가 끌고 자리에 앉혔다.

"뭐 마실래? 맥주?"

"응! 맥주!"

평소에 술을 즐겨 하지는 않지만 오늘만큼은 그래도 되겠지? 이건 나에게 주는 휴가니까. 쑥스러워서 플로어에 나가지는 못하고 자리에 앉아 맥주만 홀짝거리는데 웬 남자가 다가와 말을 걸었다.

"혼자 왔어요?"

나한테 하는 말인가? 난 재빨리 주위를 둘러봤지만 내 주변엔 아무도 없었다. 요즘 유행하는 음악이 나와서인지 사람들이 소리를 지르며 거의 플로어에 나가 있었다.

"아…… 저요? 친구랑 왔는데…….”

"잘됐네요. 저도 친구랑 왔는데 우리 합석할까요?"

이 사람 뭐야……. 왜 급 친한 척이야…… 날 언제 봤다고.

"아니요, 됐어요."

"그러지 말고 같이 놀아요. 우리가 한잔 살게요."

아, 진짜 짜증 나게…… 저리 가! 저리 가서 놀아! 오징어가 어딜!

내가 난감한 표정을 지으며 고개를 도리질하자 그 사람의 친구로 보이는 남자가 한 명 더 다가왔다.

"우리 나쁜 사람 아니에요. 그냥 재밌게 놀자는 건데 싫어요?"

응…… 그래, 너희가 나쁜 사람은 아닌 것 같아. 오징어지. 음, 오징어가 하나 더 늘었네. 그때 멀리서 내 모습을 보고 있던 진경이가 다급하게 이쪽으로 사람들을 헤치며 오고 있는 것이 보였다.

"죄송해요, 전 그럴 맘이 전혀 없어서."

난 그대로 자리를 벗어나 진경이의 손을 잡고 밖으로 나왔다.

"야! 이리와! 너 왜 그냥 나오는 거야? 아까 그 사람들 괜찮던데, 그냥 술이나 한잔 사달라고 하면 좋잖아."

"우린 돈 없니? 왜 모르는 사람한테 술을 얻어먹어?"

"이런 데 오면 원래 다 그런 거야. 남자들은 맘에 드는 여자들한테 술 사주고 얘기하다가 마음 맞으면 또 다른 데 가서 볼 수도 있고 아니면 그대로 바이바이 하는 거지."

"그 시끄러운 데서 무슨 대화를 해, 고래고래 소릴 질러야 겨우 들리던데."

"그러니까 그런 맛으로 즉석만남을 하는 거지! 소리가 잘 안 들리니까 자연스럽게 거리를 좁히게 되잖아. 그러면서 썸 타는 거야. 아…… 아까 그 남자들 아깝네…… 좀 잘생겼었는데."

응? 아까 걔네들이? 어디가, 어떻게? 뭐가 잘생겼다는 거야? 그냥 오징어 두 마리였는데.

"리아야, 우리 다시 갈까? 그 사람들 아직 있을지도 몰라."

"난 싫어."

"어우, 야…… 가자, 응? 넌 내가 놀아주는 대신에 헌팅에 적극 협조하기로 했잖아."

"그건 너한테 들어오는 헌팅이지, 난 필요 없어."

"우와, 치사하다. 너 자꾸 이러면 나중에 이안한테 너 클럽 갔었다고 다 이를 거야!"

지금 그 입으로 치사라는 말을 담은 거야, 김진경? 방금 한 협박이야말로 치사라는 건 모르나 보지?

"이안한테 입 뻥긋하기만 해. 그날이 너랑 절교하는 날이야."

"야! 하나도 안 무섭거든? 나도 나한테 관심 안 가져주는 친구는 사절이야!"

길거리에서 티격태격 계속 싸울 수는 없었기에 날도 춥고 해서 이번엔 좀 평범한 주점에 들어가기로 했다. 너무 비싸 보이지 않는 곳으로 골라 들어간 곳에는 역시 대학생들로 보이는 젊은 사람들이 삼삼오오 짝을 지어 술을 마시고 있었다.

"음, 여기 괜찮다. 가격도 저렴하고."

"대학가는 보통 다 비싸게 안 받아, 바보야."

"이런 데서 내가 일이나 해봤지, 와서 술을 마셔본 적이 몇 번이나 된다고 타박이야? 너 자꾸 이렇게 계속 심통 부릴 거야?"

진경이는 아까 그 오징어들이 못내 아쉬운지 계속해서 내게 툴툴거리고 있었다.

"넌 몰라, 모른다고. 내가 이 겨울을 얼마나 쓸쓸히 보내고 있는지 넌 알 길이 없지. 이안이랑 핑크핑크 러브러브를 날리고 있으니까!"

"내가 진짜 친구가 없는 게 한이다. 기껏 부를 친구가 너 하나밖에 없다니…… 그만 좀 하고 이리 와서 앉아!"

"리아, 너 나중에 그럼 이안 친구 하나 소개시켜 준다고 약속해."

"이안 친구?"

"응! 응! 이안은 친구도 같은 레벨로 만날 거 아니야! 아…… 얼마나 멋질까……."

글쎄다…… 걔가 친구 얘길 한 적이 없는 걸로 봐서 아마 없는 게 아닐까 싶은데…… 아! 하나 있긴 있구나. 라일리. 전에도 생각한 거지만 라일리는 무조건 패스…….

"뭐…… 이안 오면 물어는 볼게."

"진짜지? 오케이! 그럼 일단 그걸로 아까의 만행은 용서하겠어."

겨우 진경이를 붙잡아 앉히고 한 잔 두 잔 술잔을 기울이던 우리는 어느새 얼큰하게 취기가 오른 상태였다. 그런데 갑자기 진경이가 흐느껴 울기 시작했다.

"으허어엉…… 졸업이라니. 난 졸업하기 싫단 말이야. 으어으어…… 그냥 평생 학생일 순 없는 거야? 난 오빠처럼 능력도 없고 잘하는 것도 없고…… 흐아앙…… 이…… 씨…… 리아 넌 좋겠다. 넌 그래도 대기업 시험 칠 배짱도 있고 성적도 되고…… 난 뭐야. 으허어엉……."

"야, 너 취했어? 왜 이래, 창피하게!"

"지지배…… 공부도 잘하고, 얼굴도 예쁘고 이안같이 킹왕짱 멋진 애인도 있고…… 우어어어…… 흐아아앙…… 세상이 왜 이렇게 불공평한 거야. 왜 몰아주기를 하냐고오……. 좀 공평하게 나눠주는 맛이 있어야지. 흐으으……."

진경이는 흐느껴 울면서도 술잔을 놓지 않았다. 결국 보다 못한 내가 술잔을 뺏어 들자 이번에는 아예 술병을 들고 병나발을 불기 시작했다.

"야! 야! 너 미쳤어? 왜 이래? 그거 이리 안 내놔?"

"놔둬! 나 오늘 먹고 죽게! 널 보니까 술이 더 땡겨! 그거 알아?

나 너 무지 부러워했던 거? 넌 항상 내가 부럽다고 했지만 난 돈 없어도 좋으니까 하루라도 네 얼굴로, 네 머리로 살아보고 싶다! 대체 예쁜 것들이 공부까지 잘하면 나 같은 애들은 나가 죽으라는 거야, 뭐야? 어? 넌 세상에 태어난 목적이 나 기죽이는 거야? 응? 대답해! 말하란 말이야!"

진경이는 이제 되도 않은 이유를 들어서 내게 시비를 걸기 시작했다. 이러다간 오늘 기분 좋게 놀려고 했던 나의 계획이 산산이 부서지고 말 것 같았다. 난 어떻게든 진경이의 기분을 풀어주려 애쓰고 비위를 맞춰보려 했지만 이미 진경이는 브레이크 고장 난 기관차처럼 돌진하고 있었다.

"저리 가! 나한테 붙지 마, 이지지배야! 너랑 붙어 있으면 얼굴 크기 비교되는 거 몰라? 그런 눈치도 없는 거야?"

"아니, 난 그냥 네가 너무 비틀대서 잡아주려고……."

"그러니까 냅둬! 냅두라고! 내가 비틀거리든 쓰러지든 냅두란 말이야! 이모! 여기 소주 한 병 더!"

"아니에요! 그만 주세요! 저희 나갈 거예요!"

내가 진경이가 시킨 술을 취소하자 진경이의 화는 극에 달하고 있었다. 바락바락 소리를 질러대는 진경이를 가까스로 끌어내서 밖으로 나온 나는 이대로 끝낼 수는 없다는 생각에 얼른 편의점으로 들어가 숙취해소음료를 사서 밖으로 나왔다.

어? 그런데 얘는 어디 갔지? 아무리 둘러보아도 진경이가 있어야 할 자리에 아무것도 없었다. 몸도 제대로 못 가누는 애가 어디를 간 거야? 아무리 여기가 불야성이라 해도 여자 혼자 술 취해서 돌아다니면 위험할 텐데…….

"진경아! 진경아! 어디 있어! 대답 좀 해!"

그 골목을 샅샅이 뒤지고 결국 처음 편의점이 있는 곳으로 돌아온 나는 파라솔 의자에 앉아 소주 팩을 들이켜고 있는 진경이를 발견했다.

"야, 너 내가 얼마나 찾아다닌 줄 알아? 걱정했잖아! 아무래도 안 되겠다, 그냥 우리 오늘은 이만…… 어? 진경아! 진경아!"

진경이는 풀린 눈으로 나를 쳐다보더니 그대로 앞으로 푹 고꾸라졌다.

"아악! 어떡해! 진경아, 정신 차려! 야! 너 내 말 들려?"

아우, 이 화상을…… 간만에 좀 놀아볼까 했더니 제대로 놀지도 못하고 이게 뭐야!

진경이를 우리 집으로 데리고 가고 싶어도 택시를 잡으려면 큰길까지 나가야 하는데 나 혼자 다녀올 수도 없고 그렇다고 끌고 갈 수도 없어서 발만 동동 구르고 있을 무렵이었다. 그때, 진경이의 핸드백 안에서 요란하게 휴대폰이 울렸다. 재빨리 발신자를 확인해보니 [싸가지]라고 적혀 있었다. 일단 누군지는 몰라도 근처에 있으면 좀 도와달라고 하자. 진경이 얘는 뭘 먹었기에 이렇게 무거운 거야!

"여보세요."

[……이거 김진경 휴대폰 아닙니까?]

"어…… 맞긴 한데요. 지금 받을 상황이 아니라서…… 저 혹시 진경이랑 친하신가요?"

[오빠 되는 사람입니다.]

"오빠? 그럼 진혁 씨예요?"

[누구…… 아, 혹시 리아 씨?]

"네, 오랜만이에요. 아…… 저기, 근데 지금 그게 문제가 아니라 진경이가 술이 너무 많이 취해서 혹시 데리러 와주실 수 있나요?"

[어딥니까, 거기.]

"여기가…… 홍대입구 전철역에서 골목으로 쭉 들어오면 편의점 하나 있거든요? 그 앞에 앉아 있어요."

[알겠습니다. 근처에 있으니 한 20분 정도면 도착합니다.]

무사히 진경이를 돌려보낼 방법이 생겼으니 다행이긴 한데 이안도 없는 상황에서 진혁 씨와 마주칠 생각을 하니 걱정이 앞섰다.

아, 이거 안 좋은데……. 이안이 알면 또 무슨 짓을 할지 몰라. 아니야! 난 찔리는 거 하나도 없다, 뭐! 아까도 남자들 말 걸 때 거절했고 진혁 씨도 자기 동생 챙기느라 바쁠 텐데 술 취한 동생을 옆에 두고 설마 나한테 작업 걸겠어? 그치? 난 순수하게 진경이를 집에 돌려보내기 위한 절차를 밟은 것뿐이야. 그럼, 그럼.

술에 취해 주정을 부리는 진경이를 감당하는 게 조금 힘들어질 즈음 진혁 씨가 우리 앞에 나타났다.

"아…… 안녕하세요……."

"계집애가 겁도 없이 길바닥에 널브러져 있어. 김진경, 빨리 안 일어나?"

……방금 나 씹힌 거야? 그런 거야?

"저기, 죄송해요. 제가 나오라고 했어요. 일부러 이렇게 된 건 아니고 어쩌다 보니 그게……."

"김진경! 너 내 말 안 들려? 이 자식, 완전히 뻗었네."

헉! 두 번이나 씹었어! 뭐지, 이 사람? 설마 예전 일 가지고 꽁해 있는 거야?

"리아 씨."

"네? 아, 네!"

"차 문 좀 열어주시겠습니까?"

"아, 차…… 차요? 네, 네."

나는 한달음에 달려가 얼른 뒷좌석 문을 열어 진혁 씨가 진경이를 태우는 걸 확인한 후 가볍게 목례를 하고 돌아섰다. 시간이 좀 늦어서 근처까지 가는 버스를 탄 후에 나머지는 택시를 타고 갈 생각이었다.

"어디 가십니까?"

"네? 아…… 집에……."

"타세요, 모셔다 드리죠."

"아니에요, 그냥 혼자 갈 수 있어요."

"늦었습니다. 타세요."

진혁 씨는 조수석 문을 열고 나를 끌어다 앉힌 후 차를 출발시켰다. 서로 간에 말 한 마디도 오가지 않아 난 지금 이 자리가 불편하기 짝이 없었다. 하긴, 우리 사이에 무슨 할 말이 있겠어. 빨리 집에나 갔으면 좋겠다. 응? 그런데 이쪽으로 가면 안 되는데?

"저…… 진혁 씨, 지금 어디로 가는 거예요?"

"일단 진경이부터 집에 내려놓고 가려고요. 술 취한 애를 차에 태우고 이리저리 끌고 다닐 순 없지 않습니까."

"그것도 그러네요. 그렇게 하세요."

그래, 얻어 타는 주제에 뭐 이리 말이 많아. 이게 택시냐? 그냥 데려다준다는 것만으로도 고맙게 생각하자.

잠시 후 집에 도착하자 어머님이 나오셔서 진경이의 등짝을 사정없이 후려치며 난리를 피웠다. 동네 창피하다는 둥, 시집가긴 다 글렀다는 둥, 오빠 반만 닮으라는 둥 별별 말이 다 나오는데 그 사이에 낀 나는 몸 둘 바를 모르고 안절부절못하고 있을 뿐이었다.

"아유, 내가 못살아. 진혁이 너는 얼른 리아 데려다주고 와라."

"그럴 겁니다."

"저, 어머니, 죄송해요."

"아니다. 같이 마셨는데 넌 멀쩡하고 얘만 이런 거 보면 또 혼자 부어라 마셔라 했겠지. 누굴 탓하겠니. 늦었으니 오늘은 어서 가고 다음에 보자, 리아야."

난 허리를 숙여 계속 죄송하다는 말을 남기고 다시 진혁 씨의 차에 올라탔다. 우리 집으로 향하는 길 내내 진혁 씨는 우리 집 주소를 물어보는 것 말고는 내게 한 마디도 말을 걸지 않았다. 가시방석이 따로 없었지만 그렇다고 계속 말을 하면서 가는 것도 그건 그거대로 불편할 것 같아서 나 역시 입을 다물고 앉아 있었다. 우리 동네 풍경이 보이기 시작하자 그나마 좀 숨통이 트이는 것 같았다.

아…… 이제 조금만 더 가면 되는구나. 그냥 골목 어귀에서 내려달라고 해야지.

"진혁 씨, 전 여기서 내려주시면 돼요."

"집 앞까지 가시죠, 밤인데."

"아니, 괜찮아요. 그냥 여기서 내릴게요."

"저랑 있는 게 불편합니까?"

그럼 편할까요. 완전 불편하거든요?

"아니, 뭐 꼭 그런 건 아니지만……."

"그럼 집 앞까지 갑니다."

윽! 그래…… 마음대로 하세요.

결국 집 앞까지 당도해서야 난 진혁 씨에게 인사를 하고 차에서 내릴 수 있었다. 너무 피곤한 하루였다. 어서 가서 잠이나 푹 자야지.

"그럼 오늘 고마웠어요. 조심해서 가세요."

"리아 씨."

"네?"

"이전에 했던 식사 약속 기억납니까?"

응? 이건 무슨…… 아! 이안 때문에 두 번이나 식사 망치고 나중에 내가 산다고 하긴 했었지. 이 남자 쓸데없이 기억력이 좋네.

"아, 그게……."

"아직 기다리고 있습니다."

저기, 여보세요? 그거 언젯적 이야긴가요? 가만있자 그때가 여름이 막 시작될 때였으니까…… 8개월은 지났는데요. 이 남자도 뒤끝 기네.

"아하하…… 그런가요? 제가 통 시간이 없어서……."

"언제 한번 시간 내십시오. 전 빚지고도 못 살지만 받아낼 빚도 꼭 받아내는 타입이라서요."

아니, 내가 언제 빚을 졌다고? 그냥 지나가는 말로 다음에 식사

한번해요, 다음에 차 한잔해요, 이런 거였잖아!

"그…… 러죠. 그럼 안녕히 가세요."

난 후다닥 집으로 뛰어 올라갔다. 뭐, 이것도 그냥 지나가는 인사가 되고 말겠지만 거기 더 서있다간 공연히 코가 꿰일 것만 같았기에 서둘러 집으로 들어갔다. 집으로 들어서서 불을 켜고 창문을 내다보니 진혁 씨가 그대로 서 있는 것이 보였다.

왜 안 가지? 저기서 뭐 하는 거야? 알게 뭐야. 갈 때 되면 가겠지. 가만, 지금 몇 시지? 새벽 3시? 어…… 어…… 그러니까 이안이 탄 비행기가 5시 반 출발이었으니까 열 시간 비행하고 그럼 3시 반. 출국 절차 밟고 나한테 전화하는 데까지 걸리는 시간은 한 시간 내외 정도겠지? 그럼 앞으로 한 시간에서 두 시간 사이에 전화가 올 텐데 기다릴까? 아니면 좀 자다가 받을까? 아니야, 일단 기다리자. 지금 잠들면 못 받을 수도 있으니까 말이야.

난 서둘러 샤워를 마치고 잠옷으로 갈아입은 후 휴대폰을 손에 들고 침대에 누웠다. 자꾸만 눈이 감겨왔지만 몇 번이고 내 볼을 톡톡 쳐가면서 가까스로 눈을 부릅뜨고 있었다.

띠리리리.

왔다! 새벽 4시 20분! 정확한 놈……

"여보세요."

[리아, 지금 일어났어? 아니면 자는 거 깨운 거야?]

"응, 아니에요. 이안 전화 기다리고 있었어요."

[그래? 착하네. 설마 여태 안 잤어?]

"네."

[목소리 쌩쌩하네. 나 없다고 놀러 다닌 건 아니지?]

헉! 이 자식…… 귀신인데?

"놀…… 러 다니긴 누가…… 음…… 이안 보내고 나서 바로 집으로 왔어요."

[내가 오늘 새로운 사실을 알게 됐는데, 리아.]

"네? 뭔데요?"

[리아는 목소리에서도 거짓말이 다 티가 나는구나.]

끄악! 그래? 아니, 어디가? 어느 부분이?

"아…… 하하…… 이안은 참…… 왜 그래요……."

[공항에서 나가자마자 딴 짓한 건 아니길 바라지만 보아하니 그게 맞는 것 같군.]

"아니에요! 정말로! 그냥 면접 준비하느라 머리 좀 다듬고…… 음…… 머리를 다듬고…… 머리를 다듬었어요……."

[리아.]

"네?"

[지켜보고 있어.]

헉! 이 자식 설마 CCTV라도 설치한 거 아니야? 그러고도 남을 놈인데!

[지금 두리번거리고 있지?]

끄아악! 진짠가 봐!

[나 없을 때 놀고 싶으면 실컷 놀아. 걸리지만 말고.]

어우…… 너 그 말 상당히 무서운 말인 거 알고는 있니? 걸리기만 걸려! 이 소리로 들리는데?

"이안은 별걱정을 다 해요. 그럴 일 없으니까 걱정 말아요. 나 취업 준비 하느라 바쁜 거 알잖아요. 그런데 언제 와요?"

[안 가르쳐 줘.]

"왜요?"

[긴장하고 있으라고. 언제 어디서 나타날지 모르니까.]

컥! 이 자식…… 나에 대해서 너무 잘 아는데? 이러면 진짜 놀지도 못하잖아.

"으응…… 알았어요, 볼 일 다 보고 최대한 빨리 와요……."

[그래, 벌써 보고 싶다. 얌전히 기다리고 있어.]

"그…… 럼요, 당연하죠."

자유는 오늘로 끝이구나.

☆　★　☆

일주일 후부터 본격적으로 입사 면접 기간에 돌입했다.

날짜가 겹치지 않아 다행이긴 하지만 그래도 연일 이어지는 면접 때문에 진이 쭉쭉 빠져 갔다. 잔뜩 긴장하고 들어선 면접장에는 날카로운 눈빛을 한 간부들이 쉴 새 없이 질문을 쏟아내었다. 개중에는 영어로 대답하라고 하는 경우도 있었고, 그중 압권은 상황 설정까지 해가며 이런 경우에 어떻게 대처할 것인지 그대로 재현해 보라는 것이었다.

아니, 내가 무슨 연극영화과 시험 보러 온 거야? 별걸 다 시키고 앉아 있네. 그래도 별수 있나? 저쪽이 갑이고 내가 을인데, 시키는 대로 해야지.

"음, 그러니까 정리를 하자면 외국인 바이어들에게 실수로 자료를 잘못 전달해서 예산이 잘못 책정되었을 때 자료를 번복하면서도 바이어들이 계약을 철회하지 않도록 마음을 돌리라는 말씀이신가요?"

"정확해요."

"그렇다면 일단은 원래 자료를 회수하고 새 자료를 상세하게 설명한 뒤 충분한 사과의 말을 전해야겠죠."

"해보세요."

내가 심호흡을 하고 눈앞에 바이어가 있는 것처럼 고개를 숙이는 순간 면접관의 목소리가 들려왔다.

"영어로."

이런 젠장…… 가만있자. 영어로…… 쏘리…… 아아악! 갑자기 하려니까 생각이 안 나! 어쩌지? 어쩌지? 시간은 자꾸 가는데…….

내가 머뭇거리는 것을 느꼈는지 몇몇 면접관이 한숨을 쉬며 이력서를 넘기는 소리가 들렸다.

안 돼, 뭐라도 해야 해!

그 순간 퍼뜩 내 머릿속에 이안이 지나갔다. 난 회심의 미소를 지으며 다시 허리를 깊게 숙이고 대답했다.

"Please accept my sincere apology. I'll never do such a thing again. It's an act of madness(대단히 죄송합니다. 다시는 이런 일이 없도록 하겠습니다. 그건 정말 미친 짓이었어요)."

이야……. 이안이 내게 가르쳐 준 것 중에 써먹을 수 있는 게 다 있네. 이 정도면 됐겠지? 발음도 뭐…… 이안의 본토 발음을 듣고 따라 한 거니까 별문제 없을 거야. 숙였던 허리를 들고 조심스럽게 면접관들의 얼굴을 살폈다. 됐어! 맘에 들어 하는 것 같아!

이후로도 몇 가지 질문들을 해왔지만 상투적인 질문들이라 난 막힘없이 대답할 수 있었다. 그렇게 마지막 면접까지 모두 끝이 났고 난 힘겨운 몸을 이끌고 집으로 돌아왔다.

에구구. 죽겠네. 하도 긴장하고 있었더니 팔다리가 다 쑤셔……. 그나저나 이안은 언제 오는 거야, 벌써 한 달이 다 되어가는데.

이안은 그날 이후로 매일같이 시간에 맞춰 통화를 하긴 했지만 그래도 어쩐지 늘 내 옆에 붙어 있던 이상한 놈이 사라지니 시원한 것도 잠시뿐, 이젠 많이 허전했다.

아버지가 생각보다 많이 안 좋으신가? 아니면 일정 기간 미국에 머물러야 다시 비자가 나오나? 이번엔 학생비자가 아니라 다른 비자로 와야 할 텐데, 설마 관광비자로 오진 않겠지? 오래 머물려면 취업비자가 필요하지만 이안 성격에 어디 가서 일할 애가 아닌데. 에이, 몰라! 알아서 하겠지.

☆ ★ ☆

면접시험 최종 결과 발표일이 다가왔다.

난 꼼짝 않고 집에서 전화기만 노려보고 있었다. 집 전화와 휴대폰을 가지런히 놓아두고 경건한 마음으로 목욕재계를 한 뒤 무릎을 꿇고 앉아 기다렸다. 와라, 와라, 와라, 제발……. 결과 발표는 11시. 홈페이지에도 결과발표를 한다고 했지만 난 굳이 그러고 싶지가 않았다. 역시 사람은 아날로그지! 직접 목소리로 축하합니다, 합격입니다! 이 소리를 들어야 실감이 나는 거 아니겠어?

째깍째깍. 째깍째깍. 11시!

1분이 지나고 2분이 지나고 10분이 지나도 내겐 전화가 걸려오지 않았다. 음…… 아마 가나다순으로 합격자들에게 전화하는 거겠지? 난 이씨니까 좀 더 기다려 보자.

하지만 한 시간이 흐르고 두 시간이 흘러도 내 전화는 계속 먹통인 상태였다. 혹시 내 전화가 고장이 난 건 아닌가 싶어 몇 번씩 수화기를 들었다 내려놓았지만 여전히 신호음이 잘 들리는 정상이었다. 세 시간이나 흐른 뒤에는 난 거의 포기를 한 상태였다.

역시 안 되나. 남들 다 가는 유학 한 번 못 가보고, 하다못해 어학연수도 못 갔으니 되는 게 더 이상한가? 그래도 수석졸업인데! 난 무엇을 위해 그렇게 공부를 했던가.

그래도 미련을 버리지 못한 나는 스마트폰으로 회사마다 홈페이지에 들어가서 직접 확인해 봤다. 어디 보자, L사…… 없네. 그럼 K사…… 없고. 음, G사…… 에이, 없어! 그럼 마지막으로 S사는…….

삐리리리!

꺅! 깜짝이야! 누구지? 모르는 번호인데?

"여, 여보세요."

[이리아 씨 되십니까?]

"네, 제가 이리아 맞는데요."

[여기 S사 인사과입니다. 축하합니다. 합격하셨으니 3월 29일까지 신분증과 등본, 급여 이체받을 계좌를 보내시면 됩니다.]

"……정말이요? 진짜 합격이에요?"

[그렇습니다. 곧 신입사원 연수 과정이 있을 예정이니 따로 통보하도록 하겠습니다.]

"감사합니다! 감사합니다!"

난 상대방이 보이지도 않을 텐데 연신 고개를 숙이며 절을 했다.

해냈어! 해냈다고! 나 혼자 아무 연줄도 없이 대기업에 입사했다! 난 이 기쁜 소식을 제일 먼저 부모님께 알린 후 시차는 생각지도 않고 이안에게 전화를 걸었다.

[……여보세요.]

"이안! 이안! 나 합격했어요!"

[아…… 리아구나. 그래…… 축하해.]

"이안, 목소리가 왜 그래요? 기쁘지 않아요?"

[어…… 리아가 좋아하니까 기쁘긴 한데, 나 막 잠든 지 얼마 안 되어서…….]

내 정신 좀 봐. 내 생각만 하느라 자는 걸 깨웠나 봐.

"아차차…… 거기 몇 시예요?"

[음…… 밤…… 1시 넘었을…….]

"미안, 나 너무 기뻐서 생각도 못 했네. 얼른 자요."

서둘러 전화를 끊으려고 종료버튼을 누르려는데 이안의 목소리가 수화기 너머에서 들려왔다.

[리아, 잠깐만!]

"응? 왜요?"

[어디로 입사했어?]

"S사요. 우리나라에서 제일 큰 데에 입사했어요!"

[알았어.]

뚝.

전화가 끊겼다. 뭐지? 이건 뭐지? 저 할 말만 하고 끊은 거야? 아니, 뭐 이런 캔커피가! 아니야, 오늘은 내가 기분이 심히 좋으니까 너그러운 마음으로 이해해 주도록 하겠어.

연수는 어디로 가려나~ 미리 가방이나 챙겨볼까? 술 많이 마시게 될지도 모르니까 약도 챙겨가고, 아! 요즘은 잘 노는 직원이 일도 잘한다고 한다니까 장기자랑 같은 거 시킬지도 몰라. 난 뭐 하지? 노래는 너무 흔한데……. 춤이라도 춰야 하나? 아참…… 내 춤은…… 애벌레지……. 패스. 아, 몰라, 몰라. 시키는 건 다 하면 되는 거지, 뭐. 랄라라~ 아싸, 아싸, 신난다. 꺄훗!

이안, 나도 이제 돈 버는 여자야. 무시하지 말란 말이야. 오늘까지만 너의 무례를 눈감아주도록 하겠어. 내일부턴 국물도 없을 줄 알아. 말 잘 들으면 캔커피 한 박스 사줄게, 완전 단 걸로. 후훗!

☆　★　☆

2주 뒤, 생각보다 힘들었던 연수 기간이 끝나고 신입사원들은 각 부서로 배정을 받았다. 나는 원래부터 지망했던 통합비서실로 배정되었다. 이사진들의 개인비서실에서 업무를 넘겨주면 남은 잡무를 처리하는 등 기본적인 서포트를 해주는 부서이다.

나와 함께 신입사원 총 세 명이 통합비서실로 배정되어 선배들에게 일일이 인사를 하고 다녔다. 통합비서실에서 연차가 되고 업무 평점이 높아지면 개인비서실로 승격이 된다고 하지만 난 그걸 원하지 않는다. 만약 무슨 일이 생기면 연대책임을 져야 할 수도 있고 그렇게 되면 힘들게 들어온 회사를 그만두어야 하는 불상사가 생길 수도 있잖아? 다행히 특별히 모난 사람은 없는 것 같다. 뭐, 그건 좀 더 지내봐야 아는 거긴 하지만…… 최대한 튀지 않으면서 가늘고 길게 오랫동안 살아남아야지.

"이리아 씨!"

"네, 실장님."

"정식 발령이 나진 않았지만 이리아 씨는 해외마케팅 부서로 이전될 것 같군요."

에? 해외마케팅? 뭔 소리야? 난 분명히 비서과에 지원했는데?

"저기, 거기서…… 전 무슨 일을……."

"새로 오실 해외마케팅기획실장님의 개인비서로 들어가게 될 거예요."

굳이 주위를 둘러보지 않아도 나보다 연차가 높은 선배들의 따가운 시선이 느껴졌다.

오 마이 갓.

가늘고 길게 살아남으려는 나의 계획이 산산조각 나는 순간이었다.

14화
그놈이 돌아왔다

 그날 이후로 입사 동기들은 물론, 선배들까지 나를 대하는 태도에 잔뜩 날이 서있는 것이 느껴졌다. 아마도 무슨 대단한 낙하산일 거라고 생각하나 보다.

 아니, 실장님도 좀 그래! 그런 건 나만 따로 불러서 조용히 얘기하면 될 거 가지고 왜 공개적으로 얘기해서 사람을 왕따로 만들어? 이상한 사람이야, 진짜! 혹시 그 사람도 내가 들어오자마자 개인비서로 가는 게 고까웠나? 아…… 그럴 수도 있겠구나. 그런데 대체 이게 어떻게 된 거지? 난 정말 그럴 만한 빽이 없는데?

 오늘도 점심시간이 되니 나만 혼자 남겨놓고 다른 사람들은 다 짝을 이뤄 밥을 먹으러 나갔다. 뭐, 기대도 안 했지만 매번 이러는 게 불편한 것 사실이었다. 구내식당으로 가서 먹으면 값이 싸긴 하지만 다른 직원들의 눈초리를 받으며 먹으면 소화가 잘 되질 않아서 며칠 전부터 도시락을 싸가지고 다니기 시작했다. 모두 나간 것을 확인하고 창문을 연 뒤 그 앞에서 도시락 뚜껑을 열고 있는데 누군가 나를 부르는 소리가 들려왔다.

"리아 씨."

"……어? 진혁 씨?"

"나 여기 있는 거 진경이가 말 안 해요? 왜 인사하러 안 왔어요?"

"아…… 지나가는 말로 듣긴 했는데 어느 부서인지 잘 몰라서……."

"그렇군요, 난 여기 개발팀 팀장이에요. 시간 날 때 한번 와요, 사무실에서 차 한잔 대접하죠."

진혁 씨는 시원한 미소를 떠올리며 내게 말했다. 며칠 동안 사람들의 냉대 속에서 있다 보니 진혁 씨의 그 다정한 미소가 너무도 반갑게 느껴졌다.

"네…… 고맙습니다."

"그런데 왜 혼자 먹어요? 다른 사람들은?"

"아…… 저 그게……."

난 꼭 선생님에게 고자질하는 학생이 된 것 같아 말하기가 꺼려졌지만 뭔가 이상한 낌새를 챈 진혁 씨가 집요하게 물어오는 바람에 사실대로 얘기할 수밖에 없었다.

"그 사람들 입장에선 서운할 수도 있겠네요. 열심히 일한 대가를 받지 못한다고 생각할 수도 있고 불공평하다고 느낄 수도 있으니까."

"알아요, 그래서 아무 말도 못 하고 왕따당하고 있잖아요."

"걱정하지 말아요, 내가 리아 씨 왕따 아니게 해줄 테니까."

"네?"

"나갑시다. 이렇게 만난 기념으로 내가 밥 살게요."

진혁 씨는 나를 막무가내로 끌고 밖으로 나갔다. 회사 근처에 있는 한식당으로 가서 이것저것 주문을 하고 기다리는 동안 진혁 씨는 내게 회사 생활에 필요한 여러 가지 팁들을 알려주었다. 처음엔 나도 좀 어색했지만 워낙 붙임성 좋고 시원시원한 성격의 진혁 씨 덕분에 분위기는 금세 좋아져서 우리는 화기애애하게 식사를 마쳤다. 자판기에서 커피 한 잔씩을 뽑아 회사로 들어가는데 식사를 마치고 돌아오는 다른 직원들의 시선이 고스란히 우리에게 꽂히고 있었다.

"저기, 진혁 씨. 이거 제 착각인지는 몰라도 사람들이 자꾸 우리를 쳐다보고 있는 것 같은데……."

"아마 선남선녀라서 그런 거 아닐까요? 하하."

"……전 지금 농담하는 게 아닌데요."

"보고 싶으면 보라죠, 뭐. 그런 걸 일일이 신경 쓰면 피곤합니다. 그럼 전 이만 올라갈 테니 리아 씨도 수고해요."

"네, 가서 일보세요."

"아 참."

진혁 씨는 저만치 걸어가다가 다시 내게로 돌아와 조용히 속삭였다.

"다른 사람들 눈이 있으니까 회사에서는 팀장님이라고 불러주십시오. 개인적으로 만날 때는 말고. 알았죠?"

"그럴게요."

진혁 씨가 내게 가까이 다가섰다 멀어지자 사람들의 시선이 더 노골적으로 다가왔다.

진짜…… 정말…… 말을 해, 말을! 나한테 할 말 있으면 와서 하란 말이야! 아우, 신경 쓰여서 화장실도 못 가겠네.

자리로 돌아가서 세면도구를 챙긴 나는 화장실로 들어가 칫솔에 치약을 묻히고 양치질을 시작했다. 그때 같은 부서에서 근무하는 선배들 세 명이 화장실 안으로 들어왔다.

"이리아 씨 능력 좋은가 봐."

"네?"

"신입사원이 오자마자 개인비서실로 발령 나고, 오늘 보니 개발 팀장님과도 아는 사이인가 보네. 무슨 인맥이야? 우리도 리아 씨한테 잘 보여야 하는 거 아니야?"

선배의 말에 가시가 잔뜩 돋쳐 있었다.

"그러게 말이에요, 리아 씨가 대단한 뒷배가 있는 줄 알았으면 미리미리 친하게 지낼 걸 그랬나 봐요."

또 다른 선배의 말도 날카롭긴 마찬가지였다. 난 한숨을 푹 내쉬고 입안을 헹군 후 그들을 향해 말했다.

"죄송하지만 저는 지금 선배님들이 무슨 말을 하시는 건지 알아들을 수가 없습니다. 전 정당하게 시험을 쳐서 이 회사에 입사했고, 제 발령 문제는 저도 어떻게 된 건지 알 수가 없어서 확실하게 말씀드릴 순 없지만 개발팀장님은 저랑 친한 친구 오빠라 인사 나눈 것뿐입니다."

"아, 그래요? 이러니저러니 해도 뒤 봐줄 수 있는 사람 많아서 좋겠네, 리아 씨는."

"그 개발팀장님이 우리 회사 여직원들에게 가장 인기 많은 거 알아요? 우리가 아니어도 앞으로 리아 씨 좀 피곤할 거예요. 김진혁 팀장 노리는 여직원들이 얼마나 많은데."

하하, 그런 거였어? 진혁 씨가 인기가 그렇게 많아? 하지만 말이야, 나한테는 그보다도 더 멋지고 끝내주게 잘생기고 능력 쩌는 외계인 남자친구가 있거든? 이거 왜 이래? 진혁 씨가 물론 좋은 사람이긴 하지만 우리 이안에게 비하면 오징어나 마찬가지야.

나중에 이안 한국 오면 회사 앞으로 좀 오라고 해야겠다. 마이바흐 사마 모시고. 음…… 그런데 그러면 더 테러당하려나? 아, 몰라! 자꾸 같잖은 것들이 건드리니까 슬슬 짜증 나려고 하네. 나 가늘고 길게 살고 싶은 사람인데 이러다 제명에도 못 살겠어.

"전 김진혁 팀장님에게 개인적인 감정은 없습니다. 오해하지 말아주세요."

"글쎄다, 우린 그렇다 쳐도 회사에 이미 다 난 소문은 어쩔 거야? 신입사원 하나가 꼬리 치고 다닌다고 소문 자자하던데?"

아니, 이것들이 진짜! 그 소문이라는 거 너희가 내고 다닌 거 아니야? 여태까지 한 걸로 봐서 심증은 충분한데 물증이 없네, 물증이.

"전 모르는 일입니다. 비켜주세요."

"진짜 재수가 없으려니까. 어디서 낙하산 하나가 내려와서 열심히 일하는 사람들 맥 빠지게 하고 있어."

참자…… 참자! 참아야 한다. 쟤들이 뭐라고 하건 신경 쓰지 마. 나만 아니면 되는 거지. 심호흡을 길게…… 참아야 한다. 가늘고 길게, 가늘고 길게⋯⋯.

냉소적인 시선을 받으며 자리에 돌아온 나는 실장님이 부른다는 소리를 듣고 찾아갔다.

"부르셨습니까."

"그래요, 이리아 씨. 내일부터 정식으로 해외마케팅기획실장 비서실에서 근무하게 됩니다."

"내일이요?"

"정확한 지시 사항은 그쪽에서 들으면 되고 일단은 지금 11층으로 가서 해외마케팅기획실장님을 찾아가세요. 미리 인사 먼저 하자고 하네요."

"아, 그렇군요. 알겠습니다."

난 실장님께 인사를 드리고 나와서 곧바로 엘리베이터 앞에 섰다.

11층⋯⋯ 11층이라. 11층에 도착한 나는 어디가 어딘지 몰라서 좌우를 두리번거리다가 해외마케팅이라고 적힌 팻말을 보고 다가갔다. 커다란 사무실 안에 사람들이 분주히 움직이고, 그 안쪽으로 문이 하나 더 보였다.

"이리아 씨?"

"네."

"저쪽으로 들어가시면 됩니다. 실장님께서 기다리고 계세요."

난 그중 한 명이 가리키는 곳으로 따라가 사무실 문에 얌전히 노크를 한 후 조심스럽게 문을 열었다.

우왓! 이거 뭐야! 왜 이렇게 눈부셔! 응? 이 느낌은 어쩐지 낯설지가 않은데? 설마⋯⋯.

"어서 와, 리아. 오래 기다렸지?"

눈부신 외계인이 찬란하게 웃으며 나를 바라보고 있었다.

"……이안?"

"미안. 장기체류 비자를 받으려니 어쩔 수가 없었어. 그래도 앞으로 같은 회사에 다니게 됐으니 리아도 좋지?"

좋기는 개뿔이! 야! 내가 지금 너 때문에 회사에서 공공연한 왕따가 된 거 알아?

"혹시 이안이 나를 비서로 지정했어요?"

"응."

역시. 넌 내 인생에 도움이 안 되는구나.

"비서가 적성에 맞는다며? 나도 리아가 옆에 있는 게 적성에 맞거든."

뭘 그걸 적성을 따지고 있니. 넌 원래 그러잖아.

"일단, 이리 와, 리아."

"미쳤어요? 여기 회사예요."

"나 미친 거 이제 알았어? 그럼 내가 뭐 하러 리아를 비서로 지정했다고 생각해?"

"일해야죠, 일!"

"할 거야, 일단 급한 거부터 해결하고."

이안은 성큼성큼 걸어와 사무실 문을 잠그더니 다급하게 입을 맞추기 시작했다. 이렇게 이안의 품에 안겨 있으니 정말로 그가 내 곁으로 돌아온 것이 실감이 난다.

이안이…… 드디어 그놈이…… 돌아왔다.

이안은 나의 입술을 굶주린 짐승처럼 먹어치우기 시작했다.

"이안…… 이제 그만 좀……."

"조금만 더."

아무리 문이 잠겼다고는 하지만 엄연히 이곳은 회사인데 이안이 자제를 하지 못 할까 봐 덜컥 겁이 났다. 그리고 그런 나의 걱정이 기우가 아니었음을 알려주듯 이안의 손이 점점 아래로 내려가고 있었다.

"이안!"

난 재빨리 이안의 손을 치워내고 그의 입술을 손으로 막아버렸다.

"왜."

"왜는 뭐가 왜예요! 나 지금 일하다 말고 잠깐 인사만 하러 온 거란 말이에요. 앞으로도 계속 이런 식으로 할 거면 나 이안 비서 못 해요. 알겠어요?"

"칫."

"칫? 칫? 지금 칫이라고 했어요?"

아니, 그럼 너 설마 사무실에서 무슨 꽁냥꽁냥 씬이라도 펼치려고 했어? 이 자식…… 아무리 내가 좋아도 그렇지, 이건 정말 아니잖아! 내가 여기 입사한 건 일하러 온 거지 에로비디오 찍으러 온 게 아니란 말이다!

"사무실에서 러브씬 연출하는 게 내 로망이었는데……."

"이안, 내가 지금까지 이안의 그 로망이라는 거 다 들어줬지만 이것만큼은 안 돼요. 공과 사는 좀 구별해야 하지 않아요?"

"아! 그럼 이건 어때? 우리 집을 사무실처럼 꾸며놓고……."

"이안!"

난 나도 모르게 목소리가 너무 크게 튀어나와 혹시라도 밖에 있는 사람들이 들을세라 얼른 입을 틀어막았다. 불안해하는 나와는 달리 저놈의 외계인은 여전히 싱글벙글이었다.

"뭐가 그렇게 좋아서 웃고 난리예요?"

"좋지, 그럼. 드디어 리아를 만났는데. 게다가 직장 상사와 부하 직원으로. 멋지지 않아? 재미있겠지?"

그래……. 참 재미도 있겠다. 넌 참 속 편해서 좋겠구나. 난 널 이 사무실에서 마주친 순간부터 앞날이 깜깜한데.

"아무튼 자세한 얘기는 이따가 퇴근 후에 해요."

"그러지, 데리러 갈게."

뭐? 너 미쳤니? 절대 안 돼! 누구 생매장당하는 꼴 보고 싶어?

"이안, 부탁인데 회사에선 나 모르는 척 좀 해주면 안 돼요?"

"지금 인사까지 나눈 사이란 거 아는데 뭘 또 모른 척해?"

"아니, 그게 아니라 내가 좀 사정이 있어서 그래요. 그냥 오늘 처음 만난 것처럼 해줘요."

"무슨 사정? 리아 혹시 나 없을 때 바람피웠어?"

넌 생각이 다 그쪽으로밖에 연결이 안 되니? 아, 정말 저건 병이야, 병.

"그것도 이따가. 퇴근한 다음에 나 무지하게 할 얘기 많으니까 일단 집으로 가 있어요. 혹시라도 날 찾아온다거나 회사 앞에서 기다릴 생각 하지 말아요."

"수상한데……."

"글쎄, 그런 거 아니라니까요!"

넌 속고만 살았니. 다른 건 둘째치고라도 나에 대해서 왜 그렇게 불신이 깊은 거냐. 내가 뭘 어쨌다고.

"하여간 알았어. 그럼 빨리 와. 칼퇴근해야 해."

"알았어요."

이안의 사무실에서 나와 밖에 있는 사람들을 보니 다행히 안에서 일어난 일은 모르는 듯 보였다. 방음은 그나마 잘되어 있나 보네. 그나저나 내일부터 이안하고 어떻게 일하지? 아으…… 미쳐, 내가.

"리아 씨? 나 찾아왔어요?"

어? 진혁 씨…… 이건 또 무슨 소리야? 해외마케팅 부서에서 나와 엘리베이터를 기다리고 있는데 진혁 씨가 다가와 말을 걸었다.

"아…… 그건 아닌데. 여긴 웬일이세요?"

"여기가 제가 일하는 곳입니다. 저쪽에 개발팀이라고 써진 거 보이십니까? 전 또 알고 온 줄 알고……."

진혁 씨가 가리킨 곳을 보니 진짜로 개발팀 부서가 11층 한구석에 있었다.

이런…… 같은 층이네. 이 회사에서 최우선적으로 기피해야 할 남자 사원 1호와 2호를 양옆으로 끼고 일하게 생겼군. 난 인생이 왜 이리 피곤하냐.

"내일부터 저도 여기서 근무해요. 해외마케팅 부서요."

"잘됐군요, 그럼 내일도 같이 점심합시다."

누굴 죽이려고, 이 사람이!

"아니요! 아니요! 전 정말 괜찮아요! 절대로 신경 쓰지 마세요,

절대로!"

진혁 씨가 뭐라고 할 새도 없이 난 황급히 엘리베이터에 올라탔다. 당분간 진혁 씨와는 눈도 마주치지 않아야 한다. 안 그래도 여직원들의 눈초리가 따가운데 이안까지 왔으니 진혁 씨랑 웃으며 담소라도 나눴다간 그날로 난 이 세상에 안녕을 고해야만 할 것 같았다. 가늘고 길게…… 가늘고 길게…….

으아아악! 이렇게 간단한 걸 왜 나는 하기가 힘든 거야!

다시 통합비서실로 돌아온 나는 남은 일을 오늘 안으로 끝내기 위해 퇴근 시간까지 자리에 꼼짝 않고 앉아 업무 처리를 했다. 그리고 마지막으로 자리를 정리하고 부서 옮길 준비를 차근차근 하고 있었다. 실장님이 먼저 퇴근하시고 난 후 나머지 직원들도 하나둘씩 퇴근을 하는 듯했으나 아까 화장실에서 내게 시비를 걸던 그 삼인조가 다시 내 자리로 찾아왔다.

"드디어 가시네요, 이리아 씨."

"네, 그동안 감사했습니다."

"좋겠어요, 시작부터 탄탄대로라서."

아…… 진짜 이것들을…… 그냥 확! 엎어버리고 싶네. 참자……
참자. 참아야 하느니. 가늘고 길게…… 가늘고 길게…….

"이력서 보니까 K대 수석졸업이라면서? 그 학교도 이제 예전만 못 한가 보다. SKY에서 빼야 하는 거 아니야?"

"그리게, 개나 소나 다 수석을 하네."

웬만하면 그냥 듣고 넘어가려 했는데 이젠 내가 참을 수 있는 한계를 넘어서고 있었다. 그리고 그들 중 하나가 마지막으로 내뱉은 말이 내가 폭발하게 만드는 기폭제가 되었다.

"요즘은 학교에서도 성적을 얼굴순으로 매기나 보지?"

뭐? 지금 뭐라고 했어? 내가 얼마나 잠을 쪼개가면서 고3 때보다도 더 열심히 공부를 했는데!

"……이거 보세요, 선배님들."

"목소리 깔면 뭐, 누가 무서워할 줄 알고? 솔직히 리아 씨, 스펙이라곤 달랑 그거 하난데 여기 입사했잖아. 생산직이나 영업직이면 몰라도 여기 들어오는 게 그리 쉬운 게 아닐 텐데. 그것도 들어오자마자 개인비서실로 가고 말이야."

"남의 말이라고 그렇게 함부로 하는 거 아닙니다. 내가 없는 자리에서 얼마든지 떠들어대도 상관없지만 확인되지 않은 일로 나에게 비아냥거리는 건 도저히 못 참겠네요."

"그래서? 지금 우리랑 싸우기라도 하겠다는 거야?"

내가 미쳤니? 3대 1로 싸우게? 너희 날 정말 모르는구나. 난 질 것 같은 싸움은 절대 하지 않아.

"아니요, 제가 하늘 같은 선배님들과 감히 어떻게 싸움을 하겠습니까?"

"……지금 비꼬는 것 같은데."

"비꼬다니요, 천만에요. 그냥 전 선배님들이 하신 말씀에 동의한다는 말을 드리려고요."

"뭐?"

난 마지막 볼펜 한 자루까지 빠짐없이 상자에 챙겨 넣고 그들을 향해 낮고 차가운 목소리로 말했다.

"선배님들 말씀대로 전 운이 참 좋았습니다. 고작 수석졸업한 스펙 하나로 여기 입사를 했으니까요. 어쩌면 생긴 것 덕을 본지도 모르겠습니다. 하지만 그거 아십니까? 요즘 세상에선 외모도 경쟁력입니다. 전 저를 이렇게 낳아준 부모님께 감사하고 있습니다. 머리부터 발끝까지 자연산이거든요."

"지금 너 예쁘다고 자랑질하는 거야?"

"그렇게 자랑할 정도로 예쁘다고는 생각하지 못했는데 선배님들이 이렇게 침이 마르도록 칭찬을 하시니 아닌가 봐요. 이럴 줄 알았으면 면접 때 패션쇼라도 할 걸 그랬습니다. 그랬으면 회장님 비서실로 갔을 텐데요."

삼인조의 얼굴이 구겨지는 게 한눈에 들어왔다. 그래도 나름 엘리트라고 자부하면서 살아왔을 테니 차마 날 때리지는 못하고 부들부들 떨면서 화를 참고 있는 게 분명했다.

"아, 그리고 저 개인비서실로 가서 정말 좋습니다. 선배님들 눈치 보느라 좋다고 표현도 못 했는데 제 일처럼 나서서 미리 좋겠다고 말씀들 해주시니 고맙네요. 네, 아주 좋습니다. 무슨 운으로 이렇게 됐는지는 몰라도 이거 하나는 확실한 듯합니다. 운도 실력이라는 거. 외모도 실력이고 운도 실력이죠. 그게 현실입니다. 선배님들 제가 부러우면 의학의 힘을 빌리세요. 아, 벌써 하신 건가?"

"야! 너 말 다 했어, 지금?"

"아니요, 할 말을 다 하자면 오늘 야근해야 할걸요? 하지만 돈도 안 주는데 제가 뭐하러 그런 수고를 하겠어요? 전 돈 안 되는 일은 하지 않습니다. 그럼 선배님들, 그동안 감사했습니다. 다음에 뵐

때는 꼭 수술에 성공하셨으면 좋겠네요."

난 그 삼인조에게 꾸벅 인사를 하고 서둘러 사무실을 빠져나왔다. 혹시라도 따라올까 봐 뒤를 돌아보고 싶었지만 진짜로 따라오면 어떡하나 싶어 걸음만 재촉했다.

으…… 으…… 일단 앞뒤 안 가리고 지르긴 했는데…… 내일부터 어떡하나. 그나마 같은 사무실이 아닌 게 다행이지, 계속 얼굴 볼 사이였으면 내가 먼저 돌아버렸을 거야. 떨리는 거 티 안 났겠지? 우와, 진짜로 때리기라도 하면 어쩌려고 그랬어! 미쳤어, 미쳤어, 이리아!

엘리베이터를 기다리는 동안 그 삼인조가 마음이 바뀌어 쫓아나올까 봐 새가슴을 부여잡고 계단으로 뛰어 내려갔다.

겨우 6층인데, 뭐. 운동한단 셈 치자. 헉헉…… 아이고, 죽겠다. 이놈의 저질 체력. 도무지 나아지질 않네.

간신히 1층에 도착한 나는 1초라도 빨리 회사를 벗어나려고 정문을 향해 달려갔다.

드디어 정문을 빠져나간 순간!

오 마이 갓……!

이안이 찬란한 미소를 입에 머금고 내 사랑 마이바흐 사마의 앞에 그림같이 서 있었다.

모른 척하자……. 모른 척…… 모르는 사람이다. 모르는 사람이야…….

난 이안에게 제발 모른 척하라는 간절한 염원을 담아 텔레파시를 보냈지만 그는 전혀 들을 생각이 없는 듯했다. 내가 그의 앞을 지나치려는데 갑자기 그가 한쪽 무릎을 꿇고 앉았다.

으악! 너 왜 이래! 그거 하지 마! 하지 마! 하지 말라고! 누구 죽는 꼴 보려고 이래?

이안은 도망치려는 내 손을 잡고 힘을 주어 말했다.

"이안 맥스웰이 이리아에게 하는 열한 번째 프러포즈입니다. 저와 결혼해 주시겠습니까?"

일 났네, 일 났어. 내일부터 공식적으로 난 이 회사 여자들의 공공의 적이자 부동의 왕따다.

"……이안, 진짜 이럴 거예요? 집에 가서 보자고 했잖아요."

난 이를 앙다물고 다른 사람들에게는 입을 움직이지 않는 것처럼 복화술을 선보였다.

"결혼할 거야?"

"진짜 왜 이래요, 누굴 죽이려고!"

"왜? 졸업하고 취직하면 결혼한다며."

이 자식아, 그때 졸업하고 1년 후라고 한 건 어디로 말아먹었냐. 이제 겨우 한 달 지났어, 한 달! 너 시간 아니개념 없어? 몰라? 정말 몰라?

"1년 후! 1년 후! 잊었어요?"

"그럼 약혼해."

아니, 뭐, 이런…… 뭐가 달라!

"빨리 안 일어나요? 사람들 다 쳐다보잖아요."

"보라고 하는 거야."

"이안, 자꾸 이러면 나 다른 회사로 옮길 거예요."

"그럼 동거해. 더 이상은 양보 못 해."

너 지금 나랑 물건값 흥정하니…… 동거가 장난이야! 그럴 거면 차라리 약혼을 하지!

"그럼 약혼을 하든가."

헉! 간만에 들으니 이거 또 적응이 안 되네. 무서운 놈…….

"알았어요, 알았으니까 일단 일어나요. 여기부터 벗어나고 봐야겠어요."

"그럼 어떤 거? 결혼, 약혼, 동거, 셋 중에 어떤 거?"

아니, 이놈의 자식이! 알았어! 알았다고!

"결혼만 빼고 아무거나 할 테니까 빨리 좀 일어나라고요!"

"Deal!"

저놈의 딜은 무슨! 시도 때도 없이 튀어나와!

잠시 후, 오랜만에 끌려온 이안의 집은 꽤 많은 것이 바뀌어 있었다.

내가 그렇게 부르짖었던 대로 거실 벽에 대형 TV가 들어앉았고 침대도 새 걸로 바꾼 것 같았다. 게다가…… 저건 뭐지…… 침대 위에 모기장이 있네. 하얀색 캐노피가 침대를 사방으로 뒤덮고 있었다.

"이안…… 저건 대체 누구 취향일까요……."

"내 취향."

그렇겠지, 설마 네가 나 좋으라고 했겠니. 이것도 그 수많은 로망 중 하나냐…….

"이리 와봐, 리아."

이안은 내 손을 잡고 욕실 문을 열어 보였다. 한눈에 들어올 정도로 가장 많이 바뀐 건 욕실이었다. 샤워부스를 떼어내고 나서 욕조를 지난번 것보다 두 배는 더 큰 걸로 바꿔놓았다.

"우와, 거짓말 좀 보태면 저기서 수영해도 되겠어요."

"수영은 못 해도 다른 건 할 수 있지."

너 지금 뭐라고 했니? 다른 거 뭐?

"예전에 리아랑 같이 욕조에 들어간 적 있었잖아, 생각나?"

생각나지, 나고 말고. 내가 어찌 그날의 치욕을 잊을 수 있겠니. 네 병적인 집착 좀 고쳐 보겠다고 맨몸에 앞치마를 두른 날인데.

"그때 욕조가 너무 비좁아서 움직이기도 힘들더라고. 그렇게 작은 욕조에서 뭘 할 수 있겠어."

잠깐. 웨이러미닛. 내가 이해력이 부족한 걸까, 아니면 상상력이 부족한 걸까. 넌 욕조에서 뭘 하고 싶니? 난 욕조라 하면 물에 몸을 불렸다가 때 미는 것밖에 생각이 안 난단다. 넌 다른 용도가 있는 게로구나. 뭘까? 왠지 알고 싶지 않은 이 기분은 뭘까?

이안은 가늘게 실눈을 뜨면서 내 귓가에 속삭였다.

"저기라면 충분해."

그러니까 뭘! 뭘! 뭐가 충분해!

"지금 시험해 볼까, 리아?"

아니, 아니, 아니, 아니, 절대로 아니! 뭐가 됐든 절대로 아니! 난 그거 안 할 거야! 나 건드리지 마! 오지 마! 다가오지 말라고! 또 나의 텔레파시를 무시한 이안은 내 옷을 입힌 그대로 욕조에 내려놓고 물을 틀었다.

"꺄악! 이안! 지금 뭐 하자는 거예요?"

"리아 집에 못 가게 하려고."

"집에 못 가는 거랑 이거랑 무슨 상관이에요?"

"그럼 속옷까지 푹 젖은 채로 집에 가려고? 이 날씨에?"

······이 영악한 놈을 봤나······ 그러니까 처음부터 다 계산한 거라 이거지? 난 왜 매번 당하면서도 정신을 못 차리는 걸까. 다음부턴 가방에 여벌 옷이라도 가지고 다녀야 하나.

체념한 듯 내가 욕조 안에서 그대로 몸을 뉘이자 이안이 씩 입꼬리를 말아 올리며 천천히 옷을 벗기 시작했다.

"리아."

"왜요."

"봐야지."

"뭘요."

"내가 하는 스트립쇼. 보고 싶어 했잖아."

뭐? 진짜? 정말이야?

난 갑자기 눈이 번쩍 떠지며 이안을 바라보았다. 이안은 내게 짧은 입맞춤을 하더니 뒤로 물러서며 말했다.

"늦었지만 생일 선물이야, 리아."

아······ 내 생일. 그때 이안은 미국에 있었지. 그래도 면접 때 입고 가라고 정장 몇 벌이랑 꽃다발까지 보내줬잖아. 그게 끝이 아닌 거였어?

"원래는 진짜 리아 생일 때 해주려고 했는데, 사정이 그렇게 돼서 좀 늦었네. 그럼 기대해."

이안이 리모컨을 누르자 예전에 내가 했을 때와 똑같은 음악이 거실에서부터 흘러들어 왔다. 무난하게 양말부터 벗어 던진 이안은 내가 본 그 어떤 댄서보다도 섹시하게 춤을 추기 시작했다.

아, 뭐야…… 저 외계인은…… 진짜 못 하는 게 없는 거야? 뭐 저리 잘 춰…… 짜증 나게. 현대무용이라도 배운 거냐.

이안이 이쪽저쪽으로 몸을 회전시키며 하나씩 단추를 풀어 내렸다. 곧 그의 멋진 상체가 시야에 들어오나 싶더니 이안은 약 올리듯 셔츠를 다시 입었다가 반쯤 벗기를 반복했다.

아…… 나 이제 영화 속에서 사람들이 스트립댄서들한테 돈을 주는 이유를 알 것 같아. 빨리 벗으라고 애가 타서 주는 거구나. 이안의 몸짓이 어찌나 아찔할 정도로 섹시한지 난 나도 모르게 내 지갑을 열어 비상금을 토해낼 뻔했다.

벗어! 벗어! 벗으라고, 좀!

입안이 바짝바짝 마르려는 순간, 한 번에 셔츠를 벗어 거실로 던져 버린 이안은 이번엔 엉덩이를 내 쪽으로 보이면서 허리를 숙였다가 일어섰다.

이런 젠장…… 저거구나, 저거. 내가 하려고 했던 게. 딱 저거네.

이안은 눈빛까지 색기로 똘똘 뭉쳐져 나를 뜨겁게 바라보고 있었다. 단 한 순간도 내게서 시선을 떼지 않고 춤을 추는 이안의 모습에 언제부터인지는 몰라도 어느새 내 몸도 후끈 달아오르고 있었다.

조금씩, 조금씩 지퍼를 내리며 내 애간장을 녹이던 이안은 엄지손가락을 허리춤에 넣고 살짝 바지를 내렸다가 다시 올렸다.

저거, 저거! 그래, 내가 저런 걸 했었어야 했는데! 저걸 안 했네,

내가. 아주 사람 미치게 만드는구나.

그렇게 나를 들끓게 만들며 조금씩 내 쪽으로 다가오는 이안은 내 눈앞에서 반 바퀴를 빙글 돌아 보이고는 그대로 발목까지 바지를 내렸다.

끄아아아…… 아아아…… 난 이제 그만 내 정신줄을 놓으련다. 안녕, 잘 가…… 나의 정신아…… 안드로메다는 어떤 곳이니…… 다들 그곳으로 간다더구나…….

바지를 완전히 벗어 던진 이안이 안에 입고 있던 것은 나를 한 방에 날려 버릴 정도로 아찔한 T팬티였다!

T팬티…… T팬티가 컥! 설마 나 지금 코피 안 나지? 아니, 뭐 이런 환장하게 섹시한 외계인이 다 있나. 아무래도 오늘은 내가 너를 잡아먹어야겠구나.

"마음에 들었어, 리아?"

"진짜 최고! 엄지 두 개!"

이안은 한쪽 입꼬리를 길게 끌어 올리며 내가 있는 욕조 안으로 들어왔다. 전보다 훨씬 넓어진 욕조 탓에 이안이 들어와도 공간은 충분히 남아 있었다.

"리아, 그럼 이제 우리 오랜만에 만난 연인의 재회를 연출해야지."

"응? 무슨 소리예요?"

이안이 내게 손을 뻗어 젖은 옷을 벗기기 시작했다. 안 그래도 축축해서 벗으려고는 했지만 이안이 먼저 다가오는 손길이 싫지 않아 그대로 내버려 두었다.

"얌전해졌네."

"뭐…… 그것도 이젠 의미 없는 일이라는 거 알고 있으니까요."

"잘했어."

이안이 뜨거운 입김을 내 귓가에 불어넣었다. 그의 아찔한 스트립댄스를 보고 난 직후라 그런지 그것만으로도 짜릿하게 머리카락이 곤두서고 있었다.

"아 참, 그런데 말이지."

"왜요, 이안?"

"내가 비행기에 올라타자마자 클럽에 갔었다고?"

헉! 잠, 잠깐만…… 이거 언젯적 얘기니? 그거야 맞기는 하다만, 나 진짜 아무것도 안 했는데!

"여자들끼리 클럽에 간다는 게 무슨 의미인지 알아?"

"아니, 뭘 또 거기다 의미 부여를 할 필요까지는……."

갑자기 온몸에 소름이 돋으며 오한이 나는 것 같았다. 이걸 이안에게 전달할 사람은 아무리 생각해도 진경이밖에 없는데…… 이것이 또 돈에 눈이 멀어 친구를 팔았나 보군.

"리아, 남자들은 말이지. 여자가 혼자, 혹은 둘이 클럽에 오면 그건 무조건 그날 남자가 필요해서 온 걸로 간주해."

"음…… 그게 난 그냥 오랜만에…… 아니지! 태어나서 처음으로 클럽에 간 건데. 남들 다 가본다니까 궁금하기도 하고, 어…… 졸업도 했고…… 그러니까 스트레스 해소용이랄까……."

"그렇게 가고 싶었으면 나랑 갔어야지."

여보세요, 이 외계인님아. 넌 나랑 있으면 집구석에 틀어박혀서 물고 빠는 거밖에 안 하려고 들었잖아! 그런 애하고 어디 가서 뭘 하겠니.

"어쨌든 그날 아무 일도 없었어요, 정말로."

"다른 남자들이 계속 리아를 쫓아다녔다고 하던데."

김진경…… 죽일 테다!

"아, 그건 제가 딱 부러지게 거절했어요. 하도 이안하고 같이 있다 보니 다른 남자들은 다 오징어로 보이더라고요. 그러니까 이안은 걱정할 거 아무것도 없어요, 아무것도."

"다른 남자 차를 타고 집에도 가고 말이지. 단둘이서."

진경아…… 넌 어디까지 말한 거냐. 게다가 넌 취해 있었잖아! 이 모든 사단이 너로 인해 일어난 것임을 정녕 모른단 말이더냐!

"그, 그건 정말 어쩔 수 없이 불가항력…… 어, 어, 진경이가 너무 취해서 마침 진혁 씨에게 전화가 오기에 받았는데……. 음…… 그러니까……."

"그래, 그건 그렇다고 치고. 그럼 오늘은? 오늘도 다른 남자와 밥 먹고 차 마시고 다정한 분위기를 연출한 것도 불가항력인가?"

"네? 내가 언제…… 음? 아, 그건 말이죠."

난 등줄기가 서늘해지며 입안이 바짝바짝 마르고 있었다. 아무래도 오늘 일찍 자긴 틀린 것 같다. 이안은 말을 하는 내내 내 옷을 벗기는 데 여념이 없었다. 젖은 옷을 모두 벗겨내고 나서 내 몸을 뒤로 돌려 감싸 안더니 목덜미에 입술을 묻으며 나직하게 속삭였다.

"다른 생각은 전혀 안 나게 해줄 테니 기대해, 리아."

오 마이 갓. 이 자식…… 오늘 날 새겠구나. 나 아무래도 한의원 가서 기력을 보하는 보약이라도 먹어야 할까 봐. 이 자식 에너자이

저야…….

그날 난 넓은 욕조 안에서 사랑을 나누는 게 과연 어디까지 가능한지 몸소 체험했다.

그리고 새 아침이 밝았다.

휴대폰 알람 소리에 눈을 뜬 나는 어제 입었던 옷이 아직도 욕실에 그대로 있을 거라는 걸 깨닫고 허겁지겁 욕실로 갔다. 물에 푹젖은 옷을 들고 어쩔 줄 모르며 수건으로 눌러 물기를 좀 뺀 뒤 드라이어를 찾기 위해 온 집 안을 헤매고 다녔다.

"뭐 해, 지금?"

내가 부산스럽게 움직이는 소리에 깼는지 이안이 부스스 일어나 눈을 비비며 내게 물었다.

"아, 몰라요! 나 오늘 출근 어떻게 하라고! 내 정신 쏙 빠지게 해 놨으면 책임을 져야 할 거 아니냐고요."

"책임질게."

"뭘 어떻게요! 당장 입고 나갈 옷이 없는데!"

"드레스룸 안 봤어?"

응? 드레스룸? 거기도 리폼했니? 아니, 그거랑 나랑 무슨 상관이냐고!

"거기 들어가 봐."

이안은 그 말을 남기고 다시 침대로 파고들었다. 난 한숨을 크게 내쉰 후 드레스룸으로 향했다. 그런데…… 어? 이게 다 뭐야?

이안의 옷으로 가득했던 드레스룸은 옆에 있던 작은 방과 합쳐져 있었다. 그리고 한쪽 벽면으로 가득하게 여자 옷들이 계절별, 종류별로 보기 좋게 걸려 있었다. 상표도 떼지 않고 새 옷 그대로 걸려 있는 옷들은 전부 내가 입는 사이즈였다.

"이안! 이안! 저거 설마 다 내 거예요?"

난 한달음에 이안에게 달려가 침대 시트를 걷어 젖히며 물었다.

"보면 몰라? 다 리아 거지. 그럼 설마 저걸 내가 입으려고 샀겠어?"

"고맙긴 한데 좀……."

"싫어?"

"아니요! 싫긴요! 완전 좋지! 난 드라마에서 부자 연인이 막 이것저것 선물해 주는데 이런 건 받을 수 없다며 한사코 거절하는 여자 주인공들이 제일 이해 안 되더라. 아니, 왜 싫어? 공짠데?"

"큭큭, 그럼 됐어. 뭐가 문제야?"

"보니까 우리 집에 있던 옷들까지 전부 있더라고요. 그게 좀 이상해서."

"아~ 그거? 내가 전부 옮겨왔어. 방 뺐거든."

에? 뭐…… 라고?

설마 그 옥탑방을 뺐다고? 내 허락도 없이? 진짜?

"잠깐, 잠깐! 그 집을 뺐다고요? 어…… 그러니까 주인아줌마한테 얘기도 하고?"

"응."

"그걸 그렇게 하는 법이 어디 있어요!"

"왜? 결혼, 약혼, 동거 셋 중에 하나는 무조건 할 거잖아. 그럼 굳이 두 집을 오갈 필요 있어? 비효율적이야."

"그럼 거기 있던 짐들은요? 가구는? 침대는?"

"버렸지."

크아아! 뭐, 라, 고? 네가 정녕 죽고 싶은 게로구나! 누구 마음대로 버려! 누구 마음대로! 나 아직 너랑 같이 살겠다고 말도 안 했는데!

"그럼 돈은? 보증금!"

"리아 통장에."

휴우…… 그건 그나마 다행이네. 다행히 그건 제대로 챙겼나 보군. 아니지! 뭘 그걸 가지고 안심하고 있어! 지금 중요한 게 그게 아니잖아! 나중에 결혼을 한다고 해도 저렇게 자기 마음대로 다 하게 놔둘 순 없어! 오늘 꼭 다 짚고 넘어가야겠어! 왜 이래! 나 그렇게 호락호락한 여자 아니야!

"이안, 내 말 좀 들어봐요. 이런 법이 어디 있어요? 이건 정말 너무한 거예요. 최소한 나에게 상의는 했어야죠. 앞으로도 계속 이런 식이면 난 이안과 결혼할 수 없어요. 부인 말을 들어주지 않는 남자랑 어떻게 평생을 살아요?"

"앞으로 중요한 일은 물론 리아와 같이 결정할 거야. 이번 일까지만 봐줘. 안 그러면 리아가 자꾸 딴생각을 하니까 그렇지."

"내가 무슨 딴생각을 했다고 이래요? 그거 진경이 걔가 나 일부러 골탕먹이려고 앞뒤 다 자르고 얘기한 거 몰라요?"

"됐으니까, 이리 와."

이안은 나를 잡아끌어 침대 위로 올려놓고 품 안에 집어넣었다. 어제 정신없어 몰랐는데 지금 보니 이안에게서 달콤하고 향긋한 향기가 나고 있었다.

"리아."

"왜요."

"화났어?"

"화나죠, 그럼. 안 나겠어요? 집이 없어졌는데?"

"내가 원한 게 바로 그거야."

너 방금 뭐라고 했니? 날 집도 절도 없이 만드는 게 네가 원한 거라고?

"리아 이제 갈 데 없어, 여기밖에는."

아침 햇살을 후광으로 둔 이안의 미소가 찬란하게 빛나고 있었다. 난 역시 이 이상하고 이상한 외계인에게서 벗어날 수 없나 보다.

잠시 후, 출근 시간.

내가 그렇게 싫다고, 싫다고 하는데도 이안은 끝끝내 나와 함께 나란히 회사로 들어갔다. 오는 길에 사정 설명을 충분히 했다고 생각했는데 이안이 듣기에는 오히려 자기가 옆에 있는 것이 낫다고 여겼나 보다.

"리아, 여자의 적은 여자다, 라는 말 알지?"

"알죠."

"지금 이 상황에서 리아가 무슨 일을 하든 그 사람들은 리아를 좋게 안 봐. 점점 더 고립될 뿐이야."

"그러니까 더더욱 이안이 내 옆에 있으면 안 된다는 거예요! 안 그래도 충분히 힘들단 말이에요."

"아니지. 리아는 하나는 알고 둘은 모르는구나. 이럴수록 공식적으로 나와 리아의 관계를 알려야 하는 거야. 미래의 사모님이 될지도 모르는 사람에게 함부로 대할 수는 없는 거니까."

결국 이안에게 설득당한 나는 차마 고개도 들지 못하고 회사 정문을 통과했다.

"고개 들어, 리아. 어깨 펴고 당당하게."

"하지만……."

"회사는 약육강식의 세계야. 동물들과 다를 거 하나도 없어. 이쪽에서 강하게 나가야 함부로 넘보지 못해. 리아가 잘못한 게 아무것도 없는데 움츠러들면 더 뜯어먹으려 달려들 거야."

"그러는 이안은 사회생활 해봤어요? 거의 히키코모리 아니었어요?"

"하다가 재미없어서 관둔 거지. 리아는 아직도 날 그렇게 몰라? 난 아무리 돈을 많이 준다고 해도 재미없으면 하지 않아."

아…… 하긴. 넌 우주최강 천하무적 외계인이니까. 내가 상상할 수도 없는 세상을 살아왔겠지.

이안이 옆에서 기운을 북돋아 주니 어쩐지 나도 힘이 생기는 것 같아서 그의 말대로 어깨를 펴고 당당하게 걸어갔다. 곱지 않은 여직원들의 시선이 그대로 다가왔지만 그래도 괜찮았다. 왜냐하면, 저들이 그렇게 선망의 눈으로 보고 있는 빛나는 외계인은 내 거니까. 아무리 들이대도 흔들림 없이 나만 좋다고 할 외계인이니까.

진혁 씨는…… 그냥 니들끼리 알아서 해라. 서로 치고받고 싸우든, 머리채를 휘어잡든 내가 알게 뭐야. 이안만 건드리지 마. 아!

아니다. 건드려도 돼! 건드려 봐, 마음껏 건드려 봐. 이안이 사람 속 뒤집어놓는 데 아주 탁월한 재주가 있거든. 아마 피를 토하고 쓰러질 거다.

다행스럽게도 여긴 사내연애 금지조항이 없는 만큼, 이안과 나는 다정하게 웃으며 사무실로 올라갔다.

"안녕하세요?"

"지금 나오십니까, 실장님."

사무실에 들어서자마자 다른 직원들의 인사가 이어졌다. 나도 그들에게 고개를 숙여 인사하니 그들도 웃으며 눈인사를 보내왔다. 통합비서실에 있을 때와는 달리 이곳에 있는 사람들은 나를 대하는 태도가 무척이나 상냥했다. 오히려 부담스러울 정도로 친절하게 다가와 필요한 것이 없는지 먼저 묻기까지 했다.

"저기, 이안."

"왜?"

"이 사람들 지나치게 친절하지 않아요?"

"그럴 거야."

"왜요?"

"내가 약혼자를 비서실로 올리겠다고 했거든. 미리미리 줄 서는 거지."

그랬구나……. 응? 약혼? 우리가 언제 약혼을 했니? 너 혹시 나 모르게 혼인신고도 한 거 아니겠지? 가만있자. 지난번에 쓴 혼인신고서가…… 혼인신고서가…… 없다! 아니, 이게 어디로 갔지?

"뭐 찾아?"

"그때 쓴 혼인신고서요. 늘 가방 안에 넣고 다녔는데 안 보이네······."

"그거 내가 가지고 있는데?"

순간 나의 고개가 휙 돌아갔다.

"그건 왜 가지고 갔는데요?"

"음······ 말하자면 인질? 볼모? 리아가 말 안 들으면 확 신고해 버리게."

"이안!"

"농담이고, 복사해서 양가 부모님께 전해 드렸어. 우리 결혼하고 싶다고."

자······ 잠깐만! 아까 그거 말고 차라리 이걸 농담이라고 해줘. 우리 부모님이 가만히 있지 않았을 텐데? 너 사기꾼으로 몰린 거 모르지? 우리 엄마, 아빠가 그렇게 쉬운 사람들이 아니거든?

"리아 부모님에게는 전원주택 하나 지어드리기로 하고, 어디 다니시기 편하게 자동차 하나 드리고, 매달 생활비 넣어드릴 통장 만들어 드리니까 마음대로 하라시던데? 상견례 같은 절차도 우리보고 알아서 하라시더군."

그렇구나. 우리 엄마, 아빠 되게 쉬운 사람들이었구나.

"뭐, 일단 알았어요. 하지만 이거 하나만 알아둬요. 결혼을 한다면 이안과 할 거라는 데는 이견이 없지만, 그 시기는 내가 정할 거예요."

"언제?"

"내가 내 힘으로 회사에서 입지를 좀 다지고 나면 그때, 내가 이안에게 프러포즈할 거예요. 그러니까 이안은 그때까지 제발 그 말도 안 되는 프러포즈 남발하지 말고 그냥 있어줘요. 부탁이에요."

"알았어."

이제 됐다. 이제 길거리에서 영화 연출은 안 해도 되겠구나.

"그런데 이안, 나 궁금한 게 있어요."

"뭔데?"

"아니, 어떻게 이안이 해외마케팅팀장으로 와요? 신입사원도 아니고. 좀 이상하잖아요."

"지금 이 회사에서 가장 큰 경쟁 회사는 어디라고 생각해?"

"L사."

"아니, 해외에서."

"아, 그럼 A사."

이안이 정확한 대답이라며 내 머리를 쓰다듬었다.

"그 A사의 마케팅을 담당한 사람이 나였으니까. 말하자면 인력 빼오기 같은 거지."

"말도 안 돼! 언제요, 대체 언제 이안이 거기서 일을 했어요?"

"한국에 오기 전에 난 이미 10대 때 대학 과정을 전부 이수했어. 아버지 추천으로 잠깐 A사 마케팅 부서에 있었는데 내가 만든 카피가 작년까지도 사용됐지."

"설마…… THINK DIFFERNT? 미치광이가 세상을 바꾼다? 그거 나온 지 10년도 더 됐어요! 거짓말도 정도껏 해야지."

"그래, 그거. 내가 만든 거야."

진짜 이건 정말 말도 안 돼. 내가 10대 때 길거리에서 어묵 먹고 떡볶이 먹을 때 넌 그걸 만들었다고? 넌 세상에 태어난 이유가 남 기죽이는 거야? 좋아, 다 좋다고. 넌 어차피 인간이 아닌 걸로 생각하면 되니까. 이런 식으로 엘비스 프레슬리고 마릴린 몬로고 다 외계인이라고 하더라. 그럼 여기에 올 수 있었던 건? 어떻게? 그걸 대답해 줘야지!

"최대 경쟁사인 S사에서 예전부터 일하자는 제의는 있었어. 재미없어서 A사도 그만뒀는데 별생각 없었지만 리아가 여기 들어왔다고 하기에 혹시나 해서 그 제안 아직도 유효하냐고 했더니 바로 자리 만들어주던데?"

에이 씨…… 잘난 놈은 알아서 모셔가는구나. 난 여기 들어오려고 별짓을 다 했는데!

"그래요, 잘났어요. 참 좋겠네요, 사는 게 편해서."

"왜 그렇게 가시가 돋쳤어?"

"그냥…… 좀 그러네요. 기분이 썩 좋지는 않아요."

이안은 내게 다가와 살며시 안아주더니 정수리에 입을 맞춰주었다.

"내가 하는 모든 일들은 전부 리아와 함께하기 위한 일이고, 내가 가진 모든 것들도 전부 리아 거라고 했잖아."

"……그건 내 힘으로 한 게 아니잖아요."

"아니지, 전부 다 리아 힘이지. 나 같은 사상 최강의 남자를 가졌는데."

아…… 그 와중에 깨알 자기자랑…… 넌 정말 대단하다. 자기 입으로 자기를 최강이라고 지칭할 수 있다니, 어디서 나오는 자신감이냐.

"아무튼 일해요, 일. 스카우트로 온 거면 성과를 보여야 할 거 아니에요."

"특별히 하고 말고 할 것도 없어, 이미 생각은 다 끝나서."

"벌써?"

"이따가 회의실로 사람들 좀 불러줘."

나는 목소리를 가다듬고 이안에게 정중하게 얘기했다.

"알겠습니다, 실장님. 30분 뒤에 회의하실 수 있도록 준비 마치 겠습니다."

생긋 웃으며 이안에게 실장님이라고 불러주니 이안이 더없이 환하게 웃으며 내 머리카락을 쓸어내렸다. 아, 좋다. 하지만 언제까지 외계인이랑 노닥거릴 순 없잖아.

난 서둘러 이안의 사무실을 빠져나와 회의실로 들어갔다. 팀원 수에 맞춰 원형 테이블과 의자를 배치하고 화이트보드까지 빠짐없이 체크한 후 회의 시간이 어느 정도 진행될지 알 수가 없어서 간단한 다과와 커피까지 준비해 놓았다. 좋았어, 이 정도면 됐겠지? 팀원들에게 회의실로 오라고 전달한 후 이안을 찾아갔다.

"회의 준비 마쳤습니다, 실장님."

"벌써? 빠르네, 리아."

"회사에선 앞으로 이 비서라고 불러주세요."

아무래도 보는 눈들도 많은데 이안이 자꾸만 선을 넘는 것 같아서 난 일부러 더 정색하고 그를 대했다. 하지만 이 변태 캔커피 외계인은 내 말을 어디로 듣는 건지 말이 끝나기가 무섭게 내 목을 끌어당기며 입을 맞췄다.

"이안! 아니, 실장님! 회사에서 자꾸 이러시면 곤란합니다."

"미안, 너무 진지하게 얘기하는 게 웃겨서."

웃겨? 웃기다고? 넌 회사가 장난이야? 난 생계가 달려 있는데? 넌 아니겠지만.

"실장님!"

"알았어, 이 비서. 됐지?"

"좋습니다. 회의실로 가시죠."

"이 비서."

"네, 더 필요한 거 있으십니까?"

문고리를 잡으려다 이안이 부르는 소리에 뒤를 돌아보니 그가 만면에 화사한 미소를 띠며 서 있었다.

눈부셔. 눈부셔. 봐도 봐도 눈부셔. 정말이지 쓸데없이 과도하게 눈부셔.

이안은 천천히 걸음을 옮겨 내 앞으로 다가오더니 허리를 숙이며 조용히 말했다.

"……이따가 집에 가면 지금이랑 똑같이 해줘. 나도 그럴 테니까. 알겠지, 이 비서?"

이걸 그냥 확! 때릴 수도 없고…… 어떡하지? 아니, 그럼 그동안 어떻게 참고 있었던 거야? 피지에서도. 돌아오고 나서도. 마음만 먹었으면 충분히 기회가 있었음에도 놀라운 자제력을 보였던 이안은 어디로 간 거지? 한번 물꼬를 트고 나니 더 이상 자제할 필요를 못 느끼나? 혹시 내가 이안을 너무 받아줬나? 아무리 사랑하는 사이라지만 좀 너무 들이대는 거 아니야? 아…… 이걸 누구한테 물어볼 수도 없고 환장하겠네…….

다른 건 몰라도 잠자리 문제를 다른 사람과 상담할 순 없잖아. 차라리 익명으로 인터넷에 물어볼까? 음…… 남자친구가 너무 밝혀요. 이렇게. 그래, 한 번 해봐야겠어. 비교 대상이 없으니 도통 알 수가 있어야지. 이안이 너무한 건지 아니면 내가 너무 보수적인 건지 그걸 모르겠단 말이야. 아무튼 그건 퇴근 후에 할 일이고 일단은 회사 일을 하자.

이안을 데리고 회의실로 가니 모든 팀원들이 정해진 자리에 모여 앉아 있었다. 그들 모두가 이안이 하는 말 한 마디, 한 마디를 놓치지 않기 위해 숨을 죽이고 그의 입이 떨어지기만 기다렸다.

"바쁜데 오라 가라 해서 미안합니다. 어제 제 소개는 이미 마쳤으니 바로 본론으로 들어가죠. 이번에 새로 출시될 태블릿 PC에 맞춰서 국내는 물론이고 해외마케팅에 총력을 다하라는 본사의 지시가 있었습니다. 알고 계시죠?"

"네, 알고 있습니다."

"특히 해외마케팅에 있어서 S사는 그다지 눈에 띄게 좋은 성과를 거두지는 못하고 있습니다. A사의 시장 점유율이 워낙 높아서 사실상 타사는 물론이고 S사까지 포함해서 시장 진입 장벽이 너무 높은 게 가장 큰 문제입니다. 동의합니까?"

"네."

"그럼 지금 시점에서 S사의 가장 큰 문제점은 뭐라고 생각들 하십니까? 솔직하게 말해도 됩니다. 위에 다는 절대 안 이를 테니."

이안은 능숙하게 회의를 이끌어 나갔다. 이런 게 처음이 아니라는 것을 여실히 느낄 수 있었다. 지금까지 내가 보아온 캔커피 반 딧불이 설탕별 변태 뱀파이어 미친 스토커 외계인이 아니라 정말 로 일 잘하는 멋진 상사의 완벽한 모습을 갖추고 있었다.

이안은 자료 따위는 보지도 않으면서도 정확한 수치를 예로 들고 경우의 수를 계산하며 여러 가지 상황을 가정했다. 중간중간 유 머를 섞어가며 자칫 딱딱해질 수 있는 회의 분위기를 부드럽게 만 드는 것 또한 잊지 않았다. 지금의 그는 누가 봐도 멋지고 찬란하 게 빛나는 남자일 것이다.

난 새삼 저 남자가 내 남자라는 것이 믿기지가 않았다. 세상에 저렇게 완벽한 남자가 존재한다는 것 자체가 믿기 어려운데 그 남 자가 나를 사랑하고 있다니……. 갑자기 내가 로또 1등을 백 번은 맞은 것처럼 느껴지는 순간이었다. 이안이 편안한 분위기를 조성 한 탓에 팀원들도 하나둘씩 입을 열기 시작했다.

"일단 국내보다 해외에서 입지가 작은 것은 처음 해외시장에 진 출할 때 더 많은 사람들에게 제품을 팔기 위해 가격을 너무 낮추어 판매한 것부터가 잘못된 것 같습니다."

"제 생각도 그렇습니다. 박리다매를 노리다 보니 제품이 많이 팔려도 회사의 이미지가 고급스럽다기보다 가격 대비 그저 쓸 만 한 제품을 파는 곳으로 인식이 됐습니다."

"네, 그러다 보니 저희 S사는 아무리 좋은 제품을 내놓아도 가 격경쟁력을 포기할 수도 없고, 그렇다고 회사 이미지도 포기할 수 없는 진퇴양난에 빠진 상황이죠."

이안은 모든 팀원들의 의견을 하나도 무시하지 않고 끝까지 경청해 주었다.

아니, 이 자식아…… 나한테 이렇게 좀 하라고, 나한테! 우와…… 저 가식적인 표정. 진지하기 짝이 없네. 아까 멋있다는 거 취소다. 넌 타고난 연기자야. 봐봐, 지금 여기 팀원들도 남자고 여자고 할 거 없이 다 너한테 푹 빠졌잖아. 나랑 둘이 있을 때 하는 걸 찍어서 보여주고 싶다, 정말. 여러분, 속고 있는 거예요. 얘 원래 이런 애 아니에요. 정신 차리세요.

차마 입 밖으로 꺼내진 못하고 속만 끓고 있을 때 이안이 나를 향해 손짓했다.

"이 비서."

"네? 네."

"지금까지 회의 기록했습니까?"

"네, 정리해서 보여 드릴까요?"

"그게 아니라 이리아 씨 의견을 묻는 겁니다. 각자의 모든 의견을 듣고 종합해 봤을 때 이리아 씨는 어떤 식으로 마케팅의 방향을 잡는 게 좋을 것 같습니까?"

어우…… 얘 또 이런 식으로 훅 치고 들어오네. 사람들이 다 나만 쳐다보고 있으니 심히 부담스럽군. 그래도 깔린 멍석이니 뭐라도 말해야겠지?

"여기 계신 분들보다 마케팅 경험이라고 하면 전무하지만 짧은 소견이라도 말씀드리겠습니다. 어차피 고급스러운 이미지로 가지 못 할 바에야 비싼 돈 들여서 유명 배우를 섭외하거나 스케일을 크게 잡을 필요는 없는 것 같습니다."

이안이 나를 흥미로운 표정으로 바라보았다.

"그럼 이 비서 생각은? 획기적인 아이디어 있습니까?"

"갑자기 물으셔서 구체적으로 생각한 것은 없지만 대략적인 그림은 설명할 수 있습니다."

"계속해 보세요."

"좀 다른 얘기부터 하자면 선거운동을 할 때 말입니다. 사람들은 선거운동에 나온 후보들이 누가 누군지 잘 모릅니다. 대부분 속해 있는 정당을 보고 찍기 일쑤죠. 심지어 투표소 안에서 볼펜을 굴리는 사람도 있다고 합니다."

"그래서요?"

이안의 입꼬리가 점점 하늘 높은 줄 모르고 치켜 올라가고 있었다.

"그런데 선거운동 중에 꼭 빠지지 않는 것이 있는데, 사람들은 욕하면서도 또 그걸 따라갑니다. 바로 흑색선전, 네거티브 전략이죠."

팀원들이 웅성거리기 시작했다. 대체 내가 무슨 생각으로 이런 말을 하는지 이해하지 못하는 듯 보였다. 난 개의치 않고 내가 할 말을 계속했다. 어차피 의견을 묻는 것뿐이니 솔직하게 내 의견을 얘기하면 되는 거니까.

"네거티브 전략을 쓰지 않는 정당은 한 군데도 없습니다. 자신이 앞으로 정치를 어떻게 펼칠 것인지 아무리 목 놓아 부르짖어 봤자 사람들은 잘 믿어주지 않으니까요. 그러니까 상대방을 깎아내리는 네거티브 전략은 비단 현대뿐만이 아니라 시간을 거슬러 정치라는 개념이 생기기 이전부터 늘 있어왔습니다. 그만큼 확실한 효과를 보여주는 전략을 또 찾기 힘들다는 얘기 아니겠습니까?"

"그럼, 우리도 흑색선전을 하자는 건가요? 너무 치사하지 않습니까?"

팀원 중 하나가 내게 반대하는 의견을 내비쳤다. 반대하는 사람이 없는 게 사실 더 이상한 상황 아닌가. 난 감히 이안의 발끝에도 미치지 못하겠지만 내가 보일 수 있는 한도 내에서 가장 찬란한 미소를 머금고 말을 이어갔다.

"그래요, 너무 막장 전략이죠. 하지만 드라마를 보는 많은 시청자들이 욕하면서도 놓지 못하고 계속 보는 게 또 막장드라마 아닙니까? 다만 그 막장을 얼마나 재치 있게 활용하느냐가 관건입니다. 막장이지만, 유쾌하고 발랄하게. 그래서 우리 S사를 떠올릴 때면 재미있는 이미지를 먼저 떠올릴 수 있게 말이죠."

나를 보는 팀원들의 시선이 한순간에 달라졌다. 반신반의하며 흘려듣던 사람들까지도 모두 눈을 빛내며 나를 바라보고 있었다. 난 이안의 시선이 궁금해 지금 그의 표정이 어떤지 살펴보았다.

하하. 이안은 나를 향해 양 엄지를 세워 올리며 웃고 있었다.

'리아, 최고야.'

이안이 다른 사람들이 다 나를 쳐다보고 있을 때 입 모양만 움직여 내게 전달했다. 나도 그에게 환한 미소로 화답해 주었다. 이제 이안은 다시 사람들의 시선을 자신에게로 돌려 회의를 재개했다.

"자, 이리아 씨 의견을 아주 흥미롭게 들었습니다. 여러분 의견은 어떻습니까?"

"나쁘지 않다고 생각합니다."

"처음엔 좀 황당했지만 생각을 바꿔보니 그보다 효과적인 전략이 없을 것 같습니다."

팀원들이 이구동성으로 나의 의견에 동의를 표하자 이안의 입가에 만족스러운 호선이 그려졌다.

"사실 제가 여러분에게 말씀드리려고 한 부분도 바로 이리아 씨가 말한 의견과 비슷한 것이었습니다. 그런데 저보다 더 설명을 잘 해줘서 따로 부연 설명할 필요도 없겠군요."

"그럼, 실장님이 생각하시는 구체적 그림을 말씀해 주십시오. 저희가 맞춰서 따라가겠습니다."

이안은 자리에서 일어나 화이트보드에 무언가를 적기 시작했다.

—Satire(풍자). Fun(재미). Wit(재치).

"여러분들은 이 세 단어를 보면 뭐가 떠오릅니까?"

일순간 좌중이 조용해졌다. 이안의 의중을 모르니 섣불리 대답하기보다는 그의 의견을 듣는 쪽이 더 빠르다고 생각했을 것이다. 이안은 다시 화이트보드에 펜을 들었다.

—Satire(풍자). Fun(재미). Wit(재치) = Parody(패러디)

"패러디요?"

"지금 우리더러 패러디 광고를 하잔 말씀이신가요?"

"너무 싼티 나지 않을까요?"

팀원들이 이안의 눈치를 보면서도 반박하는 의견을 내보였다. 그러나 이안은 표정의 변화 하나 없이 패러디에 대해 상세하게 설명을 시작했다.

"여러분들이 생각하는 패러디란 무엇입니까? 다른 노래에 병행하는 노래란 뜻의 그리스어 파로데이아에서 유래한 패러디는 단순히 다른 작품을 흉내 내거나 모방하는 것이 아니라 그 작품이 안고 있는 문제점, 그것이 기법상의 것이든 철학적인 것이든, 그것을 폭로하는 것입니다. 그렇기 때문에 대상이 되는 작품을 정밀하게 분석하는 것이 먼저 이루어져야 합니다. 이런 측면에서 보면 현재, 그저 다른 사람의 작품을 적당히 모방하거나 왜곡시켜 패러디했다고 주장하는 것들이 얼마나 추잡한 짓인지 알 수 있겠죠? 우리는 그런 추잡한 방식을 쓰자는 것이 아닙니다. 최대 경쟁사인 A사의 제품과 마케팅을 철저하게 분석한 뒤에 우리 제품의 장점을 더 부각시키는 패러디를 만들자는 것입니다. 아직도 제 의견에 반대하는 분이 있다면 지금 말씀하시죠. 마케팅을 실현시키는 단계에 들어서면 전 여러분들을 숨도 안 쉬고 달리게 만들 겁니다. 불협화음을 일으킬 만한 여지는 지금 해결하고 갑시다. 있습니까, 없습니까?"

와…… 이안…… 진짜 멋지다. 저 자식이 저렇게 똑똑하고 냉철한 모습을 보일 수 있는지 나 오늘 처음 알았네. 아…… 그런데 왜 자꾸 웃음이 나오지? 이러면 안 되는데 자꾸 광대가 하늘로 승천을 하려고 해. 여러분, 쟤 멋지죠? 근사하죠? 정말 완벽하지 않아요? 후후…… 그런데 쟨 나만 좋대요. 자랑하고 싶어 죽겠네.

누구도 이안에게 반대하는 의견 없이 회의는 순조롭게 끝이 났다. 이안은 그들에게 기존에 출시되어 있는 A사의 태블릿PC와 출시를 예고한 태블릿PC를 비교 분석하고 마지막으로 우리 회사에서 출시될 제품까지 완벽하게 문제점을 파악하라고 지시했다. 이안의 말 한 마디에 팀원들은 일사불란하게 움직이며 자료 분석을 할 인원을 나누어 배치하고 자료 수집부터 시작했다. 이안은 완벽하게 수장의 모습을 갖추고 있었다. 정말 넌 우주최강 천하무적 외계인이야.

　다시 이안의 사무실로 돌아온 우리는 서로를 마주 보며 크게 웃었다.

　"리아, 기대 이상이야. 어떻게 그런 생각을 했어?"

　"음…… 이안은 나를 너무 띄엄띄엄 보는 경향이 있어요. 이안이 워낙 뛰어나서 문제지, 사실 나도 그렇게 어디 가서 모자라단 소리는 안 듣는다고요."

　"그래, 잘못했어. 이리 와."

　"……회사에서는 좀 적당히 해요."

　"지금 몇 시지?"

　"지금이요? 5시 조금 넘었어요."

　이안은 내게서 시간을 듣고 나더니 자리로 돌아가 얌전히 앉았다. 그리고는 내게 나가보라며 손을 휘휘 내저었다.

　응? 쟤 또 왜 저래? 어느 장단에 맞춰야 하는 거야. 이젠 변덕도 죽 끓듯 하는구나. 너 자꾸 이러면 네 별명 하나 더 늘 거야, 더 이상 별명이 길어지다간 네 별명 부르는 것만으로 숨넘어갈지도 몰라.

"나가라고요?"

"응."

"뭐 필요한 건 없어요?"

"없어, 나가봐."

"그럼 일 보세요, 필요한 거 생기면 바로 부르고요."

"알았어."

이안을 남겨두고 사무실을 나온 나는 내 자리로 돌아가 다른 사람들과 마찬가지로 자료 수집을 돕기 시작했다. 사무실의 시계가 6시를 알리는 순간 이안이 자신의 방에서 튀어나와 전 팀원에게 큰 소리로 외쳤다.

"퇴근합시다! 앞으로 여러분들은 6시 칼퇴근입니다. 야근을 굳이 하고 싶다면 말리지는 않겠지만 정시 출근, 정시 퇴근이 제 모토이니 알아주시길 바랍니다."

일하다 말고 이안의 소리를 들은 사람들이 어리둥절해하고 있을 즈음 그가 내 팔목을 잡아 일으켰다.

"왜 이래요?"

"퇴근 시간 지났으니 이제 상사와 부하직원이 아니라 사랑스러운 피앙세로 바뀌어야지. 가자, 집에."

난 책상 위는 정리도 못 하고 가방만 겨우 챙긴 채 이안에게 질질 끌려 나갔다.

너…… 집에 꿀 발라놨니? 혹시 그 꿀이 나니……? 흑…… 오늘은 또 뭘 하려고 그러는 거야. 이따가 밤에 반드시 검색을 하고야 말겠어!

빛의 속도로 그의 집에 도착한 직후, 현관에 들어서자마자 내게 달려들 거라고 생각했던 것과는 달리 의외로 이안은 차분했다. 평소라면 집에 들어서자마자 일단 물고 빠는 것부터 시작해서 편한 옷으로 갈아입고 간단하게 저녁을 먹은 후 다시 또 물고 빠는 걸로 끝을 냈을 텐데 오늘은 전혀 그럴 기미가 보이지 않았다. 이안은 옷도 갈아입지 않고 그대로 소파에 앉아 나를 바라보고 있었다.

"······이안? 뭐 해요?"

"실장님이라고 해야지, 이 비서."

이거구나, 이거. 이거 하고 싶어서 그런 거였구나. 아, 정말 너를 어쩌면 좋으니. 그래, 내 죄다. 내 죄야. 다 내 탓이다. 처음에 너랑 주인님 놀이를 하는 게 아니었어. 난 그냥 단발로 끝낼 심산이었는데 그날부터 각종 코스프레를 다 하려고 드는구나. 오늘은 실장님 놀이냐. 그래, 그래. 해주마. 해준다고. 안 하면 또 징징대고 날 더 골탕 먹일 테니 하자는 대로 해주고 빨리 끝내는 게 신간 편하다는 거 이젠 나도 잘 안단다.

"실장님, 필요하신 거 있으신가요?"

"있어."

"말씀하세요."

"리아."

넌 질리지도 않니. 그 레퍼토리는 정말 하루도 빠지질 않는구나.

"전 실장님이 무슨 말씀을 하시는지 잘 모르겠습니다."

이안은 뭐가 그렇게 재미있는지 입가에서 웃음이 떠나질 않고 있었다.

넌 재미있니? 난 피곤하다. 집에서까지 이 짓을 해야 하는 거냐. 집은 쉬라고 있는 거야, 쉬라고! 난 어떻게 된 게 집에서 머리를 더 써야 해! 그런데 아무리 머리를 써도 절대 못 당하는 너와 함께 살고 있다는 게 최대의 함정이다.

"이 비서, 이리 와."

난 그가 시키는 대로 그가 앉아 있는 소파 근처까지 다가갔다.

"더 가까이."

한 발 더 다가섰지만 이안은 만족하지 않았다.

"더."

다시 또 한 발. 이제 우리의 거리는 손을 뻗으며 닿을 만한 거리였다.

"조금만 더 가까이."

다시 그에게 한 발을 내딛는 순간 그가 재빨리 내 허리를 휘감아 끌어당겼다. 그리고 길고 긴 입맞춤이 시작되었다.

내 입안에 침이라고는 한 방울도 남겨두지 않을 것처럼 이안은 거세게 나를 빨아들이고 있었다.

"흐읍…… 숨 막혀요…….."

잠시 멈칫하던 이안은 내게서 떨어져 숨을 고를 시간을 준 뒤에 이번에는 내 귓불과 목덜미를 뜨거운 숨결을 담아 쓸어내렸다. 아…… 또 정신 놓을 시간이구나. 스르르 감긴 내 눈은 다시 떠질 줄을 몰랐다.

시간이 얼마나 지났을까. 으음…… 나 잠들었었나? 눈을 떠보니 이미 창밖으로 어둠이 내려와 있었다. 그러니까 아까 음…… 이안하고 소파에서 뭐 어쩌고 실장님 놀이하다가…… 하다가…… 하다가…… 했구나. 으…… 배고파. 다음부턴 밥부터 먹고 하자고 해야지 안 되겠어. 지금 몇 시지?

난 캄캄한 방을 두리번거려 보았다. 어느새 내 눈이 어둠에 익숙해져 있어서 방 안의 물건들이 조금씩 눈에 들어오고 있었다. 내 가방이 안 보이네. 밖에 있나? 휴대폰 충전도 시켜야 하는데…….

이안은? 음, 옆에 있군. 넌 뭐라도 먹었니? 아, 날 먹었구나. 아주 맛나게. 난 지금 배고파 쓰러지겠다. 혹사를 시키려거든 뭐 좀 먹이면서 해라, 이 외계인아!

난 조심스럽게 침대에서 빠져나왔다. 조금만 뒤척여도 잠에서 깨는 이안 때문에 진땀 날 정도로 1센티미터씩 움직여서 침대를 빠져나온 나는 그대로 주방으로 향했다. 뭐 먹을 만한 게 있나 모르겠네. 이 시각에 불 켜고 뭘 만들어 먹을 수도 없고, 사실 뭐 만들어 먹을 정도로 기운도 없지만. 맨밥이라도 있으면 물 말아 먹어야겠다.

어? 저거 뭐지? 식탁 위에 미니 텐트같이 생긴 동그란 망이 놓여 있었다. 그 이상하게 생긴 망을 걷어내니 그 안에 샌드위치 몇 개가 접시 위에 예쁘게 담겨 있었다. 이안이 만든 건가? 어디 보자…… 이건 베이컨치즈. 이건 감자샐러드, 이건 참치마요네즈, 종류별로 해놨네. 그래, 너도 양심은 있구나. 하나밖에 없는 여자친구를 정신 놓을 지경까지 만들었으면 책임을 져야지. 이걸로는 정말 약소하지만 오늘은 그냥 넘어가 줄게. 내일은 고기 먹자, 고기! 아주 그냥 손이 불불 떨린다. 냉장고에서 우유 한 잔을 따라들고 식탁에 앉은 나는 불을 켜지 않은 채 그대로 어둠 속에서 샌드위치를 입에 물었다. 맛있다…….

이안은 대체 어떻게 된 인간이기에 이렇게 못 하는 게 하나도 없는 거지? 너무 완벽하니까 인간미가 떨어져. 어느 날 갑자기 내 앞에 나타났던 것처럼 어느 날 갑자기 사라지는 건 아니겠지? 만약 그런 일이 일어나면…… 아니야, 생각하지 말자. 괜히 그런 생각하면 우울해지니까. 그리고 쟨 우주최강 외계인이잖아. 무슨 일이 있어도 날 떠나지 않을 거야. 그러니 이안을 믿고 지금 내게 가장 중요한 문제를 해결하자! 내 휴대폰 어디 갔지? 내 가방, 내 가방…… 아! 저기 있다!

현관 앞에 놓여 있는 가방에서 휴대폰을 꺼내 든 나는 배터리가 얼마 없는 것을 확인하고 충전기에 연결한 상태로 인터넷 검색을 시작했다.

음…… 음…… 지식인에 물어봐도 되려나? 아무나 다 보는 건데 이건 좀 그런가? 일단 검색어를 먼저 입력해 볼까? 뭐라고 하지……? 남자친구의 정력? 너무 노골적이지? 그럼 잠자리 요구? 헉! 왠지 퇴폐적으로 들려. 전혀 로맨틱하지 않아! 모르겠다. 일단 남자친구와의 관계. 요거 좋네. 어디 보자…… 에이, 이런 걸 찾는 게 아닌데…… 관계 회복 뭐 이런 거만 나오네. 그럼 이번엔 남자친구와 첫날밤? 아니지 우리는 첫날밤이 아니잖아. 뭐라고 해야 제대로 된 답이 나오려나…….

차라리 부부 관계로 쓸까? 맞아! 그게 좋겠어! 그래서 만약에 원하는 질문이 나오지 않으면 내가 직접 입력을 해도 부부 관계를 묻는 거니까 덜 민망하잖아? 오케이! 이걸로 결정! 그렇다면 검색어는…… 남편의 정력! 아줌마들은 원래 좀 직설적이니까 괜찮아. 어디어디…… 음…… 정력이 안 좋아요, 패스. 남편의 정력을 20대로 되돌리는 법, 패스. 남편의 정력에 이상이…… 패스.

아, 뭐야! 왜 다들 남편들이 이렇게 부실해? 할 수 없군. 내가 직접 지식인에 물어보는 수밖에……. 일단 로그아웃하고 다른 아이디 개설해서 써야지. 혹시 모르니까 다른 사람이 알아보면 곤란하잖아. 이럴 때 보면 나도 참 용의주도하단 말이지.

재빨리 아이디를 개설한 직후, 다시 지식인에 들어가 이번엔 내가 직접 질문을 작성했다. 뭐라고 쓰지? 어…… 지금이 말하자면 신혼인 거지? 그럼 신혼부부입니다. 남편이 시도 때도 없이 관계를 요구해요. 어맛! 민망해! 하지만 괜찮아. 웹상에서 이 아이디는 아줌마니까. 그럼 계속해 볼까? 하루에 한 번 내지 두 번 정도 정신을 잃을 정도로 계속합니다. 어우! 아우! 꺄악! 어떡해! 민망해 죽을 것 같아! 아니야, 기왕 하는 거 확실하게 물어보자!

좀 더 디테일하게 설명을 하자면…… 이제는 각종 역할 놀이까지 하자고 합니다. 아침저녁으로 들이대니 힘들어 죽겠어요. 참고로 맞벌이 부부입니다. 힘들어서 거절을 하려고 하면 저는 아무것도 안 해도 된다며 본인이 다 알아서 하겠다고 합니다. 하지만 아시다시피 그게 가만히 있는다고 힘이 안 드는 게 아니잖아요? 아무리 신혼이라지만 남편이 너무하는 거 아닐까요?

으…… 우…… 죽고 싶어!!! 죽을 정도로 민망해!! 답글 올라오면 바로 회원 탈퇴해 버려야지.

이안이 만들어놓은 샌드위치를 깨끗이 비우고 나서 아까 씻지도 못하고 잔 탓에 찝찝해진 난 살금살금 욕실로 걸어가 샤워를 마쳤다. 지금쯤이면 댓글들이 올라왔겠지? 난 드디어 이 상황을 타계할 방법을 찾을 수 있겠거니 생각하고 휴대폰을 확인했다.

응?

이게 뭐야?

─부럽네요…….

─무슨 복이신가요, 전생에 나라를 여러 번 구하셨군요.

─지금 자랑하려고 쓴 겁니까? 오밤중에 또 열불 나네.

─그 댁 남편이랑 우리 남편 좀 바꿉시다!

─지랄도 풍년이네…….

─참…… 자랑하는 방법도 가지가지.

─혹시 약을 복용하는 거 아닐까요? 심장에 무리가 갈 수도 있으니 의사에게 처방을 받은 후 복용하게 하세요.

댓글들은 하나같이 나를 부러워하는 내용들이었다.

이런…… 안 보느니만 못 하게 됐네. 이렇게 되면 이안이 정상이고 내가 못 맞춰 주는 꼴이 됐잖아! 내가 다신 여기다 물어보나 봐라! 여기다 물어봐서 잘 되는 꼴을 못 봤어!

"리아, 뭐 해? 자다 말고."

"꺅!"

언제 깼는지 이안이 주방으로 다가오고 있었다.

"불이라도 켜고 있지 그랬어."

"아…… 이안 깰까 봐……."

"괜찮아, 그런 거 신경 쓰지 마. 이제 이 집은 내 집이 아니라 우리 집이야."

"으응…… 알았어요."

"샌드위치 먹었어?"

"맛있게 먹었어요, 고마워요."

이안은 식탁 위에 그대로 놓여 있는 접시를 들고 개수대에 집어넣었다.

"저기, 이안."

"왜?"

"내일부터는 우리 집에 오기 전에 일단 저녁부터 먹고 들어와요. 아니면 집에 와서 저녁을 먼저 먹고 뭘 하더라도 하든가."

이안이 피식대며 웃는 소리가 들렸다. 왜 웃어? 난 나름 진지한데?

"리아 힘들어?"

어! 완전! 진짜 힘들어!

"그게…… 좀…… 그래요. 우리 인간적으로 먹을 건 좀 먹어가면서 하자고요. 사람이 다 먹고살자고 하는 짓인데 일 끝나자마자 그러면 나 오래 못 버텨요. 특히 고기 좀 먹어요, 고기!"

"크큭, 알았어. 우리 고기 마니아 리아. 내일부터는 고기 실컷 먹여줄게."

이안은 내게 다가와 가볍게 입을 맞추더니 그대로 안아 들었다.

"씻었어? 비누 냄새 나네."

"응. 아까 그대로 잠든 것 같아서요."

"지금 배고파?"

"아니요, 이안이 해준 거 다 먹었더니 지금은 배불러요."

"다행이네."

이안은 나를 데리고 침실로 들어가서 침대에 눕히더니 다시 내 위로 올라왔다.

"……지금 뭐 하려고요?"

"배부르다며, 바로 자기 힘들 거 아니야. 소화시켜 주려고."

너 이러려고 샌드위치 만들어준 거야? 달랑 밀가루 조각 몇 개 먹여놓고 또 하자고? 야, 이 미친 변태 외계인아! 작작 좀 하라고, 작작!

내 속마음의 외침은 이안에게 들리지 않는지 그는 빠르게 손을 움직이기 시작했다. 또다시 나의 정신과 안녕을 고할 때쯤 아까 본 댓글들이 내 머릿속을 떠다녔다.

―부럽네요…….

―전생에 나라를 구하셨군요…….

나라를 구하긴 개뿔…… 안녕…… 나의 정신아…… 아침에 보자꾸나.

15화

전쟁의 시작

　그로부터 며칠이 지났다.

　팀원들은 하나같이 이안이 제시한 요건들을 충족시키기 위해 자료 수집을 끝내고 본격적인 분석에 들어갔다. 나도 이제는 마케팅 부서의 일원이기에 이안의 자질구레한 수발을 들어주는 것 이외에는 팀원들의 부족한 손발이 되어주려 노력하는 중이었다. 눈코 뜰 새 없이 바쁘게 돌아가는 마케팅 부서는 마치 고요한 전쟁터 같았다. 이안이 인터폰으로 나를 찾기에 무슨 일인가 싶어 그의 사무실로 들어갔다.

　"나 왜 불렀어요? 빨리 말해요, 얼른 다시 가봐야 해요."

　그놈의 실장님 소리만 했다 하면 눈을 반짝이는 이안 때문에 난 아예 호칭을 포기하고 원래대로 돌아갔다. 물론 다른 사람들이 함께 있을 때는 깍듯하게 실장님 예우를 해주었지만 단둘이 있는 자리에서는 그날 이후로 절대로 입 밖에 꺼내지 않았다. 아주 날 못 잡아먹어서 안달이 난 변태 외계인은 실장님이란 소리를 들으면 몸이 자동 반응을 하나 보다.

"뭐가 그렇게 바빠, 리아는? 나 심심해."

헐…… 이건 뭐지? 너 방 문 한 번 열어볼래? 다른 사람들은 네가 시킨 일 하느라고 화장실 갈 시간도 아껴가며 일하고 있거든?

"그렇게 심심하면 일해요, 일!"

"내가 다 하면 다른 사람들이 할 일이 없잖아."

"아니, 누가 다 하래요? 적당히 하면 되잖아요."

나 참 어이가 없어서. 기껏 무슨 일인가해서 와봤더니 놀아달란다. 넌 회사에 놀러 오니? 난 너랑 놀아주는 게 직업이야? 아니거든!

"리아, 지금 일 어디까지 진행됐어?"

"자료 수집 끝나고 분석 중이에요."

"아직도?"

"아직도는 뭐가 아직도요, 자료만 해도 어마어마하던데. 그거 다 일일이 비교 분석하려면 며칠은 더 걸릴 것 같아요."

이안은 길게 한숨을 내쉬며 기지개를 켰다. 그러고는 오늘은 뭐 먹을까, 무슨 놀이를 할까 하면서 별 쓸데없는 질문을 늘어놓기 시작했다. 들으면 들을수록 화를 돋우는 이안의 말에 난 결국 가까이 다가가 한 마디, 한 마디를 씹어뱉었다.

"이안, 지금 이게 뭐 하는 짓이에요? 나 바쁘다고 했잖아요. 나만 바쁜 게 아니라 지금 이 마케팅 부서 전체가 매달려서 일을 하고 있는데 마케팅기획실장이란 사람이 일은 안 하고 이렇게 놀 궁리만 하고 앉아 있을 거예요? 그렇게 할 일이 없으면 나와서 좀 도와요!"

"후…… 리아, 아까 말했잖아. 내가 하면 저 사람들 할 일이 없다고. 나름 월급 받으려고 나온 사람들인데 일은 하게 해줘야 하지 않겠어?"

아니, 뭐 이따위가…… 야! 이게 정말 보자 보자 하니까 갈수록 태산이네. 너 눈이 있으면 밖에 나가서 한번 봐봐. 다른 사람들 다 크서클 장난 아니게 내려앉았어! 그렇게 잘났어? 음…… 잘난 건 사실이긴 하지만…… 그래도 너 그거 은근히 기분 나쁜 거 알아?

말은 못 하고 속으로 씩씩대고 있는 나를 보던 이안이 피식 웃으며 일어섰다.

"알았어, 조금만 진행 속도를 높여줄게."

이안은 밖으로 나가서 사람들을 잠깐 모이라고 불러들였다.

"여기 좀 잠깐 봐주세요! 여러분."

팀원들이 하던 일을 놓고 전부 이안을 쳐다보았다.

"일의 순서를 좀 정합시다. 1팀, 2팀, 3팀, 각 팀 팀장들은 전부 내 방으로 오세요."

각 팀의 팀장들이 허겁지겁 보고서를 작성하느라 손이 바빠졌다.

"아, 보고서 필요 없습니다. 이 비서는 차 좀 준비해 주세요."

"알겠습니다, 실장님."

따뜻한 차를 준비해서 이안의 사무실로 들어가니 세 명의 팀장은 이안의 앞에서 안절부절못하고 앉아 있었다. 이안은 그들에게 무엇을 원하는지 하나하나 조목조목 짚어 따지는 중이었다.

"저보다 나이가 많고 오래 마케팅 부서에 계셨던 분들이라 알아서 잘하실 거라고 믿고 관여를 안 하려고 했는데 진행 속도가 너무 느리군요."

"죄송합니다."

"같은 자료를 놓고 각자 분석할 필요는 없습니다. 먼저 1팀은 기존의 A사 태블릿을 분석하세요. 2팀은 다음 달 출시될 A사 태블릿과 S사 태블릿을 비교하시고요. 3팀은 일단 대기하십시오. 1팀과 2팀의 분석이 끝나면 자료를 넘겨받아 장·단점을 파악하세요."

"네, 알겠습니다."

내가 차를 내려놓기도 전에 이안의 지시 사항은 거의 끝나가고 있었다.

"기한은 오늘 퇴근 전까지입니다."

이안의 말이 떨어지기가 무섭게 팀장들이 후다닥 뛰어나갔다. 난 아무도 마시지 않은 찻잔들을 바라보며 멍하니 서 있을 수밖에 없었다.

이럴 거면 차는 왜 가지고 오라고 했니? 저 사람들 발등에 불 떨어졌네. 일을 빨리 진행시켜 주겠다고 하더니 아주 사람을 잡는구나. 미안해요, 여러분. 제가 입을 잘못 놀려서 일이 이렇게 됐네요.

"이안, 좀 너무한 거 아니에요? 이제 겨우 자료 수집 끝났는데."

"그래서 각자 할 일들 지정해 줬잖아. 인력도 충분한데 뭐가 문제야?"

"다른 사람들이 다 이안 같다고 생각하지 말아요. 모든 사람을 이안의 기준에 맞추려면 아무도 못 버텨요."

"할 수 있을지 없을지는 내가 보고 결정하는 거야. 리아가 아니라."

이안은 이 순간 냉철한 상사의 모습으로 변해 있었다. 뭐…… 좀 멋있긴 하지만 피도 눈물도 없네.

"알았어요, 그럼 일단 나가서……."

"가긴 어딜 가. 리아가 원하는 대로 일의 진척 사항을 높여줬으니 이제 리아는 나랑 놀아야지."

아니, 이 변태 외계인이 진짜 어디까지 가려고 이래?

"이안, 부탁인데 나 일 좀 하게 해줘요."

"해, 여기서."

"여기서 뭘 할 수 있어요? 이안이 틈만 나면 만지작거리는데."

"신경 쓰지 말고 하면 되잖아."

너 같으면 신경 안 쓰이겠니. 나도 똑같이 해줄까? 너 일할 때 만지작만지작. 아…… 좋아하려나…… 에잇! 됐어! 안 해!

"그런데, 이안. 이안은 이 마케팅이 성공할 거라고 확신해요? 벌써 개발팀에서는 불만이 많아요."

"개발팀이 왜?"

"자기네가 힘들게 만들어놓은 제품이 싸구려 취급받는 게 싫은 거겠죠."

"누가 싸구려로 만든대? 가벼운 거랑 재미있는 건 다른 거야."

"물론 나는 이안의 뜻을 정확히 알고 있지만 모르는 사람들은 그렇게 생각 안 할 수도 있어요."

"그래? 심심한데 개발팀 팀장이나 한번 만나볼까?"

응? 개발팀 팀장이라면…… 진혁 씨? 어…… 어…… 왠지 불길한 예감이…….

"저기, 혹시 개발팀 팀장이 누군지는 알고 있어요?"

"어떻게 몰라, 한때 리아를 놓고 경쟁하던 사인데."

아…… 아는구나.

"일 얘기만 할 거 맞죠?"

"왜? 찔려?"

"찔리기는 누가! 절대 아니거든요?"

"하여튼 걸리기만 걸려. 또 한 번 단둘이 만나는 거 내 귀에 들렸다간 알아서 해."

"그럴 일도 없지만 혹시라도 부득이하게 그런 일이 생기면 어쩔 건데요?"

"당연한 걸 뭘 물어. 다 때려치우고 결혼식부터 할 거야. 그것도 회사에서. 다들 보라고."

으응…… 그러니…… 날 죽이려고 작정을 했구나. 내가 정말 걱정스러운 건, 네가 진짜 그러고도 남을 놈이라는 사실이다.

"뭐 해?"

"네? 뭐가요?"

"가서 개발팀 팀장 불러와야지."

"지금?"

"심심한데 놀면 뭐 해, 일하라며."

"아, 알았어요. 잠깐만 기다려요."

난 테이블 위에 놓인 찻잔들을 다시 거두어 밖으로 나갔다. 그리고 같은 층 한구석에 있는 개발팀 부서로 가서 진혁 씨를 찾았다.

"어떻게 오셨습니까?"

"아, 해외마케팅기획실장님이 김진혁 팀장님을 찾으시는데요. 지금 뵐 수 있을까요?"

제일 안쪽에 있는 책상 위로 머리가 쑥 올라왔다.

"리아 씨! 여기 웬일이에요?"

"잠깐 시간 좀 내주세요. 실장님이 찾으셔서요."

진혁 씨는 성큼성큼 다가와 내 앞에 서더니 시원한 미소를 보이며 고개를 끄덕였다.

"갑시다. 나도 할 말이 좀 있었는데 잘됐네요."

난 어색한 미소를 띤 채로 진혁 씨의 뒤를 따랐다. 분명히 일 때문에 만나는 게 맞을 텐데 난 왜 이렇게 불안하지? 죄지은 것도 없는데. 아차차…… 거리 유지! 또 다른 사람들이 보면 뭐라고 할라.

"리아 씨, 왜 그렇게 떨어져서 걸어요?"

"음…… 솔직하게 말해도 돼요?"

"그러시죠."

"진혁 씨랑 말 몇 마디만 나눠도 다른 여직원들의 시선이 곱지가 않아서 부담스러워요. 날 아주 잡아먹을 것처럼 쳐다본다니까요. 진혁 씨 절대 사내연애는 하면 안 되겠어요. 그랬다간 누가 될지는 몰라도 그 여자분 아마 공공의 적이 될걸요?"

"하하, 그럴 리가요."

이 사람은 또 지나치게 겸손하네. 자기가 얼마나 매력적이고 인기가 많은지 모르는 건가? 에고…… 이안하고 반씩 섞였으면 좋겠다. 걘 지나치게 잘난 척을 하는데. 아, 진짜 잘났으니 척은 아니구나. 그래도 사람이 좀 겸손의 미덕이라는 게 있어야 할 텐데, 걘 지입으로 우주최강이래.

"리아 씨."

"네?"

이안의 사무실 앞에서 우뚝 멈춰 선 진혁 씨가 나를 돌아보며 조용히 물었다.

"나 진짜 안 되겠습니까?"

순간 내 머릿속이 온통 하얗게 변해갔다. 무슨 뜻이지? 왜 내게 저런 말을 하는 거지, 이제 와서?

물론 이안이 변태 스토커처럼 쫓아다니던 그때는 차라리 진혁 씨가 내게 더 어울리는 사람일지도 모른다고 아주 잠깐 생각을 한 적도 있었다. 하지만 지금은 나도 이안을 사랑하고 있다는 것을 깨닫고 그와 조금씩 거리를 좁히기 위해 애를 쓰고 있는 중인데 느닷없이 이런 말을 내게 던지는 진혁 씨를 난 이해하기가 어려웠다.

난 그저 지나가는 인연 아니었던가? 내게 호감이 있어 진경이를 통해 소개를 받았다고는 하지만 우리는 제대로 된 만남을 가져본 적조차 없는 사이 아니던가? 설마 아직도 내게 호감을 가지고 있다는 건가? 아, 호감이야 있을 수 있지. 나도 진혁 씨를 좋은 사람이라고 생각하고는 있으니까. 하지만 이건 그런 이야기가 아니잖아? 진혁 씨는 아주 진지한 얼굴로 내게 자신을 받아달라고 얘기하고 있는 거잖아.

머리가 복잡하다. 아까부터 무수히 많은 물음들이 떠올라 나를 정신없이 만들고 있었다. 이안의 사무실 앞에서 들어갈 생각은 하지 않고 서로를 마주 보고 있는 나와 진혁 씨에게 조금씩 사람들의 의아한 시선들이 모여들고 있었다.

아차. 지금 이럴 때가 아닌데. 이안이 기다리고 있을 거야. 생각은 나중에. 천천히. 정리를 하는 거야. 지금은 일단 일이 먼저.

"무슨 말씀이신지 모르겠지만 지금은 답하기가 어렵습니다. 저희 실장님께서 기다리고 계시니 일단 안으로 들어가십시오, 김진혁 팀장님."

난 일부러 더 딱딱한 어투와 목소리로 진혁 씨를 대했다. 내 말을 들은 진혁 씨의 얼굴에 씁쓸한 미소가 걸려 있었다.

똑똑. 가볍게 노크를 한 후 이안의 사무실 문을 열었다.

"실장님, 개발팀 김진혁 팀장님 모셔왔습니다."

"들어와요, 이 비서는 간단하게 마실 거 준비해 주고. 아, 김 팀장님은 뭐로 하시겠습니까?"

"전 아무거나 상관없습니다. 아니, 그냥 물 한 잔 주십시오."

진혁 씨의 말을 들은 나는 탕비실로 가서 이안이 마실 망고주스 한 잔과 차가운 물 한 잔을 들고 사무실로 들어갔다. 두 남자 사이에 팽팽하게 실이 당겨져 있는 것 같은 착각을 불러일으킬 정도로 방 안의 공기는 삭막했다. 보기만 해도 숨이 턱턱 막히는지라 얼른 음료만 내려놓고 나오려는데 이안이 나를 불러 세웠다.

"이 비서도 나가지 말고 앉아."

"네? 아니, 저는…… 그냥 두 분이서…… 제가 낄 자리가 아닌 거 같은데."

내가 머뭇거리며 슬금슬금 뒷걸음을 치는데 이번엔 진혁 씨까지 내 발목을 잡았다.

"그래요, 리아 씨도 같이 있어요."

이런…… 빼도 박도 못 하겠구나. 하는 수 없이 난 그들에게로 다가가 어정쩡하게 서 있었다. 양쪽으로 놓여 있는 소파 한쪽에는 이안이, 다른 한쪽에는 진혁 씨가 앉아 있는데 난 그 어느 쪽에도 앉기가 곤란했다.

"뭐 해? 앉으라니까."

이안이 내게 핀잔을 주듯 말하자 난 퍼뜩 정신을 차리고 따로 의자를 가지고 와서 딱 정중간에 앉았다. 두 사람이 앉아 있는 낮은 패브릭 소파보다 내가 가져온 보조의자가 훨씬 높아서인지 이건 마치 무슨 테니스경기장에서 네트 앞에 심판이 서 있는 꼴이 되고 말았다.

뭐, 아무렴 어때, 진짜 심판도 아닌데. 난 그냥 구경만 할 거야, 구경만. 자, 자, 어디 시작들 해봐. 경기…… 시작!

"우리 마케팅 기획안이 마음에 안 드신다고 들었습니다, 김진혁 팀장님."

"솔직히 그렇습니다."

"어디가 어떻게 마음에 안 드신가요? 아직 구체적인 기획안은 나오지 않고 대충 그림만 잡은 상태인데 말이죠."

"이번에 출시될 태블릿은 제가 개발한 독자적인 소프트웨어를 주축으로 개발한 독보적인 존재라고 할 수 있습니다. 전 좀 더 고급스러운 이미지를 부각시키길 원했다는 말입니다. 그런데 난데없이 패러디라니요? 이건 좀 아니지 않습니까? 자칫하면 제품의 질이 낮아 보일 수도 있는 일 아닙니까?"

오, 김진혁 팀장 선공 들어가나요? 그럼 이안의 반격은 어떻게 나올 것인지 귀추가 주목됩니다.

"난 그렇게 생각하지 않습니다. 그건 패러디의 본질을 모르는 무식한 사람들이나 할 수 있는 저급한 발상이죠."

헉! 이안…… 아주 막말을……. 어쨌든 이안 제대로 받아쳤습니다. 이번 공격의 데미지가 상당할 것으로 예상되는데요, 과연 진혁 씨는 일어설 수 있을까요?

"지금 무식하다고 했습니까? 저급한 발상? 사람이 얼마나 오만하면 다른 사람들을 그렇게 깔아뭉개는 발언을 서슴지 않고 할 수 있는지 인성이 의심되는군요."

"난 팀원들에게 절대로 강요하지 않았습니다. 팀장급만 모아서 한 회의도 아니었고 말입니다. 지금 밖에서 식사도 거르고 일을 하고 있는 사람들을 전부 합치면 50명이 넘습니다. 조금 전 김 팀장이 하신 말씀이 저를 비롯한 50명이 넘는 사람들을 단 한 번에 무시한 발언이라고는 생각 안 하시나 봅니다."

"그런 뜻으로 들렸다면 사과하겠습니다. 그럼 구체적인 기획안이 나올 때까지 기다려 보도록 하죠. 만약 그때도 내 생각이 바뀌지 않는다면 어쩌시겠습니까?"

"그건 그쪽이 결정할 문제가 아닐 텐데요. 개발자의 눈치를 보면서 마케팅을 하는 법이 어디에 있습니까? 마케팅의 기본 목적은 소비자의 구매 심리를 자극하는 거지, 개발자의 비위를 맞추는 것이 아닙니다."

호오, 이거 흥미진진한데요? 김진혁 팀장이 한발 물러서나요?

"좋습니다. 그 말엔 딱히 반박할 이유가 없군요. 결과를 보고 얘기하도록 합시다."

"저도 동의합니다. 실망하지 않을 거라고 확신하고 있습니다."

아…… 이렇게 싱겁게 끝나요? 잘난 남자들의 설전을 조금 더 보고 싶었는데 너무 짧은 거 아닌가요?

"그런데 말입니다."

다 끝난 얘기인 줄 알았는데 갑자기 진혁 씨가 이안을 바라보며 다시 입을 열었다.

"더 하실 말씀 있으십니까?"

"네. 만약에 이 마케팅이 실패로 돌아간다면 그때는 어쩌실 겁니까? 제가 개발한 소프트웨어가 세상의 빛도 못 보고 더불어 회사 이미지까지 더 떨어진다면 그때는 그 책임을 어떤 식으로 질지 궁금하군요. 설마 시말서 한 장으로 끝낼 요량은 아니겠죠?"

네! 방금 김진혁 팀장이 다시 공격에 들어가네요! 그렇죠! 이래야죠! 경기는 아직 끝나지 않았습니다! 자, 흥미진진한 상황이 벌어지고 있는데요. 이안은 과연 어떤 수를 들고 나올까요? 인간과 외계인의 대결! 전무후무한 경기가 펼쳐지고 있는 현장입니다!

"시말서가 아니라 사표를 쓰면 만족하겠습니까?"

뭐? 사표? 너 미쳤어? 그 자리가 어떤 자린데! 그렇게 쉽게?

"좀 사적인 얘기를 가미하자면 제 동생이 하는 얘기를 들은 적이 있습니다. 기획실장님에 관한 얘기 말입니다. 그 얘기가 사실이라면 실장님은 자리에 연연할 필요도 없이 경제적으로 풍요로운 사람 아닙니까?"

"그래서요?"

"그렇다면 설사 회사를 그만두는 상황이 되어도 실장님에게는 전혀 타격이 없다는 말이 됩니다. 책임을 진다는 건 본인이 벌여놓은 일에 대한 대가를 치르는 것인데 하나 마나 한 조건을 걸어봐야 이쪽이 손해 아닙니까? 안 그래요?"

이안은 피식 웃으며 나를 한 번 쓱 쳐다보았다. 응? 너 나 왜 보니? 경기에 집중해, 집중! 너 지금 좀 밀리고 있는 상황이란 말이야.

"리아를 걸죠."

"네?"

"네?"

나와 진혁 씨의 입에서 동시에 같은 말이 터져 나왔다. 이안…… 너 지금 그거 무슨 뜻이야? 내가 제대로 들은 게 맞는 거야? 잘못 들은 거 아니야?

"지금 기획실장님께서 하신 말씀이 정확히 무슨 뜻인지 알려주시겠습니까?"

진혁 씨가 굳은 표정으로 이안을 노려보았다. 하지만 이안은 오히려 아까보다도 더 여유로운 표정이었다.

"같은 남자로서 내가 보는 김진혁 씨는 리아에게 아직도 미련이 많이 남아 있는 것 같습니다. 그리고 내게 있어서 지금 가장 중요한 사람도 리아. 리아를 잃어버리는 것만큼 지금 내게 타격을 줄 만한 건 아무것도 없으니까요. 원하던 게 이거 아닙니까?"

"진심으로 하는 소립니까?"

"진심입니다. 내가 만약 이번 기획에 실패하면 리아를 깨끗하게 포기하도록 하죠."

"그거 기대되는군요. 아무래도 오늘부터 저는 이 기획 망하라고 굿이라도 해야겠습니다."

"내가 그리 쉽게 리아를 내줄 것 같습니까? 그만큼 자신 있다는 소립니다."

"그럼 그렇게 알고 일어나겠습니다. 다음에 뵙죠."

진혁 씨는 이안과 내게 가볍게 인사하고 밖으로 나갔다. 사무실에 이안과 나, 둘만 남아 있는데도 난 꼼짝을 할 수가 없었다. 아직도 귓가에 울리는 아까 한 이안의 말이 도저히 믿을 수가 없었다.

날…… 걸었어?

"리아, 왜 그러고 있어?"

내가 미동도 없이 멍하게 앉아만 있는 걸 본 이안이 다가와 물었다.

"그걸 지금 몰라서 물어요?"

"화났어?"

"화가 났다는 게 정확한 표현인지 잘 모르겠어요. 지금 난 그보다 더 복잡한 감정이거든요."

이안은 내 손을 잡으려고 손을 뻗었지만 난 그 손을 잡고 싶지가 않아 차갑게 치워냈다.

"리아."

"……."

"나 그렇게 못 믿어? 설마 내가 리아를 걸고 모험을 했다고 생각해? 아까도 말했지만 그만큼 자신이 있으니까 하는 소리라고 했잖

아. 난 절대 리아를 걸고 불확실한 일을 벌이지 않아. 리아 없으면 안 된다는 거 누구보다도 잘 알면서 왜 그래."

"인생에 확실한 건 아무것도 없어요. 이안이 지금까지 어떤 삶을 살아왔는지는 모르겠지만 생각대로 일이 풀리지 않을 때도 많은 게 바로 인생이에요. 사람이 하는 일이니까요. 정해진 프로그램대로 돌아가는 기계들도 가끔은 오작동을 일으키는데 하물며 사람이 하는 일은 오죽할까요? 내가 가장 화가 나는 건 그렇게 아무렇지도 않게 나를 걸 정도로 이안이 날 쉽게 생각했다는 거예요."

"그런 적 없어. 알잖아."

난 더 이상 이안과 같은 공간에서 마주 보고 말을 하고 싶지가 않았다. 눈앞에서 바람을 피우는 현장을 목격한 것도 아닌데 내 손이 파르르 떨리고 있었다.

"아직은 일하는 시간이니 나가서 일 볼게요."

"리아……."

"말 걸지 말아요. 지금은 이안 보고 싶지 않아요."

이안의 사무실에서 나와 내 자리에 잠깐 앉아 있어봤지만 도무지 집중도 안 되고 가슴이 답답해서 참을 수가 없었다. 아주 잠시라도 숨통을 트일 공간이 절실하게 필요했다.

"저……."

난 옆자리에 앉은 직원에게 슬쩍 말을 걸었다.

"제가 입사한 지 얼마 안 돼서 잘 몰라 그러는데 여기 혹시 옥상에 휴게 공간이 있나요?"

"아, 네. 있어요. 그런데 대부분 남자직원들이 흡연하는 곳으로 쓰여요. 거기 말고는 건물 전체가 금연 구역이라서."

"그렇군요, 감사합니다."

어차피 점심시간도 끝이 났고 한창 다들 바쁘게 일하는 터라 옥상에 올라가도 남자직원들이 그렇게 많을 것 같지는 않았기에 난 그대로 엘리베이터를 타고 옥상으로 올라갔다. 시원한 공기를 좀 마시고 나면 괜찮아질 거야. 지금은 내가 너무 예민해서 그럴지도 몰라. 입사하자마자 너무 많은 일들을 겪어서 나도 모르게 신경이 날카로워졌을 거야. 그래, 그럴 거야.

옥상 문을 열고 발을 들여놓으니 시원한 바람이 온몸을 스치고 지나갔다. 난간에 몸을 기대고 아래에 지나다니는 자동차들과 사람들을 무심하게 쳐다보면서도 참 많은 생각이 내 머릿속을 헤집고 돌아다녔다.

어려서부터 난 내 마음대로 되는 일이 하나도 없었다. 내가 태어나기 전 우리 부모님들은 서울에서 평범하게 회사를 다니던 사람들이었다고 한다. 그런데 두 분이 결혼을 하면서 아이가 생기면 이렇게 삭막한 도시가 아닌 시골에서 자유롭게 뛰놀며 살게 하고 싶다고 과감하게 귀농을 결심하셨다고 했다. 그렇지만 귀농이 말처럼 그렇게 쉬운 일이겠는가. 생전 해보지도 않은 농사일을 우습게 여긴 벌이라도 받았는지 우리 부모님은 귀농한 지 2년도 안 되어 퇴직금을 전부 날리고 집까지 내놓을 수밖에 없는 상황이 되었다는데 설상가상으로 때마침 그때 내가 생겨 버렸다고 한다.

그래서 난 내가 태어날 때부터 가난이 뭔지 뼈저리게 느끼면서 자라왔다. 귀농에 실패한 부모님은 다시 서울에 올라온다고 하더라도 변변한 직장을 얻기 힘들 테니 그대로 시골에 남아서 남의 일을 도우며 근근이 생계를 이어나갔고, 그 덕분에 난 내가 가지고 싶었던 것들을 단 한 번도 쉽게 가진 적이 없었다. 대학에 입학한 것도, 장학금을 받은 것도, 수석을 놓치지 않은 것도 어느 것 하나 쉬운 일이 없었다. 난 남들이 생각하는 것처럼 그다지 머리가 좋은 편도 아니었고, 운이 좋은 편도 아니었기에 그것들을 내 손아귀에 움켜쥐기 위해서 얼마나 힘들게 노력했는지 모른다.

그럼에도 불구하고 인생이란 참으로 심술 맞은 것이라 순간순간 복병이 튀어나와 처음으로 사귄 남자친구 때문에 잠시 학업을 포기해야 했던 때도 있었고, 열심히 일한 대가를 받지 못하고 돈을 떼어먹힌 적도 있었으며 수석을 확신했던 때조차 이안이 나타나서 장학금을 놓친 적도 있었다. 난 이렇게 힘들게 하루하루를 살아왔기 때문에 앞날이 얼마나 불투명하고 위태로운지 잘 알고 있는데 이안은 뭐가 그렇게 모든 게 다 쉬운 걸까. 나를 사랑한다면서 그렇게 쉽게 다른 사람과의 내기에 사용했다는 것도 화가 나고, 난 이렇게 힘든 삶이 그에게는 아무것도 거리낄 게 없는 탄탄대로라는 것도 화가 난다.

신이 인간을 만들었다면 아마 그 신은 성격파탄자인 게 분명하다. 그렇지 않고서야 어떻게 이렇게 불공평하게 사람의 인생을 만들어낼 수 있을까? 아마 외모와 재능을 한 번에 몰아넣은 사람을 만들어놓고 나처럼 아등바등 사는 사람들 사이에 끼워 넣은 후 혼자 낄낄대며 즐거워할지도 모를 일이었다. 이런 망할…… 자꾸 그런 쪽으로만 생각이 치우치다 보니 점점 더 우울해지는 기분을 막을 길이 없어서 길게 한숨만 내쉬고 있는데 누군가 내 어깨를 톡톡 두드렸다.

"누구…… 어…… 진혁 씨?"

"이 시각에 일 안 하고 여긴 왜 올라왔어요?"

"그런 진혁 씨는요?"

"난 담배 한 대 피우러…… 아, 리아 씨 연기 싫죠? 그럼 안 피울게요."

"그럴 거면 차라리……. 아니에요. 전 신경 쓰지 마세요. 이제 내려갈 거거든요."

난 진혁 씨에게 그럴 거면 차라리 끊는 게 어떠냐고 말을 하려다 입을 다물었다. 내가 뭐라고 저 사람에게 그런 말을 해. 아무 사이도 아닌데. 다시 옥상 문을 향해 걸어가려는데 진혁 씨가 내 앞을 막아섰다.

"잠깐 얘기 좀 해요, 우리."

"미안해요. 전 할 얘기 없어요."

"제가 할 얘기 있어서 그럽니다. 5분만 내줘요."

진혁 씨는 정말로 간절한 눈빛을 내게 보내고 있었다. 지금은 이 안도 이 사람도 보고 싶지가 않은데 왜 자꾸 다들 나를 이렇게 곤란하게 만드는지 모르겠다.

"그럼 아주 잠깐만이에요. 일하다 말고 나와서 얼른 가봐야 해요."

"그래요, 우리 저쪽으로 앉을까요?"

흡연하는 사람들을 위해서 벤치 몇 개가 놓여 있는 곳이 있었다. 발밑으로 피다 버린 담배꽁초들이 무수히 많이 보였다.

"좀 지저분하지만 앉을 곳이 이곳밖에 없어서 그래요. 좋은 곳에서 따로 만나고 싶어도 리아 씨가 시간을 내줄 리 만무하니까요."

"그건 됐고, 하실 말씀 있으면 빨리 하세요."

"아까 일 사과드립니다. 리아 씨 기분 상했을 거란 거 알아요."

그래, 이 사람도 아는 걸 이안은 모른다는 게 더 기가 막히는구나.

"하지만 어느 정도 진심인 건 알아줬으면 합니다. 리아 씨의 사진만 보고 진경이를 닦달해서 처음 만났을 때부터 지금까지 전 리아 씨만큼 제 마음에 드는 사람을 만나지 못했으니까요."

"고마운 말씀이지만 저는 이미……."

"압니다. 그 사람과 진지하게 만나고 있다는 거, 진경이에게 수도 없이 들었죠. 제 동생은 절 약 올리는 게 유일한 낙이니까요. 하지만 말입니다. 사람 일이라는 게 한 치 앞도 알 수 없는 거 아니겠습니까? 두 사람이 결혼을 한 것도 아니고 그저 사귀는 사이일 뿐이라면 제게 기회가 아주 없는 건 아니란 말이죠."

그래, 사람 일이라는 게 정말 한 치 앞도 모르는 것이지. 그래서 내가 화가 난 거고.

"제게 만약 그런 기회가 온다면 절대로 놓치지 않을 겁니다. 그리고 저라면 바보처럼 리아 씨를 걸고 도박 따위는 하지 않아요."

허어…… 이 사람 보게. 내게 자신의 의지를 어필하면서 이안을 디스하는 1타 2피 전략을 선보이네. 역시 똑똑해. 머리가 잘 돌아가는 사람이야. 하지만 미안해요. 지금 나는 이안이 무척 밉지만 그렇다고 이안이 싫어졌다는 얘기는 아니니까.

"김진혁 씨."

"네, 리아 씨."

"제가 모질게 대하지 않는다고 희망을 가지지는 마세요. 저 그렇게 몰염치한 사람 아니에요. 따로 보험을 들어두고 사람을 만나는 그런 사람 아니라는 말이에요. 진혁 씨가 제게 해준 말은 무척이나 고마운 말이지만 안타깝게도 전 거절을 할 수밖에 없어요. 제가 진혁 씨를 모질게 내치지 않는 것은 제 친한 친구의 오빠라서 그런 거지 여지를 남겨두는 게 아니에요."

"알고 있습니다."

"그럼 먼저 일어날게요."

지금 진혁 씨의 표정이 어떤지 굳이 보고 싶지 않아서 난 서둘러 그 자리를 벗어났다. 사람의 마음이라는 게 참으로 간사하지 않은가. 잠깐이긴 하지만 나와 같은 생각을 하는 진혁 씨를 보고 있자니 이안과 함께 있을 때는 느끼지 못했던 동질감을 느꼈다. 나도 진혁 씨도 사람이니까. 이안같이 특별한 능력을 타고난 외계인이 아니니까. 아, 하긴 진혁 씨도 그다지 평범하다고는 말할 수 없지만…… 어쨌든 하는 생각은 나와 별다르지 않잖아.

힘없이 엘리베이터를 타고 11층을 눌렀다. 잠시 눈을 감았다가 땡 하는 소리에 눈을 뜨고 위를 쳐다보았다. 11층. 맞구나. 내려야지.

그런데 엘리베이터의 문이 열리는 순간, 기다렸다는 듯 이안이 갑자기 나를 안으로 밀치며 들어왔다.

"아얏! 이안? 아파요, 왜 이래요?"

"오늘 조기 퇴근이야, 우리 둘 다."

"아니, 무슨……."

이안은 내 팔목을 꼭 쥐어 잡은 채 1층 버튼을 눌렀다.

"이안, 일하다 말고 이러는 법이 어디 있어요. 여긴 회사지, 학교가 아니에요. 그렇게 자기 마음대로 할 수 있는 곳이 아니란 거 몰라요?"

"……."

이안은 입을 굳게 다문 채 더 이상 아무 말도 하지 않았다. 내가 지금까지 그를 보아온 중에 이렇게 화가 난 것 같은 얼굴은 처음 보았기에 조금 걱정이 앞섰다. 하지만 그의 기분을 살피던 것도 잠시, 난 오히려 지금 이 상황이 이해가 가지 않아서 고개를 갸우뚱 기울일 수밖에 없었다. 왜 자기가 화를 내? 화를 낼 사람은 나 아니야? 아…… 습관이란 무서운 거구나. 언제나 이안의 기분을 살피다 보니 지금 상황을 잠깐 잊고 있었어.

이안이 아무 말을 하지 않으니 나 역시 아무 말도 하고 싶지가 않아 그대로 입을 다물었다. 마이바흐 앞에 서서 조수석을 연 뒤 내게 타라고 말한 이안은 내가 가만히 서 있기만 하는 걸 보고 살짝 미간을 찌푸리더니 팔을 잡아끌어 차 안으로 구겨 넣었다.

"이안!"

"그러게 왜 말을 안 들어."

이안은 여전히 냉랭한 말투로 대답하며 운전대를 잡았다. 아니 나 다를까, 내 예상대로 우리는 이안의 집으로 직행했다. 집 안에 들어서자마자 이안은 거칠게 넥타이를 풀어헤치며 바닥에 던져 버리더니 내게 소리를 지르기 시작했다. 정말이지 이안을 만나면서 처음 겪는 일이었다.

"리아는 대체 날 어떻게 생각하는 거지? 어째서 날 믿지 않아! 내가 분명히 그만큼 자신 있는 일이라고 말했잖아! 확실하지도 않은 일에 연인을 끌어들일 만큼 내가 어리석어 보여? 생각할수록 화가 나! 살면서 이렇게 화가 난 적은 처음이야, 알아?"

적반하장도 유분수지…… 뭐, 이딴 게 다 있나. 그렇게 따지면 나도 할 말 무지하게 많은 사람이야, 왜 이래!

"이안은 원래부터가 특별한 사람이니까 이안의 생각과 나처럼 평범한 사람들의 생각은 근본적으로 달라요. 한배에서 나온 형제도, 심지어 부모 자식 간에도 이해할 수 없는 부분은 분명히 존재해요. 그러니 이안과 나의 생각의 차이가 큰 것은 어쩌면 당연한 일이에요. 내가 화가 날 수밖에 없는 이유를 다른 사람들에게 길을 막고 물어봐요! 이안 편들어줄 사람 아무도 없을 거예요! 지금 난 지극히 정상적이고 평범한 반응을 보이고 있는 거라고요."

"날 믿으라고 했잖아. 나만 보라고 했잖아. 피지에서 물에 빠지기 직전에 나만 보였던 것처럼 나만 믿고 따라오라고 했잖아, 잊었어?"

"이안…… 기본적으로 이안과 나는 너무 차이가 많이 나는 사람들이에요. 나의 생각을 이안의 생각에 끼워 맞추려고 하지 말아요. 어쩌면 지금 이만큼 온 것도 내가 엄청나게 노력을 했기 때문이란 생각은 안 해봤어요?"

"리아가 노력을 했다고? 무슨 노력? 틈만 나면 도망치려 하고 뒤로 숨고 날 제대로 보지 않으려 했잖아. 우리가 이런 관계가 되기까지는 순전히 내가 리아를 몰아붙였기 때문이야. 한데 대체 무슨 노력을 어떻게 했다는 거야?"

그래, 처음부터 너와 나는 대화가 통하는 사이가 아니었어. 넌 내 말을 전혀 듣지 않았고 난 널 외계인 취급했지. 내가 너에게 무슨 노력을 했냐고? 그걸 정말 몰라서 묻는 거야? 지금까지 네가 내게 한 행동들을 사람들에게 말하면 넌 그대로 병원에 갇히거나 철창행이야! 네가 아닌 다른 어떤 누구라도 너와 똑같은 행동을 했다면 정신병자에 범죄자 소리 듣기 딱 좋은 행동이었다고! 그럼에도 불구하고 난 너를 사랑하게 됐으니까 끝도 없이 참아준 거야. 이상한 집착도, 네 맘대로 내가 살고 있는 집을 처분했을 때도, 계약서를 들먹이며 내 숨통을 조여도 난 다 참아줬다고. 오히려 내가 표현이 부족해서 그런 건 아닌가 해서 별별 노력을 다했단 말이야.

그런데 이제 안 할래. 너를 이해하기에는 내가 그릇이 너무 작아. 넌 큰물에서 놀아. 난 그냥 내게 주어진 환경에 맞춰서 살아갈 테니. 너랑 나는 아무래도 안 될 것 같아. 평생을 이렇게 너에게 맞추고 끌려다닐 생각을 하면 머리가 너무 아프고 화병까지 날 것 같아. 네가 완벽한 남자라는 거 알아. 너만큼 날 사랑해 줄 사람이 없을 거란 것도 알아. 하지만 넌 내가 감당하기가 너무 힘든 사람이야. 그래, 네 말대로 너만 보고, 너만 믿고, 네가 시키는 대로만 하면 세상 살기 참 편하겠지.

그런데 그럼 나는? 나는 어디로 갔어? 이안이 말하는 대로 움직이는 인형이 아니라 내 의지를 가지고 내 주관이 살아 있는 나라는 사람은 어디로 가야 해? 지금 네가 하는 것들은 사랑이 아니야. 날 좀 더 배려해 줬어야지. 날 사랑한다면 날 좀 더 존중해 줬어야지. 무조건 네가 나에게 다 해주는 게 아니라 내가 스스로 할 수 있게 옆에 서 있어주는 것만으로 충분했을 텐데 네 욕심이 지나친 거야. 그럴 거면 차라리 애완견을 키워. 너만 보고, 네 말만 따르고, 언제 밥 주나, 언제 놀아주나, 끊임없이 매달리며 아양을 떨 테니. 네가 바라는 게 그거라면 난 더 이상 너와 함께할 수 없어.

하지만 그러기엔…… 내가 널 너무 사랑하는구나.

"이안, 일단 오늘은 그만 얘기해요. 나 좀 쉬어야겠어요."

난 입은 옷 그대로 침실로 들어가 고단한 몸을 뉘었다. 이안은 나를 따라 침실로 들어와 침대 한 귀퉁이에 걸터앉았다.

"리아…… 알았어. 그만하자. 눈 좀 붙이고 있어, 난 씻고 뭐라도 먹을 거 만들고 있을게. 먹고 싶은 거 있어?"

"생각 없으니 나가요."

눈을 감고 있으니 이안의 표정은 볼 수가 없었지만 긴 한숨 소리가 선명하게 들려왔다. 감정이 있는 걸 보니 너도 인간이긴 한 모양이구나. 아, 몰라, 몰라. 지금은 아무것도 생각하고 싶지 않아. 그냥…… 잘래. 피곤해…….

저절로 눈이 떠졌다. 사방이 캄캄하다. 얼마나 잔 거지? 지금 몇 시? 입은 옷 그대로 잠이 들었기에 주머니를 뒤적거려 보니 휴대폰이 손에 잡혔다.

Am 4:18

초저녁에 잠이 들었으니 꽤 많이 잤네. 피곤하긴 했었나 보다. 그런데 이안은? 어디 갔지? 침대 옆자리를 더듬어보았지만 온기가 남아 있지 않은 걸로 보아 나랑 같이 자고 있던 게 아닌가 보다. 길게 기지개를 켜고 거실로 나가보았더니 이안이 불도 켜지 않은 채 소파에 앉아 노트북을 바라보고 있었다.

"이안, 뭐 해요?"

내 목소리에 그가 고개를 돌려 나를 쳐다보았다.

"깼으면 이리 와."

난 그에게로 다가가 조금 멀찍이 떨어져 앉았다. 그런 나를 본 이안은 피식 웃으며 내게 손을 내밀었다.

"거기서 뭐 해, 리아 자리는 여기야."

이안은 노트북을 옆으로 내려놓고 자신의 무릎을 탁탁 쳐 보였다. 잠을 푹 자고 일어나서인지 한결 개운해진 나는 말없이 그의 무릎 위로 올라가 앉았다. 난 어쩌다 이 말도 안 되는 외계인을 사랑하게 되어버렸을까.

"이제 화 좀 풀렸어?"

"그런 건 아니지만…… 어쩌겠어요. 더 많이 사랑하는 쪽이 항상 약자인걸."

이안은 크게 웃음을 터뜨린 후 내 이마를 튕겨내었다.

"그 말 그대로 리아에게 돌려주고 싶은데. 미치겠네, 어떻게 리아가 나를 더 사랑한다고 이렇게 뻔뻔하게 말할 수 있지?"

"아닌 것 같아요?"

"그걸 말이라고 해? 난 리아가 날 언제 떠날지, 언제 또 도망갈지 몰라 항상 불안한데. 지금도 봐. 혹시라도 내가 잠들면 나 몰래 이 집을 나가기라도 할까 봐 날밤을 샜어."

"돌아갈 곳도 없애 버린 주제에 무슨 그런 말을 해요?"

"지금 생각해도 그건 정말 신의 한 수였어. 안 그랬으면 리아가 그리로 가버렸을 거 아니야."

어이가 없어진 나는 그냥 피식 실소를 흘릴 수밖에 없었다. 그래도…… 웃고 있는 이안이 훨씬 보기 좋다.

"그런데 뭐 하고 있었어요?"

난 옆으로 치워진 노트북을 가리키며 이안에게 물었다. 너도 혹시 나처럼 말도 안 되는 거 검색했니…… 열어본 페이지 좀 뒤져볼까나?

"리아가 나를 너무 못 믿으니까 간만에 일 좀 해봤지. 오늘 회사에 가면 많은 게 달라질 거야. 기대해, 리아."

응? 진짜? 너 일했니? 듣던 중 반가운 소리긴 하지만…… 너 어째 아까부터 손의 위치가 자꾸 애매하게 바뀌는 거 알고 있니.

"이안…… 저기…… 나 화장실……."

"우리 화해의 기념으로 욕실에서 한 번 할까?"

뭐래니, 얘 뭐래니! 야! 나 아직 화 안 풀렸거든!

"이안."

"왜."

"분명히 말하는데 이번 일 해결될 때까지 나한테 손대지 말아요."

"그런 게 어디 있어. 날 생으로 고문할 생각이야?"

"아니, 그렇잖아요. 자기 여자친구를 상품으로 걸어놓은 남자랑 내가 뭘 하고 싶겠어요? 제대로 해결하고 올 때까지는 절대로 안 돼요. 이것도 내가 엄청 많이 봐준 거라고요."

난 이안의 품에서 벗어나 재빨리 욕실로 들어간 후 문을 잠갔다.

이 자식…… 내가 그렇게까지 얘기했는데 설마 문을 따고 들어온다거나 하진 않겠지? 아니야, 아니야…… 이안이라면 하고도 남을 놈이지. 그렇게 당하고도 몰라? 가만있자, 그럼 문을 막을 만한 게…… 없네. 그냥 얼른 씻고 나가자. 따뜻한 물에 샤워를 마치고 난 후 밖으로 나와 보니 의외로 이안은 다시 노트북에 매달리고 있었다. 쟤도 내 말이 신경 쓰이긴 했나 보네. 아주 나를 무시하는 건 아니구나. 다행이다. 갈아입을 옷을 안 가지고 들어가서 입고 있던 옷을 다시 입고 나온 나는 드레스룸으로 들어갔다.

그런데…… 어? 내 옷 다 어디 갔어? 드레스룸 한쪽으로 가득했던 내 옷들은 한 벌도 남아 있지 않은 채 빈 옷걸이들만 잔뜩 걸려 있었다.

"이안! 이안!"

"왜?"

"내 옷이 하나도 없어요. 어떻게 된 거예요?"

"아, 그거?"

이안이 소파에서 일어서더니 내게로 다가오며 말했다.

"아까 말했잖아. 내가 자는 동안 혹시라도 리아가 집 나갈까 봐 불안했다고."

"그래서요? 지금 뭐, 선녀와 나무꾼 흉내라도 냈다는 거예요?"

"말하자면 그렇지."

"후…… 진짜 이안은 언제나 내 예상을 벗어난다니까요. 하여간 알았으니 얼른 옷이나 줘요. 갈아입을 옷이 하나도 없잖아요."

이안은 나를 보며 빙글빙글 웃기만 했다. 아니, 이 자식아! 웃지만 말고 옷을 달라고, 옷을! 이안은 주방으로 가서 새로 산 앞치마 하나를 내게 던졌다. 얼떨결에 그가 던지는 걸 받기는 했지만 이걸로 뭘? 나더러 요리하라고?

"그거 입어. 그럼 나머지 옷들이 어디 있는지 알려줄게."

나 원 참…… 별…… 알았다, 알았어. 앞치마를 목에 걸고 허리를 여미는데 이안이 성큼성큼 다가와 나직하게 속삭였다.

"……아니, 이것만 입으라고."

응? 으응? 이것만? 잠깐만…… 나 생각 좀 하고…… 야! 너 지금 이 상황에서 나랑 주인님 놀이 하고 싶니? 내가 눈을 동그랗게 뜨고 이안을 쳐다보자 킥킥거리는 웃음소리가 들려왔다.

"이안!"

"아…… 미안, 리아 표정이 너무 웃겨서."

"지금 나랑 장난해요? 이게 뭐 하는 짓이에요? 나 아직 화 다 풀린 거 아니거든요?"

이안은 내 머리카락을 쓸어내리면서 웃음을 거두지 않은 얼굴로 말했다.

"음, 그게 말이야. 일단 회사로 가면 리아 오해는 다 풀릴 테니까 아무 문제 없어. 그보다 지금은 더 중요한 게 있는데 말이지."

"뭐요!"

"감히 내 말을 안 듣고 다른 남자와 단둘이 있었단 말이지? 그것도 꽤 긴 시간을."

"……봤어요?"

"봤지."

"하지만 그건 다 이안 때문이잖아요! 그리고 일부러 만날 약속을 한 것도 아니고 우연히 만난 거라고요!"

난 왠지 억울한 기분이 들어 이안에게 항명했지만 언제나 그렇듯 그게 씨알이나 먹히는 얘기던가…….

"리아, 내 탓이었다고 핑계 대지 마. 어제 리아는 분명히 잠깐이지만 흔들렸잖아."

넌 대체 어디서부터 어디까지 본 거니……? 이런 귀신같은 놈을 봤나.

"아, 아니거든요? 무슨 근거로 그런 말을 해요?"

"내가 리아를 몰라? 분명히 흔들렸어. 내가 아닌 김진혁이 더 리아를 잘 이해한다고 생각했잖아. 둘이 무슨 동질감이라도 느낀 거야?"

헉! 이 자식…… 무서워…… 어떻게 알았지?

"리아, 내가 예전에 했던 말 기억나?"

"뭐…… 뭘요?"

"만약에 나 아닌 다른 놈하고 단둘이 있는 거 걸리면 어떻게 한다고 했지?"

응? 아…… 그거. 으악! 너 설마 진짜 그거 하려고? 제발 참아줘. 그랬다간 나 정말 돌 맞아 죽을지도 몰라…….

"아하하, 이안…… 좀 봐줘요. 진짜 어제는 불가항력……."

"응, 봐줄 거야. 이번 딱 한 번만. 내 탓이 아주 없다고는 할 수 없으니까."

정말이야? 그래, 잘 생각했어. 너도 양심이 있으면 이러면 안 되지, 안 그래?

"그래요? 하…… 다행이다. 난 또…….."

"그러니까 그거 입으라고, 리아."

이안의 입꼬리가 하늘로 올라가고 있었다.

"그걸로 봐줄 테니까 입어. 그리고 아주 깍듯이 주인님을 모시도록."

아…… 그런 거냐. 그런 거였냐……. 그래, 내가 널 상대로 신경전을 펼칠 때부터 일이 이렇게 될 거라는 걸 알았어야 했어. 다 부질없는 짓인 것을…… 난 왜, 무엇을 위해서, 어제 그렇게 화를 냈던가! 결국은 이렇게 본전도 못 찾고 당할 것을…… 가만있자…… 이럴 순 없어. 여기서 내가 한 번 더 화를 내볼까? 이대로 당하기는 너무 억울하잖아! 아니, 내가 뭘 잘못했다고 벌을 받아? 안 그래? 따지고 보면 다 이안 탓이었다고! 내 탓이 아니란 말이야!

자, 심호흡을 일단 하고…… 하는 거야. 하나, 둘, 셋!

"싫어요."

좋아, 일단 시작은 좋아. 단호하게 말하는 거야. 단호하게.

"싫어?"

"네, 싫어요. 난 잘못한 거 없어요. 엄밀히 말하자면 이번 일은 전부 이안 탓이에요. 그러니 벌을 받으려면 내가 아니라 이안이 받아야 한다고요. 그렇게 생각하지 않아요?"

그렇지! 잘하고 있어! 여기서 밀리면 안 돼!

이안은 잠시 생각을 하는 듯 보이더니 다시 내게 새로운 제안을 했다.

"좋아, 그럼 이번 일은 쌍방과실로 처리하겠어."

"쌍방과실…… 무슨 교통사고도 아니고…… 아무튼 알았어요. 그럼 없던 일로 해요, 된 거죠?"

“무슨 소리야. 쌍방과실이니까 책임도 양쪽이 지자는 소린데.”

“그럼 뭘 어쩌자고요!”

“일단 리아가 옷을 갈아입어야 하는 게 먼저니까 내가 먼저 주인님 할게. 그러고 나서 리아가 내 주인님 해.”

헐…… 이안 캔커피 반딧불이 설탕별 미친 변태 스토커 뱀파이어 외계인아. 난 주인님 놀이 별로 관심 없거든? 그건 다 너만 좋은 거잖아! 뭐, 위치만 바뀔 뿐이지 결국은 저 좋은 것만 하고 있어! 내가 미쳤니? 눈 뜨자마자 두 번씩이나 너랑 웅얼웅얼…… 을 하게? 아씨! 속으로 생각만 하는 건데도 민망하네. 됐어! 필요 없어!

“주인님 놀이 이안 혼자 실컷 해요. 난 관심 없으니까.”

“왜? 싫어? 그럼 리아가 골라. 내가 준비 다 해놨어.”

“무슨 준비요?”

“잠깐 이리 와봐.”

이안이 내 손을 잡아 침실로 끌고 들어갔다. 어제는 워낙 기분이 안 좋아서 신경도 쓰지 않았던 터라 몰랐는데 침실 구석에 그동안 못 보던 옷장이 하나 생겨 있었다.

“이게 뭐예요?”

“열어봐.”

무심코 옷장을 열어본 나는 경악을 금치 못했다. 각종 코스프레의 향연이 펼쳐진 옷장 안에는 별의별 옷들이 다 걸려 있었다. 이안은 아주 만족스러운 미소를 떠올리면서 내게 자랑을 하고 있었다.

“이거 구하느라고 좀 힘들었어. 어때? 괜찮지? 원하는 대로 골라. 의사, 간호사, 교복, 공주님 드레스, 차이나드레스, 기모노, 섹시한 선생님, 다 있어."

이놈의 변태 외계인을 정말…… 야! 내가 몇 번을 말해! 이건 네가 좋은 거지, 내가 좋은 게 아니라고! 아…… 내가 못살아. 이대로 가다간 나 저 옷장에 있는 옷들 한 번씩 다 입어봐야 할 것 같아. 무슨 좋은 방법이 없을까? 없나? 없어? 없군…….

내가 멍하니 정신을 놓고 있으니 기다리기 힘들었던지 이안의 손이 먼저 움직였다.

"우리 리아 피곤하구나? 그럼 가만히 있어, 내가 다 알아서 할게."

……또 시작이군. 나 오늘 출근은 할 수 있으려나.

결국 이안이 원하는 대로 각종 코스프레를 마친 후에야 내 옷들을 찾을 수 있었던 나는 팔 한 짝 들 힘도 남아 있지 않은 채 회사로 출근을 했다. 저 변태 외계인…… 내가 언젠가 꼭 복수한다.

11층에 있는 사무실에 나란히 들어간 우리를 보고 사람들이 깍듯하게 인사를 해왔다. 뭐…… 기분이 썩 나쁘지는 않네. 이안의 말대로 언제나 그가 내 옆에 있으니 사람들이 나를 피하는 것은 여전했지만 전처럼 곱지 않은 시선을 보내오는 것보다는 오히려 부러움에 가득 찬 시선에 가까웠다. 잘난 놈을 옆에 끼고 다니니 좋은 점도 있구나. 처음엔 그렇게 부담스럽더니 이젠 나름 적응이 되어서 견딜 만하다.

이안은 내게 사람들을 회의실로 모이게 하라고 지시했다. 어제 일을 본인이 해결하겠다고 했으니 바로 실행에 옮기려는 건가? 나도 궁금하긴 매한가지니까 시키는 대로 해줄게. 어디 한번 그 좋은 머리에서 나오는 생각을 들어나 보자꾸나.

"바쁜데 자꾸 모이라고 해서 죄송합니다. 제가 어제까지 자료 분석 끝내라고 했었는데 각 팀 팀장들은 보고서 제출하십시오."

세 명의 팀장이 일어나 이안에게 보고서를 내밀었다. 이안은 각각의 보고서를 빠짐없이 검토한 후 다시 입을 열었다.

"생각했던 것보다 자료 분석과 정리를 잘하셨군요. 그럼 본격적으로 마케팅을 시작하도록 하겠습니다. 패러디는 방향을 어떻게 잡느냐에 따라서 결과가 달라집니다. 먼저 현재 세계시장에서 우리 S사와 A사의 입지 기반은 어떻다고 보고 계십니까?"

"말할 것도 없이 A사가 부동의 1위 기업이고 나머지 회사들이 나눠 먹기 하는 실정이죠."

"맞습니다. 강력한 수장을 잃기는 했지만 여전히 A사는 확고부동한 위치에 있습니다. 그러므로 정면승부는 애초부터 계란으로 바위 치기라는 얘기입니다. 그렇다면 어떻게 해야 할까요? 여기서 제가 재미있는 일화를 하나 소개해 드리겠습니다."

이안이 하는 얘기에 모두가 숨죽이고 귀를 기울이고 있었다.

"처음 A사가 세계시장에서 두각을 드러냈을 당시만 해도 컴퓨터 보급률이 매우 낮은 시기였습니다. 대기업조차 해내지 못한 일을 지금으로 따지면 벤처기업이나 마찬가지였던 A사가 해냈던 것입니다. 기존에 시장을 장악하고 있었던 대기업들이 과연 가만히 있었을까요? 아닙니다. 그럴 리가 없지 않습니까? 어디서 듣도 보도 못한 작은 회사가 황금알을 낳는 거위를 들고 있으니 뺏으려 들지 않았을까요? 각종 회유와 협박이 난무했을 겁니다."

"지금 말씀하시고자 하는 요지를 잘 모르겠습니다만……."

한 직원 하나가 조심스럽게 손을 들고 말했다. 한창 이야기가 진행되는 중에 짜증이 날 법도 했건만 이안은 오히려 더 환하게 웃으며 대답해 주었다.

"요는 초창기 개인 PC에 있어서 다윗과 골리앗의 싸움이라 일컬어지는 A사와 I사의 광고 전략을 눈여겨볼 필요가 있다는 말입니다. 지금도 마찬가지지만 당시에 I사의 입지는 대단한 것이었습니다. 혹자는 위대하다고까지 말했으니까요, 그런 I사가 A사를 누르려고 시장에 진출했습니다. 그럼 A사는 어떻게 했을까요? 젊은 패기가 넘치던 그들은 대기업인 I사를 상대로 정면 돌파를 시도했습니다. 그때의 광고 문구는 바로 [환영합니다, I사] 이거였습니다."

딱딱하기만 할 줄 알았던 회의실 분위기는 점점 이안에게 빠져 들어 가는 사람들로 인해 한 편의 영화를 보는 것처럼 흥미진진해졌다. 이제는 그 누구도 이안의 말을 끊으려 들지 않고 마른침을 삼키며 과연 다음 이야기는 무엇이 나올지에 대해 궁금해 마지않는 표정들이었다.

"결과는 참패였습니다. 뒤늦게 개인PC 시장에 진출한 I사는 거대한 자금력을 동원하여 보급형 컴퓨터를 만들어 전 세계 시장을 장악했습니다."

역시나…… 이변은 일어나지 않는구나. 그럼 우리는? 우리는 어떻게 해야 하는 거지?

"이후에 전열을 재정비한 A사가 내놓은 전략은 자신들이 약자라는 것을 강조하는 것이었습니다. 1984년에 나온 A사의 광고는 유명한 영화감독인 리들리 스콧을 기용해서 만든 한 편의 짧은 영화를 보는 듯한 착각을 불러일으키게 만들었습니다. 그러고는 매킨토시의 탄생을 대대적으로 알렸죠. 우리가 세상을 해방할 테니 독재자, 즉 I사가 만든 천편일률적인 컴퓨터에서 벗어나라는 말이었습니다. 그 당시 A사의 이사회에서는 그 광고를 방영하는 것을 적극 반대했었습니다. 상대방 회사의 이름을 거론하진 않았어도 지나치게 자극을 줄 수 있는 광고였기에 혹시라도 그들이 마음먹고 밟으려 들지도 모른다고 생각했기 때문입니다.”

“질문 있습니다.”

또 다른 직원 하나가 손을 들었다. 이안은 역시 웃는 얼굴로 질문을 허락했다.

“말씀하신 것처럼 그 광고는 오늘날의 A사를 만들었다고 해도 과언이 아닙니다. 현재 세계시장에 A사와 I사, 그리고 후발주자로 나온 M사가 개인PC는 독식 체제를 이루고 있습니다. 하지만 저희는 약간 입장이 다르지 않습니까? 그럼 저희도 그렇게 영화 같은 스토리를 만들어서 패러디를 하자는 건가요?”

“아닙니다. 세상은 시간의 흐름에 따라 변하게 마련이죠. 그 당시에는 민주주의가 자리를 잡기 위해 과도기를 거치던 때라 마치 레지스탕스 같았던 그 광고가 큰 호응을 얻었던 것이지, 지금은 아닙니다. 현재를 살아가는 우리들은 안 그래도 머리가 복잡한데 굳이 생각을 하면서 광고까지 보고 싶겠습니까? 그래서 웃고 즐기고 다른 사람들에게도 농담처럼 이야기할 수 있는 패러디가 필요한 것입니다.”

난 재빨리 자료를 정리한 부분들을 훑어보았다. 이안이 말하고 있는 부분들을 충분히 공감하긴 하지만 접근을 어떻게 하는 게 문제 아니던가. A사의 이름을 직접적으로 거론하지 않고 심기를 그리 불편하게 하지 않으면서도 우리 제품 장점을 부각시킬 수 있는 방법이라…….

이안이 이제 사람들에게 질문을 하고 있었다.

"그럼 여러분들이 생각하기에 가장 효과적으로 A사의 제품을 비꼬면서 우리 제품을 부각시킬 방법은 뭐가 있을까요?"

미리 준비를 하고 온 것도 아니고, 갑자기 상사가 묻는 말에 섣불리 대답을 했다가 잘못 찍히기라도 하면 앞으로의 회사 생활이 피곤해질 거라는 걸 알기 때문일까. 누구도 쉽게 입을 열지 못하는 때가 왔다. 이안은 약간은 실망스러운 표정으로 다시 입을 열었다.

"에디슨, 반 고흐, 아이켄슈타인 등등 후세에 이름난 과학자나 물리학자, 예술가들은 그 당시엔 모두 미치광이라고 불리던 사람들입니다. 하지만 이걸 기억하세요. 미래를 바꾸는 것은 미치광이들이 이루어내는 업적입니다. 나는 그 어떤 편견도 가지지 않고 여러분들의 의견을 들을 준비가 되어 있습니다. 미친 척하고 말해보세요. 혹시 압니까? 우리가 세상을 바꿀지 말입니다."

난 순간 고민에 빠지고 있었다. 지금 얘기를 해야 하나, 말아야 하나. 다른 사람들도 열심히 한 것은 마찬가지일 텐데 내가 괜히 찬물을 끼얹는 건 아닐까.

"이리아 씨."

이안이 느닷없이 내 이름을 불렀다.

"네? 네, 왜요?"

"할 말 있으면 하세요. 뭐 마려운 강아지처럼 안절부절하지 말고."

사람들이 소리 죽여 웃는 모습이 한눈에 들어왔다. 으…… 저 자식. 진짜 일부러 이러는 거 맞는 것 같아. 아직 정리도 다 안 했는데…… 말하라고? 지금?

"정리는 듣는 우리가 할 테니 일단 생각하는 걸 말해보세요."

"아…… 그러니까 출시 시점으로 따지자면 우리가 그들보다 좀 늦는 건 확실한 것 같습니다. 왜냐하면 A사는 이미 대대적인 광고를 시작했으니까요. 제가 패러디에 대해서 잘은 모르지만 만약 우리 쪽에서 패러디를 한다면 광고를 패러디하는 게 제일 효과적일 것 같아요."

그러자 다른 한 직원이 나를 향해 말했다.

"하지만 그렇게 되면 오히려 A사의 광고를 두 번 보는 것 같은 착시현상을 일으킬 수도 있는 거 아닙니까?"

"그게 아니라…… 음…… 이걸 어떻게 설명해야 하지? 아! 혹시 A사 광고 보셨나요?"

대부분의 사람들이 고개를 끄덕였다. 난 이안이 있는 쪽으로 걸어가 화이트보드에 그림을 그려가며 설명을 시작했다.

"지금 광고가 나오고 있는 A사의 신형 태블릿은 기존에 없던 기능이 많이 추가된 듯합니다. 그래서 구매한 사람들에게 보다 쉽게 태블릿을 활용할 수 있게 각 대리점마다 지니어스 존(Genius Xone)을 설치해서 친절하게 설명을 해준다고 합니다. 그러니까 말하자면 자신들의 태블릿을 사용하면 당신도 천재가 될 수 있다, 이런 내용의 광고인 거죠."

난 일부러 이안을 쳐다보지 않았다. 웃고 있는지 인상을 쓰고 있는지 지금 쳐다보면 그대로 내 말문이 막혀 버릴 것 같았기 때문이

다. 하지만 다른 사람들의 시선 역시 부담스러운 것은 마찬가지였다. 내게 또 다른 질문들이 쏟아져 나오고 있었다.

"그런 다 알고 있는 거 말고 구체적인 방안을……."

"무슨 생각인가요?"

"우리도 어서 광고에 착수해야 밀리지 않는다는 거 알고 계시죠?"

"후발 주자인 만큼 더 심혈을 기울여야……."

아…… 나…… 이 사람들…… 방언 터졌네. 이안이 물어볼 때는 입 꾹 다물고 있더니, 내가 한 마디 하니까 죽자고 달려드는 것 좀 보소. 이거 왜 이래! 나 그렇게 호락호락한 여자 아니거든!

사람들은 참 이상하다. 본인의 의견을 물으면 제대로 대답도 못하는 사람들이 남의 의견을 비판할 때는 한마음 한뜻으로 목소리를 높이니 말이다. 이 사람들이 정말…… 이래서 우리나라가 발전이 없는 거야! 좀 자기 의견들을 가지고 살아, 좀!

"저기 여러분? 저 아직 말 안 끝났는데요. 질문은 나중에 받겠습니다. 음…… 그럼 계속할까요? 저도 나름대로 조사를 해봤는데요. 이번에 출시될 저희 쪽 태블릿은 기능이 강화됨과 동시에 간편하게 사용할 수 있도록 개선되었습니다. 개발팀이 심혈을 기울인 역작이라는 게 과언이 아닐 정도로 말이죠. A사의 제품은 사용하지 않아서 잘 모르겠지만 광고와 보도자료만 가지고 보더라도 꽤 복잡한 기능들이 첨가되어 있어요. 그러니까 일부러 지니어스 존까지 만든 거 아니겠어요? 그런데 저희 S사 태블릿은 간편 기능이 추가되어 자주 쓰는 기능을 따로 설정할 수도 있고 한 번만 누가 처음에 설정을 해놓으면 나이가 드신 분들도 손쉽게 사용할 수 있도록 대폭 간소화시켰더라고요. 그래서 저들이 A사의 태블릿을 쓰면 당신도 천재가 될 수 있다! 라고 한다면. 반대로 우리는 바보도 쓸 수 있는 태블릿! 이런 식으로 접근하는 게 어떤는지……."

할 말을 모두 마친 나는 사람들의 반응이 어떻게 돌아올지 기다리고 있었다. 그런데 생각 외로 아무도 입을 열지 않고 나를 빤히 바라만 보고 있는 게 아닌가.

왜들 저러지? 내가 뭐 잘못 말했나?

"저…… 실장님."

1팀의 팀장이 이안을 향해 말했다.

"네, 말씀하세요."

"그냥 저대로 가죠."

응? 뭐라고? 지금 내가 한 말? 나 그냥 나오는 대로 한 말인데? 수정도 없이? 2팀과 3팀의 팀장들도 동의하는 의견을 내비쳤다.

"지금 이리아 씨가 낸 의견보다 더 좋은 아이디어가 나올 것 같지가 않습니다. 물론 조금 수정을 거치긴 해야겠지만 꽤 획기적인 발상이라고 생각합니다."

"맞습니다. 저거라면 A사의 이름을 직접적으로 거론하지 않고도 A사를 빗대어 한 말이라는 걸 누구나 알 수 있고, 반면에 우리 제품의 우수성을 부각시킬 수도 있으니까요."

오오, 진짜? 그렇게 생각해요? 후후후. 한 건 했군. 음…… 그런데 잠깐…… 이거 만약에 잘못되면 나만 홀랑 다 뒤집어써야 하는 상황이잖아. 괜히 말했네…… 괜히 말했어. 그냥 이안한테만 살짝 얘기할걸……. 가늘고 길게 살아남자는 내 신조에 어긋나는 행동이었어. 이제 어쩐다. 난 그제야 이안을 돌아보았다. 어? 웃네. 너 왜 웃니?

"좋습니다. 이대로 가죠."

으악! 야! 아니, 그게 아니라 너라도 뭘 좀 말을 해야 할 거 아니야!

"한 가지만 더 추가해 주세요. 바보도 쓸 수 있는 태블릿. 여기에, 이제 이 세상에 천재는 필요 없다! 이것까지."

이안이 내가 한 말에 약간의 살을 더 붙여서 기획안을 완성했다. 이제 이사 회의를 거쳐서 통과되고 나면 본격적인 광고 전쟁이 시작될 것이다.

진땀 나는 회의실을 나와 자리로 돌아온 나는 심장이 두근거리면서도 내 힘으로 뭔가를 해냈다는 성취감에 뿌듯함이 밀려왔다. 하지만 아직 아무것도 결정된 것은 없었다. 일단은 그 기획안이 통과가 되어야 하는 거니까. 이제는 기다리는 수밖에…….

기획안을 결재 받으러 간 이안이 돌아오는 것만 목이 빠지게 기다리던 다른 사람들이 그가 돌아오자마자 자리에서 벌떡 일어났다. 이안은 그들을 향해 엄지를 치켜올리며 찬란한 미소를 보여주었다.

"다소 불협화음은 있었지만 어쨌든 통과. 바로 진행하세요."

"네!"

각 팀의 팀장을 주축으로 모든 팀원이 일사불란하게 움직이기 시작했다. 이제 전쟁의 서막이 올라간 것이다.

16화

위기

그로부터 한 달 후.

신제품 출시가 성공적으로 이루어졌다.

미주는 물론이고 유럽에까지 S사의 시장점유율이 크게 높아졌다. 기능을 간소화시킨 것이 최대의 요인으로 작용한 것으로 보인다. A사에서 직접적으로 나서지는 않았지만 기존의 A사 태블릿을 사용하던 유저들이 우리 광고를 역패러디하는 현상이 일어나고 있었다. A사와 S사의 치열한 패러디 싸움은 각종 SNS를 타고 전 세계에 퍼져 패러디가 패러디를 낳는 진기한 현상을 보이고 있었다. 하지만 A사의 시장점유율이 낮아지는 것이 아니라 우리 S사의 시장점유율이 높아진 탓에 A사도 딱히 크게 반박을 하지는 않았지만 또 다른 곳에서는 다른 전쟁이 시작되었다.

바로 특허권 분쟁.

A사는 S사의 디자인을 문제로 삼아 자신들의 고유 디자인을 카피했다면서 전면 공격에 나섰다. 다른 건 몰라도 기술을 카피했다는 문제는 꽤나 민감한 사항이었기에 윗선에서 적당히 합의를 하고 조용하게 넘어갈 것이라는 예상과는 달리 A사와 S사의 특허권 분쟁은 각 나라마다 지루한 싸움으로 끝이 없이 이어져 갔다.

뭐가 어쨌든 간에 이번 마케팅은 크게 성공한 것이나 다름없었으니 나로서도 한시름 놓는 계기가 되었다. 이안이 자신만만해했었던 만큼 그만한 성과가 이루어졌고, 우리 해외마케팅팀원 전부에게 성과급까지 지급되었다.

"이안."

"왜?"

"이안이 전에 말하긴 했지만 어떻게 이게 제대로 먹힐 거라 확신했어요? 저쪽에서 진짜 열받아서 우리를 걸고넘어질 수도 있었잖아요. 또 실제로 특허권 분쟁은 지금도 하고 있는 중이니 말이에요."

집으로 돌아가는 길에 차 안에서 내가 이안에게 물었다. 이안은 내 손을 자신의 입으로 끌어당기더니 입을 맞춰주었다.

"내가 설마 불확실한 일에 리아를 끌어들일 일은 없을 거라고 했잖아. 그리고 지금 있는 특허권 분쟁도 따지고 보면 다 짜고 치는 고스톱이니까 크게 걱정할 필요 없어."

"어? 그게 무슨 소리예요? 양쪽 다 변호사 선임 비용이며 만만치 않을 텐데?"

"그만큼 광고가 되잖아."

이안의 집에 거의 다 와갈 즈음 우리는 근처 식당에 차를 세우고 저녁을 먹기 위해 들어갔다. 고기군……. 오늘 일찍 안 재우겠다는 말이구나. 이런…….

"아까 하던 말 계속해 봐요. 광고가 된다니, 무슨 소리예요?"

"A사와 S사의 이익의 70%는 휴대폰 판매 실적에서 나오는 거 알고 있지?"

"네."

"스마트폰이 나오기 전 세계 휴대폰 시장의 절대강자는 N사였어. 누구도 범접하지 못 할 시장 지배력을 가지고 있었지. 2007년에 스마트폰이 나오면서 판도가 달라지기는 했지만, 그 당시만 해도 스마트폰의 가격이 워낙 비싸고 인지도가 적은 A사와 S사가 N사에서 고객을 끌어들이기 위한 방편으로 노이즈 마케팅을 선보인 거야."

"진짜? 정말로? 그게 전 세계적으로 나라마다 특허권 분쟁을 일으킨 이유라고요? 만약 지면 손해배상도 해야 하는데?"

난 연신 고기를 입에 집어넣고 우물거리면서도 궁금함을 참지 못해 이안에게 계속 질문을 해대었다. 양쪽 볼에 고기를 미어터지게 집어넣고도 말을 하는 내가 우스웠는지 이안은 킥킥 웃으면서도 친절하게 대답해 주는 걸 잊지 않았다.

"그래 봤자 영업이익에 비하면 새 발의 피야, 껌 값이지. 덕분에 지금 N사는 휴대폰 시장에서 거의 이름값을 못하고 있는 수준이니까. 두 회사가 싹쓸이를 하는 중이나 마찬가지거든. 좀 천천히 먹어, 안 뺏어 먹을 테니까. 물도 좀 마시고."

"으응, 알았어요."

맛있게 식사를 마친 우리는 다시 이안의 집으로 향했다. 이제는 이런 일상들이 익숙해져서 더 이상 이안이 불편하거나 부담스럽지 않아졌다. 포기하니까 인생이 참 편해지는구나. 현관에서 막 신발을 벗으려는데 이안의 휴대폰이 울렸다. 이안은 한국에서의 인맥이 아주 협소해서 전화를 걸고 받는 사람이 거의 나뿐인지라 고개를 갸웃거리며 전화를 받았다.

"여보세요……. What? Oh heck, don't move!! I'll be there, now! don't move(뭐? 이런 젠장, 움직이지 말고 있어! 내가 지금 당장 갈 테니 꼼짝 말고 기다려)!"

이안이 갑자기 영어로 통화를 하는 모습에 난 왠지 모를 불안감이 몰려왔다. 혹시 일이 잘못된 건 아닐까?

"이안, 무슨 일이에요?"

"별거 아니지만 설명할 시간이 없어. 나 바로 나가야 하니까 리아는 먼저 쉬고 있어. 금방 올게."

"어디 가는……."

내 말이 채 끝나기도 전에 이안은 문을 닫고 나가 버렸다.

아니, 아무리 급해도 그렇지, 무슨 말이라도 하고 가야 할 거 아니야! 아니다. 릴렉스…… 릴렉스…… 그냥 포기해. 포기하면 인생이 편해…… 릴렉스……. 간만에 혼자 집에 있는 것도 꽤 괜찮네. 그럼 물 받아놓고 목욕이나 해볼까? 평소에 이랬다간 이안이 같이 들어오겠다고 난리를 피우는 통에 저 멋들어진 욕조를 제대로 활용하지도 못했잖아? 지금이 기회야. 우후후.

이안이 새로 바꾼 욕조는 온도 유지 기능도 있어서 한번 받아놓

은 물이 쉽게 식지가 않는다. 그래서 피곤에 전 몸을 쉬게 해주려
고 후끈거릴 정도로 뜨거운 물을 받아 몸을 담가보았다.

우아아…… 좋다! 아이고오…… 청산~리~벼억~계수~ 아무
도 없는 집에 홀로 목욕을 하고 있으니 긴장이 풀리면서 스르르 졸
음이 몰려왔다. 음…… 좋다. 한숨 잠이나 잘까.

……깜빡 잠이 들었었나 보다. 문밖에 인기척이 들리는 것으로
보아 이안이 벌써 돌아온 모양이다.

"이안! 나 여기 있어요!"

또 내가 없어진 줄 알고 집 안을 발칵 뒤집어놓기 전에 미리 이
실직고하는 편이 나아서 난 큰 소리로 문을 향해 소리쳤다. 그런데
잠시 후 욕실의 문이 열리며 얼굴 하나가 쑥 들어온 순간 난 너무
놀라 한 템포 쉰 후에야 비명을 지를 수 있었다.

"끼야야아악—!"

"끄아악!"

나와 눈이 마주친 정체불명의 그 사람도 내가 소리를 지르자 덩
달아 소리를 질렀다.

"Hey! What's the matter(야! 무슨 일이야)?"

문밖으로 또 다른 사람의 목소리가 들리더니 또 하나의 얼굴이
먼저 온 사람을 밀치고 쑥 들어왔다. 소리를 너무 질렀는지 갑자기
머리가 어질어질해져 왔다.

누구지? 누구지? 어떻게 이 집에 들어왔지? 도둑인가? 강돈가?
나 죽는 건가?

난 겁에 질려 물 밖으로 나가지도 못하고 오들오들 떨고 있었다.

"Oops, sorry(이런, 미안)!"

"God's blood! we didn't know that someone is here(이런 세상에! 우린 여기 누가 있는지도 몰랐어)!"

잠깐, 잠깐, 웨이러 미닛…… 요즘 도둑들은 글로벌하게 영어를 쓰나? 아니지? 아니겠지? 그럼 뭐지? 그냥 보기엔 한국 사람 같은 데…… 이안이랑 아는 사이들인가? 정체를 확인할 길이 없는 두 남자는 그대로 욕실 문을 닫고 황급히 나가 버렸다. 난 두 사람이 나간 뒤에도 한동안 움직일 수가 없어서 바들바들 떨다가 서둘러 옷을 챙겨 입고 욕실 문을 잠갔다.

어쩌지? 만약 이안이랑 아는 사람들이라면 다행이지만 아니면…… 난…… 어떻게 되는 거야?

문이 잠겨 있는지 몇 번이나 확인하며 문고리를 잡고 뭐 더 막을 만한 것이 없나 두리번거리고 있을 때 그들 중 누군가가 욕실 문을 두드렸다.

"Knock, knock! Are you still there(똑똑! 아직 거기 있어요)?"

헉! 어떡해! 나한테 말을 걸어! 너 누구야! 너 누구야! 너 누구냐고!

"Who…… Who are you(누, 누구세요)?"

난 여전히 잔뜩 겁에 질린 채 문밖의 남자에게 더듬거리며 물었다.

"So much more we want to ask you. Can you come out now(우리가 묻고 싶은 게 더 많아요. 지금 나올 수 있어요)?"

미쳤니, 내가? 알지도 못하는 남정네가 둘이나 있는데 나가게?

그나저나 진짜 미치겠네. 하필 휴대폰도 밖에 두고 왔는데…… 이안, 얘는 이왕 집을 뜯어고쳤으면 비상연락하게 방방마다 전화기까지 설치하지 그랬어! 이 일생에 도움이 안 되는 외계인은 어디가서 여태 안 오는 거야? 네가 사랑하는 여자 지금 죽게 생겼단 말이야! 빨리 와, 빨리! 너 내 말 들리지? 텔레파시 능력 됐다 뭐 할거야? 국 끓여 먹을래? 빨리 오란 말이야, 이 망할 외계인아!!

난 문고리를 목숨 줄처럼 부여잡고 있었다. 그때, 밖에서 우당탕 요란한 소리가 나더니 이안의 목소리가 들려왔다. 세 남자의 목소리가 얽혀 있는 데다가 너무 빠른 영어가 오가니 제대로 알아들을 수가 없었다.

지금 나가도 되나? 이안이 왔잖아. 아니야, 저쪽은 둘이고 이안은 혼자잖아. 그럼 만약에 이안이 당하면? 난 어떡…… 아니다! 이안이 위험할지도 몰라! 인생 뭐 있어! 내 남자는 내가 지켜야지! 죽어도 같이 죽자, 우린 운명공동체니까! 가만있어 봐, 어디 흉기로 쓸 만한 게…….

욕실 안을 휘 둘러보니 내 눈에 들어온 것 중 그나마 제일 쓸 만한 건 일명 뚜러뻥이라 불리는 변기 막힐 때 쓰는 도구였다. 난 뚜러뻥을 한 손에 움켜쥐고 야심차게 문을 열고 소리쳤다.

"당장 내 남자한테서 떨어져, 이 망할 새끼들아!"

"……."

"……."

"……."

내 눈에 비친 세 남자는 한참을 멍하니 나를 쳐다보다가 서로의 시선을 마주 보며 크게 웃기 시작했다.

"하하하하, 리아. 지금 뭐 하는 거야?"

"으응? 이안, 괜찮아요?"

"괜찮고 말고 할 게 뭐가 있어. 그러는 리아야말로 괜찮아?"

"아니, 나도 뭐…… 괜찮긴 한데 저 사람들 누구예요? 아는 사람들이에요?"

"아, 인사해. 이쪽은 미국에서 온 내 친구들이야, 왼쪽이 제퍼슨. 오른쪽은 카일."

친구? 너 친구도 있었니? 난 너 왕따인 줄 알았는데. 라일리 말고 너 좋다는 애들이 또 있었어?

거의 얼이 빠져 있는 나를 두고 이안은 그 낯선 두 남자에게 나를 소개했다.

"이쪽은 내가 지금 푹 빠져 있는 사람. 인사해, 이리아라고 해."

두 남자는 내게 웃으며 손을 흔들었지만 난 뚜러뻥을 손에 든 채 어색하게 웃는 것 말고는 할 수 있는 일이 없었다.

"얘기 들었어. 많이 놀랐지? 이 자식들 일부러 날 놀려주려고 길 잃었다고 전화해 놓고 집에 먼저 와 있었대. 서프라이즈라도 하려고 했던 모양인데 리아가 있어서 깜짝 놀랐다고 하더라고."

뭐? 깜짝 놀라? 웃기지도 않네! 놀란 걸로 따지면 난 심장이 발바닥까지 떨어지는 줄 알았어! 애 떨어질 뻔했단 말이야! 애는 없지만…… 말이 그렇다고. 알지?

"아…… 하하…… 그래요, 어쨌든 반가워요. 아, 영어로 해야 하나?"

"괜찮아, 다들 교포 3세들이라 다는 아니지만 한국말 거의 알아들어."

그러냐…… 그럼 아까 왜 영어로만 얘기한 거냐. 그럼 그렇다고 한국말로 또박또박 얘기를 했어야 할 것 아니야! 누가 이안 친구 아니랄까 봐 그래? 이것들이 아주 그냥 사람 놀라게 하는 데 쓸데없이 특이한 재주들이 있네.

"미안해요, 일부러 그런 건 아닌데 놀라게 해서."

"우린 그냥 장난 좀 치려다가 일이 이렇게 돼서 사실 많이 놀란 건 우리도 마찬가지예요."

제퍼슨과 카일이라 불리는 남자들이 내게 정중하게 사과를 했다. 그런데 또 하나 마음에 걸리는 건, 분명히 아주 찰나의 시간이긴 했어도 저들이 내 알몸을 목격했다는 사실이었다. 생각이 거기까지 미치자 난 내 얼굴이 다시 멍게로 변해가고 있음을 확신했다.

"리아, 왜 그래? 열 나? 너무 놀라서 그런가?"

이안이 걱정스러운 눈빛을 보이며 내 이마에 손을 짚자 친구라는 두 사람은 소리를 지르고 난리를 피우고 있었다.

"저거 봐! 라일리가 거짓말을 한 게 아니었어!"

"이야…… 이안이 저런 모습을 보이다니, 나 죽기 전에 한 번이나 볼 수 있을까 했는데."

이안이 여자를 사귀는 데 영 성의가 없었다는 말은 아마도 사실이었나 보다. 고작 이마 한 번 짚은 것만으로도 저 난리를 쳐대니 말이다. 알고 보니 일전에 다녀간 라일리에게 1차로 내 얘기를 듣고 졸업 후 미국으로 잠깐 돌아가 있었던 이안에게 2차로 내 얘기를 들은 후 내 실물이 궁금해서 한국행 비행기에 몸을 실었다는 것이었다.

그러니까 얘기인즉, 날 만나기 위해 여기까지 왔다는 말이 되는 것이다. 이안이랑 계속 얘기를 하면서도 내게 시선을 거두지 않는 두 사람 때문에 난 마치 동물원 원숭이가 된 느낌이었다. 특히 제퍼슨이란 남자의 시선은 거북하기 짝이 없었다. 처음 문을 열고 들어왔던 남자가 바로 저 사람이다.

"저기, 이안. 난 옷 좀 갈아입고 들어가서 쉴게요. 오랜만에 만난 친구들이니 나가서 놀든 집에서 놀든 원하는 대로 해요."

"리아, 많이 피곤해?"

"네……."

그래, 이 자식아…… 아주 진이 쪽 빠졌다. 갑자기 10년은 늙은 것 같아…….

난 터덜터덜 침실로 들어가서 자리에 누웠다. 아까 얼마나 긴장을 했던지 아직도 팔이 저려오고 있었다.

……오늘도 나 혼자 삽질했네. 자자…… 자자…… 난 자련다. 나는 매우 피곤하니 너희끼리 놀아라.

이안은 친구들이랑 주방에서 잠깐 술이나 한잔한다며 내게 살짝 입 맞추고 나갔다. 술을 마실 거면 밖으로 나가서 마시든가 할 것이지 신경 쓰이게……. 가만히 눈을 감고 있자 하니 밖에서 떠드는 소리가 내 귀에 고스란히 들려왔다.

"이안, 너 진짜 연애하는 거 맞긴 하구나. 그래도 같이 살기까지 하는 줄은 몰랐는데 충격이야."

"누가 아니래, 나 얘 게이라는 소리 믿었었다니까."

오호…… 이거 듣는 재미가 쏠쏠하네. 어디 더 해봐, 얘들아. 누나가 다 들어도 안 들은 척해줄게. 이안 말고 다른 두 남자는 누가 누군지 몰라서 헷갈리긴 했지만 알게 뭐야, 이안이 아닌 다른 남자들은 무조건 다 오징어야.

"내가 이럴 줄은 나도 몰랐어."

음…… 요건 이안이다.

"넌 저 여자 어디가 그렇게 좋아? 생긴 건 좀 평범하지 않아?"

너 누구니…… 이리 와, 좀 맞자.

"아니야, 자세히 보면 꽤 귀엽게 생겼어."

자세히…… 봐야 귀엽니, 내가? 이런. 예쁜 거까지는 아니어도 귀여운 정도는 되는 줄 알았는데 그것도 아닌가 봐. 망했네. 저 빛나는 외계인이랑 항상 같이 다니는데 나도 그럼 다른 사람들 눈에 오징어로 보이겠구나.

그 기억을 마지막으로 난 잠이 들었다.

한밤중에 목이 말라 저절로 눈이 떠졌다. 혹시나 해서 더듬어보니 이안이 어느새 옆에 누워 잠을 자고 있었다. 언제 들어온 거야? 그럼 친구들은 갔나? 침실에 화장실이 딸려 있어서 이안과 친구들이 밖에 있는 동안 나갈 필요가 없었는데 목이 마른 건 어쩔 수가 없어서 주방으로 나갔다. 주방에 아직도 불이 켜져 있어서 거실까지 꽤 밝은 빛이 들어왔다. 소파에는 이안의 친구 중 한 사람이 실신 상태로 잠이 들어 있었다.

에휴…… 안 갔구나. 나머지 한 명은 어디 갔지? 두리번거리며 주방으로 들어가 보니 이안의 친구라던 남자가 혼자 술을 마시고 있었다. 이 사람 이름이…… 제퍼슨? 제이슨? 아…… 제이슨은 공포영화에 나오는 이름이지…… 그럼 제퍼슨이 맞겠구나.

인사를 하기도, 안 하기도 애매한 상황이어서 어색한 눈인사를 하고 냉장고를 열어 물을 따라 마셨다. 다시 침실로 돌아가려는데 제퍼슨이 나를 불러 세웠다.

"거기, 리아라고 했죠? 한 잔 할래요?"

"아…… 아니요, 전 아침에 출근해야 해서…… 이만 들어가 볼게요."

"그러지 말고 한 잔 해요."

"음…… 이안이 알면 나 혼나요."

내 대답 어디에 웃긴 부분이 있었는지 제퍼슨은 크게 웃음을 터뜨렸다.

"이것 참…… 곤란하네."

왜 저러지? 아, 몰라. 알게 뭐야. 외계인 친구들은 똑같이 외계인인가 보지.

"내가 이안하고 취향이 비슷한지 미처 몰랐는데."

얼른 뒤돌아서야 하는데 제퍼슨이란 이 남자가 하는 말에 난 다시 멈추어 섰다.

"무슨 뜻이에요?"

"말 그대로 리아가 내 취향이라는 뜻."

뭐지? 이 사람 왜 내게 이런 말을 하는 거지?

"나에 대해서 전혀 모르잖아요. 그리고 당신, 이안 친구 아니에요? 어떻게 나한테 그런 말을 해요? 장난이 너무 심하시네요."

"나 지금 장난 아닌데……."

"취한 것 같으니 전 들어갈게요. 오늘 일은 못 들은 걸로 하죠."

서둘러 주방을 나가려는데 제퍼슨이 재빨리 내 손목을 낚아챘다.

"뭐 하는 거예요?"

"나…… 꽤 괜찮은 놈이라고 자부하는데."

"이거 놔요, 당장."

이사람 뭐야? 이안 친구라며? 진짜 친구 맞아? 아니, 어떻게 이래?

난 그에게 잡힌 손목을 빼내려고 이리저리 비틀어봤지만 남자의 힘을 이기기란 역부족이었다. 제퍼슨은 입가에 부드러운 미소를 띠면서 점점 나를 자신 쪽으로 잡아당겼다.

"왜, 왜 이러는 거예요?"

"날 좀 자세히 봐달라고 시위하는 거예요. 이안 정도는 아니어도 못생긴 얼굴은 아닌데 왜 자꾸 피해요?"

아니, 그걸 지금 말이라고 하니? 내가 이안 얼굴 뜯어먹으려고 좋아하는 줄 알아?

"봤어요? 나 괜찮지 않아요?"

아까는 경황이 없어서 잘 몰랐는데 환한 불빛 아래서 가까이 있고 보니 제퍼슨이란 이 남자 또한 꽤 매력적인 얼굴을 하고 있었다. 한국 사람치고 꽤 큰 키에 짙은 눈썹을 하고 약간 날카로운 눈매와 함께 반듯하게 자리 잡은 콧날은 얇지만 보기 좋게 붉은 입술과 어우러져 전체적인 조화를 봤을 때 그의 말대로 꽤 괜찮은 얼굴을 가지고 있었다.

게다가 약간 몸이 마른 이안과는 달리 제퍼슨은 꾸준히 운동을 한 사람처럼 다부지고 탄탄한 근육질의 몸매까지 갖추었으니 여자가 궁해서 내게 이럴 리 만무한데 도무지 내게 왜 이러는지 알 수가 없었다.

"……놔줘요."

"난 리아 마음에 들어요."

"내 말 안 들려요? 이거 놓으라고요. 괜히 이안이 알아서 좋을 거 없으니 지금 놔주면 없던 일로 할게요. 술기운에 실수한 걸로 친구 사이 망치게 하고 싶지 않아요."

"난 우정보다 사랑을 선호하는 타입이라 상관없어요. 리아가 날 받아주면 이안과 절교한다 해도 괜찮은데."

이거 미친놈 아니야? 너 나 언제 봤다고 이러니? 이안 친구가 맞는 게 확실하구나. 아니, 왜 하나같이 이렇게 밑도 끝도 없이 들이대?

"이봐요, 이거 지금 당장 안 놓으면 소리 지를 거예요. 내 인내심의 한계가 오고 있으니 놓으라고요!"

제퍼슨은 내가 하는 말을 듣는 건지 마는 건지 나머지 한쪽 손까지 잡고 나를 냉장고 쪽 벽으로 밀쳤다.

"아야!"

"나도 이러고 싶진 않은데 오물거리면서 말하는 입술이 미치게 탐스러워서 참을 수가 없는 걸 어쩌죠?"

"마지막 경고예요, 이거 놓고 비키란 말이에요!"

"키스…… 한 번만 하게 해줘요. 이안이 그렇게 달콤하다고 말하는데 그게 어떤 맛일지 궁금해서 미치겠어요."

제퍼슨의 얼굴이 점점 내게로 가까워지고 있었다.

이걸 어쩌지…… 이걸 어쩌지…… 지금이라도 소릴 질러야 하나. 혹시라도 이안이 이 장면을 본다면 살인나지 않을까. 내가 먼저 유혹했다고 오해하는 건 아닐까. 아니야, 이 자세는 누가 봐도 내가 잡힌 거잖아. 소리…… 소리를 질러야 해. 이대로 키스까지 당하면 제퍼슨이 문제가 아니라 내가 이안한테 죽을지도 몰라. 그런데 뭐라고 소리를 질러야 하지? 불이야? 아니, 여기서 불이 왜 나와……. 그럼 사람 살려? ……생명에 위협을 느끼지는 않는데…… 영어로 그냥 헬프 미할까? 에스 오 에스? 아, 몰라! 그냥 이름 부르자, 이름!

짧은 순간에 수많은 생각이 스치고 지나간 후 난 코앞까지 다가온 제퍼슨의 얼굴을 보자 그대로 입을 다물 수밖에 없었다. 너무 가까워진 거리 탓에 지금 입을 벌리고 소리를 쳤다간 그가 그대로 아무 방해도 없이 내 입안으로 입성할 것 같았기 때문이었다. 소리가 밖으로 나오기도 전에 제퍼슨의 입이 먼저 닿을 것 같아 난 이를 악물고 고개를 옆으로 돌렸다.

이안…… 이안! 이안! 이안!

"오케이, 거기까지. 떨어져."

이안이다!

이안의 목소리가 들리자 제퍼슨은 내 팔을 쉽게 풀어주었다. 난 후들거리는 다리를 겨우 떼어 이안에게 매달렸다.

"이안……."

차마 아무런 말은 못 하고 눈물만 글썽이는데 이안이 나를 보는 표정이 그다지 좋지가 않았다. 역시…… 오해하는구나. 오해할 만한 상황이었긴 한데. 근데 이안, 나 진짜 결백해! 믿어줘! 네 친구가 이상한 거야. 정말이야! 이안이 나를 보던 시선을 거두고 제퍼슨을 바라보았다.

……이제 쟤는 죽었구나. 현행범으로 걸렸으니 뼈도 못 추릴 거야. 말려야 하나? 생각 같아선 제대로 한 방 날리라고 하고 싶은데 이안이 그걸로 끝낼 것 같지가 않아. 이러다가 진짜 내일 조간신문에 우리 얼굴 대문짝만하게 나가는 거 아닐까?

치정에 얽힌 살인! 안 돼! 안 돼! 이안! 살인은 안 돼! 우린 지성인이잖아. 말로 해결하자, 말로!

별의별 생각과 걱정으로 이안을 진정시키려 입을 연 순간, 한발 먼저 제퍼슨에게 입을 연 이안이 한 말은 나를 충격과 공포의 도가니로 몰아넣었다.

"수고했어, 제퍼슨."

뭐…… 라고? 내가 지금 뭘 들은 거야? 넋이 나간 표정으로 이안을 보다가 제퍼슨이 하는 말에 더더욱 정신을 차릴 수가 없었다.

"네 말대로야, 이안. 네 연인은 너무 착해서 제대로 된 거절을 못 하네. 단속 좀 잘해야겠어."

"그렇지? 착해도 정도껏 착해야 하는데 리아는 너무 착해. 하긴 그래서 내가 리아를 잡을 수 있긴 했지만 날 만나면서도 다른 남자들이 꼬이는 걸 제대로 끊지를 못한다니까."

잠깐만…… 지금 이 상황, 뭐야? 설마 이안이 시킨 거야? 나 시험해 보라고? 그때 소파에서 자고 있던 카일이란 사람이 부스스 일어나 이쪽을 보며 느릿느릿 잠이 덜 깬 목소리로 말했다.

"……뭐야, 벌써 끝난 거야? 난 해보지도 못했는데."

"게임 끝. 키스하려고 다가가는데 눈 감았어."

으헉! 야! 그거 아니야! 그거 아니라고!

"에이…… 나도 생각해 둔 거 있었는데. 써먹지도 못했네. 그럼 난 더 잘란다."

넌 또 뭘 생각을 했었니? 아니, 절대로 안 궁금해! 이것들이 날 가지고 놀아?

어리둥절해 있던 내가 점점 제정신으로 돌아오면서 내 분노 게이지가 최대치로 상승하고 있었다.

"……이안."

"리아, 본인이 얼마나 허술한지 알겠어? 이러니 내가 마음을 놓을 수가 없잖아."

"이안!"

난 결국 소리를 지를 수밖에 없었다. 지금까지 말도 안 되는 이안의 억지를 수도 없이 받아줬지만 오늘은 장난이라고 치부하기엔 정도가 너무 지나쳤다. 이번만큼은 나도 못 참아!

"리아, 화내지만 말고 얘기 좀 들어봐. 내가 오죽하면 이랬겠어? 리아는 너무 허술하단 말이야. 맘 같아선 그냥 이대로 미국으로…… 리아? 지금 뭐 해?"

이안이 하는 말을 더 이상 듣고 싶지 않았다. 착한 게 불만이야? 나를 그렇게 믿지 못했어? 다른 사람도 아니고 친구들을 동원해서 나를 시험할 만큼? 드레스룸으로 가서 가방을 챙기려다 그가 사준 옷들은 쳐다보기도 싫어서 원래 내가 가지고 있던 옷들 중 하나를 골라 입고 휴대폰과 가방만 챙겨가지고 나왔다.

"하고 싶은 말, 해야 하는 말 똑 부러지게 못 하고 산 거 인정해요. 원래 성격이 그래서 남들한테 싫은 소리 잘 못 하고 살았어요. 그런데 지금은 내가 살아온 날 중 그 어떤 때보다 내 생각을 확실히 말해야 하는 날이란 건 알겠네요. 이안, 이안 맥스웰. 난 도저히 당신의 기준에 맞추기 힘들겠어요. 오늘로 우리 끝이에요. 잘 있어요."

현관으로 걸어가 신발을 신으려는데 이안과 친구들이 뛰어나와 나를 잡았다.

"리아, 그게 아니야. 내 말 좀 들어봐."

"리아 씨, 미안해요. 장난이 지나쳤어요."

"……어? 뭐야? 왜 그래? 리아 씨 화난 거야?"

이 정신 나간 미친것들…… 두 번 다시 보고 싶지 않아! 이안이 내 손목을 잡고 놔주지 않고 있었다.

"리아, 화 많이 났어? 미안해. 내가 지나쳤어. 진심으로 사과할게. 다신 이러지 않을 거야."

"놔요."

"리아, 잘못했다니까? 한 번만 봐줘."

"그래요, 리아 씨. 좀 봐줘요. 이 자식 이런 적 한 번도 없었는데 리아 씨를 얼마나 좋아하면 이런 일을 다 꾸몄겠어요."

미치겠네, 정말. 미친것들 사이에 있으니 내가 돌아버릴 것 같아. 시키는 놈이나 시킨다고 하는 놈이나. 다 똑같은 것들이 뭘 잘했다고 나한테 말을 걸어?

"자, 원하는 대로 이제 똑 부러지게 거절하는 게 어떤 건지 보여줄 테니 잘 들어요, 아니, 잘 들어, 이 미친 새끼야. 넌 내가 그렇게 우습니? 내가 그렇게 쉬워? 얼마나 날 우습게 봤으면 감히 이런 짓을 해? 넌 그게 사랑하는 사람에 대한 예의라고 생각해? 그동안 내가 널 얼마나 참아줬는지 알기나 해? 세상 사람들이 다 네 앞에서 벌벌 기니까 나까지 우스워 보이디? 내가 그동안 얼마나 병신같이 굴었는지 오늘 확실히 알았으니 이 손 놓고 꺼져! 아니다, 내가 꺼져야지. 이 집도 네 집이고 난 병신에 등신이니까. 내 말 안 들려? 이 또라이 중에 상또라이야! 이 손 놓으라고!"

이안은 생각지도 않은 나의 반격에 놀랐는지 내 손을 잡고 있는 손에 힘이 풀렸다. 더 볼 것도 없이 집을 나서는데 이안이 나를 다급하게 쫓아 나왔다.

"리아, 리아, 잘못했어. 내가 다 잘못했어. 정말 미안해. 이렇게 화낼 줄 몰랐어."

그래? 이렇게 화낼 줄 몰랐다는 대목이 난 더 기가 막힌다. 당연히 화내지, 세상 어떤 여자가 이걸 참니. 내가 똑같이 해줄까? 네 기분이 어떤지 느껴볼래?

"한때나마 널 사랑했던 내가 한심해서 죽고 싶으니까 꺼지라고."

"리아⋯⋯."

"공과 사는 확실히 구분해야 하는데 내가 그러지 못 할 것 같아서 미리 하는 말이야. 이안, 너 회사 나오지 마. 넌 안 나와도 사는 데 아무 지장 없지? 난 아니거든? 조금이라도 나한테 미안한 마음 있으면 내가 회사 그만둘 상황까지는 안 만들어줬으면 해. 이따가 출근해서

네 얼굴 보이는 순간 난 사표 던지고 나갈 거야, 알아들어?"

사정하는 이안을 매몰차게 뿌리치고 난 택시를 잡아탔다. 화나, 화나, 화가 나 미치겠어! 생전 이렇게 화가 나긴 처음이야!

"어디로 갈까요?"

택시기사가 내게 행선지를 물었다. 시간을 보니 지금은 새벽 4시 반. 딱히 찾아갈 친구도 없지만 찾아가려 해도 남의 집 문을 두드릴 수 있는 시간이 아니었다.

"그냥…… 가까운 찜질방 보이면 세워주세요……."

서울역 근처에 대형 찜질방이 보여 차를 세운 나는 계산을 하고 찜질복을 받아 든 뒤 안으로 들어갔다. 평일이라 그런지 사람이 별로 없어서 한가하게 목욕을 마친 나는 찜질방 중에서도 가장 온도가 높은 곳을 골라서 들어갔다. 후끈거리는 열기가 내 속에서 나고 있는 열불을 잠재울 수 있을까. 시원하게 땀을 좀 빼고 나면 가슴에 얹혀 있는 응어리가 좀 풀려 시원해질까. 머리가 어질어질해질 때까지 한증막에 앉아 있다가 나오기를 여러 번.

난 결국 탈진 상태에 빠졌다. 잠도 제대로 자지 못한 데다 극도의 스트레스로 인해 난 그만 마지막으로 이를 악물고 들어간 불한증막 안에서 정신을 잃어버리고 말았다.

사람들이 웅성거리는 소리에 눈을 떠보았다. 아직도 머리가 어지럽고 핑핑 도는 것이 나를 쳐다보고 있는 사람들의 얼굴이 여러 개로 겹쳐 보였다.

"이봐요, 아가씨! 괜찮아요?"

"아니, 무슨 찜질을 그렇게 오래 하나 싶었더니 그 안에서 쓰러진 걸 모르고……."

"아가씨! 정신 차려봐! 그 안에서 자면 큰일 나는 거 몰라?"

아…… 나 기절했었구나. 그런데 이 아줌마들 왜 이렇게 시끄러워…… 머리 아파 죽겠는데.

"아가씨! 누구 데리러 올 사람 있어? 혼자 갈 수 있겠어?"

"아…… 네, 고맙습니다. 괜찮아요……."

"다이어트도 좋지만 너무 땀 빼면 큰일 나. 뺄 데도 없구만 무슨 찜질을 그렇게 독하게 해?"

한가하게 다이어트 같은 소리 하고 있네. 아줌마, 내가 오늘 무슨 일을 겪었는지 알면 까무러칠 거예요.

간신히 일어나서 물을 마시고 나니 조금 제정신으로 돌아왔다. 휴대폰을 넣어뒀던 사물함으로 가서 전원을 켜보니 이안에게서 부재중 전화만 100건이 넘게 와 있었고 메시지 또한 포화 상태였다. 내용은 보나 마나 뻔할 뻔 자니 보지도 않고 메시지를 전부 삭제해 버렸다.

그보다 문제는 지금 시간이었다. 오전 9시까지 출근을 해야 하는데 지금 시간은 정오가 다 되어가고 있었다. 지금이라도 갈까? 아니야……. 오늘은 그냥 쉴래. 잘리면…… 할 수 없지, 뭐……. 난 본의 아니게 무단결근을 하게 된 상황에서 그래도 사정은 얘기하는 게 나을 것 같아 1팀 팀장에게 전화를 걸어 몸이 너무 안 좋아서 오늘 하루만 쉬겠다고 얘기한 후 진경이에게 메시지를 보냈다.

─진경아, 너 어디야?

―집. 야, 너 어떻게 된 거야? 이안이 나한테까지 전화 와서 너 어디 있냐고 묻는데 내가 뭘 알아야지. 너네 싸웠니?

―별로 얘기하고 싶지 않아, 나중에. 너 괜찮으면 나 좀 데리러 와줄 수 있어? 이안한테 말하지 말고.

―무슨 일이야, 대체. 닭살커플도 싸우기는 하는구나. 너 지금 어디야?

―서울역 바로 앞에 있는 찜질방.

―바로 갈게.

난 진경이에게 절대로 이안에게 알리면 안 된다는 말을 마지막까지 신신당부했다. 홧김에 헤어지자고 하긴 했지만 사랑이라는 게 그렇게 한순간에 변하는 게 아니라는 걸 지금 여실히 느끼는 중이다. 그렇게 치가 떨리게 화가 나면서도 그를 사랑하는 마음이 남아 있다는 것이 놀라웠다. 하긴…… 첫사랑도 잊는 데 그렇게 오래 걸렸었는데 이안은 오죽하겠어. 화가 나다가 울다가 또 화가 나다가 또 울다가를 계속 반복하고 있는데 전화벨이 울렸다.

[나 지금 찜질방 앞인데 네가 나올래, 내가 들어갈까?]

진경이의 말을 듣고 보니 간만에 같이 찜질방에서 수다 떠는 것도 나쁘지 않을 듯싶어 들어오라고 말했다. 잠시 후 오렌지색 찜질복을 입은 진경이가 나를 찾아 두리번거리는 것이 보였다.

"진경아! 여기!"

"응! 어? 너 눈이 왜 그래? 퉁퉁 부어서 개구리 같아. 울었어?"

내 얼굴이 지금 그 지경이란 말이야? 거울 안 보길 잘했네. 봤으면 더 울었을 거야.

진경이는 내 앞에 앉자마자 뭐가 그리 궁금한지 질문을 쏟아내기 시작했고, 딱히 하소연할 곳이 없었던 나는 간밤에 일어난 일을 진경이에게 더 빼지도 보태지도 않고 모조리 얘기했다. 사실 객관적인 시선이 절실했었다. 내가 그렇게 질러놓고도 시간이 좀 지나고 나니 오히려 내가 좀 심했나 하는 생각이 들었기 때문이었다.

"뭐? 이안 걔 미친 거 아니야? 리아, 너! 절대 그냥 넘어가면 안 돼! 이번 일은 백 프로 이안 잘못이야! 아니, 천 프로 잘못이야!"

아, 그래…… 내가 잘못된 게 아니구나. 그럼 이제 난…… 어떡하지. 이안을 용서하기도 싫지만 이안을 잊을 수도 없는데.

"그래서 넌 이제 어떡할 거야? 집도 없다며."

진경이가 맥반석 계란을 입에 집어넣고 우물거리며 말했다.

"모르겠어. 지금은 아무 생각도 안 나."

"그럼 우리 집 갈래?"

"어? 그래도 돼?"

"당연하지. 모르는 사이도 아니고 우리 엄마한테 말씀드리나 마나 괜찮다고 하실 거야. 너 이번에 이안 그냥 받아주면 안 돼! 내가 다 화난다, 야!"

"응…… 고마워."

진경이와 나는 찜질방에서 계속 시간을 보내다가 다 저녁때가 되어서야 밥을 먹기 위해 밖으로 나왔다.

"리아야, 우리 오빠 불러도 돼?"

"응? 진혁 씨?"

"간만에 외식인데 좋은 거 먹고 싶지 않아? 돈 잘 버는 오빠 이럴 때 뜯어먹어야지, 안 그러면 써먹을 데도 없어."

진경이는 내 대답이 채 나가기도 전에 휴대폰 단축키를 눌렀다.

"어, 진혁~ 퇴근 언제 해? 아직? 아니, 뭐 그 회사는 일하는 사람이 오빠밖에 없어? 아니, 다른 게 아니라 나 저녁 좀 사달라고. 바빠? 할 수 없지, 뭐. 나 지금 리아랑 같이 있는데 떡볶이랑 김밥이나 먹고 들어가야겠다. 온다고? 지금 당장? 어~ 알았어, 빨리 와."

뭐가 그렇게 재밌는지 킥킥대던 진경이는 나를 보며 엄지를 세웠다.

"이야~ 이리아 약발 최곤데? 짠돌이 우리 오빠가 뭐든지 사준단다. 가만, 생각해 보니까 열받네. 하나밖에 없는 동생보다 너를 더 챙긴다 이거지? 나 참…… 혈육의 정이란 거 정말 하찮은 거구나."

"그런데 진경아, 나는 너희 오빠 좀 불편해……."

"왜? 또 들이댈까 봐? 걱정하지 마. 내가 있는데 무슨 걱정이야? 그리고 사실 우리 오빠 정도면 어디 가서 안 빠지잖아. 이번 기회에 그 말도 안 되는 이안이랑 헤어지고 우리 오빠 만나. 네가 우리 새언니가 된다면 난 대환영이야. 절대 시누이 노릇도 안 할 테니 좋지 뭘 그래."

진경아…… 내가 이안이랑 헤어질지 말지는 내가 결정해야지 그걸 왜 네가 결정하니…….

더 이상 말할 기운도 없던 나는 진경이를 따라서 어딘지도 모르는 고급 레스토랑으로 들어갔다. 아무 데나 들어가서 먼저 먹고 있으라고 했다면서 진경이는 신이 나서 이것저것 주문하기 시작했다. 얼핏 본 메뉴판의 가격만 해도 꽤 비싼 것 같았는데, 테이블이 꽉 찰 정도로 진경이는 주문을 계속했다.

"그만 시켜, 이걸 누가 다 먹는다고."

"내가 먹을 거야! 내가! 남기면 싸가지, 뭐. 뭐가 문제야? 그리고 너도 좀 먹어! 넌 어떻게 된 애가 살이 점점 더 빠지냐?"

으응…… 그거? 날마다 이안한테 시달리면 이렇게 돼. 차마 너에게 다이어트 비법으로 추천은 못 하겠다. 음식이 식을까 봐 하는 수 없이 먼저 식사를 하고 있는데 급하게 온 건지 숨을 몰아쉬면서 진혁 씨가 들어왔다.

"후우…… 언제 왔어? 오래 기다렸어요, 리아 씨?"

진혁 씨는 나와 진경이를 번갈아 보며 말했다.

진경이는 지 오빠가 왔는데도 쳐다보지도 않고 식사에만 열중하는 중이었다.

"왔으면 얼른 앉아서 먹어. 다 식기 전에 먹어야 더 맛있어."

"하여간 너는…… 나중에 보자."

"나중에 봐도 어쩔 수 없을걸? 리아 오늘부터 당분간 우리 집에 있을 거거든."

"뭐? 정말이야?"

진혁 씨는 진경이의 말에 깜짝 놀라면서 내 얼굴을 쳐다보았다. 나도 어색하게 긍정의 표현을 하자, 진혁 씨가 걱정스러운 목소리로 물었다.

"그런데 대체 어떻게 된 겁니까? 오늘 마케팅 부서 난리도 아니었습니다. 기획실장은 느닷없이 사표를 던지고 나갔고, 리아 씨까지 무단결근이라 거의 패닉 상태였다니까요."

"아…… 그랬나요?"

자식. 그래도 내 말을 듣긴 했나 보군. 아…… 내가 왜 또 그 외계인 생각을 하고 있지? 하지 마, 하지 마. 하지 말자.

"진혁 씨, 죄송한데 지금은 그 얘기하고 싶지 않아서……."

"아, 죄송합니다. 제가 눈치가 좀 없어요. 일단 나온 식사 먼저 하시죠."

진혁 씨가 내게 고기까지 손수 썰어서 건네주고 하는 걸 본 진경이가 눈을 부라리며 비아냥거렸다.

"참 나, 눈꼴시려서 못 봐주겠네. 천하의 김진혁이 여자한테 설설 기는 걸 보다니…… 나 이거 동영상으로 찍어서 두고두고 볼까 봐."

"조용히 하고 넌 밥이나 먹어."

"배터지게 먹었거든? 오빠 너는 하나밖에 없는 동생은 안 챙기고 리아만 챙기고 싶니? 공평하게 좀 해봐, 공평하게. 나한테 이렇게 했으면 난 벌써 오빠한테 꽉 잡혀 살았어."

진경이는 진혁 씨가 하는 행동 하나하나가 거슬리는지 계속 꼬투리를 잡았다. 처음 몇 마디만 대꾸하던 진혁 씨는 진경이의 불평이 계속되자 아예 신경을 끊고 내게만 말을 걸었다.

"어때요? 여기 음식 괜찮죠? 사실 리아 씨 데리고 꼭 한 번 와보고 싶은 곳이었는데 이렇게라도 오게 돼서 참 좋습니다."

"아…… 그런가요? 고맙습니다. 음식 맛있어요. 최근에 먹은 중 오늘 제일 많이 먹은 것 같아요."

"더 드세요, 리아 씨 요즘 너무 말라서 불면 날아갈 것 같아요."

"하이고! 열부 났네, 열부 났어!"

"진경이, 넌 좀 가만히 있어!"

진혁 씨가 핀잔을 주자 진경이는 오히려 더 들으라는 듯 큰 소리로 내게 말했다.

"리아야, 속지 마! 내가 아까는 잠깐 정신이 나갔었나 봐. 널 우리 오빠랑 엮으려고 했었다니, 말도 안 되지! 이 인간 이렇게 친절한 인간이 아니야. 원래 남자들 결혼하면 본성 나오는 거 알지? 이 인간 결혼하면 틀림없이 손 하나 까딱 안 하고 너만 부려 먹을 거야. 속지 마, 속으면 안 돼!"

"너 이 자식! 이리 와!"

고급 식당에서 차마 소란을 피울 수는 없어서 남매간의 전쟁은 일단락되었지만 집에 갈 시간이 되고 나니 마음이 점점 더 착잡해졌다. 식당을 나와 진혁 씨가 미리 대기하고 있던 차에 뒷좌석 문을 열어주는데 쉽게 발이 떨어지지가 않았다.

"진경아…… 나 그냥 다시 찜질방 가서 잘게."

"왜?"

"그냥…… 마음이 편하지가 않아서. 지금은 혼자 있고 싶다."

"그러지 말고 그냥 가자. 원래 실연했을 때는 누구랑 같이 있어야지, 혼자 있으면 우울증 생겨. 같이 가자, 응?"

"아니야, 나 진짜 괜찮아. 그냥 혼자 있어야 생각이 정리가 빨리될 것 같아."

차에 타지는 않고 진경이와 옥신각신하고 있는데 진혁 씨가 다가왔다.

"혼자 있고 싶은 거라면 제가 해결해 드릴 수 있습니다."

"오빠가? 어떻게?"

진경이가 눈을 휘둥그레 뜨고 진혁 씨에게 물었지만 그는 오로지 내 얼굴만 바라본 채 대답하고 있었다.

"제 이름으로 된 오피스텔이 회사 근처에 하나 있습니다. 제가 개발팀에서 한참 집에 제대로 못 들어갈 때 사놓은 건데 지금은 안 간 지 꽤 됐고 회사하고도 가까우니 다니기 편할 겁니다."

진혁 씨의 말에 놀란 건 나뿐만이 아니었나 보다. 진경이는 갑자기 목소리를 높이며 진혁 씨에게 따져 물었다.

"집을 샀다고? 언제? 아니, 왜 말 안 했어? 엄마는 알아?"

"내가 집 샀다고 하면 네가 당장에라도 들어가서 살겠다고 떼쓸까 봐 그랬다, 왜. 너 항상 독립하고 싶다고 부르짖었잖아."

"그걸 알면서 나한테 말 안 했다고? 오빠 너, 진짜 이러기야?"

"넌 시끄러워. 알아서 집에나 가. 난 리아 씨 데려다주고 갈 테니까."

"싫어! 같이 가!"

"위치 알려주면 너 나중에라도 짐 싸들고 올 거 아니야. 꿈도 꾸지 말고 집에 가서 잠이나 자."

진혁 씨는 조수석에 나를 재빨리 밀어 넣고 진경이에게는 택시비를 넉넉히 쥐어준 다음 바로 출발했다. 진혁 씨가 말한 오피스텔은 정말 걸어서도 출퇴근이 가능할 정도로 회사와 가까운 곳이었다. 고맙긴 하지만 너무 미안해서 들어가기가 망설여지는데 진혁 씨가 내 손목을 잡고 집 안으로 들어섰다.

"여기가 침실, 저쪽이 화장실 겸 욕실, 뒤쪽에 다용도실이 있고 냉장고는 아마 비었을 겁니다. 내일 아침에 뭐라도 먹어야 하니까 제가 간단하게 장을 봐올 테니 잠깐만 기다리세요."

"아니, 아니에요. 제가 알아서 할게요. 진혁 씨는 더 이상 신경 쓰지 마세요. 지금 이것만으로도 충분히 감사하고 죄송해요."

"아닙니다. 지금 전 굉장히 나쁜 생각을 하는 중이라서요."

"네?"

"리아 씨가 지금 많이 힘들 거라는 거 압니다. 저도 대충 눈치는 있으니까요. 그런데 전 지금 리아 씨가 힘들다는 게 정말 기쁩니다. 제가 드디어 리아 씨에게 뭔가를 해줄 수 있다는 사실이 말로 표현하기 힘들 정도로 기쁩니다. 좀…… 어이없죠?"

역시…… 이 사람은 사람이 맞아. 사람이니까 이런 생각을 하지. 외계인은 도무지 남의 생각을 하지 않는다니까. 이렇게 나를 배려해 주는 사람을 만나보니 그동안 이안이 내게 얼마나 무례했는지 더 실감이 나는 것 같아……. 정말 이젠 두 번 다시 안 볼 거야. 아니…… 보고는 싶어…… 아니야, 안 볼 거야. 필요 없어. 그래도…… 아니야, 무슨 생각을 하는 거야? 생각하지 마. 그 재수 없는 변태 스토커 미친 외계인은 더 이상 생각하지 마!

"리아 씨."

"네."

"저는…… 아, 아닙니다. 나중에…… 좀 나중에 얘기하죠. 오늘은 피곤할 텐데 쉬어요. 무슨 일 있으면 바로 연락하시고 아무나 문 열어 주지 마십시오. 올 사람 없으니까 확인할 필요도 없습니다."

"네, 그럴게요. 고마워요."

진혁 씨는 이부자리까지 꼼꼼하게 확인한 뒤 돌아갔다. TV가 보이기에 괜히 틀어놓고 리모컨만 위아래로 계속 움직였다. 빠르게 지나가는 화면들처럼 내 머릿속에 남아 있는 이안의 잔상들도 빨리 지나가 버렸으면 좋겠다는 생각을 하면서 스르르 눈을 감았다.

다음 날, 회사로 출근을 해보니 예상했던 대로 아수라장이 되어 있었다.

이안의 행방을 묻는 사람들로 인해 내가 업무 처리를 하지 못 할 정도였다. 두 사람 사이에 무슨 문제가 있는 것이냐부터 시작해서 일과 사랑은 별개로 두어야 하지 않겠냐면서 책임감 없는 행동을 한 이안에게 비난의 화살이 돌아갔다. 누가 물어와도 난 그저 입을 다물고 희미한 미소만 떠올렸다. 지금 이 상황에서 내가 할 수 있는 것은 아무것도 없었으니까. 그저 이 또한 지나가리라⋯⋯. 지나가리라⋯⋯. 끝없이 읊조릴 뿐이었다. 내가 어딜 가도 사람들의 수군거림에서 피할 길이 없었다. 가끔 진혁 씨가 날 안쓰러운 눈으로 쳐다보며 다가오려 했지만 난 그것을 단호하게 거절했다. 이미 나를 이안의 약혼녀로 알고 있는 사람들에게 또 다른 구설의 빌미를 던져 주고 싶지가 않았기 때문이다.

이안은 그날 이후로 끊임없이 내게 사과의 말을 전하고 있었다. 이안의 전화는 수신 차단해 놓았고 문자도 카톡도 마찬가지였지만 차단을 시키면 새로운 전화번호로 또다시 전화가 걸려왔다. 사과를 받아주는 것도, 받아주지 않는 것도 내가 생각할 시간을 주어야 하는데 이안은 그럴 생각 자체가 없는 듯 보였다.

결국 난 오랫동안 써오던 전화번호를 바꾸어 버렸다. 부모님께도 진경이에게도 새 번호를 알려주지 않았다. 혹시라도 이안이 알아낼 만한 여지를 주지 않기 위해서였긴 하지만 새로 바뀐 전화번호로는 아무도 전화를 하지 않으니 집에 돌아오면 고요한 시간이 내게 주어졌다.

"조용하다⋯⋯."

진혁 씨가 빌려준 오피스텔은 크지도 작지도 않으면서 필요한 가구와 가전제품들이 풀 옵션으로 있어서 생활하는 데 아무 어려움이 없었다. 새로 살 집을 구하긴 해야 하는데⋯⋯ 내가 가진 돈으로는 이런 집은 어림도 없겠지. 그렇다고 여기 계속 있을 수는 없는 노릇인데 어쩐다. ⋯⋯하긴, 지금은 집이 문제가 아니구나. 이안을 먼저 해결해야지.

그를 어떻게 하면 좋을까. 그는 날 정말 사랑했을까. 사랑하는 사람의 마음을 시험해 보고 싶은 마음은 충분히 이해하지만 그 방법이라는 게 해도 되는 것과 해서는 안 되는 것이 있는 게 아닌가. 내가 어디까지 그를 봐주고 이해해야 하는 것일까.

딩동.

이런저런 생각들로 머리가 복잡해지려는 순간, 초인종이 울렸다. 누구지? 진혁 씨가 올 사람 없다고 했는데. 현관으로 가기 전에 비디오폰으로 밖에 있는 사람을 확인해 보았다.

"⋯⋯진혁 씨?"

여긴 왜⋯⋯ 아 참, 여기 저 사람 집이지. 난 얼른 현관으로 걸어가 문을 열어주었다. 진혁 씨는 양손 가득 비닐봉지를 들고 있었다.

"미리 전화하려고 했는데 번호를 바꾼 모양입니다. 혼자 외로울까 봐 술친구 해주려고 왔는데 들어가도 될까요?"

시원한 미소를 머금고 있는 진혁 씨는 자기 집인데도 내게 허락을 구하고 있었다.

"그럼요, 들어오세요."

"음…… 뭘 좋아하시는지 몰라서 종류별로 다 사왔어요. 소주, 맥주, 양주, 과실주. 어떤 걸로 할까요?"

"전 상관없으니까 진혁 씨가 좋아하는 걸로 해요."

"그럼 전 맥주. 술이 약합니다. 하하하."

호쾌하게 웃어젖힌 그는 안주로 사왔다며 통닭까지 내왔다. 언제나 느끼는 것이지만 진혁 씨는 사람의 마음을 편안하게 만들어주는 재주를 가지고 있다. 이안은 사람을 불편하게 만드는 재주가 있는데 달라도 어쩜 이렇게 다를까.

"리아 씨."

"네."

"제 말 오해하지 말고 들어주십시오."

"하세요."

"이직을…… 하시는 건 어떻겠습니까."

"……."

사실 그 점은 나도 생각하고 있는 터였다. 지금 다니고 있는 직장이 대기업이고 연봉도 초봉치고 나무랄 데가 없지만 이안과 같이 다녔던 곳인지라 시간이 아무리 지나도 구설에서 완전히 벗어나기는 힘들 것 같았다. 그래도 경력 삼아 1년은 채우고 내년에 다시 다른 곳으로 입사시험을 치르려고 했는데…….

"저도 실은 생각은 하고 있는데 이만한 직장을 구하기가 어디 쉬운가요."

"그래서 하는 말입니다만…… 혹시 성호 하이텍이라고 들어보셨습니까?"

"아, 네. 코스닥 상장기업이고 자동차 관련…….'"

"아시는군요, 그럼 얘기가 좀 쉽겠습니다. 이번에 거기서 비서직을 모집하는데 연봉도 여기 못지않고 조건도 꽤 좋은 편입니다."

"진혁 씨 의외로 발이 넓네요."

"그런가요?"

또 한 번 시원하게 웃는 진혁 씨 덕분에 나도 따라서 웃어버리게 되었다. 보면 볼수록 괜찮은 사람인 것 같다.

"생각 있으면 서두르셔야 합니다. 그쪽에서 꽤 급한 모양이더라고요."

"음…… 언제까지요?"

"이달 말까지인데 리아 씨가 안 간다고 하면 모집공고를 내고, 간다고만 하면 바로 확정입니다."

"그럼 일단 회사에 사표부터 내야겠네요. 고마워요, 진심으로."

"아닙니다. 일 다 해결됐으니 축하주로 한잔할까요?"

이 사람은 어디서 그런 걸 다 알아가지고 적재적소인 지금 내게 이런 제안을 할 수 있었을까? 모르긴 몰라도 아마 나 때문에 여기

저기 발품 팔아 알아봤겠지. 너무…… 미안하다.

"진혁 씨."

"네."

"진혁 씨가 저를 보는 눈과 제가 진혁 씨를 보는 눈이 다르다는 거 알고 계시죠?"

"물론입니다."

"저는 진혁 씨가 원하는 걸 채워줄 수 없어요."

"괜찮습니다. 제가 좋아서 하는 일일 뿐이니 마음 쓰지 마십시오."

어떻게 마음을 안 쓸 수가 있어! 이렇게 신경 쓰이게 해놓고! 아니, 아니야. 지금은 일단 호의를 받아들이고 이안 문제를 해결한 뒤에 뭘 하더라도 하자. 오늘은…… 아무 생각 말고 그냥 마셔, 마시는 거야. 그러고 보니 다른 남자와 단둘이서 술 마시는 거 이안이 제일 싫어하는 거였는데…… 이거 알면 또 난리 나겠네.

으악! 아니야! 생각하지 마! 그 이상한 외계인 생각 안 하고 오늘은 그냥 마시기로 한 거잖아! 저리 가! 저리 가! 훠이, 훠이!

"리아 씨, 뭐 하나 물어봐도 될까요?"

"네? 아, 네."

"진경이 소개로 예전에 처음 만났을 때 말입니다."

"학생 때요? 네."

"그때 제 첫인상 어땠습니까?"

"아, 무척 좋았어요. 진경이에게 늘 듣던 것과는 달리 아주 매너도 좋으시고 외모도 출중하시고…… 하여튼 좋았어요."

뭐, 사실이니까. 진혁 씨는 처음과 마찬가지로 지금도 전 여직원들의 레이더망에 걸릴 정도로 훤칠하고 능력 좋은 매력적인 사람이잖아.

"내가 왜 그때 좀 더 리아 씨를 밀어붙이지 못했는지 지금도 후회합니다. 상대방을 배려한다고 생각했던 것이 다른 사람에게 선수를 뺏길 줄은 몰랐거든요."

저기요…… 엄밀히 말하자면 전 이안을 먼저 만났거든요? 아, 하긴 그때는 이안하고 사귀기 전이구나. 걔가 스토커일 때였지.

"진혁 씨."

"네."

"지금 그 말…… 제게 참 부담스러운 말인 거 아시죠?"

"압니다. 그러라고 한 말입니다. 부담 많이 가지시라고."

이 사람이 정말…… 잠깐 괜찮다 싶었더니, 1분을 못 가네. 제발 부탁인데 이안하고 닮아가지 말아줘요. 이 세상에 막무가내 외계인은 걔 하나로 족하니까.

"그냥, 술이나 마시죠."

주거니 받거니 술잔을 기울이다 보니 어느새 사온 맥주가 동이 났다.

"어? 벌써 다 마셨네. 제가 가서 사올까요?"

"아닙니다. 이제 일어나야죠. 리아 씨도 쉬어야 하는데."

역시 매너 하나는 끝내준다니까. 이안은 남은 술 다 먹으라며 나한테 아예 병째 들이켜게 했…… 아악! 또! 생각하지 말라니까! 이놈의 뇌 용량이 어떻게 된 거기에 불쑥불쑥 튀어나와? 거기 얌전히 있든가 아님 사라져!

"리아 씨, 전 그럼 갑니다."

"아…… 네. 조심해서 가세요."

현관까지 나가서 배웅을 하는데 신발을 다 신고 난 진혁 씨가 갑자기 뒤돌아섰다.

"진혁 씨?"

"잠깐 실례하겠습니다."

"네? 무슨…… 앗!"

무슨 뜻인지 몰라 어리둥절해 있는데 진혁 씨가 내 팔을 잡아당기더니 자신의 품속으로 끌어안았다.

"진혁 씨!"

놀라기도 하고 당황스럽기도 해서 그의 품 안에서 벗어나려고 몸을 버둥거리는데 진혁 씨가 내 등을 토닥토닥 해주었다.

"그냥…… 이렇게 안아주고 싶었습니다. 바라는 거 없이. 너무 힘들어 보여서…… 아주 잠깐이라도 좋으니 위로가 되고 싶었어요."

아…… 내가 그렇게 위태로워 보였나. 진혁 씨가 하는 대로 내버려 둔 채 그렇게 한참을 서 있었다. 이안, 네가 이런 사람이었다면 우리가 이렇게 되지 않았을 텐데. 어디 가서 개인강습이라도 받고 오지 않으런.

……이런 젠장. 또 생각해 버렸다. 망할 캔커피 외계인.

진혁 씨의 품은 생각보다 따뜻하고 포근했다. 그동안 쌓였던 내 마음을 풀어줄 수 있는 사람은 오직 이안뿐이지만 그래도…… 어느 정도는 위로가 되는 듯했다.

"이제…… 됐어요. 가보셔야죠."

"네."

진혁 씨는 아쉬운 눈빛으로 낮은 한숨을 쉬며 내게서 떨어졌다. 그래도 나름 집주인인데 엘리베이터까지는 배웅하는 게 나을 것 같아서 난 신발을 신고 따라나섰다.

"어…… 나오지 말아요."

"괜찮아요. 밖에 나가는 것도 아니고, 이 정도는 하게 해주세요. 그래야 저도 마음이 편해요."

대수롭지 않은 얼굴로 생긋 웃는 나를 진혁 씨가 말없이 바라보았다. 아주 잠깐, 둘 사이에 숨 막히는 정적이 흐르고 있었다.

"리아 씨, 먼저 사과부터 할게요."

"네?"

이게 무슨 말인가 싶어 어리둥절해 있는 순간 진혁 씨의 입술이 나를 찾아왔다. 순식간에 일어난 일이었다. 너무 갑작스러운 일이라 모든 사고회로가 정지되어 버린 나는 지금 내게 무슨 일이 일어나고 있는지조차 알 수가 없었다. 그의 떨리는 입술이 내 입술을 더듬어 머금고, 따뜻하다 못해 뜨거운 열기를 담아 내뿜고 있었다. 술기운이 알싸하게 온몸으로 퍼지면서 야릇한 기분이 들 무렵 그가 나를 놓아주었다.

"미안합니다…… 한 대 치세요."

진혁 씨는 정말로 몸 둘 바를 몰라 하며 나와 시선도 마주치지 못하고 있었다. 절로 한숨이 나오는 상황이지만 이미 벌어진 일을 어쩌겠는가.

"술에 취해 실수한 거라 생각할 테니 그냥 돌아가세요. 하지만 또 이런 일은 없었으면 좋겠어요."

"술에 취해 그런 것이 아닙니다."

진혁 씨의 목소리는 그 어느 때보다도 확고했다.

"안 들을래요, 가세요."

"기다릴 겁니다."

"그러지 마세요."

"마음 정리…… 얼마나 걸리겠습니까."

내 마음을 정리하는 시간까지 계산이 될 정도로 내가 멀쩡해 보이나? 그리고 내가 내 마음 정리하는 걸 왜 당신 허락을 받아야 해? 난 아직 아무것도 결정한 것이 없단 말이야!

"후…… 진혁 씨, 오늘은 늦었으니 어쩔 수 없지만 내일 날 밝는 대로 여기서 나갈게요. 처음부터 이곳으로 오는 게 아니었어요."

"리아 씨."

"미안해요. 난 아직 내 마음을 모르겠어요. 그 사람이 너무 밉다가도 어느 순간 또 보고 싶고, 그러다 또 화가 나고…… 이런 일이 수없이 반복이 돼요."

"압니다. 그래서 기다린다는 겁니다."

"내 마음이 어느 쪽으로 자리를 잡을지 지금은 알 수 없지만 정리가 된다고 해도 한동안 다른 사람을 만나고 싶은 생각이 없어요."

"상관없습니다."

"진혁 씨……."

엘리베이터가 아까부터 기다리고 있었지만 진혁 씨는 그쪽으로는 신경도 쓰지 않고 내게 안타까운 시선만 보낼 뿐이었다.

그 순간, 어디선가 낯익은 목소리가 들려왔다.

"우와…… 나 웬만하면 끝까지 참고 들어주려 했는데 도저히 지루해서 못 들어주겠어. 그거 언제 끝나?"

이 목소리는!

"……라일리?"

비상구 계단에서 라일리가 걸어 나왔다. 대체 언제부터 저기 있던 거지? 아니, 그보다 여길 어떻게 알고 온 거지?

"리아 씨, 아는 사람입니까?"

진혁 씨가 라일리를 경계하며 내게 물었다.

"아, 네, 아는 사람이에요. 늦었어요, 어서 가세요. 나중에 회사에서 봐요."

의심하는 눈빛을 풀지는 않았지만 내가 등을 떠밀자 하는 수 없이 진혁 씨는 엘리베이터에 올라탔다. 엘리베이터가 1층에 도착한 것까지 확인한 후 난 라일리를 돌아보았다.

오랜만이네, 라일리…… 오늘은 여장도 안 하고 그냥 왔네. 하긴, 하나 안 하나 예쁜 남자인 건 여전하지만.

"여긴 어떻게 알고 온 거예요?"

"맞혀봐."

"……이안이 보냈어요?"

"반은 맞고 반은 틀렸어."

"무슨 소리예요?"

"야, 이리아. 넌 나 오랜만에 봤는데 물 한 잔도 안 주고 네 할 말만 하냐? 뭔 매너가 이렇게 개 매너야."

이걸 확! 다른 사람도 아닌 네가 나에게 매너를 운운하는 거야? 기가 막혀서 정말…… 하여간 너도 여전하구나.

난 집으로 라일리를 데려가려는 생각은 애초에 접었다. 저 집이 내 집도 아니고 다른 사람을 들이기에는 양심이 허락하지 않았다.

"나가요, 우리."

라일리를 데리고 일단 밖으로 나오긴 했는데 딱히 갈 곳이 없었다. 시끄러운 술집에 가기도 그렇고 이 시각에 커피를 마시기도 뭐 해서 그냥 오피스텔 바로 앞에 있는 공원 벤치에 앉아 얘기를 하기로 했다.

"아까 하던 얘기마저 해봐요. 이안이 보냈다는 거예요, 아니란 거예요?"

근처 편의점에서 생수 한 병을 사서 라일리에게 던져 준 다음 질문을 쏟아내었다. 사실, 지금 그가 어떻게 하고 있는지가 가장 궁금한 것은 나로서도 어쩌지 못하는 부분이었으니까.

"그게 궁금한 애가 이안 전화도, 메시지도, 메일도 안 받아?"

"메일? 어…… 정신없어서 메일은 아예 보지도 않았어요."

"어쨌든 전화나 메시지는 네 의지로 피하는 거 맞잖아."

"그건 그렇지만……."

라일리는 벤치에 양팔을 걸치고 긴 다리를 꼬았다. 나를 힐끗 쳐다보면서 혀를 쯧, 차더니 기가 차다는 듯 헛웃음을 지었다.

"꼴을 보아하니 너도 마냥 편하지만은 않았나 보네."

편하다니! 내가 어떻게 편해! 넌 암튼 말을 해도 도통 예쁘게 하질 않는구나.

"이안은…… 어쩌고 있어요?"

"그렇게 궁금하면 직접 가보든가."

너 이리 와. 나 정말 너 한 대만 때리면 안 될까? 그럴 거면 애초에 그 집을 나오질 않았지!

"얘기 대충 들었어. 사이코들…… 할 짓이 그렇게 없나? 어지간히 심심했나 보네. 아니지! 아무리 심심해도 그렇지, 그딴 걸 장난이라고 치다니! 듣는 내가 민망해서 죽겠더라."

어? 그래? 너 정말 그렇게 생각해?

"걔네 원래 좀 아무 생각이 없는 애들이야. 이번엔 이안이 백 프로 실수한 거 맞아. 사실 그건…… 내가 이안에게 붙은 여자들 처리할 때 쓰던 방법인데, 이안이 또 그걸 그렇게 써먹을 줄 몰랐지."

음…… 그러니까 시작은 너였단 소리구나. 그래, 그런 일 겪으면 아주 오만정이 다 떨어질 테니 확실한 방법이긴 하다.

"야, 이리아."

"왜요."

"좀 봐줘, 적당히 하고."

"……"

"성질나는 거 충분히 이해해. 그런데 이안도 서툴러서 그런 거야. 그 자식이 언제 연애를 해봤어야지."

그…… 런 말을 이제 갓 스무 살 넘은 너에게 듣고 싶지는 않다만…….

"나 지금 졸려 죽겠어. 시차 적응 안 되는 거 안 보여? 공항에서 내려서 이안한테 갔다가 바로 너 찾아온 거야."

"아 참! 나 진짜 여기 있는 거 어떻게 알았어요?"

"이안이 너를 놓칠 리가 없잖아. 아마 네가 지하 땅굴을 파고 들어가도 찾아낼걸? 오해하지 마. 이안이 시킨 게 아니라 순전히 내 의지로 온 거야."

"라일리가 왜요?"

"말했잖아, 이안이 저러는 거 처음 본다고. 내가 좀 까칠해도 의리파야. 생전 처음 도움을 청하는데 어쩌겠어? 나서줘야지."

그래, 너 참 잘났다. 그런데 전혀 도움이 안 된다는 말은 차마 못 하겠구나.

"생각하는 데 방해되니까 자꾸 왔다 갔다 하지 말고 얌전히 있어주는 게 도와주는 거예요."

"웃기시네! 내가 사람 보는 눈이 좀 있거든? 너 말이야, 이러다가 계속 안 좋은 쪽으로만 생각하다가 결국 혼자 끝내 버릴걸? 치고받고 싸우고 진흙탕에 뒹굴더라도 둘이 만나서 좀 해결하란 말이야! 답답하게 구는 것도 정도가 있지, 적당히 하고 돌아가."

"글쎄, 그것도 내가 알아서 할 테니까 제삼자는 빠져요!"

자꾸만 주변 사람들이 나를 뒤흔드는 것에 진저리가 나서 라일리에게 소리를 지르고 말았다.

"그럼 그러든가. 난 분명히 얘기했어. 넌 이대로 다시는 이안 못 봐도 상관없나 봐?"

"그건 또 무슨 말이에요?"

"그동안 너 때문에 이안이 하는 대로 내버려 둔 거야. 너랑 더 이상 볼일 없으면 이제 데려가려고."

"어디…… 로?"

미국으로? 그럼…… 다시 안 와?

"이안 아버지가 건강이 그리 좋지 않으셔. 이제 슬슬 이안에게
물려주고 싶어 하시거든. 나 한국 간다니까 꼭 좀 데려오라고 신신
당부하시던데?"

"혹시 이안 양부모님도 어마어마하게 부자예요?"

"어마어마 까지는 아니고, 그냥 좀 살아."

"무슨 일 하시는데요?"

"넌 대체 이안에 대해서 아는 게 뭐야? 뭐, 이런 애인이 다 있어?"

그래, 미안하다. 내가 아는 거라곤 그 자식이 캔커피에 정상이
아닌 외계인이라는 것뿐이야……

"그건 나중에 이안한테 들어. 아무튼 내가 해줄 수 있는 말은 싸
우더라도 일단 이안을 만나주란 얘기야. 안 그러면 다시는 기회가
없을 수도 있어. 생각 잘 해."

이안이…… 정말 내 눈앞에서 사라져? 그건…… 싫지만, 그렇다
고 아무 일도 없던 것처럼 돌아갈 수는 없어! 두 번 다시 이안에게
휘둘리지 않을 거야. 이제 칼자루는 나에게 있으니까……

좋아! 만나보겠어! 각오해, 이안. 노예계약서 들고 기다려.

이번엔 내가 갑이야!

17화
갑을 관계

마음을 굳게 먹고 라일리를 바라보았다.

"라일리, 부탁 하나 해도 돼요?"

"들어줄지 안 들어줄지는 모르지만 말이나 한번 해봐."

하여간…… 곱게 말하는 법이 없어.

"지금 이안 어디 있어요?"

"가보게?"

"그러려고요."

"잘 생각했어. 타! 데려다줄게."

며칠 만에 이안을 만날 생각을 하니 조금 긴장이 된다. 많이 힘들어했을까. 혼자 자책했을까. 혹시 이대로 헤어지는 게 당연하다 생각했을까.

아니야. 그 자식은 마음고생 한 번 제대로 해봐야 해. 어떤 모습의 이안을 만난다고 하더라도 절대로 마음 약해져선 안 돼. 난 이안을 사랑해. 그건 의심할 여지가 없어. 하지만 이대로는 안 돼. 난 언제까지고 이안에게 끌려만 다닐 거야.

잊지 마. 내가 갑이야!

다짐에 다짐을 거듭할 무렵 라일리의 차가 이안의 집 앞에 멈춰 섰다.

"내리자."

라일리가 먼저 차에서 내려 저만치 걸어갔다.

"잠깐만요, 라일리!"

"왜?"

"미안한데 나랑 이안 둘만 있게 해줘요. 여기까지 데려와준 건 고맙지만……."

라일리는 피식 웃으며 손을 한 번 휘저었다.

"야, 내가 그렇게 눈치 없는 놈인 줄 알아? 걱정 붙들어매셔! 나도 볼일 있어 가는 거야. 금방 나갈 테니 신경 쓰지 마. 뭐 해? 안 따라오고."

간다, 가! 저놈의 말버르장머리는 어떻게 좀 안 되나? 어떤 여자가 데려갈지 걱정된다, 정말. 아, 남자일 수도 있겠구나. 뭐, 암튼. 말이 그렇다고.

이안의 집 비밀번호를 익숙하게 누르고 라일리가 먼저 성큼성큼 들어갔다. 여기까지 오긴 했지만 마음의 준비를 한 번 더 하기 위해 크게 심호흡을 하는데 집 안에서 다른 사람들의 목소리가 들려왔다. 설마…… 그 화상들 아직도 있는 건가. 진짜 두 번 다시 보고 싶지 않은 얼굴들인데…… 그냥 갈까? 가만…… 혹시 라일리가 볼 일 있다는 게 이건가? 진상 처리반? 자식! 가만 보면 가끔씩 예쁜 짓을 한단 말이야.

어깨를 펴고 당당하게 문을 열고 이안의 집에 발을 들여 놓는데 거실에 있던 사람들과 눈이 마주친 순간, 난 그대로 얼어붙었다.

그들은 이안의 철없는 친구들이 아니었다. 닮은 구석은 한 군데도 없었지만 한눈에 알아볼 수 있었다.

이안의 양부모인 맥스웰 부부임이 틀림없었다. 들어가지도 못하고 도로 나가지도 못한 채 어정쩡하게 서 있는데 라일리의 설명을 들은 맥스웰 부부가 내게로 다가와 먼저 인사를 건넸다.

"반갑습니다. 우리가 이안의 부모입니다."

서툴기는 했지만, 또박또박 한국말로 말하는 맥스웰 부부는 영화에서나 볼 법한 사람 좋아 보이는 노부부의 모습을 하고 있었다.

"아…… 안녕하세요…… 이리아입니다."

"들어오십시오. 정말로 만나고 싶었습니다."

하는 수 없이 신발을 벗고 집 안으로 들어간 나는 이안이 어디 있는지 눈으로 찾아보았다.

"이안은 잠깐 잠이 들었습니다. 며칠째 잠을 못 잔 것 같아서 우리가 억지로 재웠습니다."

"네에…… 그렇군요. 그럼 전 다음에……."

슬금슬금 눈치를 보면서 나갈 기회를 노리고 있는데 갑자기 맥스웰 부인이 내 손을 잡았다.

"잠깐만 이야기를 들어주십시오."

참…… 누구한테 배웠는지 한국어를 극존칭으로 배우셨네. 부담스러워서 이거야 원……. 어른이 이렇게까지 말씀하시는데 그냥 모른 척하고 나갈 수가 없어서 그들이 이끄는 대로 소파로 가서 앉았다. 맥스웰 부부는 나를 찬찬히 뜯어보더니 얘기를 시작했다.

"이안은 우리에게 기적 같은 아이였습니다."

"그렇습니다. 정말 기적이었습니다. 우리는 이보다 더 천재적인 아이를 본 적이 없습니다."

아하하…… 그러시군요……. 그러시겠죠. 친부모든 양부모든 제 자식 자랑할 때는 팔푼이가 되는 게 맞나 보구나.

"이안은 어려서부터 못 하는 것이 없었습니다. 뭐든지 배우는 즉시 완벽하게 마스터를 해버리니 나중에는 가르치는 선생들조차 넘어설 정도였습니다."

"그러다 보니 자연히 이안은 우리에게 무언가를 부탁하는 일이 있을 수가 없었습니다. 갓난아기일 때를 제외하고는 우리의 도움은 전혀 필요가 없었습니다."

음…… 아직 모르셨군요. 여러분은 실수로 외계인을 입양하신 거예요.

"단 한 번도 우리 앞에서 눈물을 보인 적도 없고 크게 기뻐한 적도 없습니다."

"그랬던 이안이 지난번 미국으로 돌아왔을 때 리아의 이야기를 전하면서 아주 행복한 얼굴을 보여주었습니다. 우리가 그렇게 애정을 쏟으며 기르는 동안 단 한 번도 보지 못한 얼굴이었습니다."

"그런데 그런 이안이 어제 우리에게 전화를 걸어 생전 처음으로 도와달라는 말을 했습니다. 왜 그랬겠습니까?"

맥스웰 부부는 약간 어색한 말투이긴 했어도 정확한 단어 선택을 하면서 내게 설명을 하고 있었다. 간간이 잘 생각이 나지 않는 듯 보이면 재빨리 라일리가 적절한 단어를 선택해서 알려주니 의사소통에는 전혀 문제가 없었다.

"우리는 이안이 누구보다 행복하기를 바라고 있습니다. 그것을 가능하게 해줄 사람은 리아뿐입니다."

"용서해 주십시오. 몰라서 그런 겁니다. 아무리 천재여도 사람의 마음까지 마음대로 할 수는 없다는 걸 몰라서 그런 겁니다. 용서해 주십시오."

아니…… 저기…… 미치겠네. 이러려고 온 게 아닌데. 난감해하는 얼굴을 감추지 못하고 가시방석에 앉아 있는 것마냥 안절부절못하는데 라일리가 구세주처럼 나서주었다.

"OK! That's all. 리아, 내가 노인네들 모시고 호텔로 갈 테니까 넌 이안 깨면 얘기 잘해! 끝낼 거면 확실히 끝내고 받아줄 거면 쿨하게 받아줘, 알았어?"

글쎄 그건 내가 알아서 한다고, 이 자식아. 넌 빨리 저 부담스럽기 짝이 없는 이안 부모님이나 얼른 모시고 나가줘. 할아버지, 할머니뻘 되는 분들한테 극존칭을 들었더니 머리가 어지러워…….

라일리가 가자고 하는데도 계속 잘 부탁한다면서 please를 외치던 맥스웰 부부가 사라지고 나니 갑자기 긴장이 풀렸는지 소파에 주저앉았다.

"좋은 분들이네……."

저런 분들이 진짜 자기 자식을 낳아 길렀으면 정말 끔찍이 아꼈겠지만 이안도 그에 못지않게 온 마음을 다해 키웠다는 걸 잠깐의 만남만으로도 충분히 알 수가 있었다.

하필…… 이안하고 얘기한 후에 만났으면 좋았을걸. 이안과 전투를 벌이기도 전에 이미 전의를 50%나 상실해 버렸다. 이러면 안 되는데. 내가 갑인데……. 얼마 만에 거머쥔 갑의 위친데…… 아악! 진짜 되는 일이 없어!

푹 한숨을 내쉰 후 이안이 잠들어 있다는 침실로 살금살금 다가가 문을 빼꼼 열어보았다.

어? 이안…….

내가 알고 있는 이안의 얼굴은 언제나 생기가 넘치고 자신만만한 모습이었다. 정말 재수 없을 정도로 잠든 모습조차도 완벽하기 그지없었는데 지금 이안의 모습은…… 형편없었다. 숨을 쉴 때마다 술 냄새가 진동을 했고 며칠 사이에 볼이 쑥 들어간 거 하며 눈 밑으로 다크서클까지 생긴 것이 내가 나간 이후로 술병만 붙들고 살았나 보다. 그러게…… 있을 때 잘하란 말이 괜히 나온 말이 아니란다, 이 멍청한 외계인아. 나도 모르게 손을 뻗어 푸석해진 그의 머리카락을 넘겨주는데 이안이 천천히 눈을 떴다.

"……리아?"

"……."

"진짜 리아야? ……꿈인가."

내가 아무 말을 하지 않고 있으니 이안은 나를 꿈이나 환영이라고 생각했나 보다. 그대로 누워서 날 바라보며 혼잣말처럼 중얼거렸다.

"……꿈에서라도 볼 수 있어서 너무 좋다. 다신 못 볼 줄 알았는데……."

으이 씨…… 너 입 다물어. 나 맘 약해지게 하지 말고 그냥 입 다물어. 잊으면 안 돼, 내가 갑이야…… 내가 갑이야…….

"리아……."

내가 갑! 내가 갑! 너는 을! 아주 비천한 을!

더 이상 이러고 있다간 죽도 밥도 안 될 것 같아서 이안을 향해 최대한 차가운 목소리로 말했다.

"일어나서 정신 차려, 이안 맥스웰."

약 3초간 그대로 누워 눈만 깜빡거리던 이안이 갑자기 시트를 걷어 젖히며 일어나 앉았다.

"……진짜 리아야? 돌아…… 온 거야?"

이안이 내게 손을 뻗어왔다.

"그대로 그 손 다시 내려요. 앞으로 내 허락 없이 머리카락 한 올도 건드리지 말아요. 알겠어요?"

그렇지! 잘하고 있어! 이 정도면 괜찮은 시작이지? 넌 이제 죽었어, 캔커피 외계인아. 난 앞으로 네가 우러러 떠받들 갑이고, 넌 아주 비천하고 하찮은 을이야!

이안이 힘없는 미소를 지으며 대답한다.

"고마워, 돌아와 줘서."

내 말을 듣긴 한 거겠지? 맞겠지? 그런데 반응이 어째…… 뭐,

상관없어. 고마우니까 고마운 거겠지. 좋아, 이제부터 슈퍼 갑의 위력을 보여주도록 하겠어!

"이안 맥스웰."

어때? 풀 네임으로 부르니까 좀 떨리지? 떨릴 거다. 내가 그의 이름을 부르자 이안이 나를 향해 미소를 지었다. 그러나 그의 미소는 더 이상 찬란하게 빛나지가 않았다. 이상하다? 음…… 기운이 없어서 그런가? 알게 뭐야, 일단은 저 외계인의 버르장머리를 고치는 게 최우선 목표야!

"나한테 미안해요? 뭘 잘못했는지 알아요?"

"알아…… 미안해."

"말로만 하는 사과는 필요 없어요."

"무릎 꿇을까?"

으응? 그럴래? 아니, 뭐…… 그렇게까지는…… 아니지! 나는 슈퍼 갑! 또 잊을 뻔했네.

"꿇어요."

어…… 나 근데 이래도 되는 건가? 에이, 모르겠다. 그냥 가, 가는 거야!

이안은 침대에서 일어나더니 내 쪽으로 한발 내디뎠다. 그가 다가오는 것을 느끼고 내가 움찔하며 뒤로 물러서자 이안은 길게 한숨을 내쉬더니 그 자리에 그대로 앉아 무릎을 꿇었다.

"정말 미안해. 다시는 그런 일 없을 거라 약속해."

순순히 하라는 대로 다 하니까 어째 좀…… 불쌍하네. 너 어쩌다 그렇게 됐니. 그러게 잘 좀 하지 그랬어. 네가 그러지 않아도 난 너를 사랑하는데 날 그렇게 못 믿었어?

난 이안을 무릎 꿇린 채 그대로 방을 나와 버렸다. 그가 그렇게 초라하게 앉아 있는 모습을 보고 있기가 힘들었다. 속이 자꾸 타들어가 주방으로 가서 냉장고 문을 열어보았다. 물이 없네. 이안이 그렇게 즐겨 마시던 다디단 망고주스조차 보이지 않아 그대로 냉장고 문을 닫은 나는 찬장을 살펴보다가 그가 마시다 남긴 술병을 발견하고 꺼내 들었다.

그래, 속 탈 땐 술이 최고지. 혼자 식탁에 앉아 술잔에 술을 따르고 홀짝이기 시작했다. 한 잔이 두 잔이 되고, 두 잔이 세 잔이 되고, 그렇게 술병이 점점 가벼워지는 동안 어느새 창밖으로 어스름하게 새벽빛이 떠올랐다. 빈속에 전작도 있는데 잠도 자지 않고 연거푸 술을 마시니 나도 정신이 점점 몽롱해져 갔다.

오늘 무슨 요일이더라? 회사 가는 날이던가? 아니던가? 아……모르겠다. 자꾸만 눈이 감겨…….

난 식탁 위에 그대로 엎드려 잠이 들었다.

그리고……

……지금 몇 시지?

허리도 아프고 목도 아파서 저절로 잠이 깼는데 사방은 어둠으로 가득 차 있었다. 주머니를 뒤적거려 휴대폰을 열어보니 밤 9시 20분. 아…… 다행히 토요일이구나. 주 5일 근무 만세다. 이래서 대기업이 좋다니까. 더듬더듬 벽을 짚어가며 맨 먼저 주방에 불을 켜고 그다음엔 거실 불을 켜서 집 안을 환하게 만든 뒤에 이안을 찾아보았다.

앤 어디 간 거야……. 내가 그렇게 자고 있으면 침대에 데려다 눕힐 것이지, 하여간 맘에 안 들어. 일단 드레스룸으로 들어가서 여전히 그대로 남아 있는 내 옷들 중 하나를 꺼내 들고 욕실로 갔다. 얼마나 마신 건지 나한테 나는 술 냄새를 내가 느낄 정도라서 어서 빨리 이 지독한 술 냄새를 씻어내고 개운함을 느끼고 싶었다. 간단하게 머리까지 말리고 나와서 소파 쪽으로 걸어가는데 침실의 열린 문틈 사이로 이안이 보였다.

"……이안?"

쟤 왜 저러고 있지? 이안은 침대가 아닌 방바닥에 무릎을 꿇은 채 고개를 숙이고 있었다. 눈은 뜨고 있는 게 분명했지만 초점이 맞지 않아 그냥 툭 건들기만 해도 그대로 쓰러져 버릴 것만 같았다.

아! 그러고 보니 내가 어제 무릎 꿇으라고 했었지. 그럼 뭐야…… 밤새 저러고 있던 걸로도 모자라 여태 저러고 있었다고? 이안이? 다른 사람도 아닌 캔커피 외계인이? 말도 안 돼……. 난 조용히 발소리를 죽이고 이안에게 다가갔다. 그럼에도 불구하고 내 인기척을 느꼈는지 이안이 천천히 고개를 돌려 나를 바라보았다.

세상에…….

이안의 얼굴은 핏기가 사라지고 눈은 초점이 없었으며 입술은 바짝 말라 여기저기 갈라져 허옇게 각질이 일어나 있었다.

너 정말 내가 시킨 대로 여태 이러고 있었던 거야? 그래? 아니, 사람이 융통성이 좀 있어야지, 왜 그래? 난 잤단 말이야! 시킨 사람이 잠이 들었으면 좀 눈치껏 쉬기라도 해야지, 꼴이 이게 뭐야?

너 정말 이안 맞아?

"……일어나요."

이안은 내 말을 듣고 일어나려 했지만 다리에 힘이 풀린 건지 아니면 쥐가 난 건지는 몰라도 힘없이 풀썩 다시 주저앉았다.

"사람이 왜 이렇게 미련해요? 왜 이렇게 중간이 없어요? 시킨다고 다 해요? 내가 죽으라면 죽을 거예요?"

이안의 입가에 희미한 미소가 떠올랐다.

"……응, 기꺼이……."

미쳤구나. 미쳐도 단단히 미쳤어.

"내가 그렇게 좋아요?"

"응."

후우…… 미치겠네, 정말. 저렇게 불쌍한 눈으로 쳐다보면서 말하니까 마음이 약해지잖아. 아니야! 안 돼! 이런 천금 같은 기회를 절대로 놓치면 안 돼! 내가 이안을 몰라? 저러다가도 또 언제 돌변해서 지 맘대로 다 하려고 들지 몰라! 자…… 그럼 이제 어쩐다?

그렇지! 난 슈퍼 갑! 그러니까 그에 걸맞은 계약서를 작성해야겠어! 제대로 다리를 펴지도 못한 채 주저앉아 있는 이안이 안쓰럽긴 했지만 난 억지로 고개를 돌리고 도와주지 않았다. 그리고 서재로 가서 종이와 팬을 가지고 와서 하나하나 꼼꼼히 따져 가며 항목을 작성했다. 이것저것 썼다 지우고 썼다 지우기를 여러 번 하니 그런대로 꽤 흡족한 계약서가 만들어졌다.

이제 이 계약서에 이안의 사인만 있으면 완벽해지는 것이다! 넌 이제 죽었어! 앞으로 내 말에 꼼짝 못 하고 절대 복종하게 될 것이야! 꺄핫!

난 성큼성큼 이안에게 걸어가서 계약서를 당당하게 내밀었다.

"자, 읽어보고 도장 찍거나 자필 사인해요."

이안은 내 얼굴을 물끄러미 바라보고는 이내 그 계약서를 받아들고 읽기 시작했다.

어떠냐…… 놀랍지? 내가 이렇게 나올 줄은 꿈에도 몰랐지? 나도 하면 한다 이거야! 그동안 너한테 당한 게 얼만데 이 정도는 돼줘야 하지 않겠어? 싫음 말든가! 난 아쉬울 거 하나도 없어! 다 죽어가는 꼴을 하고 있는 너보다는 그래도 난 꽤 사람 꼴을 유지하고 있었거든. 얼른 결정해! 할 거야, 말 거야?

이안은 마지막 조항까지 다 읽었는지 계약서를 바닥에 내려놓고 사인을 했다.

후후…… 드디어 마침내…… 내가 슈퍼 갑이 되었다!

계약 조항이 마음에 들 리 만무하건만 이안의 표정에선 아무런 감정도 읽을 수가 없었다. 지금의 이안은 빛나는 외계인이 아니라 그냥 평범하게 실연당한 남자의 모습, 그 자체였다. 알게 뭐야. 난 소기의 목적을 달성했으니까 상관없어. 앞으로 기대해, 이안. 실컷 부려 먹어줄게.

──연애 계약서.

이리아와 이안 맥스웰은 다음과 같은 조건을 두고 연애를 개시한다. 이리아가 갑, 이안 맥스웰을 을이라 칭한다.

1. 갑은 을에게 어떤 명령도 내릴 수 있다. 그리고 을은 반박하거나 거부

할 권리가 없다.

2. 을은 갑이 먼저 원하지 않는 한 그 어떤 말이나 행동도 자의를 가지고 해서는 안 된다.(을은 철저하게 갑이 시키는 것에 절대복종을 해야 한다.)

3. 앞으로 취사, 청소, 빨래 등 모든 집 안일은 을이 맡아서 한다.

4. 갑이 업무상으로 인해 귀가가 늦거나 혹은 여가 시간을 활용하기 위해 귀가가 늦는다고 해도 을은 추궁할 권리가 없다.

5. 갑이 누구를 만나든 을은 간섭할 권리가 없다.

6. 갑이 먼저 청혼을 하지 않는 한 을은 갑에게 청혼할 권리가 없다.

7. 먹는 것, 자는 것, 입는 것, 심지어 숨을 쉬는 것까지 을은 무조건 갑의 의견을 따라야 한다.

위의 조항은 절대적이며 이를 어길 시 갑은 언제라도 을을 떠날 수 있다. 계약의 파기는 오직 갑만이 할 수 있으며 을에게는 그 어떤 권리도 존재하지 아니한다.

……내가 좀 심했나? 음…… 아니야! 이 정도야, 뭐! 그동안 당한 걸 생각해, 당한 걸! 이 정도면 약과…… 는 아니지만 하여튼! 잃어버린 내 권리를 찾아오는 거야. 하는 거 봐서 나중에 조항 하나씩 없애주든가 하면 되는 거지, 뭐. 안 그래?

아무튼 난 오늘부터 슈퍼 울트라 갑이다!

정말이지 내가 생각해도 말이 안 되는 계약서를 쓴 지 3일이 지났다. 사실 그동안 당한 게 있어서 처음 하루는 아주 짜릿했다. 나름 복수하는 느낌이랄까? 뭐, 어쨌든 꽤 통쾌한 하루였다. 내 말

한 마디에 먹고 싶었던 음식을 대령하고, 다리 아프니 마사지하라고 하면 두말 않고 주물러 주고, 청소며 빨래며 모든 집 안일도 이안이 하고, 웃으라면 웃고, 울라면 우는 그를 보면서 십 년 묵은 체증이 내려가는 기분이었다.

그런데 어제부터 슬슬 이안의 행동이 거슬리기 시작했다. 물론 계약서에 틀림없이 그렇게 명시되어 있기는 하지만, 이안은 절대로 내게 먼저 말을 걸지 않았다. 내가 묻는 말에만 짧게 대답하고 내가 시키는 일을 열심히 하는 데만 집중하는 듯 보였다.

아…… 진짜 쟤 중간이 없네. 아무리 내가 그런 계약서를 썼다고 하더라도 이안이라면 틀림없이 내가 놓친 틈을 찾아서 공략할 거라고 생각했는데, 아무래도 이번만큼은 지은 죄가 크다 보니 내가 하자는 대로 최대한 맞춰주려고 하는 모양인가 보다. 좋아, 좋아. 뭐, 다 좋은데! 음…… 하루에도 몇 번씩 발정 난 개처럼 달려들던 애가 얌전하니까 또 그건 그거대로 이상하고 허전하네. 나 벌써 이안한테 길들여진 건가? 으…… 어떡해! 나 밝히는 여자가 됐나 봐!

이건 다 저 외계인 때문이야! 난 너 만나기 전까진 첫 키스도 못 해본 순진무구한 여대생이었다고! 이안과 잠자리까지는 그렇다손 치더라도 가볍게 손을 맞잡거나 키스 정도는 하고 싶은데. 대판 싸우고 집을 나가기 전날부터 지금까지 이안과 전혀 스킨십이 없다 보니 오히려 내가 몸이 달아오르는 상태가 되고 말았다.

이건 무슨 현상이지? 이안이 그렇게 들이댈 때는 제발 좀 그만했으면 좋겠다고 생각했는데? 음…… 이게 바로 밀당인가? 아, 이건 내가 시켜서 이렇게 된 거니까 밀당은 아니구나. 그럼 어떡하지? 그냥 눈

딱 감고 말해? 이안, 나한테 키스해. 이렇게? 으아악!! 난 못 해, 난 못 해! 죽어도 못 해! 그나저나 저놈의 외계인을 이제 어쩐다. 그냥 못 이기는 척하고 조항을 하나 지워줄까? 그래도 아직 3일밖에 안 지났는데 내가 너무 무른 거 아닐까? 으음…… 에이, 몰라!

"이안! 이안! 이리 좀 와봐요!"

거실 소파에 앉아서 그를 부르니 침실에 있던 그가 걸어 나왔다. 얼굴은…… 좀 나아지기는 했네.

"이안이 혼자 집 안일 다 하라는 조항은 없애줄게요. 앞으로는 집안일 나눠서 해요. 물론, 난 밖에서 일하고 들어오니까 집에서 노는 이안이 좀 더 하는 건 어쩔 수 없는 거 알죠?"

"응."

역시 거슬려. 이쯤 되면 뭐라고 딴죽을 걸어야 하는 타이밍인데. 이상하게 너무 고분고분해도 거슬리네.

"이리 와서 옆에 앉아봐요."

이안이 천천히 내게로 다가와 얌전히 앉았다. 주인의 말을 기다리는 강아지처럼. 아, 꼬리를 흔들지는 않으니까 강아지는 아니구나. 음…… 로봇? 그래, 맞아. 영혼 없는 로봇 같아. 아이 씨, 거슬려…….

"이안."

"응, 말해."

"나 사랑해요?"

"응."

"내가 너무하다고 생각해요?"

"아니."

야! 말 좀 길게 할 수 없어? 너 지금 나랑 3일 동안 한 대화가 전부 응, 아니면 아니, 이거라는 거 알고는 있는 거야? 거슬려, 거슬려, 거슬려, 거슬린다고!

"그럼 좀 웃어봐요."

이안이 나를 향해 힘없이 웃음 지었다. 뭐야, 저 영혼 없는 웃음은. 이안의 미소는 더 이상 찬란하지도, 빛이 나지도 않았다. 내가 그렇게 사랑하던 빛나는 외계인은 이제 자기 별로 돌아가고 빈껍데기만 남아 있는 것 같았다. 내가 만약 계약서를 파기하면 이안이 다시 예전으로 돌아와 줄까? 하지만 아니라면…… 난 슈퍼 갑의 위치도 상실하고 사랑했던 모습도 볼 수 없는 거잖아. 지금 이 상태에서 키스를 하자고 해도 영혼 없는 키스를 할 것 같고, 섹…… 음…… 그걸 해도 역시 마찬가지일 것만 같았다. 하…… 돌겠네, 정말. 뭔가 대책을 강구해야 돼. 이대로는 안 돼. 이러다가는 이안이 먼저 날 떠나거나 내가 먼저 지칠 것 같아. 어떡하지? 어떡하지?

검색해 볼까? 아니야…… 내가 검색해서 제대로 된 꼴을 못 봤어! 흐음…… 그럼 일단 남자의 본능을 깨워보는 건 어떨까? 이안이 나를 오랫동안 못 안았으니까 분명히 재깍 반응이 올 텐데…… 그럼 그걸 어떻게 일깨우지?

음…… 한번 시험해 보자.

"이안…… 저기 있잖아요."

"말해."

"나…… 안아줘요."

"응."

이안은 내게로 조금 더 다가와 앉으며 살포시 끌어안아 주었다. 아…… 좋다. 이안 냄새……. 이러고 있다 보면 또 슬금슬금 손이 올라오겠지? 그럼 난 모르는 척하고 받아주면 게임 끝나는 거야. 후후후. 좋았어!

째깍째깍. 째깍째깍.

시간이 얼마나 흘렀는지 재보지 않아서 잘 모르겠지만 족히 30분은 이러고 있는 것 같다. 이안은 내게서 떨어지지도 않으면서 그렇다고 더 이상 진도를 나가지도 않았다. 이상하다? 이럴 리가 없는데……? 난 살짝 이안을 밀어내고 그의 얼굴을 바라보았다.

역시…… 맞아…… 애 지금 영혼이 없어. 그럼 내가 사랑했던 빛나는 외계인은 어디로 간 거야! 진짜 자기 별로 돌아간 거야? 너 정말 이안 맞아? 이안이 나를 대하는 태도는 이젠 거슬리는 정도를 벗어나 나를 좌절에 빠지게 만들고 있었다. 이걸 어째…… 애 충격이 너무 컸었나 봐. 집은 나가지 말걸 그랬나? 아니, 나갔어도 사과하는 거 그냥 받아줄걸 그랬나? 이미 지난 일을 후회해 봐야 소용없으니 생각을 하자, 생각…… 생각…… 생각…….

난 결국 특단의 조치를 취하기로 결심했다. 좀 쪽팔리기야 하겠지만 이미 이안에게 쪽은 팔릴 대로 팔린걸, 뭐. 까짓 거, 눈 딱 감고 하는 거야.

작전명. 남자의 본능을 깨워라! 오호…… 요 제목 맘에 드는데?

난 이안에게 이제 됐으니 가서 볼일 보라고 말한 후 서둘러 드레스룸으로 들어갔다.

어디 보자…… 여기 어디쯤에…… 있다! 예전에 이안이 요일별로 사다 놓은 망사 컬렉션! 내 평생 잊을 수 없는 일곱 번 치욕의 스트립쇼를 가능케 한 원흉들! 오늘에야말로 너희들이 이 세상에 존재하는 이유를 증명할 때가 왔다! 임무를 철저히 완수하도록! 난 그중 가장 야하기 그지없었던 입어도 입은 것 같지 않은 망사 세트를 위아래로 갖춰 입었다.

참…… 이건 언제 봐도 적응이 안 되는 디자인이다. 위는 그렇다 치더라도 아래가…… 밑이 뚫려 있으면 속옷의 기능을 할 수가 없는 거잖아! 디자이너가 누군지 정말…… 뭐, 하여간 그딴 건 상관없고 이걸 입고 나가는 거야.

괜히. 쓸데없이. 그냥 왔다 갔다만 하자. 스트립쇼는 이제 두 번 다시 안 할 거야! 이안 어디 있지? 방에 있나? 난 그를 찾으려 두리번거리다가 주방에서 나는 소리를 듣고 그쪽으로 걸어갔다.

최대한 섹시하게…… 엉덩이를 흔들면서…… 아이 씨…… 바람이 숭숭 들어와.

이안은 저녁 준비를 하려는 듯 내가 좋아하는 고기를 양념에 재고 있었다. 내가 주방으로 들어가는 것을 본 그의 눈이 순간 확 커졌다 줄어들었다. 옳거니! 반응 왔어! 난 괜히 냉장고 문을 열었다 닫으며 이안에게 말을 걸었다.

"뭐 좀 마실 거 없어요? 시원한 거. 이상하게 오늘 덥네……."

이안은 내게 잠깐 기다리라고 하더니 순식간에 아이스 아메리카노를 만들어 내왔다.

"고마워요."

하지만 그는 내게서 금방 시선을 거두고 요리에 다시 집중하는 듯 보였다. 뭐야…… 이걸로는 약한가? 좋아, 그럼 더 강한 거!

"어머! 어떡해! 손이 미끄러져서 다 흘려 버렸어요. 이안, 수건 가져와서 나 좀 닦아줄래요?"

난 내가 마시던 아메리카노를 그대로 내 가슴골에 부어버렸다. 흘린 게 아니라 누가 봐도 부은 게 확실한데도 이안은 말없이 수건에 물을 적셔와 나를 닦아주었다. 일단 위치는 더할 나위 없이 완벽하니까 이번에야말로 이안이 반응을 하겠지? 하지만 이안은 무표정하게 내 몸을 닦아주기만 하고 있었고, 오히려 반응은 내 쪽에서 오기 시작했다.

밑이 뻥 뚫린 망사 속옷과 속이 훤히 비치다 못해 가슴을 적나라하게 내보이는 망사 가슴가리개—전혀 가려지지 않는—를 하고 있던 나는 이안의 손길을 느낄 때마다 흠칫 몸이 떨리는 걸 막을 길이 없었다.

오랜만이어서 그런가? 어…… 어떡하지? 이러면 안 되는데? 이런 내 마음을 아는지 모르는지 아주 구석구석 닦아내는 이안의 손길은 무척이나 야릇하고 들뜬 숨을 내뱉게 만들었다. 이러면…… 안 되는데. 안 되는데……. 안 되는데……. 돼! 돼! 되지, 뭐!

이안, 너 이리 와. 오늘은 내가 잡아먹어야겠어! 나 더 이상은 못 참아!

이안이 스치듯 지나가면서 수건으로 닦아낼 때마다 내 입에서는 저절로 신음이 터져 나왔다. 입으나 마나 한 망사 속옷 사이로 수줍게 숨어 있던 작은 열매가 봉긋 솟아오르기까지 하니, 아무 반응 없는 이안의 얼굴을 보고 있는 나로선 참으로 민망한 일이 아닐 수 없었다. 너 내 몸에 무슨 짓을 한 거야? 나 원래 이렇게 밝히는 여자 아니었단 말이야! 이안은 몇 번씩이나 수건을 헹구어 내 몸을 꼼꼼하게 다 닦아낸 후 자리에서 일어나려 하고 있었다.

"저, 저기! 이안!"

"왜."

왜? 왜? 넌 나를 보고도 아무 생각이 안 들어? 씨이…… 좋아! 네가 그런 식으로 나오겠다면 나도 다 생각이 있어!

난 이안의 손을 부드럽게 잡아당겨 의자에 앉힌 후 그의 무릎 위에 올라앉았다. 양손으로 이안의 볼을 감싸고 약 올리듯 살짝살짝 입을 맞추면서 반응을 살피는데 금방이라도 달아올라 덮칠 거라는 예상과는 달리 이안은 그저 무덤덤하게 아무것도 하지 않고 앉아 있을 뿐이었다.

좀 약한가? 그럼 다시! 체중을 실어 그에게 몸을 밀착시키고 아까보다는 훨씬 농밀한 키스를 시작했다. 그의 입술을 열어 더 안쪽으로 파고들어 가 오랜만에 이안의 맛을 느껴보았다.

아…… 달콤해…… 역시 이 맛이야.

조금 더 그를 느끼고 싶어서 그의 목에 팔을 두르고 적극적으로 키스 공세를 펼쳤다. 하지만 이안은 가만히 입을 내어주고 있기는 하지만 그 어떤 움직임도 보이지 않고 마치 전시되어 있는 마네킹처럼 가만히 있을 뿐이었다.

"……이안."

"응."

"왜 키스 안 해요?"

"하고 있잖아."

"아니…… 이런 거 말고."

"어떤 거?"

아니, 왜 있잖아…… 네가 막 나를 집어삼킬 듯이 입술에 머금고 정신없이 안을 휘저어가고…… 야! 내가 이런 걸 꼭 말로 해야 하는 거야?

"이안이 가만히 있으니까 나 혼자 흥분하는 것 같아서 민망하잖아요……."

"그럼 어떻게 해줬으면 좋겠어? 리아가 제대로 얘기를 해줘야 내가 할 거 아니야."

"네?"

"계약서 2항을 보면 '을은 그 어떤 말이나 행동도 자의를 가지고 해서는 안 된다.' 라고 되어 있는데? 그러니까 리아가 원하는 걸 정확히 말을 해줘야 내가 그대로 이행하지."

뭐? 너 지금 계약서대로 하고 있다고 나한테 시위하는 거야?

이안의 입꼬리가 점점 말려 올라가고 있었다.

"자, 좀 더 구체적으로 디테일하게 얘기해 봐. 내가 어떻게 해주길 원해?"

그래…… 이런 식으로 나오겠다면 좋다 이거야. 내가 못 할 줄 알아? 아주 디테일의 끝을 보여주마!

"그럼 먼저 내 입술을 차례로 부드럽게 머금어줘요."

"이렇게?"

이안의 입술이 내 입술을 찾아왔다. 아…… 좋다…….

"그다음엔 혀로 살살 간질이면서 입술 사이를 열어줘야죠."

"아…… 이렇게 해달라는 거지?"

끝이야? 아…… 감질나…….

"이제 이안이 아주 단 사탕을 먹을 때처럼 혀를 움직여서 내 입 안을 누벼줘야죠……."

어째 점점…… 말하기가…… 민망해지는 수위로 변해가는데? 이안의 입술 위에 커다랗게 호선이 그려지기 시작했다. 그는 여전히 나를 안지 않은 채 입술만 움직여 키스를 하고 있었다. 그러다 보니 아무리 키스를 오래 해도 채워지지 않는 무언가가 자꾸만 내 안에서 꿈틀거리며 점점 더 그를 원하는 내 자신을 발견할 수 있었다.

이래도 안 넘어온다 이거야? 너 언제까지 그러고 있을 거야? 나 피 말라 죽는 거 보려고 그래?

그의 목에 두른 팔에 더 힘을 주면서 꼭 끌어안았다. 이제 내 몸은 더 이상 어쩌지 못 할 정도로 달아오르고 있었다. 점점 더 호흡이 가빠지고 머리끝까지 열기가 차올라 이안에게 간절한 눈빛을 보내봤지만 그는 의자에 기대어 편하게 앉아 있을 뿐, 내게 아무것도 하지 않았다.

"이, 이안……."

"말해."

"나 이제…… 이안한테……."

입이…… 입이…… 안 떨어져! 그걸 내 입으로 어떻게 말해!

"나한테 뭐?"

"아니에요…… 됐어요."

이제 그만 그에게서 내려오려고 하던 순간, 난 내가 앉아 있던 자리에 선명하게 남아 있는 젖은 자국을 보고 적잖이 당황했다.

아…… 이 속옷이 밑이 뚫려 있었지…… 어떡해! 나 혼자 흥분했나 봐! 이걸 어째, 이걸 어째, 이걸 어째!

난 이안의 무릎 위에서 내려가지도 못하고 그렇다고 계속 매달려 있지도 못하면서 안절부절못하고 있었다.

"왜 그래?"

너 알면서 묻는 거지. 너도 네 다리에 축축한 느낌이 있을 거 아니야!

이왕 이렇게 된 거 그래! 끝까지 가보자!

"안, 안아줘요……."

"그래."

이안이 나를 품속으로 끌어당겨 안아주었다.

"음…… 그리고 내 등 좀…… 쓰다듬어 줘요……."

으아악! 죽고 싶어! 죽고 싶어! 내 입에서 이런 말이 나오다니!

이안은 손바닥이 아닌 손가락으로 내 등을 간질이며 쓰다듬었다. 그게 또 미치고 환장할 정도로 짜릿한 느낌을 주는 것이라 이제 내게 남아 있는 이성 따위는 없는 것 같았다. 평온하고 차분한 이안과는 달리 난 어느새 거칠게 변해 버린 숨소리를 내뿜고 있었다.

"침대로…… 가줘요……."

이안은 나를 가뿐하게 안아 들고 침실로 걸어가 소리도 내지 않고 조용히 침대에 내려놓았다. 그런데 이 자식이 나를 그냥 두고 나가려고 하는 게 아닌가!

"이, 이안!"

"왜?"

"어디 가요?"

"저녁하러."

아니야! 나 밥 안 먹어도 돼! 고기도 안 먹어도 돼! 그러니까 이리 와! 이리 오라고!

"그럼 쉬어. 다 되면 부를게."

"이안!"

더 이상 참을 수 없던 나는 있는 힘껏 소리치고 말았다.

"왜?"

우이 씨…… 이제 자존심이고 뭐고 다 필요 없어…… 나 지금 미칠 지경이란 말이야.

"그…… 그러니까…… 나 좀…….'

"응."

"나 좀 어떻게 해줘요!"

"어떻게?"

내 얼굴에서 핏기가 사라지고 있는 것을 확실히 알 수 있었다. 저렇게 모르쇠로 일관할 수 있는 이안이 무서울 정도였다.

"그…… 그게…… 어…… 일단 이리 좀 와서 앉아요."

이안이 내 곁으로 다가와 앉았다.

"더, 더…… 가까이…….'

"이제 됐어? 그럼 이제 어떻게 해줘?"

내 표정을 보지는 못했지만 아마 울상이 되어 있을 거라고 추측

할 뿐인 나는 거의 애원하다시피 이안에게 매달렸다.

"안아줘요, 이안."

"그래."

또 아무 감정 없이 안고 있기만 하는 이안에게 화가 난 나는 그를 밀어내고 이글거리는 눈빛으로 쏘아보았다.

"왜? 안아달라며. 그래서 해달라는 대로 다 해주는데 왜 화를 내?"

"무슨 뜻인지 알잖아요!"

"아니, 난 몰라. 리아가 말을 해줘야 알지. 내가 무슨 독심술사도 아니고 더구나 리아가 시키는 대로만 하기로 계약했잖아."

저…… 저…… 저 입꼬리 올리는 것 좀 봐. 여우 같은 것…… 너 독심술사 맞잖아!

"리아, 내가 어떻게 했으면 좋겠는지 정확하고 상세하게 말해 봐. 어디를 어떻게 해달라고?"

"……."

"말하지 않으면 난 그냥 나가고."

난 그대로 일어서려는 그의 팔을 다급하게 붙잡으며 소리쳤다.

"아니! 잠깐만! 잠깐만!"

"왜?"

으이 씨…… 이제 나도 모르겠다!

"계약서 무효! 전면 무효! 나 이렇게는 못 살아요! 다 없던 일로 할 테니까! 그러니까……."

"그러니까?"

"······이안 하던 대로 해요. 하고 싶은 대로 다······."

"정말이야?"

"으응······ 이안이 그렇게 수동적이기만 하니까······ 재미가 없어······."

"후회 안 하겠어?"

"후회 안 해! 절대로! 지금 이건 내가 사랑하던 외계인이 아니란 말이야!"

이안은 한 손으로 자신의 머리카락을 쓸어 올리며 나를 바라보았다.

"리아가 정 그렇게 원한다면······."

그가 나를 밀어 넘어뜨리고 내 위로 올라왔다. 단순한 그 행동만으로도 내 심장은 미칠 듯이 질주하는 중이었다.

"그럼 이제 시작해 볼까? 리아가 그렇게 바라 마지않던 사랑의 행위를."

해가 이미 넘어가서 어둑어둑해지고 있었지만 이안은 찬란하기 그지없는 미소를 지으며 온몸으로 빛을 뿜어대고 있었다.

아······ 드디어 돌아왔다. 나의 사랑스러운 빛나는 외계인으로······. 그런데 어째 또 당한 것 같은 이 기분은 왜일까?

그렇게 나의 슈퍼 갑의 위치는 3일 천하로 끝이 났다.

나와 이안 두 사람 모두 지난 며칠간 참아왔던 애정을 모두 쏟아 폭풍 같은 관계가 끝이 난 후에도 길게 남아 있는 여운 때문에 씻지도 않고 그대로 침대에 남아 서로의 체온을 느끼고 있었다.

"이안, 다시 돌아와 줘서 기뻐요."

"무슨 소리야? 돌아온 건 리아지, 내가 아니잖아."

"그냥 뭐 그런 게 있어요."

나는 그렇게 그리웠던 이안의 품속으로 파고들었다. 이안은 그런 나를 사랑스러운 손길로 어루만지며 내 머리에 연신 입을 맞추고 있었다.

"그런데 이안, 솔직히 말해봐요."

"뭐를?"

"일부러 그런 거죠? 다 알면서. 아니, 그전에 내 계약서대로 한다고 하더라도 그렇게까지 오버할 필요는 없었잖아요."

이안이 피식 웃음을 흘렸다.

"당연한 거 아니야? 내가 그러지 않았으면 리아는 어쩌려고 그랬는데? 사실 이번엔 내가 잘못한 부분이 크니까 며칠은 더 봐주려고 했는데 리아가 이렇게 참을성이 없는 줄은 미처 몰랐지 뭐야."

"나도 어쩔 수 없었어요! 이안에게 빛이 사라졌었단 말이에요!"

"그럼 지금은?"

찬란한 미소를 머금고 나를 바라보는 이안의 얼굴은 말할 수 없을 정도로 아름답게 빛났다. 막 해가 지고 나서 시작된 우리의 관계 덕에 지금 집 안에 불빛이라곤 남아 있지 않았지만, 이안은 말 그대로 자체발광을 하고 있었다.

"……눈부셔요."

키득대며 웃는 이안이 내 콧잔등을 튕겨내었다.

"리아가 사랑하는 외계인이 돌아와서 기쁘단 거였어?"

"으응……."

"리아, 잘 기억해. 내가 리아가 아니면 안 되듯이 이제 리아도 나 아니면 안 돼. 알고 있지?"

"응…… 확실히 알았어요. 하지만 이안도 다신 그러지 말아요."

"물론이지. 나도 이번에 리아가 없어지고 나서 생각 많이 했어. 다시 그런 멍청한 짓은 하지 않을게."

그의 대답이 너무도 사랑스러워 난 이안의 입에 살포시 입을 맞췄다. 그 역시 내 입술을 그냥 보내지 않고 따뜻한 숨결을 불어넣으며 그의 입안에서 말캉한 것이 나를 마중 나왔다. 그렇게 서로의 입술을 탐하고 있던 찰나, 난 그동안 잠시 잊고 있었던 일을 생각해냈다.

"맞다! 이안! 내가 깜빡하고 있던 일이 있어요!"

"뭔데?"

"이안 부모님이요! 어떻게 되셨지? 라일리가 다시 모시고 갔나? 어…… 나 인사도 제대로 못 했는데."

"그거라면 걱정할 필요 없어, 아직 기다리고 계시니까."

"뭘 기다려요?"

"양가 상견례. 원래 한국에선 그렇게 하는 거라고 내가 미리 말씀드렸거든."

뭣이라…… 상견례?

"자, 잠깐만요. 누가 누구랑 뭘 해요?"

"나랑 리아랑 결혼을 하기 위해서, 우리 부모님이랑 리아 부모님이랑 상견례를 한다고."

"언제요?"

"오늘이라고 한 것 같은데, 전화해 볼까?"

"뭐라고요? 오늘? 우리 부모님은 나한테 그런 말 없었는데?"

"우리가 이미 같이 살고 있다는 것도 다 말씀드렸어. 식만 올리면 되니까 상견례만 하고 날짜 잡자고 했지."

이안이 확인 사살을 시켜주자, 난 갑자기 머리가 멍해졌다.

"어…… 그러니까 그게…… 나도 모르게 우리가 결혼을 하게 됐네요?"

"이미 다 들킨 거 뭘 또 빼고 있어. 리아, 나 없이 살 수 있어? 아니잖아."

아니, 아니, 아닌데……. 아닌 건 맞는데……. 그럼 우리 부모님은? 그냥 이대로 나 보내도 괜찮다는 건가? 이렇게 쉽게? 보통 딸 가진 아빠들은 사윗감을 도둑놈 보듯이 보지 않던가? 아니, 우리 아빠는 뭐 이렇게 쉬워! 난 도저히 믿을 수가 없어서 부모님에게 전화를 걸었다.

[여보세요.]

"아, 엄마? 지금 어디예요?"

[어, 리아구나. 우리 지금 **호텔에서 밥 먹고 있어. 머리털 나고 이런 데 처음 들어와 본다, 얘.]

"……누구랑?"

[누구기는, 사돈 될 분들이지. 넌 입만 열면 바쁘다고 해서 아예 부르지도 않았어.]

뭣이라? 사돈? 사돈? 이 사람들이 진짜! 왜 이렇게 쉬워!

"아니, 엄마. 나한테 말도 안 하고 이러는 법이 어디 있어요?"

[이미 살림까지 차린 계집애가 뭘 잘했다고 큰소리야? 소문나기

전에 식부터 올려야지, 너 그러다 덜컥 애라도 들어서면 그땐 어쩔 거야? 배불러서 드레스 입고 싶어?]]

헉! 애라니, 애라니! 엄만 무슨 그런 무시무시한 소리를 눈 하나 깜빡 않고 말을 하는 거야?

"하여간 난 아직 그럴 생각 없으니까 이왕 간 거 식사나 하고 내려가세요."

[날짜 이미 다 잡아놨어. 사돈 어르신들이 서운하다고 미국에서도 식을 올리자고 하니까 얘, 너 결혼식 두 번 하게 생겼다. 호호. 한국에서 한 번, 미국에서 한 번. 우리 리아 좋겠네.]

"뭐라고요?"

난 흔들리는 눈동자로 이안을 힐끗 쳐다보았다. 이안은 이미 다 알고 있었던 듯 어깨를 으쓱하고 내리더니 두 번째 손가락을 좌우로 흔들며 혀를 차고 있었다.

오 마이 갓…… 이 얼토당토않은 우주최강 외계인의 덫에 꼼짝없이 갇히고 말았다.

"그…… 그래서 날짜가 언젠데요? 요즘 식장 잡기 어렵다던데……."

[응, 맞아. 식장을 못 잡았어.]]

휴우, 다행이다. 그럼 일단 시간은 번 셈이구나.

[이안 서방이 굳이 예식장에서 하는 것보다는 여유롭게 천천히 식을 치르고 싶다면서 야외로 잡았어. 야외에서 하려면 너무 추워지기 전에 해야 하니까 날짜는 9월 말이야.]]

"네? 9월 말? 겨우 한 달 좀 넘게 남았잖아요! 무슨 결혼을 그렇게 번갯불에 콩 볶듯이 해요?"

[아니, 애. 그럼 이미 살림은 다 차렸고 필요한 거 하나도 없다는데 뭐하러 미루니? 쇠뿔도 단김에 빼야지. 너 그러다 이안 서방이 딴 여자 생기면 너만 손해야, 알아? 이것이 복 터진 줄 알아야지. 끊어! 식사 중인데 전화통 붙들고 있는 것도 실례야!]]

뚝.

속절없이 끊긴 전화를 멍하니 쳐다보고 있는데 이안이 다가와 나를 끌어안았다.

"우리 예쁜 신부, 내일부터 피부 관리 좀 받으러 다닐래? 지금도 예쁘지만 여자들은 결혼식이 최대의 로망이라며. 가장 예쁘게 보여야 하잖아. 물론 내 눈엔 리아가 세상 어떤 신부보다도 예쁠 거야."

"어…… 음……."

할 말을 잃었다. 이안 부모님께 정식으로 다시 인사나 드리려고 했는데 졸지에 결혼까지 하게 생겨 버렸다. 우리 엄마는 아예 이안을 이안 서방이라고까지 부르고 있다. 이안 서방…… 이안 서방? 이건 또 뭐야? 보통은 성을 부르지 않나? 김 서방, 박 서방, 이렇게. 그럼 이안은 맥스웰 서방? ……차라리 이안 서방이 낫긴 낫구나. 아니지! 내가 지금 무슨 생각을 하고 있는 거야? 지금 중요한 게 그게 아니잖아! 또 내 의견은 묻지도 않고 일을 벌인 이안에게 확실히 따져야겠어!

"이안! 좋아요, 결혼이고 뭐고 다 좋은데! 그전에 확실히 하나 짚고 넘어갈 게 있어요."

"그렇지? 나도 그렇게 생각하고 있었어."

오, 그래? 역시 너도 한번 호되게 당하고 나니까 생각이라는 걸

하게 된 모양이구나. 좋아, 그럼 얘기가 더 쉽지!

"이안 입으로 얘기해 봐요. 그동안 입 다물고 있었던 이유가 대체 뭐예요?"

"그동안은 리아가 너무 화가 나 있었으니까 나도 참고 있었던 거지, 뭐겠어."

참아? 참아? 네가 뭘 참아?

"리아, 이제 우리 결혼도 하게 됐는데 결혼 전에 있었던 일은 확실하게 청산하는 게 좋겠지? 내가 잘못했던 건 사실이지만 그렇다고 다른 남자 집에 들어가다니. 무슨 생각으로 그런 거야?"

응?

"그 일은 내가 백 번 잘못했어. 하지만 그 이후에는 리아도 잘한 거 없잖아. 감히 나를 두고 다른 남자를 만나? 그것도 그 남자 집에서?"

으응?

"이러니 내가 리아를 그냥 내버려 둘 수가 없는 거야. 조금만 틈을 주면 금방 딴 남자를 만나니 내가 어떻게 안심을 할 수가 있겠어?"

으으응?

"이번 기회에 뿌리를 싹 잘라 버리고 공개적으로 결혼하고 혼인신고까지 해버릴 테니까 이제 그만 포기하고 나만 봐. 리아는 가만 보면 욕심도 많아. 나 같은 남자를 두고 어떻게 다른 남자에게 한눈을 팔 수가 있지?"

야! 내가 언제! 얘 웃기는 얘네. 생사람 잡아도 유분수지! 나 절대 그런 적 없거든? 아니, 난 그 얘기를 하는 게 아니라 우리 결혼

문제를 따지려고 하는 건데……. 왜 또 이렇게 꼬이지?

"저기, 이안. 난 그게 아니라……."

"아무튼 결혼도 해야 하고 신혼여행도 가야 하니까 회사는 그만 둬."

"뭐라고요? 아니, 왜? 신혼여행 다녀와서 다시 다니면 되는데 굳이 그만둘 필요는……."

이안은 내 얼굴을 감싸 쥐고 깊게 입을 맞추었다.

"신혼여행 기간은 아마 1년쯤 걸릴 거야. 리아랑 가보고 싶은 곳이 아주 많아."

1년…… 오 마이 갓. 난 아마 죽을 때까지 너의 스케일을 감당하지 못할 것 같아. 넌 역시 우주최강 외계인이구나!

18화

우리 진짜 결혼해

"음…… 저기, 이안."

"왜."

"우리 만난 지 아직 1년도 안 됐잖아요. 결혼은 좀 빠른 거 아니에요?"

난 조심스럽게 이안의 표정을 살피며 물어보았다. 이안과 결혼을 한다는 게 꼭 싫은 것만은 아니지만 이제 갓 대학을 졸업한 사회 초년생인 데다가 이안에 대해서 속속들이 알고 있는 것도 아니고 왠지 등 떠밀려 가는 기분을 지울 수가 없었기 때문이다.

"만난 지 1년 넘었어. 기억 안 나? 우리 도서관에서 처음 만났잖아."

"아, 그건 그런데 그때는 우리가 사귄 건 아니었잖아요."

"뭘 그렇게 따져. 그냥 포기해. 포기하면 편해."

그러게…… 포기하면 된다는 거 나도 아는데 난 왜 포기가 안 될까.

이안은 나를 물끄러미 쳐다보더니 한숨을 푹 내쉬었다.

"왜…… 요?"

"리아는 나랑 결혼하는 게 싫어?"

"아니, 그건 아니고……."

"아니면 다른 남자 더 만나보고 싶어?"

"네? 아니에요! 무슨 소리를 하는 거예요?"

"난 리아만 있으면 되는데 리아는 아닌 것 같아서…… 좀…… 기분이 쓸쓸하네."

어라? 이 자식 왜 이래? 너 이번엔 동정심 유발 작전으로 바꾼 거야? 왜 갑자기 불쌍한 척을 하고 그래?

"아니, 이안…… 나는요……."

"그렇게 싫으면 리아 좋을 대로 해. 혼자 지내보고 싶으면 그것도 그렇게 해. 난 그냥 미국으로 돌아갈게."

야! 너 왜 이래! 내가 언제 너 싫다고 했어?

"이안, 그게 아니라 난 좀 더 연애 기간을 즐기고 싶다고나 할까……. 뭐, 그런 거예요. 절대로 이안이 싫다거나 그런 거 아니니까 괜히 또 오해해서 일 만들지 말아요."

"그래? 그런 거라면 뭐, 결혼하고 나서도 연애하는 기분으로 살면 되지. 우리 애는 천천히 갖자. 연애 기분을 오래 가지려면 그게 좋겠어. 물론 리아를 닮은 딸이 생긴다면 더없이 기쁘겠지만 말이야."

내가 말을 말아야지. 한마디를 하면 혼자서 상상력의 질주를 하는 애한테 뭘 기대한 거야. 그런데 그냥 이대로 결혼까지 하는 게 맞는 건가? 원래 결혼을 앞둔 신부가 갑자기 마음이 불안정해지고 뭔가 화장실 갔다가 그냥 나온 듯 찜찜한 기분을 느끼는 게 정상인 건가? 아, 몰라, 몰라. 뭐 내 맘대로 한 번이라도 되는 게 있었어야지. 그냥 아무 생각 없이 웹 서핑이나 하다가 자련다. 내일은 내일의 태양이 뜨겠지, 뭐. 스칼렛 오하라도, 스토커 같지만 남성미 철철 넘치는 레트 버틀러에게 튕기다가 결국 잃어버렸잖아. 바람과 함께 사라지다를 보면서 진짜 스칼렛 때문에 열폭했던 시절이 있었는데, 난 그러지 말자. 어디를 보나 이안이 레트 버틀러보다 훨씬 낫잖아? 아닌가? 뭐, 아님 말고.

쓸데없이 이리저리 웹 서핑을 하다가 문득 맨 위에 메일함의 숫자가 들어왔다.

—129개의 안 읽은 메일이 있습니다.

메일 정리 좀 해야겠네. 요즘 하도 스팸이 많아서 메일 안 읽은 지가 백 만년은 되는 것 같다. 메일함을 클릭해서 들어가 보니 아니나 다를까, 각종 광고와 스팸들이 한가득 쌓여 있었다. 전체 선택을 해서 휴지통으로 버리고 다음 페이지가 나오는데 익숙한 이름이 보였다.

—Ian Maxwell

어? 이안? 나한테 메일을 다 보냈네? 가만있어 봐…… 이게 다 몇 통이야? 하나, 둘, 셋, 넷…… 히익! 뭐야, 다음 페이지도 다다음 페이지도 다 이안이 보낸 거잖아! 날짜를 확인해 보니 이안과 싸우고 집을 나갔을 때 보내온 것들이었다. 맞아, 그때 라일리도 메일 확인 왜 안 하느냐고 했었지……. 대체 뭐라고 썼기에…….

—Won't you please consider coming back to me(제발 내게로 돌아와 주면 안 되나요)?

으이그…… 이 자식아. 있을 때 잘하라고, 있을 때.

—歸ってきてください(돌아와 주세요).

이건 일어네……. 하나씩 메일을 열어보는데 그 안에는 세계 각국의 언어들로 돌아와 달라는 단 한 마디의 말이 적혀 있었다. 익숙한 알파벳이나 한자를 제외하고는 대부분이 내가 알아볼 수 없는 글자들이었지만 그래도 난 한눈에 알 수가 있었다. 그것이 절절하게 나를 기다리는 이안의 표현이었다는 것을 말이다. 자식…… 이럴 거면서 왜 내 속을 그렇게 뒤집어놨었던 거야. 그리고 아직도 많이 남아 있는 수많은 메일들에는 딱 한 가지 말이 각기 다른 표현으로 적혀 있었다.

―당신만을 사랑합니다(I love only you).

―당신의 모든 것을 사랑합니다(I love everything about you).

―당신을 굉장히 사랑합니다(I'm madly in love with you).

―진심으로 당신을 사랑합니다(I love you with all my heart).

―나는 그 누구보다도 당신을 사랑합니다(I love you more than anybody else does).

―당신을 진심으로 사랑합니다.(I love you with all my heart).

―말로 다 표현할 수 없을 정도로 당신을 사랑합니다(I can't tell you how much I love you).

―당신이 생각하고 있는 것 이상으로, 당신을 사랑합니다(I love you more than you know).

이안…… 널 정말 어쩌면 좋을까? 입가에 묘한 미소가 떠오르고 있었다. 나…… 사랑받고 있구나.

이제 막 메일을 닫으려는데 알림 음과 함께 새 메일이 도착했다. 응? 또 이안이네? 방금 보낸 건가? 아니, 입 뒀다 뭐 하고 한집에 있으면서 메일을 보내? 하여간 특이하다니까. 여기엔 또 뭐가 적혀 있을까. 두근대는 마음으로 메일을 열어보았다.

아…….

―You mean the world to me. Will you marry me(당신은 나에게 세상 전부나 마찬가지야. 나하고 결혼해 줄래요)?

―あなたを愛あいしています。 殘のこりの人生じんせいをあな

たと過すごしたい° 私わたくしと結婚けっこんしてくれますか (당신을 사랑해. 당신과 평생 함께하고 싶어요. 나랑 결혼해 줄래요)?

——我爱你 , 我想与你共度余生 , 愿意嫁给我吗 (당신을 사랑해. 당신과 평생을 함께하고 싶어요. 결혼해 줄래요)?

——Hãy kết hôn với anh nhé (저와 결혼해 주시겠어요)?

——Você quer se casar comigo (저와 결혼해 주시겠어요)?

　수많은 언어들로 내게 청혼을 하는 이안이 바라고 있는 건 오직 단 한 마디. 그 짧은 한마디를 듣기 위해 이안은 이렇게 많은 편지를 보냈다고 생각하니 어쩐지 마음이 울컥했다. 이안은 나를 이렇게 간절하게 원하는 것과 동시에 표현을 아끼지 않는데 나는 그를 위해 뭘 해줬지? 내가 줄 수 있는 것 중에 가장 이안이 좋아할 만한 것이 뭐가 있을까?

　음…… 역시 그거밖에는 없나? 확실히 좋아할 거라는 건 믿어 의심치 않지만…… 내가 그런 걸 어떻게 해! 아니야, 아니야. 생각을 바꿔보는 거야. 늘 나만 받았잖아. 원한 건 아니었지만…… 어쨌든! 시도는 해보는 거야! 이왕 마음먹은 거 철저히 준비를 해서 이안을 기쁘게 해주는 거야! 자! 검색 시작! 아흑…… 이 와중에 검색을 할 수밖에 없다니…… 차마 민망해서 누구에게 물어볼 수도 없으니 믿을 건 너뿐이다! 제발 이번엔 제대로 된 지식을 알려줘!

　성인만을 위한 단어라 검색이 안 될지도 모른다는 내 생각은 보기 좋게 빗나갔다. 의외로 요즘은 성에 대한 지식들이, 전문가들로부터 거리낌 없이 칼럼으로 써지고 있었다. 대부분 부부생활의 개선에 관한 이야기였지만 상세하게 방법까지 설명해 주는 글도 꽤 있는 걸 보고 우리나라도 이제 꽤 많이 바뀌었다는 걸 실감했다. 어쨌든, 처음으로 한 번에 검색을 성공한 나는 연습이 필요할 것 같아서 냉장고에 있는 얼음을 모조리 꺼내왔다.

"리아, 뭐 하려고?"

"네? 아…… 음…… 더워서 얼음 좀 먹으려고요."

"그렇게 많이? 배탈 나."

"아하하…… 적당히 먹을게요. 이안, 오늘 혹시 어디 나갈 거예요?"

"이 밤에 가긴 어딜 가. 이제 씻고 자야지."

"응! 응! 일단 이안 먼저 씻어요!"

절호의 찬스다! 이안이 씻는 동안 벼락치기 마스터를 하는 거야! 가만있어 봐, 입안에 얼음을 넣고 굴리면서 녹여먹는 상상을 하라고 했지? 이빨로 깨물지는 말고…… 헉! 이빨로 깨물면 큰일 나긴 하겠다! 조심, 조심…… 이렇게…… 요렇게…… 뭐, 별거 아니네. 이 감각을 기억하고 실전에 돌입하면 되겠어! 하나 더 먹어볼까? 이번엔 좀 다르게…… 이쪽으로 저쪽으로 한 번씩 물었다가…… 그렇지! 요런 식으로 하는 것도 좋을 것 같아.

이안이 아직 샤워를 하고 있는지 욕실 안에서 쏴아 물 소리가 들려왔다.

꿀꺽! 으…… 떨려, 떨려…… 아니야, 할 수 있어! 하는 거야! 내 사랑을 적극적으로 표현하는 거야!

똑똑. 살짝 노크를 하고 욕실 문을 열었다.

"……이안, 다 씻었어요?"

이안은 내가 들어오는 것을 보고도 조금도 당황하는 기색이 없었다. 난 나만 알몸으로 있으면 좀 부끄럽던데…….

"왜? 리아도 지금 씻으려고? 내가 씻겨줄까?"

"아니요! 절대로 아니!"

샤워를 마친 그가 당당하게 정면으로 내게 걸어왔다. 우와…… 저 자신감은 대체 어디서…… 나올 만하지. 우주최강 변태 외계인이니까. 물을 뚝뚝 떨어뜨리면서 내 앞으로 다가온 이안은 내 얼굴을 유심히 관찰하는 듯했다.

"왜…… 왜요?"

"리아가 이런 얼굴을 할 때면 뭔가를 꾸밀 때란 말이지. 근데 그게 뭘까?"

헉! 티 났나? 아니야, 아니야, 너한테 좋은 거야. 진짜야.

"아하하…… 이안도 참…… 별소릴 다…….

"뭐, 조금 있으면 알게 되겠지."

이안은 수건을 허리에 두르고 욕실을 나갔다. 잠깐. 여기서 드는 고민 하나. 장소를 어디로 하는 게 좋을까. 다 하고 나서 씻기 위해선 여기가 제격인데…… 이미 나간 사람을 다시 불러들일 수도 없고. 아…… 하긴. 여긴 무릎을 꿇으면 바지 다 젖겠다. 그럼 거실? 음…… 너무 탁 트였어. 내가 아무리 얼굴에 철판을 깔고 한다고 해도 차마…… 흑…… 역시 침실에서 하는 게 나으려나? 매일 거기서 하는데 좀 식상하지? 나름 이벤트인데 말이야……. 주방! 그래, 주방이 있었지! 거기서 하면 어느 정도 대충 씻을 수도 있고 한 번도 우리가 거기선 한 적 없으니까 뭔가 색다른 기분도 들 것 같아.

좋았어, 주방 당첨!

난 얼른 욕실을 벗어나 주방으로 사전답사를 나갔다. 어디 보자……. 식탁의자에 앉히고 시작을 하는 게 낫겠지? 위치가 대충 맞으려나? 맞겠지, 뭐. 음…… 그런데 여기서 드는 고민 두 번째. 과연 이안이 좋아할까? 뭐, 그거 싫어하는 남자는 없다고는 하는데…… 문제는 나란 말이지. 지난번 스트립쇼만 생각해 봐도 나는 데미 무어였는데 쟤 눈에는 애벌레…… 아…… 이거 난감하네.

그래! 연습이 더 필요해! 가능한 한 실물과 가까운 것으로! 얼음은 너무 약해. 얼음 따위와 비교될 크기가 아니잖아! 난 냉장고 문을 열고 야채 칸을 확인해 보았다. 보자, 보자…… 뭐가 있나. 새송이버섯…… 생긴 건 비슷하지만 패스. 저건 너무 말캉하잖아. 그러면…… 애호박? 어. 이건 반이 댕강 잘렸네…… 오이다! 음…… 이거 좀…… 돌기가 많아서 거칠지 않나? 이걸로 했다간 입안이 다 헐어버릴지도…… 그 뭐냐…… 가지가 딱인데. 겉은 매끄럽고 적당히 단단하기도 하고 말이지…… 가지 없나, 가지? 없네. 얘는 왜 가지를 안 사다 놓은 거야? 야채 칸을 홀랑 뒤집어놓던 나는 드디어 적당한 것을 찾아냈다.

당근!

흙 당근이긴 하지만 괜찮아, 씻으면 되지. 난 당근을 꺼내 들고 개수대로 가서 수세미로 박박 문질러 흙을 말끔하게 씻어냈다. 다 씻어놓고 보니 처음 생각했던 것보다 훨씬 더 그럴듯하게 생긴 것이 마음에 쏙 들었다. 크기는…… 좀 작긴 하지만 이 정도면 충분해. 무엇보다도 이 단단함! 가히 이안의 것과 견주어도 손색이 없어. 게다가 머리 위로 솟아나 있는 이파리들. 후후…… 이건 털…… 크크크 좋아, 좋아, 완벽해. 이걸로 연습하면 문제없어!

난 당근을 입안에 넣고 살살 굴리기 시작했다. 음…… 이건…… 좀 버거운 것 같은데. 아까 얼음은 입에 넣고 굴리면 녹기라도 했는데 이건 뭐…… 그대로니까 힘드네. 아니야! 이안 것도 내 입에서 녹는 게 아니잖아? 어…… 녹으면 큰일 나…… 일단 하는 데까지 해보자. 그러니까 이걸 살짝 감싸 쥐고 입에 넣었다가 뺐다가…… 살살 굴리고…… 이빨로 살짝 긁는 느낌을 주는 건 괜찮다고 했지? 그럼 살짝! 헉! 어떡해! 긁은 곳이 벗겨졌어! 이안…… 미안해…… 아, 나 뭐 하니……. 이건 이안이 아니잖아. 정신 차려, 정신! 자, 자, 집중하자. 이안을 기쁘게 하는 일이잖아. 좀 있으면 평생의 반려자가 될 사람에게 멋진 이벤트를 해주려면 어쩔 수 없어. 그렇다고 내가 연습한답시고 다른 남자를 만날 수는 없는 거잖아. 그랬다간 난 아마 평생 사슬에 묶여서 집 밖으로 못 나갈 거야. 저 자식이 어떤 놈인데……. 진짜로 하고도 남을 놈이야. 이안, 넌 아무 걱정 안 해도 돼. 나 평생 딴생각 안 할 자신 있어. 왜냐고? 너 무서워……. 아차차! 다시 연습! 연습!

그렇게 한참 동안 당근을 입에 물고 빨고 하는데 갑자기 뒤에서 이안이 나타났다.

"뭐 해, 지금?"

너무 놀라서 나도 모르게 당근을 한입 베어 물고 아작아작 씹어 먹었다.

"아하하…… 요즘 비타민이 좀 부족한 것 같아서…….."

크헉! 내가 이안 거를 잘라먹었어! 아주 잘근잘근!

"하여간 특이하기는……. 배고파? 밥 줘?"

"으응…… 아니, 괜찮아요! 신경 쓰지 말아요. 배고프면 내가 알아서 챙겨 먹을게요."

저기…… 혹시 배부르면 그거…… 입에 무는 것도 싫어질 것 같아. 차라리 살짝 배가 고픈 상태인 게 낫겠어. 그런데 언제까지 연습만 해? 실전을 해야 할 거 아니야. 지금? 이안이 마침 주방으로 들어왔으니까 그냥 지금 질러? 말아? 어쩌지?

"아까부터 무슨 생각을 그렇게 하는 거야. 정신 사나워."

컥! 역시 넌 내가 생각하는 게 들리는 거 맞구나!

"눈동자를 쉴 새 없이 굴리고 있잖아. 대체 무슨 생각을 하는 거야? 보기만 해도 어지러워."

응? 내가 그랬나? 아…… 그래서 이안이 눈치를 채는 건가 보구나. 이놈의 눈알을 단속해야지, 안 되겠어. 그런데 눈알을 어떻게…… 아니지! 지금 중요한 건 그게 아니잖아!

"저기, 이안."

"응."

"메일…… 봤어요."

"그래?"

이안의 얼굴에 부드러운 미소가 걸렸다.

"……고마워요, 사랑해 줘서."

"그래서 대답은?"

"내 대답은…… 굳이 말로 하지 않아도 알 수 있게 해줄게요."

"그건 또 무슨 소리야."

"여기 잠깐 앉아봐요."

난 이안의 손을 잡아끌고 식탁의자에 앉혀놓았다.

후우…… 이제…… 시작이다.

"큭큭큭큭……."

응? 이건 무슨 소리지?

비장한 각오를 하고 이안의 다리 사이를 노려보고 있는데 어디선가 숨넘어가게 웃는 소리가 들렸다.

"……이안?"

"큭큭큭…… 풉…… 크크……."

앤 또 왜 이래, 뭐 잘못 먹었나.

"리아, 아, 리아…… 미치겠다, 정말."

"왜, 왜…… 왜요!"

"너무 비장한 눈으로 한 군데만 노려보고 있잖아. 대충 뭘 할지는 알겠는데 안 해도 되니까 이리 와."

들켰냐…… 들킨 거냐…….

"리아."

"……네."

"난 리아가 정말 원하지 않으면 안 해."

웃기시네! 이게 어디서 거짓말을! 너 내가 그렇게 힘들다고, 힘들다고 부탁해도 하는 놈이잖아!

"그건 좀…… 아니라고 생각하지 않아요?"

"리아는 솔직하지가 않으니까."

뭐래니. 내가 뭘!

"입으로는 싫다고 하면서 몸은 솔직하게 반응하잖아. 볼래?"

갑자기 이안의 입술이 예고도 없이 나를 찾아왔다. 쉴 틈 없이 입안을 누비고 다니던 그의 말캉하고 따뜻한 혀가 미끄러지듯이 내 볼을 타고 넘어와 목덜미를 강하게 쓸어 올렸다.

"흐읍!"

그렇게 몇 번을 내 입과 귀와 목을 넘나들며 키스를 퍼붓고 난 뒤 이안이 내 얼굴을 빤히 바라보았다.

"봐, 지금. 거울 가서 보라고."

"내, 내 얼굴이 어떤데요……."

"빨리 덮쳐달라는 얼굴."

"이안!"

난 다분히 억울하다는 눈빛으로 그를 쏘아보았다. 이게 진짜…… 남의 속도 모르고…… 내가 얼마나…… 얼마나…… 너를 위해서 노력하고 있는데. 늘 놀리기나 하고…… 나도 이제 당하지만은 않아! 오늘은 내가 덮칠 거야!

"이안, 벗어요. 당장."

"벗으라고? 지금, 여기서?"

"네, 지금 당장."

어때. 놀랍지? 내가 이렇게 나올 줄 몰랐지?

이안은 내 얼굴을 물끄러미 바라보기만 하고 아무 미동도 보이지 않다가 드디어 결심을 한 듯 자리에서 일어났다.

투둑. 투둑. 이안이 자신의 셔츠 단추를 풀기 시작했다. 내 눈을 지그시 바라보면서 하나씩 단추를 풀 때마다 내 심장이 요란하게 쿵쾅거렸다. 이안의 멋들어진 상체가 드러났다. 아아…… 이놈의 자식은 정말 사람 미치게 만드는 복근을 가지고 있구나.

꿀꺽. 그가 이번엔 바지에 있는 단추를 풀고 지퍼를 내렸다. 천천히…… 지난번처럼 작정하고 하는 스트립쇼가 아닌데도 이안의 몸짓은 하나하나가 관능적이고 뇌쇄적이었다. 이안이 바지를 끌어내리는 데만 백만 년이 걸리는 것 같았다. 내 눈에만 슬로비디오로 보이는 건지 아니면 이안이 천천히 벗는 건지는 몰라도 아무튼 이제 마지막 속옷 한 장을 남겨두고 그가 내게 물었다.

"진짜 할 수 있겠어?"

"하, 할 수 있어요!"

"그래?"

이안이 반라의 차림으로 점점 내게로 가까이 다가왔다.

뭐지? 왜 오는 거지?

아, 하긴 어차피 내가 갈 거였잖아. 쫄지 마, 쫄지 마. 할 수 있어! 할 수 있을 거야. 아마도.

"손 내밀어봐."

"네?"

"리아 손 달라고."

얼떨결에 이안에게 손을 내주고 나서 뒤이어지는 그의 행동에 갑자기 온몸에 소름이 돋아났다. 이안이 내 손가락들을 하나씩 정성스럽게 입안으로 집어넣으며 혀를 굴리기 시작했다.

"으앗! 이안! 지금 뭐 하는 거예요?"

"보고 배우라고."

"피…… 필요…… 없어요! 나도 다 할 줄 알아요!"

"믿을 수가 없는데……."

"아니요! 진짜 잘할 자신 있어요!"

"그럼 해봐."

이안이 내게 손가락 하나를 내밀었다.

"……이걸로?"

"응."

"아니, 나는……."

"예행연습이라 생각하고 해봐. 어설프게 하려면 안 하느니만 못해. 날 만족시켜 주려고 하는 거 아니야? 그러니 내 취향에 맞춰야지."

음…… 그것도 그러네. 알았어. 하지 뭐. 하면 되잖아.

난 이안의 가운뎃손가락을 잡고 살살 문지르기 시작했다. 그리고 덥석 입에 물고는 아까 연습한 대로 입안에서 사탕이나 얼음을 굴리듯이 혀를 돌려가며 이안의 손가락을 핥아주었다. 내가 잘하고 있는 건지 어쩐 건지 잘 몰라서 슬쩍 이안의 표정을 살펴보았다. 그는 아주 즐거운 표정으로 내가 하는 것을 말없이 지켜보고 있을 뿐, 그 어떤 간섭도 하지 않았다. 그럼 일단…… 통과? 맞겠지? 어…… 음…… 이 다음엔…… 위아래로 문지르기? 내 침으로 범벅이 된 이안의 손가락을 위아래로 쓸어 올렸다가 내리기를 반복했다.

"풉!"

응? ……왜 웃어? 이안이 입을 가리고 간신히 웃음을 참고 있는 것이 보였다. 덕분에 사기충천했던 내 기가 확 꺾여서 열심히 문지르고 있던 이안의 손가락을 그대로 내려놓았다.

"왜…… 왜요, 또. 뭐가 마음에 안 드는데요."

"크크…… 아니야, 마음에 안 드는 게 아니라…… 좀 간지러워서."

간지럽다고? 음…… 가만있자. 원래 성감대도 간지러움을 많이 느끼는 곳에 집중되어 있지 않나? 그럼 절반은 성공한 거 아닌가? 아니야?

"리아, 다시 손 줘봐. 이번엔 손바닥."

아…… 아니구나. 직접 시범을 보이려는 거 보니…… 망했군. 이안에게 얌전히 손바닥을 내밀었더니 그가 내 손바닥에 혀를 대고 쓱 핥아 올렸다.

"자, 이게 방금 리아가 한 거야. 그리고……."

이안이 다시 한 번 내 손바닥에 혀를 가져다 대는 순간, 나도 모르게 몸을 움찔거렸다.

"……이렇게 하는 거야, 차이를 알겠어?"

"……알겠는데 그걸 어떻게 한 건지를 모르겠어요."

"혀끝에 힘을 주고 세워. 그리고 천천히 지그재그를 그린다고 생각해. 그다음엔 빠르게. 강도와 속도를 조절하면서. 이렇게."

이안이 내 손을 확 잡아채가더니 손가락을 입에 넣고 혀를 움직였다. 움찔움찔. 저 손가락이 뭐라고 내가 이렇게 반응을 하는 거지? 내 눈에 시선을 고정시킨 채 혀를 움직이고 손가락을 빠는 이 안의 모습은 미치도록 색정적이었다.

"이…… 이안…… 그만…….."

어떡해…… 나 미쳤나 봐. 이안이 잠깐 손을 입에 넣은 것뿐인데음…… 아우, 몰라! 말 못 해!

"못 참겠어?"

"아, 아니거든요?"

"그럼 다시 쥐봐. 아직 할 거 많아."

"아니! 아니! 됐어요! 생각해 보니까 이건 크기도 굵기도 길이도 다른데 별로 도움이 될 것 같지가 않아요."

"아, 하긴 그러네. 그럼…….."

이안이 아까 내가 씹어버린 연습용 당근을 손에 쥐었다.

"그…… 그건…….."

내가 아까 침으로 범벅시킨 건데…….

"잘 봐."

이안이 당근을 입가에 가져가더니 혀끝을 이용해서 살살 간질이기 시작했다. 헉! 저 자식…… 야해! 완전 야해! 시선은 여전히 내게 고정시킨 채 야릇한 소리를 내며 당근을 더듬어가는 이안의 손놀림은 보고 있기만 해도 머리카락이 쭈뼛 설 정도로 관능적이었다. 당근을 한입에 물고 오물거리다가 빼는 행동을 여러 번 반복하면서도 손이 절대 놀지를 않았다. 손가락과 손바닥을 적절히 이용해 가면서 밑으로 흐르는 타액을 윤활유로 삼아 부드럽고도 빠르게 움직였다.

세상에…… 뭐 저렇게 야한 게 다 있어? 넌 정말 우주에서 최고로 야한 변태 외계인이야.

"그, 그만! 그만! 그만해요!"

보기만 해도 낯 뜨거운 이 광경을 더 이상 보기가 힘이 든 나는 이안의 팔을 잡아 내렸다.

"이제 알겠어?"

말을 마친 이안이 당근을 와그작 깨물어 먹었다. 헉! 이안…… 너 그거…… 네 거…… 아…… 네가 너무 실감 나게 하니까 나도 모르게 또 감정이입을 했어…… 그건 그냥 당근…….

"리아."

"네?"

이안은 내가 가장 좋아하면서도 무서워하는 찬란한 미소를 띠면서 천천히 속옷을 아래로 끌어 내렸다.

흑! 아…… 눈부셔…… 그러니까. 그러니까……. 외계인은…… 거기서도 빛이 나는 거냐…….

너무도 당당하게 의자에 앉아 식탁에 한쪽 팔을 괸 이안이 나를 향해 손가락을 까딱거렸다.

"이리 와."

킥! 지금? 어…… 그래. 갈게. 가긴 가는데. 음…… 내가 생각한 거랑 분위기가 참 많이 다르네. 나는 네가 좀 얼굴을 붉히거나 내가 하는 거에 만족스러워서 신음을 토해내거나…… 뭐, 이럴 줄 알았거든. 건 꼭…… 실습 시험 보는 학생 같잖아.

심호흡을 크게 한 번 하고 이안에게 다가가 의자 밑에 다소곳하게 무릎을 꿇고 앉았다. 아직 시작도 안 했는데 주책맞은 손이 덜덜 떨려오기 시작한다.

"자, 리아. 나 엄청 기대하고 있으니까 어디 한번 해봐."

아니, 뭐…… 기대까지 할 필요는…….

"너무 오래 하면 리아 힘드니까 딱 10분 줄게. 10분 안에 나를 만족 못 시키면 감질나게 한 벌로 오늘 저 옷장에 들어 있는 옷 한 번씩 다 입혀볼 거야. 무슨 뜻인지 알지?"

알지…… 오늘 잠 안 재우겠다는 소리지. 이안이 언제라도 집을 비우는 날엔 내가 저 옷장에 있는 요상한 옷들 다 갖다 버리고 말 거야! 붓이랑!

그로부터 정확히 10분이 흘렀다.

내가 왜 쓸데없는 짓을 했을까. 야심찬 나의 계획은 이안에게 씨도 안 먹혔고, 결국 난 감질나게 했다는 이유로 그가 만족할 때까지 역할 놀이를 세 번 연속으로 할 수밖에 없었다.

나쁜 놈. 좀 봐주지. 숟가락 들 힘은커녕 겨우 숨만 쉬고 있다. 결혼하면…… 살아남을 수 있을까?

"리아, 일어났어?"

어이쿠! 이안이다! 자는 척하자…… 자는 척…….

"아직 자는 거야?"

자는 척…… 자는 척…….

어제도 겨우겨우 사정해서 세 벌로 끝났는데 눈 뜨자마자 또 달려드는 게 저놈 특기니까 기절한 듯 자는 척해야 해!

"나 좀 나갔다 올 테니 리아는 좀 쉬고 있어."

나간다고? 어디를? 아니지! 어디든 내가 알게 뭐야. 응! 응! 나가! ……한 2박 3일로 여행이라도 다녀와! 보통 다른 여자들 같으면 어디 가냐, 언제 오냐, 꼬치꼬치 캐묻겠지만 그런 이야기는 나에겐 전혀 해당 사항 없다. 날 혼자 내버려 두고 간다는 말이 이렇게 반가울 줄이야.

아싸! 자유다! 관문이 닫히는 소리가 들렸음에도 만일의 사태를 대비해서 그대로 누워 있었다. 음…… 갔나? 갔지? 확실히 간 것 같지? 휴우…… 아이고, 삭신이야. 내가 다신 이벤트 같은 거 하나 봐라. 뜨거운 물에 푹 담그고 있어야겠다.

오랜만에 여유로운 목욕을 마치고서 커피 한 잔을 마시고 있는데 진경이에게서 전화가 걸려왔다.

"여보세……."

[야! 너 결혼해?]

"어?"

[너 결혼하냐고!]

소식도 빨라…… 어디서 들었대…….

"응, 그렇게 됐어. 그런데 어떻게 알았어?"

[이안이 지금 우리 엄마 샵에 와 있어! 돈이 얼마가 들어도 좋으니까 너를 위해서 드레스 하나 새로 디자인해 달래. 세상에서 딱 하나밖에 없는 드레스로! 좋겠다, 이 지지배야!]

아…… 이안이 거기 갔구나. 거기라면 이미 내 치수를 알고 있으니까 따로 가서 뭘 재고 자시고 할 필요도 없지.

"갑자기 결혼 얘기가 오가서 나도 얼떨떨해. 너 어디야? 지금 좀 볼 수 있어?"

[내가 그리로 갈까?]

"그럴래? 나 지금 사실 몸이 좀 안 좋아."

[꺅! 너 임신한 거야? 그래서 서둘러 결혼하는 거야? 속도위반이야?]

앤 또 왜 이래.

"절대 아니거든!"

[아…… 그래?]

너 뭐냐…… 왜 실망해? 아니, 그럼 나보고 배불러서 결혼하라는 거야, 뭐야!

"하여간 네가 와. 난 몸살 나서 그래."

[알았어! 금방 갈게!]

한 시간 정도 후에 진경이 이안의 집으로 찾아왔다. 어머님께 부탁을 받았는지 내가 특별히 원하는 디자인이 있는지 꼼꼼하게 묻는 진경이에게 딱히 대답할 말이 없어서 그냥 알아서 해달라고만 대답했다. 워낙 사는 게 퍽퍽해서 그동안은 내 한 몸 꾸미는 데 신경을 써본 적이 없었기에 뭐가 예쁜 건지, 어떤 게 유행인 건지 내가 알 턱이 없지 않은가. 다행히 그 누구보다도 진경이 어머님은 내 얼굴도 알고 체형도 잘 알고 계시니까 나에게 가장 잘 어울리는 드레스를 만들어주실 거라 믿어 의심치 않았다.

"그런데 리아야, 프러포즈 받았어?"

"응."

"진짜? 반지 보여줘! 반지! 반지!"

"어? 무슨 반지?"

진경이는 나를 이상한 눈으로 쳐다보며 대답했다.

"……너 반지 안 받았어?"

"응."

"야! 그렇게 중요한 걸 안 받고 프러포즈를 승낙했단 말이야? 와…… 이안 그렇게 안 봤는데."

"그게 그렇게 중요한 거야?"

난 사실 반지 따위는 아무래도 상관없었다. 이안 자체가 빛나는 외계인인데 그깟 보석이 빛나봤자 얼마나 빛나겠는가? 그런 보석 반지 받지 않아도 그가 나를 끔찍하게 사랑하고 있다는 걸 충분히 알고 있으니 말이다. 하지만 진경이 생각은 좀 다른 것 같았다.

"얘가, 얘가, 무슨 소리를 하고 있어? 결혼식의 꽃이 드레스라면 프러포즈의 꽃은 반지야! 반지! 이안은 돈도 많으면서 어쩜 너한테 맨입으로 프러포즈를 했다니? 실망이야."

"뭐, 난 별로……."

"아니야! 절대 그냥 넘어가면 안 되는 거야! 너 첫 스타트를 제대로 끊어야 해. 남자들은 여자가 말 안 하면 절대 모른단 말이야."

아니…… 네가 몰라서 그래. 이안은 말 안 해도 다 알아. 당최 뭘 숨길 수가 없어.

"자, 이리와. 잘 들어. 오늘 이안이 돌아오면 이렇게 눈을 새치름 뜨는 거야. 자, 따라 해봐. 이렇게!"

"으응? 어…… 이렇게?"

"그렇지! 그럼 이안이 왜 그러냐고 물을 거 아니야? 그럼 그때 얘기를 하는 거야."

"뭘?"

"내가 그렇게 쉬워 보이느냐고. 실반지 하나 안 주고 결혼하자는 거냐고. 결혼 전부터 이러면 앞으로 이안을 어떻게 믿고 살라는 거냐고 확실하게 따져야지!"

으응? 그런 거야? 아니, 뭐 난…… 별로 그런 생각은 없는데. 응? 가만있어 봐! 생각해 보니 꼭 나쁜 것 같지는 않네. 주도권 탈환은 아니더라도 약점 하나는 잡을 수 있잖아? 여자들은 누구나 프러포즈와 결혼에 대한 로망이 있는 거니까 그런 마음도 헤아려 주지 못하면서 어떻게 결혼을 하자고 하는 거냐고 몰아붙이면…… 음…… 그리고 살짝 토라진 척…… 그렇지! 그러면 이안이 달려들 때마다 그걸 꼬투리 잡아서 뿌리치는 거야! 너무 자주 써먹으면 안 먹힐 테니까 진짜 피곤할 때만 써야지. 가끔이면 뭐…… 이안도 못 이기는 척 넘어가 주겠지? 후후후…….

"알았어. 그런데 진경아, 이안 아직도 너네 샵에 있어?"

"아니? 아까 그렇게 주문만 하고 바로 나갔는데? 왜?"

"별건 아닌데, 볼일이 그거라면 금방 들어올 줄 알았는데 아직 안 와서."

"어머! 그럼 지금이라도 프러포즈용 반지를 사러 갔나? 이안이라면 뭔가 특별한 걸 해줄 것 같아! 맞아, 맞아! 반지도 특별 제작을 하는 게 아닐까? 그래서 늦는 건지도 모르잖아!"

"그런가?"

하긴…… 이안이라면 그러고도 남을 놈이지…… 아이 씨! 그럼 모처럼 약점으로 쓸 게 없어지는데!

이안! 나 반지 필요 없어! 그러니까 그냥 와! 꼭 그냥 와야 해! 나도 너한테 큰소리칠 건 하나 있어야 할 거 아니야!

"아무튼 축하해, 리아야. 다른 사람도 아니고 이안이라니. 너 로또야, 로또. 부럽다. 참, 그런데 결혼하면 어디에서 살 거야? 한국에서 살 거야, 미국에서 살 거야?"

"……으응? 몰라."

진경이는 또 한숨을 푹 내쉬고 기가 차다는 듯 나를 쳐다보았다.

"너 결혼하는 애 맞아? 아니, 지금 너 남의 결혼 얘기하니? 네 결혼이야, 너라고, 너! 당사자가 너라고! 그런데 왜 그렇게 아는 게 없어?"

그러게 말이다. 나도 모르게 결혼을 하게 돼서 말이지. 지금 이 결혼 자체가 실감이 안 나는 걸 나보고 어쩌라고.

"이따가 이안 오면 물어볼게. 그러고 보니 진짜 나 아는 게 하나도 없네."

"네가 생각해도 웃기지 않냐? 암튼 할 때 하더라도 확실하게 반지 받는 건 잊지 마. 그거부터 물어봐, 그거부터. 알겠지?"

"응, 그럴게."

한참을 그렇게 신나게 수다를 떨던 우리는 배가 고파지자 배달 음식까지 시켜 먹으며 끝없이 이야기꽃을 피웠다.

삐비비빅. 띠리링. 현관문의 잠금장치가 풀리는 소리가 들려왔다.

"어? 이안이 왔나 봐."

이안은 뭔가 묵직해 보이는 선물 꾸러미를 하나 들고 들어왔다.

"진경 씨, 여기 있었어요? 오늘 하루만 두 번째네요."

"아하하, 그러게요. 어…… 불청객은 이제 빠질 테니까 알콩달콩 좋은 시간 보내세요."

진경이가 나에게 파이팅하라며 주먹을 불끈 쥐어 보이더니 바람과 함께 사라졌다. 음…… 뭘 파이팅하라는 건지 알 수가 없네, 정말.

"이안, 그런데 그건 뭐예요?"

"비밀."

가지가지 한다. 어차피 알게 될 건데 뭘 또 새삼스럽게.

"아, 진경이가 그러는데 이안은 왜 나한테 프러포즈 반지 안 줘요?"

"필요해?"

이건 또 뭐지……?

"아니, 뭐 꼭 필요하다기보다 안 받으면 서운하달까……."

"리아 혹시 진주 좋아해?"

"진주요?"

어…… 진주라…… 뭐, 보석 싫어하는 사람은 없겠지만 그래도 프러포즈용 반지는 다이아몬드 아니야?

"혹시 이안…… 프러포즈 반지가 진주반지예요?"

"그럴 리가."

그치? 설마 그럴 리는 없다고 생각했어.

순간, 이안이 내게로 성큼 다가오더니 살며시 귓가에 속삭였다.

"……훨씬 더 좋은 거야."

"그럼 지금 줘요, 반지. 진경이 말 듣고 생각해 보니까 나 정말 프러포즈 받으면서 반지는 못 받았잖아요."

"반지?"

이안이 의아하다는 듯 고개를 갸웃거리며 되물었다.

"네, 반지. 작고 반짝반짝하는 거."

"그런 건 없는데."

뭣이라? 없어? 아니, 그럼 아까 더 좋은 거라는 둥 기세 좋게 지껄였던 건 뭐야? 그럼 목걸인가? 그건 피지에서 받았는데……. 그럼 팔찌? 아니, 뭐가 됐든 간에 다 필요 없고 반지여야지, 반지! 넌 프러포즈의 기본도 모르는 거야? 나도 사실 방금 알긴 했지만…… 아무튼!

잠깐만…… 웨이러 미닛. 이게 생각해 보니까 꼭 나쁜 게 아닌데? 간만에 주도권을 되찾을 좋은 기회가 되겠어! 가만있자, 아까 진경이가 뭐라고 했더라?

"이안."

"왜?"

"정말 너무해요."

"뭐가?"

"내 의견은 물어보지도 않고 양가 상견례까지 하고 나도 모르게 결혼식을 진행할 정도면 적어도 나한테 반지 하나는 주고 시작해야 하는 거 아니에요? 프러포즈와 결혼식은 여자들의 로망이라고요! 나는 매일같이 이안 로망 채워줬으니 이제 내 로망도 채워줘야 하는 거 아니에요? 아니, 사람이 어떻게 그래요?”

난 그동안 참아왔던 이야기를 이안에게 쏟아내었다. 지치지 않는 정력을 가진 저 변태 외계인 덕분에 내가 얼마나 수많은 역할놀이를 수행해 왔던가! 도대체가 저 자식은 중간이 없어, 중간이! 내가 그만큼 너의 성적 판타지를 채워줬으면 너도 나에게 사랑을 고백하는 로맨틱한 프러포즈가 있어야 할 거 아니야! 뭐…… 편지도…… 쪽지도 로맨틱하기는 했지만…… 아니야! 그래도! 프러포즈의 꽃은 반지라고, 반지!

“리아, 이리 와봐.”

이안은 나를 끌고 침실로 들어갔다.

“또 왜요! 나 진짜 오늘은 절대, 절대 아무것도 안 할 거예요. 나 겨우겨우 서 있는 거 안 보여요? 그만큼 했으면 됐지, 또 뭘 하려고 그래요?”

이안의 손을 뿌리치는 내게 그가 빙긋이 웃으며 대답했다.

“반지보다 더 좋은 거 가지고 왔다고 했잖아.”

응? 그래? 그런 거야? 음…… 뭘까? 뭘까? 아…… 궁금해…… 그래도 내가 여기서 뭐냐고 물어보면 모양 빠지겠지? 그러니까 관심 없는 척…… 아무렇지도 않은 척…… 어…… 근데 뭘까? 수많은 추측들이 머릿속을 오가고 있는데 느닷없이 이안의 목소리가 훅 끼어들었다.

“리아, 벗어봐.”

헐…… 얘 뭐래니, 얘 뭐래니! 넌 내 말을 아예 안 듣는 거야? 나 안 해! 못 해! 배 째!

"미쳤어요? 내가 왜요? 나 오늘은 죽어도 안 한다고 말했잖아요!"

"리아는 내가 무슨 짐승인 줄 알아? 그런 거 아니야."

참 나…… 야! 너 짐승 맞거든? 가슴에 손을 얹고 생각을 해봐! 밤낮으로 달려들잖아, 너!

내가 들은 척도 않고 휙 고개를 돌리며 침대에 누워버리자 이안이 다가오더니 갑자기 내 옷을 벗겨내기 시작했다.

"꺄악! 꺅! 뭐예요! 저리 안 가요?"

"가만있어 봐, 웃차! 다 됐다."

엄마야…… 이 자식. 선수야…… 비명 한 번 지르고 말 딱 두 마디 했는데 어느새 난 알몸이 되어 있었다. 뭐지? 뭐지, 뭐지? 방금 나에게 무슨 일이 일어난 거지? 저 외계인은 입은 옷도 순간이동 시키나? 뭐가 뭔지 몰라 어리둥절해 있는 나에게 이안이 아까 들고 들어온 상자를 내밀었다.

"열어봐."

아니, 이 자식아. 선물을 주려거든 곱게 줄 것이지, 옷은 왜 벗기느냐고! 기가 막혀 말을 못 하면서도 선물의 정체가 궁금해서 참을 수 없던 나는 결국 선물 상자의 뚜껑을 열고 경악을 금치 못했다.

"이안…… 이…… 게…… 뭘까요?"

"보면 몰라? 속옷이잖아. 어때? 반지보다 훨씬 좋지?"

……할 말을 잃었다. 이 자식, 대체 뭐지? 외계인은 인간과 사고 방식이 다른가?

"그러니까 이게…… 프러포즈용 반지 대신이라고요?"

"응, 말하자면 프러포즈용 속옷이지."

저 입을 확! 이…… 변태 속옷 마니아 같으니!

이안이 선물이랍시고 내민 속옷은 사실 가격으로 따지면 어마어마할 것 같기는 했다. 브래지어는 양쪽 가슴 부분에 수많은 다이아몬드와 진주가 박혀 있었고 어깨끈을 따라 붉은빛이 도는 보석들이 박혀 있는 걸로 봐서 아마도 에메랄드나 뭐 그런 비슷한 게 잔뜩 붙어 있었다. 들어가는 보석과 공임을 아끼기 위해서인지 아니면 이안이 변태여서 그런지는 몰라도 브래지어는 겨우겨우 가슴의 절반 정도를 가릴 만한 크기였다. 게다가…… 압권은 팬티! 팬티의 앞면엔 역시 상의와 마찬가지로 다이아몬드와 진주가 촘촘히 박혀 있었는데 뒤로 돌려보니 역시나 이안이 사랑해 마지않는 T팬티였다. 하여간 T팬티 무지 좋아해. 하지만 문제는 이게 단순한 T팬티가 아니라는 점이었다. 저 자식이 아까 나보고 진주 좋아하냐고 물은 게 이거였군…….

T팬티 엉덩이 부분에 천이 아니라 알알이 진주가 엉덩이 라인을 가르며 박혀 있었다!

……너 지금 이걸 나보고 입으라고 가져온 거야? 야! 이건 네가 좋은 거지, 내가 좋은 게 아니잖아! 이거 입었다간 엉덩이에 진주알이 박히게 생겼어! 미쳤어? 미친 거야? 그래?

"어서 입어봐, 리아. 입은 거 보고 싶어서 한달음에 달려왔어."

미쳤구나…….

"싫어요!"

"왜 싫어? 예쁘지 않아?"

예쁘긴 개뿔…… 이거 디자이너 누구야? 설마 너야?

"바쁘다는 라일리 붙들고 내가 얼마나 닦달을 해서 만들어온 건데 성의를 생각해서라도 한 번 입어봐, 리아에게 정말 잘 어울릴 것 같아."

라일리…… 죽일 테다!

"절대 싫어요! 나 이거 죽어도 안 입어요!"

"그래? 이거 웬만한 집 한 채 값은 들었는데…… 그렇게 싫으면 그럼 버려야겠네."

뭐? 그렇게 비싸?

"안 돼요! 그걸 왜 버려요? 도로 팔아야지!"

"이걸 누가 사. 내가 리아를 위해서 특별히 주문 제작한 건데. 사이즈도 맞아야 하고 또 그만한 가격을 지불할 능력도 되어야 하니 아마 살 사람 없을걸?"

에이 씨…….

"줘봐요!"

"어? 입어보게?"

"그럼 아깝게 버릴 순 없잖아요."

난 주섬주섬 부담스럽기 짝이 없는 보석 속옷 세트를 입어보았다. 거울을 가서 보는데 참…… 이걸 좋아해야 할지, 말아야 할지……. 위아래로 눈부시게 빛나고 있는 보석들은 두말할 것 없이 예쁘긴 했지만, 아니, 왜 하필 돈을 이런 데다 쓰냔 말이다! 진짜 이거야말로 돈 지랄이다. 차라리 그걸 돈으로 줬으면 내가 얼마나 좋아했겠어, 이 화상아! 선물은 받는 사람이 받고 싶어 하는 걸 줘야 한다는 거 몰라? 정말 몰라?

"우와…… 정말 예쁘다, 리아. 피부가 하얘서 더 잘 어울려. 다음엔 색이 강렬한 보석으로 몇 개 더 만들어달라고 해야겠어."

"이딴 걸 또 만들려고요? 그만하지 못해요? 써먹을 데라고는 하나도 없는 속옷을 왜 또 만들어요?"

"써먹을 데가 왜 없어?"

"그럼 이걸 어떻게 입고 다녀요? 엉덩이에 자꾸 진주가 쓸린단 말이에요!"

이안이 찬란한 미소를 지으며 내게로 다가왔다. 저…… 저 미소는…… 불안한데. 이안은 나를 돌려세워 거울을 보게 만들고는 뒤에서 꼭 끌어안으며 나직하게 속삭였다.

"……누가 입고 다니래? 내 앞에서만 입으라는 거지."

"그러니까, 예쁜 건 사실이지만 불편해서 입을 수가 없다고요."

이안은 내 목덜미에 입술을 묻고 쪽 소리 나게 입 맞추면서 엉덩이 쪽을 더듬어 진주가 매달려 있는 줄을 퉁 하고 한 번 튕겨내었다.

"리아는 별걱정을 다 해. 내가 금방 벗겨줄 텐데 무슨 걱정이야."

오…… 마이…… 갓…… 너 처음부터 그럴 작정이었어? 그러니까, 그러니까, 말하자면 이건 프러포즈용 속옷이라기보다 네 컬렉션 중의 하나가 되는 거잖아! 너 진짜 이럴 거야? 응? 이럴 거냐고!

그날도 역시 난…… 꼼짝없이 이안의 먹잇감이 되어버렸다.

며칠 후 진경이의 어머니께서 드레스 가봉을 하러 오라고 하셨다. 이안과 나는 거의 완성된 드레스를 보러 웨딩샵으로 찾아갔다. 이안이 디자인에 적극 참여했다는 드레스는 정말 아름답기 그지없는 예술작품이었다. 목선과 어깨가 고스란히 드러나는 탑에 밑으로 우아하게 퍼지는 수많은 레이스들엔 하나하나 아름다운 보석들이 박혀 있었다.

　"우와…… 정말 예뻐요."

　"그렇지? 입으면 더 예쁠 거야. 들어가서 입어봐."

　진경이 어머님이 헬퍼들을 불러서 드레스를 입히게 도와주었다. 이미 두 번이나 여기서 모델을 했었기 때문에 내 치수를 정확히 알고 만들어서 그런지 따로 가봉이 필요 없을 정도로 드레스는 내 몸에 꼭 맞았다.

　"정말 예쁘세요."

　"이렇게 예쁜 신부는 처음 봐요."

　이보세요, 아줌마들…… 그거 오는 사람마다 다 똑같이 날리는 접대용 멘트인 거 다 알고 있거든요. 그래도 뭐…… 예쁘긴 예쁘다.

　"리아, 다 입었으면 나와 봐. 나도 보게."

　이안이 밖에서 궁금함을 참지 못하고 빨리 나오라며 성화였다. 헬퍼 아줌마들이 커튼을 열어젖히자 밖에 서 있던 이안의 눈이 반달 모양으로 접혔다.

　"역시, 생각대로야. 정말 예쁘다, 리아."

　"그래요?"

　"응, 역시 내 신부야."

이안이 나를 가운데에 세워둔 채로 내 주변을 빙글빙글 돌았다.

"어때? 마음에 들어?"

진경이 어머님이 다가오며 물었다. 난 배시시 웃으며 고개를 끄덕였다.

"정말 예뻐요. 고맙습니다."

"디자인은 거의 예비 신랑이 다 한 거야. 난 그저 생각을 실제화시켰을 뿐이지."

진경이 어머님이 내가 입은 드레스를 다시 꼼꼼히 살피자 이안이 몇 가지 더 추가 사항을 전달했다.

"뒷부분이 조금 더 길게 퍼졌으면 좋겠습니다. 면사포는 얼굴을 가리지 말고 뒤로만 늘어지게 해주세요. 우리 리아 예쁜 얼굴 가리면 안 되잖아요."

"그래, 알았어."

으…… 얘는 자꾸 사람 많은 데서 우리 리아래, 민망하게…….

"참! 이안은? 턱시도 안 입어봐요?"

"안 그래도 지금 입으려고."

이안이 탈의실에 들어가 있는 동안 난 두근대는 심장을 간신히 진정시키며 기다리고 있었다. 턱시도를 입은 이안은 얼마나 멋질까?

촤라락. 이안이 들어간 탈의실의 커튼이 젖혀지며 그가 나왔다.

으아악! 이게 뭐야! 이안의 형체가 보이기도 전에 엄청난 빛의 향연이 펼쳐졌다. 몇 번씩 눈을 비비고 나서야 이안의 모습이 눈에 들어왔는데 이건 정말…… 아름답다. 아름다운 사람이다. 방금 순정만화의 한 장면에서 툭 튀어나온 왕자님처럼 하얀색 턱시도를 입은 이안의 모습은 찬란하게 빛나고 있었다.

"어때?"

"이안, 나 아무래도 면사포로 얼굴을 가리는 게 낫겠어요."

"왜?"

"이안이 나보다 훨씬 예쁘잖아요!"

"뭐, 그건 어쩔 수 없는 일이잖아. 그냥 포기해."

이 자식…… 빈말이라도 아니야, 네가 더 예뻐…… 라는 말은 할 수 없는 거냐. 아무튼 다정하게 기념사진을 찍은 후에 다시 옷을 갈아입으러 탈의실로 들어가려는데 이안이 따라 들어왔다.

"여긴 왜 들어와요?"

"리아 옷 갈아입는 거 도와주려고."

"여기 아주머니들이 알아서 하실 거예요. 이안은 얼른 나가요."

이안은 씩 입꼬리를 말아 올리더니 커튼 밖으로 고개만 쑥 내밀고 큰 소리로 외쳤다.

"여기 신경 안 쓰셔도 되니까 일들 보세요! 제가 다른 건 몰라도 우리 신부 벗기는 거 하나만큼은 자신 있거든요."

으악! 야! 너 미쳤어? 미친 거야? 그런 말을 그렇게 큰 소리로 하면 어쩌자는 거야!

커튼 밖에서 아주머니들이 키득거리는 소리가 들려왔다. 벌써부터 금슬 좋네, 부럽네, 하면서 점점 소리가 멀어져 가는 것을 보니 요즘 젊은 사람들이 다 그렇지, 하면서 자리를 피해 주는 것 같았다.

"이안! 미쳤어요? 정말 나 이안 때문에 창피해서 못 살겠어요!"

"왜 못 살아, 오래오래 살아야지. 뒤로 돌아봐. 지퍼 내려줄게."

이안은 내 등에 있는 지퍼를 필요 이상으로 천천히 내리면서 드러나는 등줄기에 차례로 입 맞췄다.

"으……."

"왜? 흥분돼?"

"시끄러워요."

바로 바깥으로 나가면 다른 사람들이 있는 데다 좁은 공간에 이안과 나, 둘만 있다고 생각하니 이안의 별거 아닌 행동에도 심장이 미친 듯이 뛰고 있었다. 게다가 지퍼를 완전히 내리자 드레스의 무게 때문에 한 번에 발밑까지 쭉 내려가는 통에 난 순식간에 속옷 바람이 되어 있었다.

"이…… 이제 저기 있는 내 옷 좀 건네줘요."

"뭐가 그렇게 급해."

이안은 내 목덜미와 등에 쉴 새 없이 키스를 퍼붓고 있었다. 처음엔 가볍게 쪽쪽 입 맞추는 수준이더니 점점 호흡이 거칠어지면서 뜨거운 입김을 토해내며 농염한 키스로 변해가고 있었다.

"……이, 이안…… 제발 자제 좀 해요. 이러다 여기서 일 치르게 생겼어요."

"안 돼?"

야! 너 진짜 여기서 할 생각이었던 거야? 미쳤어?

"당연히 안 되죠! 지금 무슨 소리를 하는 거예요?"

"음…… 곤란한데."

"뭐가요!"

이안이 속옷 차림인 나를 뒤에서 확 끌어안아 몸을 밀착시켰다.

헉! 이 자식! 벌써…… 준비 완료야!

"……당장 떨어져요."

"싫은데."

"한 대 때리기 전에 얼른 떨어지지 못해요?"

"한 대 맞으면 하게 해줄 거야?"

"진짜 돌았어요? 왜 이래요?"

"그럼…… 할 수 없지……."

이안은 내 귀를 한동안 못살게 괴롭히며 지분대다가 질척한 소리를 내며 조용히 속삭였다.

"……집까지 도저히 못 가겠어."

"그럼 어쩌라고요? 죽어도 여기선 안 돼요!"

"근처 호텔 하나 잡아서 들어간다고 약속해 주면 여기서는 얌전히 놔줄게."

이…… 이…… 변태 외계인이!

"대답 안 하네? 그럼 여기서……."

"가요, 가! 호텔이든 모텔이든 간다고요! 제발 좀 자제해요, 제발!"

"진즉에 그럴 것이지."

이안은 빙긋이 웃으며 그제야 내 옷을 건네주었다. 천신만고 끝에 옷을 갈아입고 나온 나는 서둘러 사람들에게 인사를 마치고 샵을 빠져나가려고 했다.

"아직 해도 안 졌는데 너무 무리하지 마~"

"아무리 젊어도 그렇게 기력을 쓰면 나중에 늙어서 고생해~"

"오늘 주말이라 방이 있으려나 모르겠네~"

나가는 나의 뒤통수에 대고 아주머니들이 짓궂게 장난을 치셨다. 다…… 들었구나. 이런…… 젠장…… 이안은 정말로 나를 끌고 가장 가까운 호텔로 데리고 들어갔다. 그리고 이어진 이후의 상황은…… 아웅! 난 몰라, 몰라! 그때의 이안은 딱 한 마디로 정의할 수 있다.

짐승.

녹초가 된 몸을 이끌고 간신히 집으로 돌아온 나는 소파에 풀썩 쓰러져 눈만 뜬 채로 그에게 물었다.

"이안, 나 궁금한 게 하나 있어요."

"뭔데?"

"분명히 이안은 나를 만나기 전엔 제대로 된 연애를 해본 적이 없다고 했잖아요."

"그랬지."

"키스든 섹…… 음, 하여간 그거도 즐겨 하지 않았다고 했고요."

"응."

"그런데 나한텐 왜 이래요? 솔직히 지금 이안 보면 내가 속은 것 같아요. 이건 정말 말도 안 되잖아요."

이안은 피식 웃으며 냉장고에서 망고주스를 한 잔 따라 마시더니 내게도 가져다주었다.

"마셔."

"이안, 난 단거 안 좋아한다니까요. 그냥 물 줘요."

"일단 마셔봐."

난 시키는 대로 한 모금 마셔보았다. 뭐…… 익히 알고 있는 대로 달다…… 아으…… 달아…….

"달지?"

"네."

"리아는 단맛 별로 안 좋아하는지 몰라도 난 단거 아주 좋아해."

알지, 아주 잘 알지. 이 설탕별 외계인아. 그래서 뭐! 어쩌라고!

"이안이 단거 좋아하는 거야 뭐…… 처음부터 말했잖아요. 늘 입안이 쓰다고."

"응, 그런데 리아를 만나고부터 입안이 쓰던 게 사라졌어."

"정말?"

난 소파에서 벌떡 일어나 자세를 고쳐 잡아 앉았다.

"그럼 이제 단거 그만 먹어도 되는 거 아니에요?"

"아니지. 단맛에 중독성이 있다는 거 알아?"

"응? 그래요? 난 몰랐는데……."

"단맛은 강한 중독성이 있어서 달게 먹다 보면 점점 더 단거를 찾게 돼. 내가 그냥 하는 말이 아니라 실제로 실험도 있었어. 페트병에 물을 담고 그 안에 각설탕을 하나씩 넣는 거야. 총 열 개의 페트병에 하나씩 더 추가를 해서 넣었지. 그리고 사람들에게 어떤 것부터 단맛을 느끼느냐고 했더니 사람마다 조금씩 차이가 있기는 했지만 각설탕 다섯 개 미만인 데서는 단맛을 느끼지 않는다는 게 대부분이었어. 그리고 나이가 어릴수록 더 심했지."

……어쩌라고. 얜 가끔 이렇게 뜬금포를 날리더라.

"내가 리아에게 느끼는 단맛은 이 망고주스보다 백 배, 천 배 더 달아. 그러니 난 도저히 리아를 벗어날 수가 없는 거지. 난 이제 리아 없으면 못 살아. 완전히 중독되었으니까."

음…… 그러니까 이게 사랑 고백인 거지? 일반적인 사랑 고백과 너무 차이가 있어서 고백을 들으면서도 생각을 해야 하네.

"그래서 리아는 평생 내 곁에 있어야 해. 절대로 도망 못 가. 가도 금방 잡히기야 하겠지만, 애초부터 시도를 할 생각은 말아줬으면 좋겠어."

이거 봐, 이거 봐. 이게 어디가 사랑 고백이야! 무시무시한 협박이지!

이안은 나를 가볍게 들어 올려 자신의 무릎 위에 앉히고는 입술을 부딪쳐 왔다.

으음…… 나도 뭐…… 다른 건 몰라도 너한테서 느껴지는 단맛은 좋아…….

"이제 한복만 맞추면 결혼 준비는 끝이겠다. 다른 건 다 있으니까."

"한복이요? 그런 거 굳이 안 해도…….."

"한국에서 하는 결혼식은 전통혼례로 하고 미국 결혼식은 드레스를 입힐 거야."

"네?"

난 금시초문인데? 우리 전통혼례 하니? 뭐냐……? 난 내 결혼식에 대해서 아는 게 너무 없어…….

"우리 전통혼례 해요?"

"응, 몰랐어?"

몰랐지! 네가 언제 얘기나 했냐!

"아니, 이안. 이안 혼자 하는 결혼식도 아니고 나한테 좀 말하고 상의하면 안 돼요? 매번 이렇게 뒤통수 맞는 느낌이니 나 기분 별로예요."

"자꾸 도망갈 궁리만 하니까 그렇지."

"이제 와서 내가 뭘 어쩌겠어요. 해요, 해! 결혼한다고요! 그러니까 쭉 계획 좀 읊어봐요. 나도 좀 알고나 합시다! 다른 사람이 아닌 내 결혼식인데!"

이안은 내 얼굴과 목을 침 범벅으로 만들 정도로 키스를 해대더니 결국 그의 결혼 계획을 상세하게 털어놓았다. 결혼식은 총 두 번. 첫 번째는 한국에서 전통혼례. 예식장을 따로 잡는 것보다 야외 결혼식을 택했는데 이왕 야외 결혼식을 하는 거니 남들과 차별을 두기 위해 전통혼례를 생각했다고 한다. 게다가 어차피 결혼식을 두 번 올릴 건데 똑같은 방식으로 결혼식을 올리는 것보다는 전혀 다른 방식으로 식을 올리는 게 더 낫다고 판단했다는 것이다. 뭐, 그건 나도 동의. 그래서 한복이 필요하다는 거였구나.

그리고 두 번째 결혼식은 미국에서.

하지만 미국에서 할 결혼식에 대해서는 서프라이즈라며 알려주지 않았다. 결혼식 드레스와 턱시도를 본 것만으로 만족하라나 뭐라나. 내가 너 때문에 여태까지 놀란 걸 생각하면 심장마비 안 일으킨 것만 해도 신기할 정도인데 뭘 또 서프라이즈를 하니…… 그냥 평범한 건 도저히 안 되는 거야? 그래…… 포기하자……. 포기하면 편하다는 말 이제는 인정하마…….

"그런데 이안, 전통혼례에 입는 한복은 일반 한복이랑 다르잖아요. 남자는 사모관대에 여자는 날개옷인데 그걸 맞추자고요?"

"응."

"아니, 뭐하러? 일반 한복이면 몰라도 그런 옷은 명절 때도 못 입어요. 한 번 입고 말 건데 그냥 빌려 입어요."

"그건 결혼식 웨딩드레스도 마찬가지잖아."

"그렇긴 하지만…… 그건 로망이니까 기념으로 남겨두려고 사는 거죠."

"맞아, 예식 한복도 기념이니까 남겨둬."

그래, 그러자…… 내가 뭘 바란 거니……?

다음 날, 우리는 일반 한복점이 아닌 유명한 한복 디자이너를 찾아가 치수를 재고 옷감을 골랐다.

"예식 전까지 돈은 얼마가 들어도 상관없으니 무조건 완성시켜 주십시오."

이안의 말에 나이가 지긋하신 디자이너 선생님이 약간 곤란한 표정을 짓긴 했지만 결국 알았다는 대답을 얻어내었다. 이제 결혼식은 3주도 남지 않았다. 공장에서 찍어내는 옷도 아니고 일반 한복도 아닌 옷을 처음부터 끝까지 손으로 한 땀, 한 땀 바느질을 해야 하는 것이니 난감하기도 하겠지. 그러니까 무슨 결혼식을 이렇게 번갯불에 콩 구워 먹듯 하냐고. 내가 도망갈 데가 어디 있다고. 사실…… 말을 안 해서 그렇지…… 나도 이안에게 중독된 건 마찬가지니까…….

"아 참! 이안!"

"왜?"

"외국영화 보면 있잖아요, 결혼식 전에 남자들은 총각파티 하고 여자들은 처녀파티 하던데 이안은 그런 거 안 해요?"

"글쎄…… 그런 걸 꼭 해야 하나? 별로 필요성을 못 느끼는데."

아니, 너 말고 나! 나! 내가 필요성을 느껴! 아주 많이 무지하게! 나 결혼 전에 한 번은 신나게 놀아야 하지 않겠어? 너 만나기 전에는 공부하느라, 일하느라 한 번도 못 놀아봤단 말이야.

나도 영화에서처럼 머리에 티아라 꽂고 나이트에서 춤도 추고 친구들이랑 집에서 술 마시고 놀다가 막…… 그 뭐냐…… 남자 스트리퍼 불러서 꺅 소리 지르고 그런 거 해보고 싶단 말이야! 나만 그러면 찔리니까 너도 해! 무조건 해! 원래 처녀총각 파티는 불문율이잖아, 안 그래?

"리아는 처녀파티 하고 싶어?"

"네!!"

순간, 이안의 눈썹이 꿈틀거렸다. 아차…… 좀 생각하는 척이라도 할걸. 너무 기다렸다는 듯 대답했나? 그래도 이왕 뱉은 말 주워 담을 수는 없잖아.

"음…… 그러니까 그게……. 어…… 그렇게 음란한 파티 아니고 아주아주 건전하게……."

"알았어. 그렇게 해."

응? 진짜? 너 간만에 쿨하다!

"대신 밖에서 하는 건 안 돼. 클럽 가는 건 절대 반대야. 집에서 친구들 불러다 놓고 놀아."

"이안이 있으면 제대로 된 처녀파티가 아니잖아요."

"나가 있어줄게. 하룻밤이면 되는 거잖아."

"정말이요?"

아싸!! 아싸!! 일단 진경이 부르고…… 또…… 에이 씨! 부를 사람이 없네! 뭐 어때! 진경이만 있어도 분위기 살 텐데! 그리고…… 으흐흐…… 스트리퍼…… 꺄홋!

"한국에서도 집으로 출장 오는 스트리퍼 있나?"

헉! 눈치챘나?

"글…… 글쎄요…… 잘 모르겠는데…… 아니, 뭐 꼭 그런 거는 안 해도……."

"내가 한 번 알아볼게. 성인클럽 같은 데서는 남자 스트리퍼 꽤 있다니까 그쪽으로 알아보면 되겠지."

"정말? 이안 괜찮아요? 평소엔 다른 남자랑 눈만 마주쳐도 난리 치면서 웬일이래요?"

"마지막이니까. 한 번은 봐줘야 하지 않겠어? 이번이 마지막이야. 결혼하고 나면 다른 남자 쳐다보지 마."

"응! 응! 약속해요! 역시 이안 최고!"

의외로 무덤덤하게 승낙하는 이안이 오늘따라 다르게 보였다. 자식! 너 생각보다 대범하구나!

"날짜는 언제로 해? 이번 주말로 잡아?"

"아무 때나요."

"미리 얘기해 줘야 나도 나가 있을 거 아니야."

"어…… 그런데 이안 어디 가 있으려고요? 여기에 친구도 없으면서……."

"아직 우리 부모님 계시잖아. 결혼식까지 보시고 가실 거야."

맞다! 이안 부모님!

"어…… 어떡하죠? 나 너무 정신없어서 이안 부모님을 깜빡했어요. 지금이라도 인사를……."

"됐어, 이미 다 알고 계시고 리아도 만나봤는데 뭘 또 인사를 해."

"그래도 그런 게 아니죠! 정식으로 인사를……."

"우리 부모님은 뼛속 깊이 미국인이야. 그런 격식 차리지 않아도 돼. 원래 미국인들은 자식이 성인이 되면 크게 관여하지 않아. 결혼 문제조차도. 오히려 독립 안 시키고 끼고 살면서 결혼식까지 자기 돈 들여서 시키는 한국 부모들이 이상한 거야. 세계 어느 나라를 가봐도 한국 부모처럼 유난한 부모는 없어."

그런가? 그럼 뭐…… 네가 그렇다니까 그런가 보지. 그럼 나 처녀파티 계획 짜도 돼? 후후후, 기대된다!

며칠 뒤.

드디어! 우하하하, 이런 날이 오는구나! 이안에게 미리 날짜를 통보하니 이벤트 직원까지 집으로 찾아와서 각종 풍선 장식과 파티 용품들로 거실을 화려하게 꾸며주었다. 내가 배달음식 시켜 먹으면 된다는데도 이안은 출장뷔페를 불러서 웬만한 뷔페 집은 명함도 못 내밀 정도로 거실 한구석에 한 상 그럴듯하게 차려놓고는 바람과 함께 사라졌다.

아니, 이 많은 걸 누가 다 먹어? 진경이에게 올 때 친구들 좀 잔

뚝 모아오라고 시켰더니 제대로 놀 줄 아는 애들로만 골라왔다며 나와도 안면이 있는 몇 명과 같은 학과였던 친구 몇 명을 불러서 같이 찾아왔다.

"우와~ 진짜 파티장 같아!"

"리아 언니, 오랜만이에요!"

"리아야, 축하해! 우리 오늘 죽자고 놀아보자!"

간만에 친구들을 만나서 좋고 분위기까지 한껏 살려놨으니 이제 부터 밤새도록 광란의 질주만이 남았다. 냐하하하. 고마워, 이안. 역시 넌 마음이 넓은 외계인이야. 술도 아주 종류별로 세팅을 해놓 고 나간 이안 덕에 아무리 마셔도 오늘 안으로 다 못 마실 것 같았 다.

"와아…… 레미마틴이다!"

진경이가 꼬냑 한 병을 번쩍 들어올렸다.

"우리 이걸로 시작할까?"

"오키오키!"

"예~"

여자들끼리 모여 앉아서 수다를 떠는 것이 이렇게 즐거운 일인 지 몰랐다. 우리는 서로가 서로의 잔에 술을 채워주고 부어라, 마 셔라, 각종 게임을 곁들여 가며 신나게 놀았다. 조금 취기가 오르 자 그들이 내게 질문을 쏟아내기 시작했는데 공통적인 화제는 역 시 이안이었다.

어떻게 만났느냐, 연애 풀 스토리를 들려줘라, 잠자리 실력은 어 떠냐, 등등 차마 입에 담기 민망할 정도로 음담패설이 오고 갔지만 여자들끼리라 그런지 자연스럽게 대화가 이어졌다. 그들은 나와 이안의 연애 과정을 빠짐없이 들으며 눈을 반짝였다. 마치 동화나 소설을 듣는 것처럼 믿기지 않는다는 반응이 대부분이긴 했지만 옆에서 바로 지켜본 진경이의 증언이 있었기에 그나마 거짓말쟁이가 되는 것만은 간신히 모면할 수 있었다.

"아니, 근데 그 대단한 이안이 어떻게 리아한테 그렇게 푹 빠졌대? 비결 좀 알려줘 봐. 혹시 아니? 나도 이안 같은 남자 하나 물어올지."

이미 거나하게 취한 소희가 내게 넌지시 물었다.

"음…… 딴 거 없어. 내가 웃기데."

"뭐?"

"웃겨서 좋다는데 뭐…… 나도 처음엔 장난하는 줄 알았어."

여자애들은 뭐가 그리 좋은지 신나게 웃어젖히며 바닥을 뒹굴었다.

"맞아, 맞아, 리아가 좀 웃기기는 해."

"언니도 봤어요? 리아 언니 막 사물하고 대화도 해요. 처음엔 나도 깜짝 놀랐다니까요."

"너도 봤어? 난 쟤 개미랑 말하는 거 봤는데."

"전 책이랑 대화하는 거 봤어요."

"책? 책이랑은 무슨 대화를 해?"

"죽고 싶지 않으면 빨리 내 머릿속으로 들어와! 이러던데요."

까르르르르. 여자애들의 웃음소리가 바닥에 나뒹굴었다. 이것들이 아주 그냥 나를 들었다 났다, 들었다 났다, 난리가 났네. 그게 뭐 어때서! 누구나 한 번쯤 혼잣말 안 해본 사람 있어? 물론, 난 거의 매일 하긴 하지만! 그래도! 그게 아주 특이하고 드문 일은 아니잖아?

"참! 리아야! 너 스트리퍼 부른다며?"

진경이가 갑자기 생각난 듯 내게 물었다.

"……어? 맞다!"

"뭐야…… 까먹은 거야?"

진경이와 다른 여자애들이 짐짓 실망한 눈초리를 내게 보내고 있었다.

"아니…… 그게…… 까먹은 게 아니라 이안이 알아본다고 해서 신경을 못 썼어. 나가기 전에 좀 물어볼걸."

"에이, 서운하지만 할 수 없지 뭐. 우리끼리라도 신나게 놀면 되는 거지! 우리 이 기세를 몰아 클럽 한 번 땡길까?"

"오예!"

"난 콜!!"

여자애들이 아우성치며 당장에라도 나갈 것처럼 분주히 움직이자 난 다급하게 소리쳤다.

"안 돼!! 안 돼! 절대 안 돼!"

"왜?"

"이안이 집에서만 놀라고 했단 말이야……."

"지금 이안 없잖아, 내일 아침에나 올 거라며. 그동안 살짝 나갔다 들어오면 절대 모를 거야."

"그래, 그래! 나가자! 나가서 놀자!"

아니야. 너희들이 이안을 몰라서 하는 소리야……. 걔는 모르는 게 없고 안 가는 곳이 없는 외계인이란 말이야.

"나 진짜 못 가."

내가 어렵게 말문을 떼자 진경이와 다른 친구들이 재빨리 나를 단장시키며 신발까지 신긴 후 밖으로 끌고 나갔다.

"어? 어? 야! 너네 왜 이래? 나 진짜 안 된다니까?"

"처녀파티가 뭔데? 결혼 전 마지막 일탈이잖아. 집구석에서 처량 맞게 놀지 말고 클럽 가서 화끈하게 흔들고 오는 거야. 그러고 나서 뒤풀이는 집에서 하면 되는 거지, 안 그래? 딱 한 시간만 놀다 오자!"

"맞아, 맞아! 부킹만 안 하면 되는 거잖아!"

"우린 순수하게 춤만 추다 오는 거야, 그래도 안 돼?"

"아니, 뭐…… 그럼…… 그럴까?"

"오케이! 콜! 가는 거야!"

우르르 요란한 소리를 내며 우리는 클럽으로 몰려갔다. 현란한 조명과 쿵쿵대는 음악 소리는 술에 취한 우리에게 낙원같이 보였다. 사람들 틈에서 부비부비 춤도 추고 미친 듯이 몸을 흔들어대던 우리들은 급격한 체력 고갈로 인해 약속대로 결국 한 시간 만에 집으로 돌아왔다.

아이고…… 죽겠다. 간만에 몸을 썼더니 삭신이 다 쑤시네. 저것들은 체력도 좋아. 노는 것도 놀아본 놈이 논다고 난 정말 이 짓은 못 해 먹겠다. 난 소파에 널브러져 있는데 진경이와 다른 친구들은 아직도 술이 모자라다며 주방으로 몰려가 계속해서 술병을 따고 있었다. 혀까지 꼬부라져 말도 제대로 못 알아듣겠는데 저들끼리는 신기하게도 잘 통하는지 시끄러운 대화 소리가 오가고 있었다.

딩동. 딩동.

어? 누구지? 설마 이안이 벌써 돌아왔을 리는 없고.

"누구세요?"

"경찰입니다. 고성방가로 민원이 들어와서요. 잠시 문 좀 열어 주시겠습니까?"

헉! 경찰? 신고? 난 스피커폰으로 밖을 확인해 보았다. 정말로 제복을 입은 경찰관이 밖에 서 있었다.

"야! 애들아, 좀 조용히 해봐! 밖에 경찰 왔어. 누가 시끄럽다고 신고했나 봐."

"정말?"

"어…… 어떡해……."

조심스럽게 현관의 잠금장치를 풀자 경찰관이 모자를 푹 눌러쓴 채 집 안으로 밀고 들어왔다.

"꺅! 뭐 하는 거예요?"

"자, 시끄러운 아가씨들! 지금부터…… 파티타임!"

모자를 휙 벗어 던진 경찰관이 뒤를 돌아 나를 바라보았다.

"……이안?"

이안은 거실에 있는 오디오에 전원을 켜고 끈적끈적한 음악을 틀며 조명을 낮추더니 제복의 단추를 하나씩 풀기 시작했다. 여자 애들은 저마다 소리를 지르고 아비규환이 따로 없을 지경이었다.

아니…… 스트리퍼 구하라고 했더니…… 또 너냐……. 흔들흔들 몸을 흔들며 제복의 상의를 조금씩 벗어가는 이안을 보며 여자애들은 미친 듯이 소리를 지르고 나는 그를 가리느라 정신이 없었다.

"미쳤어요? 이게 무슨 짓이에요?"

"리아는 처녀파티, 나는 총각파티. 낯선 여자들과의 하룻밤. 좋잖아?"

이안이 빙글 웃으며 내게 대답했다. 그러면서도 손은 쉬지 않고 바지 지퍼를 내리고 있었다.

"꺅! 악! 이안! 제발 정신 차려요! 여기서 뭘 하려고요?"

"스트립쇼의 묘미는 벗는 거잖아, 아슬아슬하게."

이안은 나를 제치고 내 친구들 사이를 누비며 아슬아슬하게 엉덩이에 바지를 걸친 채 내렸다 올리기를 반복했다. 연신 비명에 가까운 소리를 지르던 친구들은 저마다 지갑을 꺼내 들고 배춧잎을 흔들어대기 시작했다.

너희도 걸렸구나. 나도 전에 저거 봤을 때 막 돈 주고 싶더라…… 어? 아니지! 내가 지금 이딴 생각할 때가 아니잖아! 내 남편감이 친구들 앞에서 옷을 벗게 놔둘 순 없어!

"이안, 당장 멈추지 못해요?"

다급하게 이안에게 다가가 말리려는데 술에 취해 비틀거리는 진경이가 내게 반쯤 풀린 시선을 던지며 말했다.

"야, 이리아! 너만 좋은 거 보란 법 있냐? 우리가 언제 이런 눈 호강할 기회가 있다고…… 놔둬, 놔둬!"

"그래, 놔둬!"

아주 이구동성으로 나를 향해 쏘아붙이는 친구들 때문에 이러지도 저러지도 못하고 있는 사이 이안이 바지를 쭉 내려 버렸다.

"꺄아아아악!"

나뿐만이 아니라 그곳에 있던 모든 여자들이 비명을 질렀다. 물론 서로 의미는 다르긴 했지만. 난 절대 안 된다는 심정으로 소리를 지른 거고, 쟤네들은 너무 좋아, 완전 좋아, 이러면서 소리를 지른 거겠지.

그나저나 저게 진짜 미쳤나! 어디서 바지를 내려! 응? 휴…… 다행이다. 그래도 T팬티는 아니구나. 술에 취한 건 나도 마찬가지였기에 이안을 더 이상 못 벗게 하려고 팔을 허우적대 봤지만 이안은 살짝살짝 나를 피해가며 농염한 몸짓을 계속하고 있었다. 에잇! 저 미꾸라지 같은 놈!

이안이 움직일 때마다 여자애들의 환호성은 계속되고 있었다. 심지어 이안이 입고 있는 쫙 달라붙는 사각팬티에 돈을 꽂아주고 있는 것이 아닌가?

"야! 너희들도 그만두지 못해? 이게 뭐하는 짓이야?"

참다못해 내가 소리를 지르자 진경이를 비롯한 다른 친구들이 더 목소리를 높이며 항명했다.

"왜! 이게 어때서!"

"생전 처음 좋은 구경하는데 넌 좀 빠져!"

"그래! 우린 지금 네 신랑감이 아니라 스트리퍼 보는 중이란 말이야!"

여자애들이 나를 밀치고 이안을 빙 둘러싸며 박자에 맞춰 박수를 치기 시작했다. 이안은 찬란한 미소를 띠며 조금씩 허리춤에 엄지손가락을 끼워 넣었다.

"꺄아!"

"꺅!"

여자애들의 비명 소리가 점점 더 높아질수록 이안의 수위도 점점 대담해져 갔다. 춤을 추듯 움직이며 뒤로 돌아선 이안이 수영복처럼 보이는 팬티를 살짝 내리자 그 안으로 검정색 T팬티가 얼핏 보였다.

악! 안 돼! 안 돼! T팬티는 진짜 안 돼! 너무 자극적이란 말이야! 여기 있는 여자애들이 그걸 보고 널 가만히 놔둘 것 같아? 술 취한 여자가 얼마나 무서운지 몰라서 그래? 너 이러다가 정말 잡아먹혀!

안 돼! 안 돼! 더 이상은 진짜 안 돼! 이안은 빛나는 엉덩이를 가졌단 말이야! 그리고…… 그리고…… 으으…… 으흑! 걘 거기도 빛이 난다고! 그걸 누구에게도 보여줄 순 없어!

난 정신 못 차리고 소리 지르는 여자애들을 하나씩 끌어내기 시작했다. 미리 가방과 신발을 현관문 밖으로 던져 놓고 전에 없이 괴력을 발휘하며 한 명씩 밖으로 끌어내서 던져 버렸다. 내가 이렇게 힘이 센 줄 미처 몰랐는데 이게 바로 내 남자를 지키려는 본능인가? 술에 취해 물에 젖은 솜처럼 축 늘어진 친구들은 좀 무겁긴 했지만 그래도 별다른 어려움 없이 모두 집 밖으로 내쳐졌다. 뭐라 뭐라 말하는 것 같긴 했지만 들을 필요 따윈 없다고 생각하고 이안에게 내주었던 만 원짜리 다발을 던지며 식장에서 보자고 얘기한 후 문을 닫아버렸다.

거실엔 여전히 그 끈적끈적한 음악이 흘러나오고 이안도 몸짓을 멈추지 않고 있었다.

"이안! 대체 무슨 생각이에요? 내가 스트리퍼 불러달라고 했지,

이안보고 직접 하라고 했어요?"

"누가 됐든 즐거우면 그만이잖아."

"그걸 말이라고 해요? 그럼 내가 이안이 총각파티 하는데 스트리퍼였으면 좋았겠어요?"

이안이 피식 웃으며 내게 다가왔다.

"누가 리아를 스트리퍼로 써. 세상에서 제일 웃긴 애벌레인데."

그…… 렇지, 참. 아니지! 너 전엔 세상에서 제일 섹시한 애벌레라며! 그럼 그때 거짓말한 거야?

"몰라요! 이안 때문에 처녀파티 다 망쳤잖아요!"

난 잔뜩 볼을 부풀리고 소파에 털썩 주저앉았다. 이안은 음악의 소리를 점점 더 높이 올리더니 내 옆으로 다가와 앉았다.

"무슨 소리야, 리아. 처녀파티는 이제부터 시작인데."

이안은 내가 입고 있는 원피스 등에 붙어 있는 지퍼에 손을 대고 한 번에 내려 버렸다.

"뭐 하는 거예요, 지금?"

"커플 스트립쇼. 원래 이게 제일 야한 스트립쇼 거든."

"말도 안 되는 소리 하지 말아요. 나 진짜 화났다고요!"

이안은 내 말은 들리지도 않는지 내가 입고 있는 원피스를 벗기는 데에만 열중했다. 한쪽씩 벗겨 내린 원피스 사이로 내 어깨가 드러나자 이안이 둥근 어깨에 입을 맞췄다.

윽! 이 자식…… 또 이렇게 얼렁뚱땅 넘어가려고? 어림도 없어! 이거 왜 이래! 나도 오늘은 절대 너한테 넘어가지 않아!

더 이상 원피스를 끌어 내리지 못 하게 하려고 옷자락을 꽉 부여

잡고 놔주지 않자, 이안은 번쩍 들어 거꾸로 세웠다.

"꺅! 엄마야!"

본의 아니게 갑자기 물구나무를 서게 된 내 머리 밑으로 힘없이 원피스가 떨어져 내렸다. 이안은 재빨리 드레스룸으로 가서 그 말도 안 되게 비싸기만 하고 당최 쓸데없는 진주 속옷을 가지고 와서 순식간에 갈아입혔다.

뭐지……? 뭐냐……? 방금 또 뭐가 지나갔냐. 무슨 마법도 아니고 이안은 어떻게 이렇게 빨리 내 옷을 벗겨내는 것일까. 벗긴 건 그렇다 치고 이건 또 언제 입힌 거냐고! 내가 순간 정신을 잃었던가? 응? 아닌데? 아닌 것 같은데? 정말 불가사의한 일이야. 뭐가 어찌 됐든 둘 다 속옷 바람이 된 탓에 더 이상 민망하고 자시고 할 것도 없었는데 이안이 내게 손을 내밀며 다정하게 물었다.

"한 곡…… 추실까요?"

이건 또 무슨 시츄에이션인지……. 지금 너랑 나랑 나란히 T팬티 입고 블루스 추자는 거야? 좀 정상적인 옷을 입고하면 안 되는 거야? 하지만 언제나 그렇듯이 난 홀린 듯 이안의 손을 잡았다. 바닥에 널린 술병들을 피해가며 우리 둘은 서로의 손을 마주 잡고 음악에 맞추어 블루스를 추었다.

"리아, 이제 우리 결혼 일주일 남았어."

"그러네요."

"기분이 어때?"

"글쎄요. 원래 같이 살고 있어서 그런지 난 솔직히 별로 실감이 안 나요. 이안은 뭐 느낌이 달라요?"

사실 나는 그랬다.

모든 연인이 매일 헤어짐을 아쉬워하며 결혼하기를 희망한다는데 우리는 서로를 제대로 알기 전부터 이미 같이 살고 있었으니 결혼이라는 것이 큰 의미로 다가오질 않았다. 그저 이제 법적으로도 우리가 부부가 된다는 사실 정도랄까? 이안은 뭐 다른 느낌이 있는 것일까?

"난 너무 기대돼, 리아."

"뭐가요? 지금이랑 달라질 게 없잖아요."

"아니야, 내 마음이 달라."

"뭐가 어떻게 다른데요?"

이안은 지금까지 내가 본 중 가장 찬란한 미소를 머금으며 내게 살포시 입을 맞췄다.

"내가 드디어 가족을 만드는 거니까. 진짜 가족."

아…… 얘…… 입양아였지. 아무리 양부모가 잘해줬어도 뭔가 채워지지 않는 게 있었나 보구나. 하지만 나도…… 피가 안 섞인 건 마찬가진데……. 사실 말이 좋아 부부지, 헤어지면 남보다도 못한 게 부부잖아. 넌 날 평생 사랑할 수 있어?

"물론 평생, 죽어서도 사랑할 거야. 그리고 리아가 우리를 닮은 아이들을 낳아주면 그 아이들에게 완벽한 아빠가 되어줄 거야."

그…… 래…… 뭐…… 넌 말 안 해도 완벽한 아빠가 될 것 같긴 하다. 넌 누가 뭐래도 우주최강 천하무적 외계인이니까. 가만…… 근데 보통 아이를 낳자고 하지 않나? 아이들이 아니라?

……너 몇 명을 원하니?

"저기, 이안. 혹시 가족계획 말인데요…… 몇 명이나…….."

"경제적 여건이 부족하지 않으니까 리아 힘 닿는 데까지 낳아줘. 내가 많이 도와줄게."

헉! 너 무슨 그런 무지막지한 소리를 아무렇지도 않게 하니! 네가 출산의 고통을 알아? 뭐…… 나도 아직 모르긴 하지만…… 하여튼!! 누구 마음대로 그렇게 애를 많이 낳아!

"걱정하지 마, 리아. 당분간은 신혼을 즐길 거야. 애는 천천히 낳아도 되니까, 이제 나한테 집중 좀 해."

"집중은 늘 하고 있는…… 어? 음…… 이안…… 이 아래에…… 뭐가 자꾸 움직이네요."

"그걸 이제 눈치챘어? 아까부터 그랬는데."

윽…… 그랬냐…… 엉거주춤하게 엉덩이를 뒤로 빼려는데 진주알이 자꾸만 내 엉덩이에 끼어왔다.

"아! 정말! 왜 이렇게 불편한 속옷을 만들어가지고!"

투덜대는 내 귓가에 이안이 조용히 속삭이고 있었다.

"……원래 그건 벗기려고 만든 속옷이니까."

역시…… 그랬냐…… 이 우주최강 변태 외계인아!

19화
결혼식 그리고 신혼여행

드디어 결혼식을 올리는 날이 밝았다.

따로 준비할 것도 없는데 엄마, 아빠가 하루 전날 올라오셔서 괜히 부산스럽게 준비를 한답시고 나를 이곳저곳으로 끌고 다녔다. 뭐, 덕분에 전문가한테 얼굴 마사지도 받고 미리 미용실에 들러서 머리도 관리받고 나름대로 즐거운 시간을 보내기는 한 것 같다.

우리의 첫 번째 결혼식은 충무로에 있는 한국의 집에서 전통혼례를 올리는 것이었다. 혹시 무거운 가채를 쓰는 건 아닐까 하고 걱정했었는데, 왕족 결혼식의 재현이 아니라 일반적인 결혼식이어서 그냥 머리를 틀어 올리고 비녀를 꽂은 후 족두리를 쓰는 것이라는 얘기를 듣고 안도의 한숨을 쉬었다. 그런데 막상 하고 보니 이것 역시 만만치가 않은 무게였다. 원래 긴 머리이기도 했지만 틀어 올린 머리가 풍성해 보여야 한다며 가발 한 뭉텅이를 추가해서 머리를 만들더니 보기만 해도 무시무시한 길이의 왕비녀 양쪽으로 댕기같이 축 늘어지는 천 쪼가리를 붙이는 것이 아닌가! 게다가 족두리……. 어렸을 때 시장에서 팔던 조그맣고 귀여운 크기가 아니라 이것 또한 어린아이 얼굴만 한 크기에다가 무게도 상당했다. 머리에 뭐가 치렁치렁 잔뜩 달려 있어서 고개를 돌리는 것도 쉽지 않았다.

그러나 압권은 역시 날개옷……. 아니, 뭐 이렇게 입는 게 많아? 지금까지 난 한복이라 하면 안에 청바지 입고 속치마 하나 달랑 걸친 후 그 위에 겉치마, 저고리 입는 게 다인 줄 알았는데, 이게 뭐야! 난 한복이라는 게 이렇게 복잡하게 입을 게 많은 옷인 줄 처음 알았다. 그래서 그런지 웨딩드레스를 입을 때처럼 입는 걸 도와주는 아주머니들이 두 명 붙었는데 그 아주머니들이 아니었으면 난 대체 뭘 어떻게 입어야 할지 몰라 속바지를 입에 물고 나갈 판이었다.

아니, 근데 이봐요. 아주머니들…… 어차피 안에 입는 건 보이지도 않는데 굳이 이걸 다 껴입어야 하는 이유는 뭔가요? 그냥 대충 입고 날개옷만 걸치면 안되는 건가요? 여자는 입는 게 너무 많아! 남자는 달랑 사모관대 하나면 끝이잖아! 마침내 몸치장이 끝나고 나니 식도 올리기 전부터 몸에 진이 다 빠졌다. 아이고…… 죽겠다. 이놈의 날개옷은 또 왜 이리 무거운 거야! 게다가 팔을 계속 수평으로 곧게 들고 있으라니…… 말이 돼? 그나마 아주머니들이 팔을 받쳐 준다고는 해서 좀 낫기야 하겠지만 으…… 빨리 식이 끝나기를 바랄 수밖에…….

잠시 기다리라는 말에 얌전히 방 안에서 기다리고 있는데 요란한 음악 소리가 나면서 식이 시작됐다는 것을 알리는 집례자의 말이 들려왔다.

오호, 이제 시작인가 보군. 며칠 전에 미리 와서 예식의 순서에 대해 자세히 들어보니 일단 신랑이 먼저 기러기 한 쌍을 들고 신부 어머니에게 전달한다고 한다. 그러니까 말하자면 신랑 입장인 셈인데 나무로 만든 기러기 두 마리를 들고 들어온다는 게 좀 다른 거겠지? 뭐라더라…… 기러기는 실제로 짝을 이루면 죽을 때까지 헤어지지 않는다고 해서 백년해로의 의미라나…… 사람보다 낫네. 뭐, 어쨌든 간에 난 여기 얌전히 기다리고 있다가 나가면 된다, 이거지? 근데…… 아주머니들…… 저 이거 팔 내리고 있으면 안 돼요? 뭘 벌써부터 벌써듯 들고 있어요. 아…… 이 아줌마들 융통성 제로네…….

그런데 갑자기 바깥이 소란스러워지는 것 같았다. 신랑 입장부터 뭔가 이상한데? 이안…… 너 또 뭔 짓 한 거 아니겠지? 설마…… 결혼식인데 걔가 다른 건 몰라도 결혼에 그렇게 목을 매던 앤데 이상한 짓을 하진 않았을 거야. 내가 빨리 나가서 상황을 봐야 뭐가 어떻게 된 건지 알 텐데…… 아, 답답하네.

"신부 출!"

앗! 드디어 내 순서다! 빨리 나가서 봐야지, 궁금해 죽겠네.

밖에서 나를 부르는 집례자의 소리가 들리자 수모 아주머니들이 나를 일으켜 세우고 밖으로 나갔다. 고개를 들면 안 된다기에 푹 숙인 채 눈만 이리저리 굴리면서 아주머니들이 이끄는 대로 초례상을 향해 걸어갔다.

아이 씨, 바닥 밖에 안 보여. 사람들 다리랑……. 에이, 몰라! 그냥 잠깐만 고개 들었다가 내리지, 뭐.

재빨리 고개를 살짝 들어 초례상의 건너편을 보는데, 윽! 이 느낌은…… 으아아아악! 눈부셔, 눈부셔! 나 눈이 멀 것 같아! 사모관대 차림으로 초례상 앞에 서 있는 이안은 온몸으로 빛을 발하고 있었다.

아! 이거였구나, 이거. 저 쓸데없이 빛나는 외계인이 오늘 꽃단장까지 하고 나와서 사람들이 그 난리를 쳤던 거구만! 에라이! 야! 너 원래 결혼식 때 신부보다 예쁘면 안 된다는 거 몰라? 그건 기본적인 예의란 말이야! 다른 사람도 아니고 신랑이 그러면 어쩌냐고! 내가 못살아…… 저 자식, 간만에 반딧불이 제왕의 빛을 뿜었군. 이건 뭐, 만화도 아니고…….

나는 재빨리 활옷을 입은 팔을 높이 들어 고개를 푹 숙이고 최대한 얼굴을 가렸다. 저 자식과 비교되지 않으려면 최대한 얼굴을 가려야 한다! 그것만이 살길이다!

어찌어찌 식이 다 끝나고 폐백까지 올리고 나니 난 그야말로 숨이 팍 죽은 파김치가 되어 있었다. 이 짓을 한 번 더 해야 하다니…… 오 마이 갓이다.

미국으로 가는 비행기는 내일 저녁. 시차를 맞춰야 하니 어서 들어가서 쉬라는 양가 부모님 덕분에 우리는 별다른 제재 없이 집으로 돌아와 고단한 몸을 뉘었다.

"리아, 수고했어."

"응, 이안도요. 오늘 정말 멋지더라고요."

"오늘만?"

아…… 저 자뻑.

"뭐…… 늘 멋지긴 하지만 오늘 특별히 더 멋졌다고요. 사람들이 신부는 안 보고 신랑 얼굴만 보는 결혼식은 아마 없었을걸요?"

솔직히 결혼식에 큰 로망을 품은 건 아니었지만 그래도 여자가 살면서 가장 아름다워 보인다는 날이 결혼식인데 모든 주목은 저 자식이 받았으니 기분이 썩 좋지만은 않았다. 그래도 어쩌랴. 이제 미우나 고우나 내 낭군인걸. 어머! 낭군이래. 뭔가 좀…… 색다른 느낌이야.

"리아, 피곤해?"

"당연히 피곤하죠. 이안은 안 피곤해요? 바로 내일 미국으로 간다면서요, 얼른 자요."

"괜찮아, 비행시간만 열 시간인데 가는 동안에 자면 되지, 뭐."

그렇다는 것은…… 오늘 안 자겠다는 말인가. 어…… 음…… 네가 설마 혼자 안 자진 않을 테고…… 나도 안 재우겠다는 말이군. 이게 진짜! 너 정말 이럴 거야? 난 외계인이 아니야, 아니란 말이야! 난 그렇게 넘치는 체력의 소유자가 아니야!

이안이 슬금슬금 침대로 올라와 나를 더듬기 시작했다.

"……이안, 말로 할 때 이 손 치워요."

"말로 안 하면 몸으로 하려고?"

"미쳤어요? 나 피곤해 죽을 것 같단 말이에요."

"그럼 마사지해 줄게."

흥이다! 내가 또 속을 줄 알고?

지난번에 나 피곤해 죽겠다고 누워 있을 때 넌 마사지해 주겠다고 해놓곤 역할 놀이에 푹 빠져서 아침까지 계속했던 거 기억 안 나니?

"사양할래요."

"왜? 나 마사지 잘하는 거 알잖아."

알지. 그래서 싫다는 거야. 너무 잘하다 못해 사람을 노곤노곤하게 만들고 순식간에 잡아먹어 버리니까 말이지.

"그러지 말고 얼른 자요."

"잠이 안 와."

이안은 가끔 이렇게 어린아이처럼 투정을 부릴 때가 있다.

"이리 와요, 내가 팔베개해 주고 자장가도 불러줄게요."

난 이안을 품에 꼭 끌어안고 머리를 쓰다듬으며 자장가를 불러주었다. 등도 토닥토닥 두드려 주는데 이안이 내 품 안에서 조용히 속삭였다.

"꼭 엄마 같다……."

"응, 내가 오늘은 이안 엄마 해줄게요. 그러니 얼른 자요."

"그래."

이안이 내 품속으로 자꾸만 더 파고드는 느낌이 나쁘지 않았다. 나…… 얘 정말 사랑하는구나. 그런데 갑자기 이안의 손가락이 꼬물꼬물 움직이며 내 잠옷의 단추를 풀고 있는 것이 눈에 들어왔다.

"……지금 이건 뭐 하는 짓일까요? 이안."

"응? 엄마 해준다며."

"그래서요?"

"엄마 찌찌 만지고 쭈쭈 먹어야지."

뭐, 이런 변태 중에 상변태가!

내가 뭐라고 할 틈도 없이 이안은 첫날밤을 치러냈고, 눈 뜨니 아침이었다.

아…… 누가 결혼식이 여자의 로망이라고 했지? 이건 중노동이야! 팔자에도 없는 날개옷을 입고 혼례를 올린 것까지는 그렇다고 치자고. 그런데 이놈의 외계인이 첫날밤이라며 밤새 나를 들들 볶았잖아! 넌 첫날밤의 개념을 모르는 거야? 우리 그거 예전에, 그것도 아주 예전에 한 거잖아! 뭘 또 새삼스레 첫날밤을 찾고 앉았어!

요리조리 피하다가 결국은 원하는 대로 다 해주고 나니 비행기 탈 때는 다크서클이 무릎까지 내려와 있었다. 설마 비행기 안에서까지 지분대진 않을 테니 이제라도 좀 자야겠다. 내리자마자 또 결혼식 하러 가야 하는데, 내 체력이 따라주려나 모르겠네. 우리 부모님과 이안의 부모님은 물론이고 진경이까지 함께 우리의 결혼식을 보기 위해 다 같이 비행 중이었다.

물론 일등석으로. 비행기를 타보는 것도 처음인데다 일등석을 타게 된 우리 부모님은 비행기가 안정 궤도에 오르자마자 이곳저곳을 구경하느라 여념이 없어 보였다. 음…… 나도 저랬었지. 맞다! 그때 이안이 웨딩 케이크 먹여줬었지! 참…… 기분 이상하다. 그때는 뭐 이런 미친놈이 다 있나 했었는데, 그 미친놈이랑 진짜 결혼까지 하게 될 줄이야.

"이안, 자요?"

눈을 감고 옆에 앉아 있는 이안에게 조심스럽게 말을 걸어보았다.

"아니, 왜?"

"응, 예전에 우리 비행기 탔을 때 신혼부부들을 위한 웨딩 케이크 우겨서 먹었었잖아요. 오늘은 진짠데 안 먹어요?"

"필요 없어."

"왜요?"

"더 맛있는 게 여기 있는데 그딴 걸 왜 먹어."

이안이 내 입술에 진하게 입을 맞춰왔다.

"읍! 읍! 파아! 아, 진짜 미쳤어요? 여기 우리가 지금 전세 낸 것도 아니고 다른 식구들까지 다 태워놓고 뭐 하는 짓이에요?"

난 목소리를 죽이고 이안에게 쏘아붙였다. 아무리 시부모님과 우리 부모님이 개방적이라고 해도 그렇지, 이건 좀 아니잖아!

"내가 뭘 어쨌다고 그래. 그냥 키스 한 번 한 거 가지고 왜 이렇게 유난이야."

"좀! 좀! 때와 장소를 가려요!"

"그러고 있잖아."

헐…… 애 뭐래니, 애 뭐래니! 그럼 방금 한 건 뭔데!

"리아."

"왜요!"

"내가 때와 장소를 안 가리면 어떻게 되는지 알아?"

……알고 싶지 않아. 절대로 알고 싶지 않아. 이안이 주위를 살핀 후 내 귓가에 조용히 속삭였다.

"……아마 리아는 평생 옷 입을 일이 없을걸."

변태, 변태, 변태 중에 상변태, 왕변태! 어떻게 저런 말을 눈 하나 깜짝 않고 말할 수 있는 거냐고!

"그…… 그래요. 알았어요. 제발 그렇게 무시무시한 말은 하지 말아줘요."

"나한테 계획이 하나 있는데 말이야."

응? 계획? 무슨 계획?

"뭔데요?"

"우리가 아이를 가지게 되면 그 아이들이 어느 정도 클 때까지는 부부생활이 거의 없다고 봐야 하는 거 아니겠어? 밤낮으로 우는 애들 달래고 돌보려면 체력도 아껴야 하고 말이야."

응? 그래? 그럼 얼른 애부터…… 낳아야 하는 건가? 설마 밤낮으로 우는 애 달래는 게 밤낮으로 달려드는 이안을 상대하는 거보다 힘이 들진 않을 거 아니야.

"그래서 하고 싶은 말이 정확히 뭔데요?"

"응, 그러니까 말이야. 우리 신혼여행은 완벽하게 우리만의 시간으로 만들 거야. 허니문 베이비는 만들지 않고 말이지."

"뭐…… 나쁘진 않네요."

"그치? 그래서 내가 생각한 건 한 1, 2년 정도 가보고 싶은 나라를 다 가보는 거야."

"신혼여행으로요?"

"응."

신혼여행으로 세계 일주를 하겠다는 말이구나. 역시 통 큰 거 하나는 알아줘야 한다니까. 나야 뭐, 싫을 게 있겠어? 네 덕분에 좋은 구경하고 좋지, 뭐.

"그게 이안 계획이에요? 세계 일주 신혼여행?"

"아니, 그건 계획의 일부고."

"그럼 또 뭐가 있어요?"

이안이 입꼬리를 있는 대로 끌어 올렸다.

어라? 얘 이러면 뭔가 불안한데…….

"뭐…… 뭘 또 이상한 얘기를 하려고 이래요? 불안하게…….."

이안은 여전히 입꼬리를 끌어 올린 채 다정하게 내 어깨에 팔을 두르고 귓가에 숨을 불어넣었다.

"음…… 그 기간 동안 이동하는 때를 제외하고는 리아에게 옷을 입을 시간을 안주는 게 내 최종 목표야."

으헉! 큰일 났다…… 여기 비상 탈출구 없나? 아참…… 비행기 안이지…… 다 죽을 순 없잖아. 그럼 어쩌지? 공항에서 내리자마자 튀어? 어…… 그건 안 되지. 다들 결혼식 보려고 먼 데서부터 찾아올 텐데. 좋아, 그럼. 일단 결혼식은 올리고 튀는 거야! 하루 정도 어떻게든 숨어 있다가 이안이 안 그러겠다고 약속하면 그때 나와야지. 그런데 어디로 숨어? 경찰의 도움을 받을 수도 없잖아!

음…… 이안 부모님에게 슬쩍 물어볼까? 혹시 내 편 들어주지 않으실까? 가재는 게 편이라고 아들 편 들어주시려나? 아니지, 그건 아닐 거야. 내가 아니면 안 된다는 거 이미 알고 계시잖아? 저분들은 이안을 진짜 아들이라고 생각하고 행복하길 바라고 계시니까. 나 안 숨겨주면 결혼 취소하겠다고 징징대면 좀 봐주지 않으려나?

"리아."

"네? 네! 왜요, 이안?"

"머리 굴려도 소용없어, 이제 완벽하게 내 거야."

들켰냐…….

"아하하…… 이안…… 저기…… 있잖아요."

"왜?"

"농담이죠?"

"아니? 진담인데?"

그렇지…… 당연히 진담이겠지. 그래서 더 무서운 거고.

"음…… 우리 그냥 애부터 만들까요?"

"그걸 원해?"

응! 차라리 그게 나을 것 같아! 적어도 임신 기간 중에는 안 건드릴 거 아니야!

"리아가 그렇게 원한다면 신혼여행 기간에 피임 안 하고 생기면 생기는 대로 낳지 뭐."

"아니! 그게 아니라!"

"그게 아니면 뭐?"

"아니, 좀 평범하게 신혼여행도 길어야 일주일 정도 다녀온 후에 신혼을 즐기다가 애를 낳자는 얘기예요."

"뭐가 달라? 어차피 리아는 나랑 침대에서 뒹구느라 신혼여행이라고 해봤자 숙소 근처밖에 못 볼 텐데. 그걸 신혼이라 생각해."

안 되겠다. 그냥 도망을 치는 게 낫겠어. 일단 식은 올린 후에 이안 부모님께 사정을 설명하고 하루만 숨겨달라고 하는 거야. 그래! 그것만이 살길이야! 안 그랬다간 이 변태 외계인에게 붙잡혀서 몇 년 동안 역할 놀이만 계속하게 될 거란 말이야!

"포기해, 리아. 포기하면 편해."

아니야. 난 절대 포기 못 해, 이번만큼은 나도 절대 포기 못 한다고! 결국 뚜렷한 대안도 없이 미국에 도착한 나는 이안이 이끄는 대로 또 다른 비행기에 몸을 실었다. 아니, 얜 또 어디를 가려고 전세 비행기까지 동원한 거야.

"리아."

"왜요……."

"리아는 도망 못 가."

"내…… 내가 언제 도망을 갔다고."

"꿈도 꾸지 말라는 얘기야."

"안…… 안 해요, 그런 거."

귀신같은 놈…… 어떻게든 도망치고 말 테다. 식만 끝나봐!

우리 모두를 태운 전세 비행기가 작은 공항에 도착하고 나니 커다란 리무진 두 대가 우리를 기다리고 있었다. 그리고 드디어 대망의 결혼식이 열리는 곳에 도착한 나는 이안이 왜 내게 그런 말을 했는지 알 수 있었다.

우리가 도착한 곳은 어느 항구. 바다 위에 커다란 크루즈가 떠 있었고 항구에는 아치형으로 만든 풍선과 꽃들, 그리고 조촐한 야외 결혼식 준비가 되어 있었다. 저기서 간단하게 식을 올리고 나면 바로 크루즈에 올라타 신혼여행이 시작되는 것이다. 도망…… 못 가는구나! 젠장.

우리 쪽 사람들이라고 해봐야 부모님과 진정이뿐이고 나머지는 전부 이안과 이안 부모님의 친지, 동료들인 것 같았다. 물론 빠질 리가 없는 라일리도 보였고 그…… 뭐냐…… 이름은 잘 기억 안 나지만 이안과 나를 헤어지게 만들 뻔했던 그 쳐 죽일 두 친구의 모습도 보였다. 쟤네 이름이 뭐더라…… 카…… 일하고 제이슨?

아…… 제퍼슨. 무슨 낯짝으로 여기까지 와? 내가 니들 다시 만나면 아주 구족을 멸하려고 했어! 나의 불편한 시선을 느꼈는지 카일과 제퍼슨이 내게로 다가왔다.

"축하해요."

"축하합니다."

얼씨구. 니들 그거 말고 나한테 먼저 해야 할 말 있지 않니? 내가 웃음기 없는 얼굴로 계속 그 둘을 노려보자 머리를 긁적이던 제퍼슨이 먼저 사과를 해왔다.

"미안해요, 리아 씨. 그냥 술 취한 미친놈들이었다고 생각해 줘요. 끝이 좋으면 다 좋다는 말도 있잖아요."

"맞아요, 아…… 그리고 난 사실 아무것도 안 했는데……. 어쨌든 미안해요."

덩치 큰 남자 둘이 쩔쩔매며 내게 사과를 하는데 뭐…… 마음이 넓은 내가 한 번만 용서해 줄게. 아주 그냥 한 번만 더 걸려! 걸리기만 걸려! 내 그 주둥이를 찢어버릴 것이야!

내 드레스를 들고 오는 진경이의 모습이 저 멀리서 보였다. 진경이 어머님의 특명을 받아 내가 드레스 입는 것을 도와주기로 했던 진경이는 카일과 제퍼슨을 보자마자 또 침을 흘리고 있었다.

"야! 드레스 땅에 끌리잖아."

"어? 어…… 그러네, 미안. 그런데 이 사람들은 누구?"

"이안 친구들. 그리고 헤어지게 만들 뻔한 장본인들."

"어머, 어머! 이안은 친구들도 은혜롭구나. 어쩜 이렇게들 잘생기셨어요?"

진경아…… 너 내 말 듣고 있니? 저 자식들 때문에 우리 헤어질 뻔했다니까! 너도 그때 같이 광분하고 난리도 아니었잖아, 기억 안 나? 이미 진경이는 정신을 놓아버렸는지 아예 드레스 가방을 내 손에 들려주고 두 사람에게 찰싹 붙어서 이야기꽃을 피우고 있었다. 저거…… 내 친구 맞나? 진짜, 확! 부케 안 줄까 보다!

이미 넋이 나가 있는 진경이를 어쩌지 못하고 멍하니 서 있는데 이안이 내 어깨를 톡톡 두드렸다.

"어? 이안, 왜요?"

"우리 옷 갈아입어야지. 배 출항 시간 거의 다 됐어."

"아, 맞다. 식도 배 위에서 해요?"

"아니, 식은 항구에서. 하지만 마지막 부케는 선상에서 아래로 던질 거야."

"아…… 그렇구나."

"가자."

이안이 내게서 드레스 가방을 낚아채고는 내 손을 잡고 배 위로 올라가 객실 문을 열었다.

"……세상에."

초호화 특급 유람선에 있는 객실은 완벽하게 허니문용 스위트룸으로 탈바꿈되어 있었다. 한쪽에 놓여 있는 2인용 침대와 각종 가구들, 그리고 촛불과 와인, 생화 장식들로 인해 동그란 창문 밖으로 보이는 푸른 바다가 더해져 더없이 로맨틱한 분위기를 만들고 있었다.

"정말 너무 예뻐요, 이안."

"감상은 나중에. 지금은 빨리 옷 갈아입고 내려가야 해."

출항이 임박했음을 알리는 뱃고동 소리가 울려 퍼지자 우리는 서둘러 옷을 갈아입었다. 아무래도 이안이 갈아입기가 편해서 그런지 재빨리 갈아입고 나서 내가 드레스 갈아입는 것을 도와주었다.

"그런데 말이에요, 이안."

"응, 왜?"

"우리나라는 아니지만 원래 미국에서는 결혼식 전에 신부가 드레스 입은 거 보면 재수 없다고 싫어하지 않아요?"

"뭘 그런 걸 신경 써. 리아는 내가 그런 거에 일일이 신경 쓰고 조심할 사람으로 보여?"

어…… 아니…… 넌 날아오는 운석도 맨손으로 쳐낼 것 같아. 우주최강 천하무적 외계인이니까. 그런데…… 응? 너 뭐 하니?

소매가 없는 슬리브리스 드레스라서 가슴까지 끌어 올리고 난 후 이안에게 지퍼를 채워달라고 등을 돌렸는데 채우라는 지퍼는 안 채우고 이안의 입술이 내 등줄기를 지분거리고 있었다.

"이안! 시간 없다면서요!"

"내가 뭐, 그냥 등에 키스하는 건데."

"쓸데없는 소리 말고 빨리 지퍼나 올려줘요."

"알았어."

얌전히 지퍼를 끝까지 채워준 이안에게 나는 몸을 빙글 돌려 드레스를 퍼지게 만든 후 그의 얼굴을 바라보며 싱긋 웃어주었다.

"나, 어때요?"

"예뻐. 당연한 걸 뭘 물어. 어? 잠깐만. 여기 뭐가 있네."

"뭐가…… 꺅! 뭐 하는 거예요?"

이안은 내 퍼진 드레스 끝자락에 뭐가 묻었다며 살짝 들어 올리더니 순식간에 그 안으로 들어갔다. 한복 열두 폭 치마보다도 천을 많이 써서 그런지 이안이 들어가 있는데도 곁에서 보면 아무렇지도 않은 듯 보였다.

"이안! 이안! 당장 나와요! 거기서 뭐 하는 거…… 흐읍!!"

아! 이 자식…… 너 진짜 이럴래. 거기…… 거기는 안 돼. 나 거기…… 약하단 말이야..

"하아…… 하아…… 이안…… 좀…… 그만…… 아아……."

다리에 점점 힘이 풀리고 있었다. 나가야 하는데…… 사람들이 기다리는데. 어떡해…… 흐응…… 너무…… 좋아…….

이안은 내 드레스 안에서 쉴 틈 없이 무언가를 하고 있었고, 그 때문에 나는 또 정신을 안드로메다로 보내는 중이었다. 그때 객실 문이 벌컥 열리며 라일리가 들어왔다.

"아, 뭐 하는 거야! 사람들 밖에 세워두고! 빨리빨리 좀 해! 안 나와? 어? 이안은 어디 갔어?"

라일리가 재촉하려 우리를 찾아온 건 알지만 난 지금 대답을 할 수 있는 상황이 아니었다.

"야, 이리아! 이안 어디 갔냐니까?"

"흐읍……."

난 이를 앙다물고 고개를 저었다. 지금 그가 내 치마 밑에서 야한 짓을 하고 있다고는 죽어도 말 못 해!

"……이상하네, 널 두고 이안이 어디 갔을 리가 없는데?"

응, 응, 당연히 그렇겠지. 이안이 어디 있는지는 지금 내가 잘 알고 있으니까 너 좀 빨리 나가! 네가 나가야 이안을 끌어내든지 말든지 할 거 아니야!

"아무튼 이안 보면 빨리 같이 내려와. 출항 시간 다 됐다는 소리 들었지? 여기 너네만 타고 가는 전세 아니야. 우리 일정에 맞춰달라고 할 수는 없단 말…… 야, 이리아. 너 열 있냐?"

"으응…… 응?"

"얼굴이 새빨개."

"아…… 아니…… 괜찮…… 흑……."

야! 이 변태 외계인이! 너도 귀 있으면 지금 여기 라일리 있는 거 알 거 아니야! 좀 적당히 하라고! 적당히! 내가 나도 모르게 신음을 흘리며 가쁜 숨을 몰아쉬고 간신히 서 있는 것을 본 라일리의 얼굴에 묘한 웃음이 걸렸다.

"참 나. ……별 꼴을 다 보네, 내가. 이안! 대충 하고 나와! 내가 어떻게든 출항 시간 늦춰달라고 해볼 테니까 너무 여유 부리진 말고, 알았지? 그럼 수고!"

라일리가 문을 쾅 닫고 나가는 소리가 들리자 내 치마 속에 있는 이안의 손놀림도 엄청나게 빨라졌다. 미쳤어. 미쳤다고…… 이 자식은 진짜 변태야.

"으흑…… 하아…… 이안…… 이제 그만…… 나와요……."

이제 라일리까지 알아버렸으니 이 노릇을 어쩜 좋아. 밖에 나갔는데 다른 사람들이 모두 다 안다는 눈으로 우릴 쳐다보면 어쩌지? 아아아아악! 그 민망하고 쪽팔림을 나보고 어떻게 견디라는 소리야! 나와! 나와! 제발 나오…… 으흥…… 아항…… 아앙……

아, 몰라몰라. 나도 이제 아무것도 생각 안 나. 결혼식이야 뭐⋯⋯
한 번 했으면 된 거 아닌가.

결국 이안은 만족스러운 결과를 얻을 때까지 나를 놓아주지 않
았다. 상기된 얼굴로 겨우겨우 식을 올리고 수많은 사람들의 축복
속에 팡파레를 울리며 배가 출항했다.

"잘살아, 리아야!"

"응. 고마워! 한국 가면 바로 연락할게!"

막 배가 떠나려는데 내 손에 아직도 부케가 들려 있다는 것을 깨
달은 난 부리나케 진경이를 향해 던졌다.

어⋯⋯ 어? 부케를 받은 사람은⋯⋯ 우리 아빠⋯⋯ 그래,
뭐⋯⋯ 제가 다녀오면 식 한 번 더 올려 드릴게요. 그나저나 진경
아⋯⋯ 미안타⋯⋯. 사실 부케 받고 6개월 안에 결혼 못 하면 3년
동안 결혼 못 한다잖아. 잘됐네, 뭐⋯⋯ 얼른 남자나 만들어.

본격적인 항해가 시작되자 갑판 위에 선 우리는 드레스와 턱시
도를 입은 채 시원한 바닷바람을 맞으며 환하게 웃었다. 갑판 위를
오가는 사람들마다 일면식도 없는 우리들을 향해 축하한다, 행복
해라, 멋지다, 등등 덕담과 인사를 아끼지 않았다. 하얀색 턱시도
를 입고 있는 이안의 모습은 정말이지 눈이 부시게 아름다웠다.
좀⋯⋯ 너무 밝히는 변태라는 게 문제긴 하지만 그것만 빼면
뭐⋯⋯ 아니, 사실 그것도 빼면 안 되는 건가?

하여튼 난 우주최강 천하무적 반딧불이 외계인을 내 남편으로
맞았다. 그리고⋯⋯ 행복하다.

"이안."

"왜?"

"사랑해요."

이안의 얼굴에 보기 좋게 호선이 그려졌다.

"웬일이야? 리아가 먼저 사랑 고백을 다 하고."

"그냥 고마워서요."

"뭐가?"

"시궁창 같던 현실을 동화로 바꿔준 사람이니까요. 이안이 아니었으면 난 아마도 지금쯤 현실에 치여 찌든 삶을 반복하고 있었겠죠. 그리고 날 이렇게 사랑할 수 있는 사람은 아마 이 세상에 이안 뿐일 거예요."

"당연하지."

이안은 나를 끌어당겨 내 이마에 입 맞춰주었다.

"그걸 이제야 깨달은 거야? 이 세상에 나 말고 리아를 이만큼 사랑할 사람은 없어. 난 리아가 웃을 때나, 울 때나, 화낼 때나, 짜증 낼 때나, 심지어 숨 쉬는 소리까지 사랑해."

"응, 알아요. 그것도 고마워요."

수평선 너머로 태양이 조금 발을 담갔다. 바다 위에서 보는 해가 지는 모습은 숨이 멎을 정도로 장관이었다.

"이안, 그런데 이 배 어디로 가는 거예요?"

"캐나다."

"응? 그럼 여권은?"

"내가 다 챙겼지. 일단 캐나다를 시작으로 해서 가볼 만한 곳은 다 가볼 생각이야. 제일 먼저 우리는 나이아가라 폭포를 보게 되겠지."

오오! 말로만 듣고 화면이나 엽서 사진으로만 보던 나이아가라 폭포!

"나이아가라는 절반은 미국 땅, 절반은 캐나다 땅에 걸쳐져 있어. 좀 의미가 다르긴 하지만 백두산이 중국과 북한의 경계가 되는 것처럼 말이야."

"아…… 그렇구나. 얼핏 들은 것 같긴 한데 사는 게 바빠서 크게 염두에 두지 않았어요."

"배고프지 않아?"

"응, 고파요. 기내식 먹고 여태 굶었잖아요."

"그럼 일단 옷 갈아입고 나와서 식당으로 갈까? 여긴 뷔페식이야."

"좋아요!"

이안과 나는 객실로 들어가 옷을 갈아입었다. 그런데 그 방에서 옷을 갈아입으려니 갑자기 결혼식 직전에 이루어졌던 민망한 기억이 떠올라 얼굴이 붉어질 수밖에 없었다.

"이안."

"왜?"

"진짜 아까 왜 그랬어요? 나 민망해서 죽는 줄 알았단 말이에요. 라일리가 사람들에게 말이라도 하면 어쩌려고."

"좋았으면서 뭘 그래."

아니, 뭐 저런! 그래…… 뭐…… 좋았지. 좋았지만! 그래도 그건 아니잖아!

투덜대며 옷을 갈아입은 나는 뒤로 돌자마자 이안이 너무 가깝게 서 있어서 깜짝 놀랐다.

"왜, 왜요…… 또."

"놀라기는, 누가 잡아먹어?"

응! 잡아먹잖아! 좀 전에도!

"아, 암튼, 지금은 안 돼요. 밥 먹고…….'

"밥 먹고 뭐?"

우이 씨…… 저 빙글거리는 얼굴을 한 대 쳤으면 소원이 없겠네.

"이리아, 이리 와."

"아, 진짜! 뭐 좀 먹고 하자니까요!"

"누가 뭐래? 그냥 한 번 안아보자고. 이제 내 거잖아. 내 거 내 마음대로 안아보겠다는데 그것도 안 돼?"

"……알았어요, 그럼 잠깐만이에요."

난 이안의 가슴팍에 얼굴을 묻었다. 아…… 이안 냄새…… 좋다. 이안이 내 턱을 잡고 끌어 올리더니 살며시 입을 맞췄다. 으응…… 이안 입술…… 촉촉하고 달콤해…… 나도 어느새 이안의 단맛에 중독됐나 봐. 그의 혀가 내 입술을 가르고 들어왔다. 가볍게 시작한 우리의 키스는 점점 더 농밀한 키스로 진도를 빼고 있었다. 어느새 눈을 감고 그를 받아들이던 나는 내 엉덩이에 이상한 느낌을 감지하고 퍼뜩 정신을 차렸다. 이거, 이거…… 또 위험한데…… 여기서 그만 자제 안 시키면 나 오늘 저녁도 굶어야 해!

"이안, 이제 그만하고 나가요."

"조금만 더."

"글쎄 이안이 조금만 더라고 하는 건 믿을 수가 없으니까 얼른 나가자고요."

칫. 이안이 짧게 혀를 찬다.

칫? 칫? 칫, 이라고 했니? 야, 이 변태 외계인아, 너도 양심이 좀 있어봐라! 때와 장소를 안 가리는 건 그렇다고 하더라도 뭘 좀 먹여가면서 해야 하지 않겠냐? 어떻게 그렇게 네 욕심만 차리려고 그래?

간신히 이안을 어르고 달랜 후 식당에 들어선 나는 생전 처음 보는 음식들에 눈이 휘둥그레지며 연신 접시에 음식을 담아 나르기 바빴다. 입이 미어터지게 먹는 나를 보고 이안이 눈을 곱게 접으며 내 입에 묻은 소스를 닦아주었다.

"천천히 먹어. 누가 안 뺏어 먹어."

"그건 알지만 본능이에요. 맛있는 음식을 보면 정신을 못 차린다고나 할까……."

"충분히 이해해. 나도 그러니까."

응? 네가 언제? 뭐, 단거 먹을 땐 가끔 그러기도 하지만 그나마 그것도 요샌 잘 안 먹잖아.

"나도 리아 먹을 땐 정신 못 차리고 먹잖아."

이런…… 내 얼굴 또 멍게 됐겠군.

저녁 식사가 끝나고 나니 선내 방송이 흘러나왔다. 선상 파티가 열리니 1층 홀로 모이라는 방송이었다. 1층으로 이안과 내려가 보니 그곳은 커다란 무도회장 같았다. 정면으로 무대가 있고 연주자들이 잔잔한 클래식을 연주하고 있었으며 천장에는 화려하진 않지만 은은한 조명들이 돌아가고 있었고 이미 몇몇 커플은 손을 마주 잡고 춤을 추고 있었다.

"한 곡 추실까요, 사랑하는 부인?"

이안이 내게 다정하게 손을 내밀었다.

부인…… 부인이래, 어쩜 좋아…… 꺅! 그럼 난 이안을 뭐라고 불러야 하지? 남편님? 서방님? 낭군님? 마땅한 호칭을 찾지 못하고 고민하고 있을 때 이안이 내 손을 잡아끌어 중앙 홀로 나갔다. 한쪽 손은 내 허리에 두르고 나머지 손은 내 손을 맞잡은 그가 천천히 스텝을 밟기 시작했다.

아…… 이안. 너 또 빛 뿜고 있어…… 어쩔 거야. 사람들이 우리만 쳐다보잖아. 아니지, 정확히 얘기하자면 너를 보는 거지, 우리가 아니라.

한참을 그렇게 내 눈을 바라보며 춤을 추던 이안이 음악이 멈추자 그 자리에 멈춰 섰다. 사람들이 가장자리에 놓여 있는 의자에 하나둘 돌아가 앉기에 나도 그러려고 뒤로 돌아서는데 이안이 나를 잡은 채 꼼짝 않고 서 있는 것이 아닌가.

"안 가요? 잠깐 쉬었다가 음악 나오면 또 춰요."

"리아."

"네, 왜요?"

이안은 내 발밑에 한쪽 무릎을 꿇고 앉아 주머니에서 작은 상자 하나를 꺼내어 내밀었다. 그가 상자 뚜껑을 열어 보이자 족히 5캐럿은 되어 보이는 커다란 다이아몬드 반지가 있었다. 게다가 노란색! 그 귀하다는 옐로 다이아몬드!

"평생 사랑하겠습니다. 평생 놓지 않겠습니다. 우리 아이들의 좋은 아빠가 되겠습니다. 나 이안 맥스웰을 선택한 것을 절대로 후

회하지 않게 하겠습니다. 나와 결혼해 줘서 고마워, 리아."

이안이 상자에서 반지를 꺼내어 내 손에 끼워주었다. 실내의 조명이 이안만을 비추고 있는지 내 눈엔 빛나는 이안의 모습밖에 들어오지 않았다.

아…… 어떡해…… 눈물 날 것 같아…….

사람들의 환호성과 박수 소리가 들려왔다. 공개적으로 길바닥에서 청혼하는 이안이 그렇게 부담스러웠는데 지금은 이런 이벤트를 기획해 준 그가 더없이 멋지고 사랑스러워 보였다.

"이안…… 난 이안에게 해줄 수 있는 게 없어요. 미안해요."

"무슨 소리야. 리아는 내게 가장 많은 것을 준 사람이야. 그리고 앞으로도 더 많이 줄 수 있을 테고 말이지."

이안이 일어서면서 나를 번쩍 안아 들었다. 그리고 사람들을 향해 영어로 크게 뭐라고 떠든 후 서둘러 그곳을 빠져나왔다.

"뭐라고 한 거예요?"

"응. 이제부터 우리는 신혼을 즐길 테니 배가 멈추기 전에는 우리 찾지 말라고."

"네?"

"밥도 먹었고, 밤도 깊었고, 식도 올렸으니 남은 건 첫날밤뿐이 잖아."

아니…… 넌 무슨 첫날밤을 몇 번씩 하니? 보통 첫날밤은 그냥 한 번이야, 한 번! 그리고 우린 그 한 번을 아주 옛날에 이미 했다고! 몰라? 정말 몰라? 알잖아!

그렇게 우리의 신혼 첫날밤이 지나가고 있었다. 그리고…… 이안의 그 첫날밤 세리머니는 장편의 대서사시였다. 대체 어디서 그런 걸 다 챙겨왔는지 이안의 커다란 여행 가방에서는 생전 처음 보는 기구들이 끝도 없이 나왔다. 성인용품 상점을 통째로 털지 않고서야 어떻게 저런 게 저렇게 많이 들어가 있을 수 있을까. 게다가 속옷 마니아답게 정말 그냥 보기만 해도 민망한 디자인의 속옷 세트가 여섯 벌이나 나왔다. 진주 속옷 세트까지 합치면 딱 일곱 벌.

무슨 요일 팬티냐……. 한눈에 봐도 이건 기성제품이 아니라 손으로 만든 수공이었다. 당연히 누가 만들었을지 상상이 갈 수밖에 없었던 건 진주 속옷 세트 라벨에 라일리라는 영문 표시가 있었던 것처럼 나머지 속옷들도 마찬가지였다.

라일리…… 넌 이게 결혼 선물이냐. 아주 장인 정신을 불태웠구나, 쓸데없이…….

밥숟갈 들 힘도 남아 있지 않은 상태에서 침대에 쓰러져 있는데 이안이 먹을 걸 들고 들어왔다.

"리아, 일어났어?"

"으응……."

"앉아봐, 내가 먹여줄게. 리아가 좋아하는 고기 잔뜩 가져왔어."

"일단 물……."

"알았어."

이안은 말 잘 듣는 강아지처럼 물 한 컵을 따라 손수 먹여주고 나서 고기를 먹기 좋은 크기로 잘라 한 점씩 내 입에 넣어주었다.

그렇지, 너도 양심은 있구나. 최소한 이 정도 애프터서비스는 해줘야 사람이지.

"좀 있으면 캐나다에 도착해. 바로 나이아가라 폭포 보러 갈 거야. 그러니까 얼른 먹고 기운 차려."

이안이 웃으면서 내 입에 고기를 넣어주는데 정말이지 그렇게 얄미울 수가 없었다. 아니, 왜 나만 이 지경이고 저 자식은 저렇게 멀쩡한 거지? 불가사의야……. 확실히 저놈은 외계인이 분명할 거야. 선상에서 밤바다를 구경하고 갑판 위에서 우아하게 와인을 홀짝이며 사랑의 대화를 나눌 수 있을 거라 생각했던 나의 바람은 선실 안에서 신음만 내지르는 것으로 끝이 났다. 그래도…… 뭐…… 좋았으면 된 거지…… 나도 이안 따라서 변태가 되어가나 봐. ……변태도 옮는 건가? 옮는 게 확실해. 나 원래 이런 애 아니란 말이야!

차마 입 밖으로 꺼내지는 못했지만 이안이 주는 대로 날름날름 받아먹어 일단 배는 채웠으니 하선할 준비를 서둘러 마치고 배가 항구에 도착하기만을 기다렸다. 간단한 입국심사를 거치자마자 우리는 그 유명한 나이아가라 폭포로 직행했다. 지금까지 내가 본 폭포라고는 화곡동에 있는 인공폭포랑 제주도에 있는 몇몇 유명한 폭포뿐이었는데 그때 실물로 보고 엄청 실망했던 기억이 있다. 폭포라고 하면 주로 높은 곳에서 물줄기가 시원하게 쏟아지는 한 폭의 그림을 상상했던 나는 실제로 폭포를 봤을 때 처음 내 입에서 튀어나온 말은…… 에계…… 이게 다야? 였다. 그래서 그런지 나이아가라도 그다지 기대를 가지지 않고 보러 갔는데…….

오 마이 갓. 이것이 폭포로구나!

감히 상상할 수도 없을 정도로 웅장한 스케일. 가까이 보려고 다가간 배가 장난감처럼 보일 정도로 커다란 폭포는 떨어지는 물 소리까지 요란하게 커서 바로 옆 사람과 대화를 할 때도 소리를 질러야 될 정도였다.

"와아! 진짜 장관이에요! 생각했던 것보다 훨씬 커요!"

"그렇지? 그러니 여기서 영화 촬영이나 광고 촬영도 많이 하는 거야. 일단 비주얼로선 최고니까."

좀 더 구경하고 싶었지만 이안은 물 떨어지는 게 뭐 그리 오래 볼 일이냐며 내 손을 잡아끌었다.

"어디 가는데요?"

"여기서 좀 멀어. 다시 비행기 타야 해."

"에? 우리 이제 막 왔잖아요."

"육로로 가면 너무 오래 걸리니까 그렇지."

"그러니까 어디 가는데요?"

이안은 내게 찬란한 미소를 보이며 대답했다.

"잊을 수 없는 하늘을 보여주려고."

대체 저건 또 무슨 소리일까.

하늘? 하늘이야 세계 어디를 가든 머리 위에 떠 있는 거잖아. 파랗거나, 하얗거나, 아니면 우중충하거나. 사계절이 있는 우리나라에서도 시시각각 변하는 하늘을 질리게 보고 있는데 무슨 하늘을 또 봐?

"이안, 그래도 신혼여행인데 그런 거 말고 딴 거 없어요? 무슨 하늘을 보러 비행기씩이나 타고 가요?"

"아, 그전에 코트부터 사야겠다."

엥? 코트? 저기, 지금 9월인데? 좀 쌀쌀하긴 하지만 두꺼운 코트를 입을 정도는 아니지 않니? 넌 가끔 그렇게 뜬금포를 날리더

라. 아니면 설명을 좀 제대로 해주든가! 앞뒤 다 자르고 가운데 토막만 말하는 건 안 고쳐지는 거냐.

진짜 히말라야를 가도 끄떡없을 정도로 두꺼운 코트를 몇 벌 사고 난 우리는 바로 경비행기를 타고 다시 창공에 올랐다.

"그런데 이안, 우리가 지금 가는 곳이 어디예요? 지명이라도 알려줘요."

"옐로 나이프."

옐로나이프? 노란 칼? 칼이 노래? 왜? 어째서? 그것이 무엇이더냐! 당장 바른대로 고하지 못할까!

궁금하다며 자꾸 물어보는 내게 그저 웃음으로만 답하는 이안을 흘겨보는 사이 비행기가 땅 위에 내려앉았다. 캐나다 북부라 그런지 군데군데 눈이 쌓여 있었다. 갑자기 한기가 들어 몸을 떨고 있는데 이안이 얼른 코트를 걸쳐 주었다.

"춥지? 따뜻한 거 마시러 갈까?"

"응, 좋아요."

테이크아웃 커피를 들고 다시 차로 이동해서 도착한 곳은 오로라 빌리지라고 불리는 작은 마을이었다. 여행객을 위해 원주민 천막이 20개 정도 띄엄띄엄 설치되어 있는 것을 보고 난 마치 인디언 천막 같다는 생각을 했다.

"우리 저기서 자요?"

"아니, 운치는 있지만 너무 추워서 안 돼. 그냥 쉬는 공간이야."

"그렇구나, 그래도 재미있겠어요. 원주민 천막에서 야영하는 기분은 낼 수 있잖아요. 참! 그런데 왜 여기 이름이 오로라 빌리지예요?"

이제 여기까지 왔으니 더 이상 숨기지 말고 털어놓으라는 식으로 닦달하자 이안이 빙그레 웃으며 답해주었다.

"옐로 나이프라는 지명은 여기에 구리 성분이 많아서 노란빛이 나는 칼을 들고 다니는 원주민들을 보고 옐로 나이프라고 지은 거야. 그리고 무엇보다 리아를 여기로 데려온 이유는 이곳이 오로라를 볼 수 있는 곳이기 때문이지."

"오로라요?"

"전 세계적으로 오로라를 볼 수 있는 곳이 몇 군데 있긴 한데 날씨가 좋아야만 볼 수 있고 백야가 지속되거나 하면 그 역시 못 보거든. 하지만 이곳은 연중 날씨가 240일 이상 좋아서 3일 이상 있으면 오로라를 볼 확률이 95%, 4일 있으면 98%나 돼. 넉넉잡아 일주일 있다고 하면 거의 100% 보겠지."

"우와! 나 정말 기대돼요! 영화에서도 CG 처리나 해야 보던 걸 실물로 볼 수 있다니, 생각만 해도 두근거려요!"

"그렇지? 기대해도 좋아. 특히 이곳은 캐나다 사람들이 노던 라이트, 여명을 닮은 북녘의 빛이라고 부를 정도로 아름다워."

오로라를 볼 수 있다면 이까짓 추위쯤이야 얼마든지 견딜 수 있다. 길어야 고작 일주일인데 뭐, 운이 좋으면 오늘 밤에라도 볼 수 있고 말이지. 후훗.

인디언 천막같이 생긴 곳으로 들어가 짐을 풀고 아늑하게 이안과 둘이 앉으니 꼭 소꿉놀이를 하는 것 같았다.

"이안."

"왜?"

"이안은 내가 대체 어디가 그렇게 좋았어요?"

"갑자기 그런 건 왜 물어?"

"그렇잖아요. 이안 같은 사람이 어떻게 나 같은 애한테 이렇게 푹 빠질 수 있는지 궁금해서요."

난 정말로 그 점이 아직까지도 불가사의다. 웃겨서 좋아한다니…… 그건 좀 아니지 않나? 나도 모르는 나만의 매력이 있는 건가? 그게 뭐지? 나에게 속 시원히 답을 해 줘! 이 풀리지 않는 수수께끼를 좀 해결해 달란 말이야!

"그건…… 아마도 리아라서겠지. 다른 누구도 아닌 리아라서."

뭐냐, 그건…… 내가 원하는 답이 아니잖아.

"왜 리아를 좋아하게 됐는지, 왜 리아가 아니면 안 되는지 그런 건 나도 잘 몰라. 설명을 할 수가 없어. 사랑이라는 감정을 어떻게 명확하게 정의를 내릴 수 있겠어? 천 년을 살아도 그것만큼은 제대로 설명할 길이 없을 거야."

음…… 그건 그러네…… 그래도 뭔가 특별한 이유가 있을 줄 알았지…….

"어? 리아! 리아! 저기 봐!"

이안이 갑자기 큰 소리로 내게 외치며 하늘을 가리켰다.

아…… 저건…… 정말…… 말이 안 나올 정도로…… 아름…… 답다.

"이 정도면 레벨 3이야. 온 첫날부터 오로라를 보다니, 리아가 운이 아주 좋은가 봐."

이안이 내 뒤에서 나를 끌어안으며 속삭였다. 가만히 앉아만 있으니 점점 추위가 더해져 이안의 말을 안 들었으면 큰일 날 뻔했다는 생각이 들었다. 두꺼운 코트를 입었음에도 점점 코끝은 빨개지고 입에서는 입김이 나왔다. 하지만 저런 장관을 볼 수 있다면야 이 정도는 참아야겠지.

"리아, 많이 추워?"

"좀…… 춥긴 해요. 그래도 저런 걸 볼 수 있으니 참아야죠."

"안 참아도 되는데."

"네?"

"내가 하나도 안 춥게 해줄 수 있거든."

……너 그거 무슨 뜻이니. 아니야! 알고 싶지 않아! 절대로 알고 싶지 않아!

그러나 이미 이안의 손은 슬금슬금 코트 안으로 들어오고 있었다.

"이안, 좋게 말할 때 손 치워요."

"왜, 춥다며."

그냥 얼어 죽을란다, 왜! 넌 양심도 없냐! 그리고 넌 외계인이라 체력이 남아도는지 몰라도 난 아니라고! 난 평범한 인간이란 말이야!

인디언 천막처럼 생긴 천막 안에서 옥신각신 말다툼을 하는 사이 꽤 많은 사람들이 오로라를 더 자세히 보기 위해 몰려들었다.

"이안, 저쪽에 사람들 많아요. 제발 좀!"

"괜찮아, 안 보여."

헐…… 이건 뭐지? 이건 뭐지? 이건 뭐지? 어디서 나오는 똥배짱이지?

"진짜 미쳤어요?"

"여긴 오로라 관측을 위해서 인공 불빛이 전혀 없어. 사방이 어둡고 깜깜하잖아. 그리고 저 사람들 오로라 보느라고 하늘만 쳐다보지 누가 천막 안을 들여다보겠어?"

이안은 어느새 내 바지 지퍼를 내리고 있었다.

"아무리 그래도 그렇지, 난 절대 싫어요! 하기만 해봐요! 신혼여행이고 뭐고 확 한국으로 돌아갈 테니까!"

"리아 여권은 나한테 있는데."

교활한 놈 같으니……. 어쩐지 네가 다 알아서 한다고 할 때 알아봤어야 했어.

"추, 춥단 말이에요!"

"걱정하지 마, 옷 안 벗기고 내가 잘해볼게. 리아는 살짝 엎드려주기만 하면 돼."

헉…… 뭘…… 잘해본다는 거야, 뭘!

내가 엉덩이를 딱 붙인 채 완강히 버티자 이안이 내 귓가에 조용히 숨을 불어넣었다. 윽…… 이 자식…… 내가 이거 약한 거 뻔히 알면서…….

"나 그냥 가만히 놔둬요. 나한테 잊을 수 없는 하늘을 보여준다면서 왜 이래요? 나 저거 구경할 거란 말이에요! 이안도 빨리 저거나 봐요!"

"난 많이 봤으니까 리아는 오로라 구경해, 난 내 할 일 할게."

이건 무슨 경우야. 난 이번만큼은 절대로 내 의지를 굽히지 않기 위해 이안이 뭐라고 해도 대꾸도 하지 않고 이를 앙다문 채 멋지게 오로라가 펼쳐진 하늘만 바라보고 있었다. 온통 신경이 이안에게

가 있긴 했지만 춤을 추듯 움직이며 하늘을 수놓는 오로라는 잠깐이라도 놓치기 아쉬울 정도로 장관이었다. 한 가지 아쉬운 점이 있다면 이 망할 외계인이 옆에서 자꾸 강아지 않는 소리를 내고 있다는 점이었다.

"음…… 음…… 끙…… 음……."

"이안, 조용히 좀 해요. 집중이 안 되잖아요."

"내가 뭘."

어쭈! 너 말투가 상당히 불량하다? 너 삐졌니? 에휴…… 사랑이 뭔지…… 달래줘야겠군.

"이안, 그런데 우리 오늘 어디서 자요? 여긴 아니라면서요."

"시내. 호텔."

아이고…… 단단히 삐지셨구만. 대답 짧은 거 봐라.

"이안."

"……."

"이안."

"……."

"화났어요?"

"몰라."

하하, 이런 건 또 처음 보네. 우리 이안 화났구나, 귀엽기도 하지.

"하여간…… 못 말린다니까. 숙소 가면 이안 원하는 대로 하게 해줄 테니까 화 풀어요. 우리 한 번에 하나씩만 좀 하자고요. 오로라 보러 왔으니까 오로라 구경하고, 이안이 지금 하고 싶어 하는 건 숙소에서. 오케이?"

"나랑 하는 게 싫은 건 아니고?"

이안은 여전히 퉁명스러운 말투로 툭 내뱉더니 고개를 휙 돌려 버렸다.

너 뭐니? 오늘따라 왜 이렇게 귀엽니? 이러면 내가 잡아먹고 싶 어지잖아. 아…… 이거 큰일났네.

"이리 와요."

난 두 팔을 벌리고 이안에게 오라고 손짓했다.

"싫어."

"이리 오라니까요."

"싫다니까. 난 뭐 자존심도 없는 줄 알아?"

호오…… 자식! 튕기는 거야?

"키스해 줄까요?"

"필요 없어."

어라? 좀 세게 나오는데?

"이안…… 나 추운데."

"코트 하나 더 입어."

"안 안아줄 거예요?"

"싫다며."

이게 정말…… 귀엽다, 귀엽다 했더니 끝이 없네. 하는 수 없이 내가 먼저 이안에게 다가가 양반다리를 하고 있는 그의 무릎 위에 앉았다.

"뭐 하는 거야? 내려가."

"신혼여행 와서 자꾸 이러기예요? 적당히 하고 화 풀어요."

"됐어, 이미 빈정 상했어."

빈정 상했다는 말은 또 어디서 배웠니?

난 고개를 돌려 이안의 입술에 살포시 내 입술을 포개었다.

"으음……."

이안의 잇새에서 야릇한 신음 소리가 새어 나오는 걸 들은 나는 그의 목에 팔을 두르고 입술 사이를 혀로 살짝 훑어보았다.

"리아, 반칙이야."

"뭐가요?"

"몸에 손도 못 대게 하면서 이러는 게 어디 있어. 이건 고문이야."

"숙소 가면 마음대로 하게 해준다고 했잖아요, 무슨 남자가 이렇게 참을성이 없어요?"

내가 눈을 새치름하게 뜨고 흘겨보자 이안이 쪽 소리 나게 입을 맞췄다.

"그땐 그때고 지금 당장이 급한데 어쩌란 말이야."

에휴…… 내가 못산다, 정말. 넌 음란마귀에 쓰인 게 아니라 음란마귀 그 자체야.

"이안, 오로라가 떠 있는 시간이 얼마나 돼요?"

"한 30분 정도."

"그럼 이미 20분 정도는 지났으니까 10분 후에는 사라진다는 거네요?"

"그렇지."

"그 10분을 못 기다린다는 거예요?"

이안은 대답이 없었다. 으이구, 이 화상아…… 널 누가 말리겠니.

"만져요, 만져! 만지게 해주면 됐죠? 그러니까 이제 화 풀어요."

"됐어."

"만지라니까요. 대신 만지는 걸로 끝내요, 진도 끝까지 나가지 말고. 알았어요?"

내가 이렇게까지 얘기하는데도 불구하고 이안은 계속 말이 없었다. 이 자식 오늘은 좀 오래가네. 좋아, 네가 어디까지 버티나 한번 보자. 난 두꺼운 코트 자락을 살짝 들어 올려 내 엉덩이가 이안에게 바짝 다가설 수 있게 깊숙이 앉았다. 아까 이안이 내린 내 바지 지퍼는 여전히 열려 있는 채였으므로 이안의 손을 잡고 나른하게 속삭였다.

"……이안, 나 손이 얼어서 그러는데…… 이안이 내린 거니까 이안이 다시 올려줄래요?"

움찔. 이안의 손이 순간 멈칫하는 걸 분명히 느낄 수 있었다. 걸려들었어! 그럼 그렇지, 네가 버텨봤자 어디까지 버틸 수 있겠어. 넌 우주최강 변태잖아. 그 타이틀 아무나 못 가지는 거야.

이안의 손이 내 예상대로 지퍼를 올리지 않고 그 안으로 파고들어 갔다. 휴우…… 이제 됐네. 이제 당분간 끙끙거리지도 않고 징징대지도 않겠지. 다시 집중해서 좀 있으면 사라질 오로라를 구경하고 있는데…… 그런데…… 어째 너…… 손의 위치가…… 좀 그렇다……? 음…… 음…… 너 자꾸…… 음…… 거기만…… 그러는 게 어디 있어. 좀 폭넓게 만지라고, 폭넓게! 거기만 있는 게 아니잖아! 좀 더 위도 있고, 아예 아래도 있는데 넌 만질 게 그거 하나야?

"이…… 이안……."

"왜."

"그만……."

"만지라며."

"아니, 그건…… 그런데…… 거기만 그러지 말고 좀……."

"내 맘이야."

아…… 아…… 이거 어떡하지? 어…… 으…… 음…… 내가 위험 수위인데…… 헉! 나 이제 정말 완벽하게 변태가 됐나 봐!

오로라가 사라질 때까지 계속된 그의 손놀림은 그 10분도 안 되는 시간동안 나를 미치게 만들기에 충분했다. 오로라 빛이 있을 땐 그나마 주변 사람이 보일 정도로 환했었는데 완전히 사라지고 나자 칠흑 같은 어둠이 찾아들었다.

"리아, 여기서 숙소까지 30분은 걸리는데 참을 수 있겠어?"

참아야지! 내가 뭐 너 같은 짐승인 줄 알아? 그리고 그런 말을 하려거든 손이라도 좀 빼고 말하던가! 계속 꼼지락대면서 이럴 거야?

"할 수 없다, 리아. 일단 여기서 간단하게 한 번. 그리고 숙소 가서 본격적으로 한 번. 좋지?"

잠깐만…… 웨이러미닛…… 너 계산이 좀 이상하다. 뭐가 됐든 한 번이면 끝인 거지, 뭘 또 해?

"우리 캐나다에서의 첫날밤이잖아. 잊지 못 할 첫날밤으로 만들어줄게."

……그놈의 첫날밤은 네버엔딩이냐.

이안이 그냥 하는 소린 줄 알았더니 그는 정말로 세계 각지를 돌아다니고 있었다. 캐나다를 시작으로 한 우리의 신혼여행은 유럽 각지로 퍼져 나갔다. 진짜 엽서의 그림으로나 보던 역사적인 건물들을 실제로 보는 감동은 말로 표현하기 힘들 정도였다.

특히 그리스는 신화를 배경으로 해서 그런지 신전의 흔적을 볼 때마다 학교 다닐 때 배웠던 그리스 신화를 떠올리며 마치 내가 여신이 된 것처럼 사진도 신나게 찍어댔다. 남는 건 사진뿐이니까, 이안과 나는 디지털 카메라의 배터리를 하루에도 몇 번씩 갈면서 사진을 찍었다. 사실 이안은 다 가본 곳이라 그다지 흥미는 없었겠지만 내가 너무 좋아하니까 덩달아 미소 지으며 나를 이리저리로 끌고 다녔다. 문제는 그렇게 돌아다니고 나면 다리도 엄청 아프고 해서 숙소에서는 거의 시체처럼 늘어져 있는데 이안이 나를 가만두지 않는다는 데 있었다.

"리아, 피곤해?"

"으응…… 죽겠어요."

"내가 마사지해 줄까?"

"아니요! 절대 거절!"

미쳤니, 내가? 내가 널 모르니? 너 또 마사지해 준답시고 슬금슬금 이상한 짓 할 거라는 거 다 알아!

"왜, 내가 피곤한 거 싹 풀어준다니까."

"그런데 이안, 우리 한국은 언제 가요?"

"몰라."

"언제까지 여행할 건지 계획 안 잡았어요?"

"뭘 그런 걸 계획해. 그냥 가고 싶은 데 가서 있고 싶은 만큼 있다가 옮겨 다니면 되는 걸."

하긴, 뭐…… 나야 좋긴 하다만…… 이렇게 흥청망청 쓰기만 하니까 불안해서 그러지. 아무리 네가 돈이 많아도 화수분은 아니잖아.

"리아, 뭘 걱정하는지 아는데 그런 걱정은 안 해도 돼."

"왜요?"

"리아가 생각하는 것처럼 내가 그렇게 허술하지는 않으니까."

"난 뭐…… 이안을 허술하다고 생각한 적은 없어요."

"리아는 계속 나를 천하무적 우주최강 외계인으로 생각하면 돼. 그럼 난 진짜 그렇게 될 테니까."

이안은 찬란한 미소를 보이며 내게 웃어주었다. 아 씨…… 저거 저거…… 또 빛을 있는 대로 뿜고 있어, 설레게.

"이안."

"왜?"

"마사지…… 해줘요."

피식. 이안의 입꼬리가 하늘 높은 줄 모르고 치켜 올라갔다.

"분부대로."

으응…… 좋다. 좀 힘들긴 하지만…… 이안이 좋아하니까. 뭐…… 좋은 게 좋은 거지.

9월 말에 결혼식을 올리고 나서 정신없이 신혼여행을 다니다 보니 어느새 크리스마스가 코앞으로 다가왔다. 이안은 나를 크리스마스 시즌에 맞춰 핀란드로 데리고 왔다. 핀란드는 온통 눈밭이라 크리스마스에 딱 어울리는 나라였다.

"리아, 그거 알아? 산타할아버지의 고향이 핀란드라는 거."

"응, 알아요. 여기 산타마을도 있다면서요? 나 거기 가보고 싶어요!"

"안 그래도 그리로 가는 중이야."

이야, 신난다! 음…… 산타할아버지 복장을 하고 사람들이 막 돌아다니는 거 아닌가? 그건 좀 오버인가? 뭐, 가보면 알겠지.

크리스마스에 가장 가보고 싶은 곳, 바로 핀란드의 산타마을 '로바니에미'에 도착했다. 크리스마스트리로 둘러싸인 마을에는 뾰족한 지붕의 통나무 오두막이 옹기종기 모여 있고 산타클로스 집무실과 우체국, 레스토랑 등이 들어서 있었다.

"이안! 저기! 산타클로스 집무실이래요! 저기 가면 진짜 산타 볼 수 있어요?"

"산타를 볼 수 있긴 하지만 진짜 산타라고 믿기엔 리아 나이가 너무 많지 않아?"

"나이가 무슨 상관이에요? 남의 동심을 파괴하지 말아요."

아이처럼 좋아하며 신나게 뛰어가는 나를 이안은 흐뭇한 미소로 바라보고 있었다. 하얀 눈밭에서 코트를 입고 서 있는 이안의 모습은 누가 봐도 반할 정도로 너무나 멋졌다. 원래는 조용한 마을이라고 하지만 겨울만 되면 수많은 관광객들이 모인다는 이 산타마을 한복판에 서 있는 이안을 지나가는 사람들이 힐긋힐긋 쳐다보았다. 연애 초창기 때는 내가 두 눈 시퍼렇게 뜨고 있는데도 여자들이 이안 주변을 알짱거리는 게 은근히 거슬렸었는데 이제는 그것도 뭐 적응이 됐다. 아무리 그래 봐야 이안은 나만 본다는 거 알고 있으니까 쓸데없는 질투는 넣어둬야지. 게다가 내가 조금이라도 질투하는 기색을 보이면 저 자식은 나를 안심시켜 주겠다는 명목으로 밤에 잠을 안 재우니까. 음…… 이제 질투 안 하련다. 괜히 눈이라도 흘겨 버리는 날엔 그날은…… 다음 날 일어나지도 못 할 정도로 이안이 날 가만두질 않으니 그냥 보고 넘기는 게 상책!

산타 집무실 문을 조심스럽게 열고 들어섰더니 벽난로 옆 의자에 앉아 있는 산타클로스를 만날 수 있었다. 온화한 미소를 지은 채 손님들을 맞는 산타클로스. 풍만한 몸집과 덥수룩한 하얀 수염, 붉은 모자를 쓴 산타클로스는 내가 상상하던 모습 그대로였다! 뭐라고 말이라도 붙여보고 싶지만…… 흑…… 난 핀란드어를 몰라…… 아! 영어도 되려나? 아니, 뭐 그렇다고 딱히 영어도…… 하우 두 유두…… 아임 파인 땡큐…… 아임 프롬 코리아…… 흑…… 이 짧은 영어 어쩔…… 이게 바로 주입식 영어의 폐해야!

"리아, 뭐 해?"

뒤늦게 집무실로 들어온 이안이 나를 보며 빙그레 웃었다. 응, 너 왔니? 다른 여자들은 처리했어?

"산타 보고 감격했어? 여기 이 산타는 마을 주민 투표로 뽑힌 산타일 뿐이야."

"아, 정말! 내 동심 파괴하지 말라니까요! 이안, 나 이 산타할아버지랑 얘기하게 통역 좀 해줘요."

"무슨 얘기 하려고?"

"으응…… 그러게…… 뭐라고 하지? 아! 우리가 아이를 낳으면 꼭 선물 주라고 해줘요!"

이안이 순간 멈칫하더니 내 손을 잡아 끌어당겨 번쩍 안아 들었다. 우리만 있는 것도 아닌데 갑자기 이안의 품에 갇힌 꼴이 되어 버려서 얼굴이 붉어진 나는 얼른 내려놓으라며 버둥거렸다.

"왜, 왜 이래요? 사람 많은 데서! 빨리 좀 내려놔요. 이안!"

이안은 아무 말도 하지 않고 내 얼굴만 바라보며 웃고 있었다.

"……왜 그래요? 혹시 밖에서 무슨 일 있었어요?"

"아니."

"그런데 왜 그래요? 어디 아파요?"

"아니."

아니라고만 하지 말고 말을 해, 말을! 아…… 얘 또 답답하게 구네. 뭐가 문제야……?

"리아."

"네."

"고마워."

"뭐가요?"

"우리 아이를 낳겠다고 해줘서."

오늘도 어김없이 뜬금포 날리는구나. 결혼하면 애 낳는 건 당연한 거 아니었어? 우리가 둘만 잘살자는 딩크족도 아니고 너도 힘닿는 데까지 낳아달라며!

"나만 원하는 게 아니었구나. 리아가 그 예쁜 입술로 우리 아이라고 얘기하니까 갑자기 울컥해서 그래."

"당연하죠, 이안을 닮은 아이면 애기 때부터 너무너무 예쁠 거 같아요."

"난 리아를 닮은 아이면 좋겠어."

"그럼 반반씩 섞을까요?"

누가 들으면 손발이 오그라들고 대패질을 해대겠지만 원래 신혼이라는 게 이런 거 아니겠어? 닭살 돋는 말을 서슴없이 하면서도 정작 당사자들은 모르는…… 아무튼 난 진심이니까. 물론 지금 당장은 어렵겠지만 우리 둘만으로 그 집이 너무 크다고 생각될 즈음엔 아이가 있는 게 이안과 나를 위해서도 더 좋을 것 같아. 하지만 지금은…… 신혼을 즐겨야지!

"이안! 우리 다른 데도 가봐요! 빨리! 나 좀 내려놓고, 응?"

만면에 웃음이 가득한 채 우리는 다정하게 손을 맞잡고 산타 집무실을 나왔다. 이안은 산타마을 안에 있는 산타파크로 나를 데려갔다.

우와…… 여긴 뭐지? 300m나 되는 긴 터널 끝에 높이 11m의 넓은 공간이 있고, 그 안에 나무로 만든 놀이 시설이 가득했다. 말하자면 공중에 떠 있는 것 같은 놀이동산! 꿈의 놀이동산이다!

산타썰매와 회전목마도 한 번씩 타보고 순록 농장을 방문해 '루돌프 사슴코'의 주인공인 순록을 직접 눈으로 확인할 수 있었다. 특히 산타의 마술 썰매타기는 산타파크의 하이라이트였는데 진짜 하늘을 나는 썰매를 타는 듯한 착각을 불러일으켰다. 밤이 되자 크리스마스트리에 온통 반짝이는 불빛들이 켜지고 우리는 그 낭만적인 산타마을에서 누가 보든 상관없이 진한 키스를 나눴다.

"사랑해, 리아."

"나도, 사랑해요. 그리고 메리크리스마스."

"응, 메리크리스마스. 이제 가자."

"어디를요? 이제 불꽃놀이도 한대요."

"애기 만들어야지. 불꽃놀이는 언제라도 볼 수 있잖아."

응? 애기? 뭔 애기? 으…… 너 설마 아까 그 얘기 아직까지 마음에 담고 있었던 거야? 아니, 나는 지금이 아니라 언젠가 우리가 아이를 낳으면 그때를 얘기한 거라고!

"리아, 오늘부터는 피임 안 해도 되는 거지? 그럼 나도 진짜 열심히 노력할게!"

아니야! 아니야! 그거 아니라고! 넌 애초에 노력 따위가 필요 없는 놈이야! 몰라? 정말 몰라? 네가 노력까지 하고 나서면 난 어쩌란 말이야! 너 진짜 내가 지팡이 짚고 신혼여행 다니는 꼴 보려고 이래?

아기를 가지고 싶다는 이안을 설득하는 데만 꼬박 이틀이 걸렸다. 그래도 신혼인데 신혼여행만큼은 맘 편하게 다니자는 나의 말에 결국 설득당한 이안은 우리의 신혼여행이 끝나는 즉시 아이 만들기에 적극 협조하라는 약속을 내게 받아내고서야 그 노력을 멈추었다.

이안의 노력…… 생각하기도 싫다. 뭔 놈의 노력을 또 할 게 남았나 싶었지만…… 아니었다. 그동안 이안이 정말 나를 많이 봐줬다는 말을 여실히 실감했다. 나…… 아무래도 한국 돌아가면……

제일 먼저 보약부터 먹어야 할 것 같아⋯⋯. 날마다 이안이 내 기를 쪽쪽 빨아가⋯⋯.

핀란드에서의 일정을 마치고 짐을 다시 꾸리기 시작하면서 난 이안에게 다음은 어디로 갈 건지 물었다. 하지만 이안은 뭔 놈의 서프라이즈를 그렇게 많이 하는지 내게 이후 일정을 일절 이야기해 주지를 않아서 신혼여행을 아주 버라이어티하게 다니기 시작했다.

한국에서 미국으로 거기서 캐나다, 핀란드를 거쳐 유럽을 한 바퀴 휙 돌아 브라질까지 온 후, 이제는 구경도 좋지만 좀 쉬고 싶다는 생각이 간절한 때였다.

"리아, 이제 가자."

"또 어디를⋯⋯."

"가보면 알아."

그래, 입 다물고 짐이나 챙기라 이거지? 다 좋은데 하루 만이라도 아무것도 안 하고 쉬면 안 되겠니? 이건 무슨 연예인 일정이야.

"리아, 뭐 해? 짐 안 챙겨?"

"아, 나 피곤해요. 지금 비행기 타러 바로 가야 하는 거예요?"

"그렇긴 한데 피곤하면 그냥 누워 있어. 짐은 내가 다 꾸릴게."

"이안은 정말 지치지도 않나 봐요."

"응, 리아에게 여기저기 구경시켜 주는 게 너무 재미있어. 나 살면서 이렇게 즐거운 건 처음이야."

그러냐. 그건 나도 그렇긴 하지만⋯⋯ 이놈의 저질 체력이 받쳐 주지를 않는구나. 너 혹시 나 몰래 산삼이라도 먹니? 아니, 똑같이 돌아다니고 똑같이 밤에 잠을 안 자는데 넌 왜 그렇게 팔팔하냐⋯⋯.

이안은 짐을 다 챙겼는지 벨보이를 불러서 차에 싣게 하고 침대에 누워 있는 내게 다가와 등을 내밀었다.

"뭐 해요, 지금?"

"업히라고."

"에에?"

"힘들다며. 내가 업어서 옮겨줄게."

"아니, 아니, 괜찮아요. 뭘 그렇게까지…… 그리고 나 무거워요."

한사코 거절하는 나를 설득하다 못 해 이안은 다시 몸을 돌려 내 어깨 밑과 무릎 밑으로 손을 끼워 넣고 번쩍 들어 올렸다.

"그럼 공주님 안기로 가지, 뭐."

으아…… 업히는 거보다 이게 더 민망한데…….

"내려놔요, 그냥 걸어갈게요. 사람들 보잖아요."

"보면 어때서. 다정한 신혼부부구나 하겠지."

"이안도 힘들잖아요."

"안 힘들어. 내가 요새 리아를 너무 못살게 굴어서 그런가. 리아 살 빠졌네. 오늘은 고기 좀 실컷 먹여야겠다."

그래…… 나 못살게 군 건 인정하는구나. 그렇지, 무슨 짐승도 아니고 허구한 날 날 잡아드셨으니 양심이 있으면 그럴 만도 하지. 나 이제 고기도 안 반갑다. 그거 먹이고 또 무슨 짓을 시키려는 건지 불안할 뿐이다.

"엘리베이터 앞까지만 가요. 거기서 내려줘요. 알겠죠?"

"싫은데……."

"나도 내 남편 귀한 줄 알아요. 우리 이안 허리 다치면 큰일이니까."

장난스러운 나의 대답에 이안이 호쾌하게 웃어젖혔다.

"우리 리아 아줌마 다 됐네, 그런 농담도 할 줄 알고."

"아줌마 맞잖아요, 이제."

"응, 너무 사랑스러운 아줌마지."

이안은 엘리베이터 앞에서 나를 안아 든 채 진한 키스를 해주었다. 사람들이 보거나 말거나 나도 이제 이 정도는 그냥 넘기게 됐다. 뭐, 어차피 한 번 보고 말 사람들인데 내가 사는 동네도 아니고 타지에서 이 정도쯤이야.

간밤에 피로함으로 인해 비행기에 올라타자마자 잠이 들었다. 비행기도 하도 많이 타다 보니 이젠 기내식이 뭐가 나올지 궁금하지도 않고 창밖으로 보이는 풍경도 그다지 감흥이 없어졌다. 역시 인간은 적응하는 동물이다. 이안이 아니었으면 내가 평생 언제 이런 호사를 누리겠냐마는 어느새 나도 그에게 동화가 되어 이런 모든 것들이 자연스럽게 느껴지기 시작했다. 한잠 푹 자고 일어나니 비행기는 착륙 준비를 하고 있었다.

"……으음…… 다 온 거예요?"

"응, 안 그래도 깨우려고 했는데. 잘 잤어?"

"네…… 그런데 여기는…… 어? 내가 아는 곳 같은데요?"

"맞아, 리아가 아주 잘 아는 곳이지."

어떻게 잊을 수 있을까. 우리의 관계가 이렇게 된 시작점이 바로 여기인 것을.

피지다!

공항에서 바로 다시 헬기를 타고 날아간 곳은 이안과 내가 처음으로 밤을 같이 보낸 섬이었다. 물론 그때까지만 해도 우린 잠만 잤지만 그래도 마음의 큰 변화가 생긴 곳은 바로 이곳이었으니까 나에게 감회가 참 새로운 곳이었다. 우리가 처음 머물렀던 부레라고 불리는 원주민식 리조트에 짐을 풀고 해변을 거닐었다.

여기를 다시 오다니…… 참…… 사람 일이라는 게 한 치 앞을 내다볼 수 없다고 하더니 그 말이 정말인가 보다. 내가 이안과 이곳에 처음 왔을 때만 해도 그를 미친놈 취급하면서 굿이나 보고 떡이나 먹자는 심정이었는데 이렇게 부부가 되어 이곳을 다시 오게 되다니 감회가 새로웠다.

"리아."

"네."

"혹시 여기서 내가 했던 말 기억나?"

"무슨 말이요?"

이안은 반짝이는 모래사장과 출렁이는 에메랄드빛 바다를 배경으로 찬란하게 웃어 보였다.

"내가 처음으로 여기서 리아에게 청혼했잖아."

"에? 언제? 난 기억에 없는데요?"

"했어, 분명히."

응? 그래? 그랬나? 가만있자. 기억을 더듬어…… 더듬어…… 결혼 뭐 그 비슷한 말을 한 것 같긴 한데 그때는 워낙 네가 입만 열면 헛소리를 해대서 그다지 귀에 담지 않았지…….

"이 모래사장 끝 해변에서 결혼식을 할 수 있게 꾸며져 있잖아.

나중에 우리 여기서 결혼하자고 했었는데 정말 기억 안 나?"

"아…… 나네요……, 나기는 나……."

그래, 그런 말을 했었지. 진짜 미친놈인 줄 알았지. 아니, 만난 지 얼마나 됐다고 결혼을 하자는데, 그걸 믿는 여자가 어디 있겠니. 게다가 그때는 우리 사귀는 것도 뭣도 아니었고 계약에 따라서 움직이는 사이였잖아.

"이안은 정말 그때부터 나랑 결혼하려고 했었어요?"

"당연하지."

"나에 대해서 잘 몰랐잖아요."

"상관없었어."

그게 말이 되니? 평생을 함께할 사람을 선택하는데 그렇게 쉽게 아무 생각 없이 결정했다고?

"이안."

"왜?"

"그럼 이안은 그때도 내가 이안이랑 사랑에 빠질 줄 알고 있었어요?"

"응."

"끝까지 싫다고 하면 어쩌려고 그랬어요?"

"그럴 리가 없잖아."

이안은 나를 끌어당겨 품에 안고 이마에 입을 맞추었다. 그리고 두 눈에, 또 코에, 양쪽 뺨에, 마지막으로 입술까지…….

"리아도 이미 나에게 반해 있었다는 걸 알고 있었으니까. 본인이 인정을 안 해서 그렇지."

"······그런가."

"난 정말 리아가 어떤 사람이었는지 상관없을 정도로 좋았어. 심지어 다른 남자를 만나고 있었다고 해도 어떻게 해서든 뺏어왔을 거야. 틀림없이 날 사랑하게 될 테니까."

응······ 그래. 널 어떻게 사랑하지 않을 수가 있겠니. 넌 세상에서 최고로 멋지고 사랑스러운 변태 외계인이야.

"이리 와."

이안은 내 손을 잡고 해변을 계속 걸어갔다. 저만치 해변의 끝에 하얀 레이스와 풍선들로 장식된 간이 예식장이 보였다.

"······이안?"

"여기서 우리 둘만의 결혼식을 다시 올리고 싶어서. 나랑 결혼해 줄래?"

갑자기 목이 간질간질 거렸다. 뭐가 걸렸나······ 어? 눈물이······ 나네······.

"······으응, 이안. 기꺼이 당신과 결혼할게요. 백 번이든 천 번이든 이안이 원한다면 몇 번이고 결혼할래요."

바람과 파도 소리를 하객으로 우리 둘만의 조용한 결혼식이 이루어졌다.

오늘도 또 첫날밤 타령을 하겠지만······ 봐줄게. 오늘은 진짜, 진짜 감동받았으니까. 사랑해, 외계인아.

20화
다시 돌아온 한국

기나긴 신혼여행이 끝이 났다.

이안은 아시아권도 돌아보고 싶다고 했지만 그런 건 나중에라도 언제든지 볼 수 있으니 이제 제발 날 좀 쉬게 해달라고 사정사정해서 한국으로 돌아온 것이다. 피지에서의 세 번째 결혼식은 정말이지 내 평생 잊지 못 할 정도로 감동적이었다. 그래서 뭐…… 그날 밤은…… 아주 홀랑 잡아먹혔지만…… 그래도 좋았으니까, 그만큼 좋았으니까 그걸로 된 거라고 생각한다.

한국에 돌아와서도 우리의 일정은 한동안 끊이지 않았다. 일단 부모님이 사시는 곳으로 찾아가 잘 다녀왔다고 인사도 드리고 진경이를 포함한 처녀파티를 했던 친구들까지 모아 식사 대접을 하는 등 눈코 뜰 새 없이 바쁜 시간을 보낸 후 드디어 집으로 돌아와 지친 몸을 뉘었다.

"리아, 그렇게 피곤해?"

"으응…… 이안도 이리 와서 누워요."

침대에 몸을 딱 붙인 채 움직이지 않는 나를 본 이안은 먼저 욕실에 들어가 샤워를 하고 나를 불렀다.

"리아, 이리 와. 내가 씻겨줄게."

"난 됐어요. 하루 안 씻는다고 무슨 큰일이 나는 것도 아니고 정말 꼼짝할 기운도 없단 말이에요……."

아, 몰라, 몰라. 난 그냥 잘래. 잠이 계속 쏟아진단 말이야. 여독이 아직 남아서 그런가? 자도 자도 잠이 오네…….

스르르 눈이 감겨서 막 잠이 들려고 하는데 갑자기 내 몸이 허공으로 붕 뜨는 것을 느끼고 화들짝 놀라 눈을 떴다.

"꺄악!"

이안이 나를 번쩍 안아 들고 욕실로 향하고 있었다.

"놀랐잖아요."

"이 집에 나랑 리아 둘밖에 없는데 놀라긴 뭘 놀라."

"그래도 놀라는 건 어쩔 수 없어요. 갑자기 이러는 게 어디 있어요."

"내가 준비 다 해놨으니까 리아는 그냥 물에 몸만 담그고 있어. 내가 거품 목욕시켜주고 마사지도 해줄게."

"……그거 참 고마운 얘기긴 한데 말이에요, 이안 딱 거기까지만 하고 멈출 수 있겠어요?"

난 사뭇 의심스러운 눈초리로 이안을 쳐다보았다. 참 멋들어지게 잘도 생긴 이 외계인은 나의 그 눈빛을 보고는 크게 웃음을 터뜨렸다.

"글쎄…… 리아가 원하면……."

"아니요! 나 오늘은 절대 그냥 잘 거니까 그런 줄 알아요. 음란마귀 시동 걸지 말고 그냥 자요, 알았어요?"

"그래, 그래, 알았어."

너 어째 대답이 대충대충 설렁설렁 넘어가는 느낌인데……, 내 착각이라고 해 줘. 나 진짜 피곤하단 말이야. 지금도 눈이 막 감겨…….

이안은 욕조 안에 물을 가득 받아놓고 내 옷을 벗겨낸 뒤 조심스럽게 안아서 집어넣어 주었다. 아…… 따뜻하다.

"리아, 그렇게 피곤하면 눈 감고 있어. 내가 다 해줄게."

"응……."

"자, 리아. 아~해."

응? 이건 무슨 소리야? 살짝 눈을 떠보니 이안이 칫솔을 들고 욕조 밖에 서 있었다.

"이 닦는 것도 이안이 해주려고요?"

"응, 아~ 해."

피식. 하여간…… 엉뚱하다니까.

이안이 시키는 대로 아~ 입을 벌리니 그가 꼼꼼하게 내 입안을 구석구석 양치질하기 시작했다.

"이제 이~해."

"이~"

"다 됐다. 이제 양치 컵. 우물우물 퉤!"

아하하, 아우, 웃겨. 내가 꼭 아기가 된 거 같은 기분이야. 이안, 너 나중에 아빠가 되면 엄청 잘할 것 같아.

양치질을 마치고 나니 이번엔 그가 샤워볼에 바디샴푸를 묻히고 내 팔에 비누칠을 시작했다.

"이제 진짜 눈감아도 돼, 리아. 다 끝나면 다시 안아서 침대로 옮겨줄게."

"알았어요……."

안 그래도 그러려고 했어. 자꾸자꾸 졸려……. 내 몸을 문지르는 이안의 손길이 조금 간지럽게 느껴지기는 했지만 그래도 피곤함을 이길 수는 없었기에 다시 난 눈을 감았다.

"……어?"

이안이 뭔가 이상한 듯 내 몸에 비누칠 하는 손길을 갑자기 멈추었다.

"왜 그래요?"

"리아, 살쪘나?"

"아닐걸요. 오히려 빠졌으면 빠졌지. 나 여기 갈빗대 드러나는 거 안 보여요?"

네가 오죽 나를 괴롭혔으면 이렇게 됐겠냐고. 난 부부 관계가 다이어트에 특효라는 말이 무슨 말인지 몰랐는데 지금은 아주 제대로 실감하고 있는 중이야.

"그러네…… 근데 리아, 가슴이 커진 것 같아."

"에? 그건 무슨 소리예요?"

"내가 늘 보고 만지는데 그걸 모르겠어? 조금이긴 하지만 분명 커졌어."

"아…… 그건 아마 마법에 걸릴 때가…… 응? 잠깐만요……."

"왜?"

오 마이 갓…… 그동안 이안에게 끌려다니느라 잊고 있었다. 내가 마지막으로 생리를 한 게 언제더라? 언제더라? 핀란드? 브라질?

"저기, 이안, 있잖아요. 나 물어볼 거 있는데…… 혹시 이안 피임하고 있어요?"

"응, 리아가 천천히 가지자며."

"그럼 그냥 한 적은 한 번도 없어요?"

"……."

헉! 뭐야! 너 왜 대답 안 하니! 있어? 있어? 그런 거야? 나는 막상 할 때는 정신이 없어서 네가 그걸 끼고 하는지 아닌지 모른단 말이야! 이미 난 그전에 안드로메다 여행을 하는 중이라고!

"음…… 리아, 딱 한 번."

"언제? 어디서?"

"핀란드에서. 크리스마스에…… 그날 리아가 산타에게 소원 말할 때 아기 가지면 선물 달라고 했잖아. 그래서……."

후우…… 그날…… 오케이, 일단 접수.

"이안, 지금 바로 약국 좀 다녀와 줘요."

"테스트 해보게?"

"응, 아무래도……."

"알았어, 금방 다녀올게! 잠깐만…… 리아 미끄러지면 안 되니까 일단 먼저 씻기고……."

"괜찮아요. 아직 확실하지도 않은데 호들갑 떨지 말고 다녀오기나 해요."

이안은 알았다면서 쏜살같이 밖으로 튀어나갔다. 저렇게 좋아하는 걸 보니 혹시나 아니면 실망할까 봐 오히려 걱정이 되었다. 꼼꼼하게 물기를 닦아내고 옷을 갈아입고 있는 중에 이안이 뛰어들어왔다.

"리아! 사왔어! 회사별로 종류별로 다!"

아니, 넌 뭘 또 그렇게 많이 사왔니……. 딱 하나만 있으면 되는데, 너 남는 거 장사할래?

"이안, 미리 말하는데 아닐 수도 있어요."

"응! 알아."

"아니라고 실망하기 없기예요."

"응! 걱정 마!"

저, 저, 저…… 눈이 너무 반짝거려……. 어떡해……. 쟤…… 기대하고 있어. 기대 아주 만땅 채웠네, 채웠어…….

아침 첫 소변이 좋다고는 하지만 지금은 이미 생리주기가 훨씬 지난 터라 아무 때나 상관없다는 설명서를 보고 화장실로 들어갔다. 음…… 그러니까 이 뚜껑을 열고 막대 부분에 소변을 묻히라 이거지…… 으윽…… 조준이 힘들어…….

잠시 후 화장실에서 나오는 나를 본 이안이 기대에 찬 눈빛으로 물었다.

"어때? 두 줄이야?"

"이안, 좀 기다려요. 2분에서 5분 정도 기다리래요."

"……그래? 알았어."

하지만 이안은 소파에 앉아서도 10초 간격으로 결과를 물어댔다.

"지금은? 나왔어?"

"아우, 정말! 이안! 기다리…… 어?"

"왜? 왜? 왜? 뭔데? 뭐야? 나왔어? 나온 거야?"

이안이 소파를 뛰어넘어 내게로 달려왔다.

"이안…… 두 줄…… 나왔어요."

"정…… 말이야? 하…… 하…… 하하하하하! 나 이제 아빠 된다! 리아, 고마워! 잘했어! 진짜 잘했어!"

이안은 나를 힘껏 껴안다가 화들짝 놀라서 떨어진 후 조심스럽게 안아 들고 침대로 걸어갔다.

"자, 이제부터 리아는 아무것도 하지 마. 먹는 것도 입는 것도 씻는 것도 다 내가 할게. 리아는 말만 해, 알았지? 뭐 먹고 싶은 거 없어?"

"그렇게 좋아요?"

"당연하지!"

그래, 난 살짝 겁이 나긴 하는데 네가 그렇게 좋아하는 거 보니까 나도 좋다.

"일단 내일 병원부터 가봐요. 부모님들께는 확실해지면 말씀드리자고요."

"알았어! 내가 이 근처 병원 어디가 좋은지 알아보고 예약할게."

"그렇게 해요. 나 그럼 좀 누울래요."

"그래, 그래, 어서 누워. 다리 주물러 줄까?"

이안은 나를 아주 상전 모시듯이 떠받들고 있었다.

잠깐만. 웨이러미닛…… 이게 바로 임신의 특권이라는 건가? 오…… 좋아, 좋아. 드디어 나도 저 외계인을 골탕 먹일 기회가 찾아왔구나. 오호라, 이거 괜찮은데? 출산 전까지 아주 재밌겠어.

바짝 긴장해야 할 거야, 이안.

다음 날 바로 미리 예약해 놓은 산부인과에 간 우리는 엄청난 얘기를 들었다.

"초산이신가요?"

"네."

"……혹시 가족 중에 쌍둥이가 있으신가요?"

느닷없는 의사의 물음에 이안과 나는 어리둥절한 눈으로 서로를 마주 보았다.

"저는 어…… 형제는 없는데. 외가 쪽에 쌍둥이가 있어요. 남편은…… 음……."

"전 입양되어서 친부모 쪽 혈연관계는 전혀 모릅니다."

내가 대답하기 곤란해하는 걸 느낀 이안이 의사에게 바로 대답해 주었다. 산부인과 의사는 고개를 끄덕이더니 초음파 사진을 보여주며 자세하게 설명을 해주었다.

"여기 동그란 검은 부분 보이시죠? 이게 아기집입니다. 아직 초기라서 아기집 안에 누에고치처럼 보이지만 조금만 더 지나면 머리와 몸통, 팔다리도 보이게 될 겁니다."

"저기…… 선생님…… 그런데 제 눈에는 그 아기집이라는 게 두 개가 더 보이는데요……."

혹시 내가 뭘 잘못 알고 있나 싶어 의사에게 물었는데 뜻밖에도 그녀는 동의하는 대답을 들려주었다.

"맞습니다. 여기, 여기, 그리고 여기. 세쌍둥이네요."

"네?"

"네?"

이안과 내가 동시에 소리쳤다.

하나도 아니고 둘도 아니고 셋?

"게다가 전부 각각 아기집을 가지고 있는 걸 보니 이란성 쌍둥이예요. 성별이 어떨지는 아마 16주가 지나봐야 알 것 같습니다만, 이왕이면 골고루 낳으시는 게 좋겠죠?"

"저기, 이런 경우가 흔한가요? 제 주변에 이런 경우는 들어보지를 못 해서……."

"흔하진 않죠. 자연임신으로 쌍둥이, 그것도 세쌍둥이를 가지게 되는 경우는 만 명에 하나 있을까 말까 한 확률입니다. 산모가 난자를 하나가 아닌 여러 개를 배출해서 생기는 현상입니다. 사실 중요한 것도 아니고요. 잘 낳아서 기르면 되는 거죠."

의사의 말을 들은 이안은 나를 걱정스럽게 바라보며 의사에게 다시 질문을 했다.

"혹시 세쌍둥이면 산모가 위험하거나 그러진 않을까요?"

"하나든 셋이든 산모는 언제나 초기엔 극도로 조심해야 합니다. 일단 사진상으로는 자리도 잘 잡은 것 같으니까 너무 걱정은 마시고요. 대신 안정기에 들어가기 전까지는 과도한 운동을 삼가시고 특히 잠자리는 피하시는 게 좋습니다. 산모가 건강하기는 한데 초산인 데다가 아기집이 세 개나 자리 잡고 있어서…… 그리고 산모는 뭘 좀 많이 드셔야겠어요. 너무 말랐네요. 다이어트 절대로 하지 마시고 무조건 닥치는 대로 드세요."

내가 아이를 가졌다는 사실만으로도 머리가 멍한 상태였는데 셋이라니! 셋이라니! 정말 이안 맥스웰…… 너를 만나서 나는 평범한 생활과는 점점 멀어지고 있어.

"2주에 한 번씩 정기 검진하러 오시면 되니까 오늘은 그만 돌아가세요."

"네, 감사합니다."

이안은 나를 무슨 부서지는 도자기처럼 다루며 조심스럽게 부축을 하고 다녔다. 아직 배는 하나도 안 나오고 어지럽거나 몸이 무겁지도 않은데 유난을 떠는 이안을 보고 있자니 절로 웃음이 나왔다.

"이안, 나 혼자 걸어갈 수 있어요."

"안 돼. 넘어지면 어쩌려고."

"유난 좀 떨지 말아요. 이 세상에 이안 혼자 아기 아빠 되는 거 아니잖아요."

"맞지 뭘 그래. 단 한 방에 세쌍둥이를 임신시킨 사람은 세상에 나밖에 없을걸."

그러네. 참 대단해요. 일타 쓰리피구나.

가만있어 보자, 이제 확인도 마쳤으니 임신 특권 시작인 건가? 어디 나한테 꼼짝 못 하는 이안 좀 구경해 볼까?

"이안."

"왜?"

"나 갑자기 아이스크림이 먹고 싶어요."

"그래? 어떤 거? 아니다, 그냥 종류별로 사다 줄게. 일단 집으로 가서……."

"지금. 당장. 나우."

"어, 알았어! 가자, 그냥 가자!"

까홋! 어떡해, 어떡해! 완전 좋아, 너무 좋아! 게다가 아까 그 의사가 잠자리도 삼가라는 말을 들었으니까 오늘부터 난 자유야, 자유! 이안은 서른한 가지의 맛을 즐길 수 있다는 아이스크림 전문점 앞에 차를 세우고 나를 무슨 왕비마마 모시듯 안으로 데려갔다. 빛나는 외계인의 극진한 보호를 받으며 아이스크림 가게에 들어가자마자 모든 사람들의 시선이 한눈에 쏠렸다.

"이안, 난 일단 바닐라. 그리고 월넛. 아니다, 엄마는 외계인."

그래, 명색이 외계인의 아이를 낳는 건데 엄마는 외계인 정도는 먹어줘야지. 이안은 내가 시킨 것과 시키지 않은 것도 몇 가지 더 주문해서 포장까지 마쳤다. 일단 매장에 앉아서 바닐라 한 통을 순식간에 먹어치운 나는 다시 집으로 향했다.

"이안, 다리 좀 주물러 줘요."

"응."

"이안, 목욕물 좀."

"응."

"이안, 물."

"응."

아…… 이 짜릿함! 그동안 쌓인 체증이 한 번에 풀리는구나! 뭐 또 시킬 거 없나? 언제 또 이런 기회가 올지 모르는데 아주 뽕을 뽑아야겠어! 후환이 두렵기는 하지만 뭐 어차피 하나 안 하나 후폭풍은 몰려올 테니 조금이라도 내가 우위에 있을 때 해봐야지, 언제 해보겠어?

"이안, 이리 좀 와 봐요."

"왜?"

"나 심심해요."

"그래? 영화 보여줄까?"

영화…… 영화라…… 그래! 그게 좋겠어! 영화만 봤다 하면 주인공 따라잡기 하자는 통에 내가 그동안 좀 힘들었니? 가만있어 봐, 어디 남자주인공이 좀 고생하는 영화 없나? 너도 좀 당해봐야 할 거 아니야. 어? 화이트 칙스? 이거 그거 아니던가? 남자주인공들이 여장하는 거? 맞다! 그거다!

"이안! 나 이거!"

"그거 볼래? 잠깐만 앉아 있어."

영화가 시작되면서 난 힐끔힐끔 곁눈질로 이안을 살펴보다가 남자주인공이 여장하는 장면이 나오자 소리를 쳤다.

"이안! 나 저거 해줘요!"

"응? 뭐?"

"저거, 저거! 여장! 음······ 가발도 쓰고 화장도 하고 완벽하게! 그리고 패션쇼도 해 줘! 저거처럼!"

"알았어. 잠깐 기다려, 나갔다가 올게."

의외로 선선히 허락한 이안은 부리나케 지갑과 차 키를 챙겨 들고 밖으로 나갔다. 기다리는 동안 영화를 계속 보면서 저기 저 남자주인공들은 떡대가 너무 좋아서 아무리 여장을 해도 예뻐 보이지가 않는데 왜 극중 다른 남자들이 좋다며 쫓아다닐까 하는 생각을 해보았다. 아마 웃기려고 그런 거겠지.

그런데 만약 이안이 여장을 한다면? 가만히 눈을 감고 누워 생각을 해보니 음······ 걘 여장을 해도 예쁠 것 같기는 해. 하지만 떡벌어진 어깨는 어쩔 거야. 얼굴만 빼고 나머지는 웃길 것 같아. 사진 찍어서 두고두고 놀려먹어야지. 임신해서 그런지 시도 때도 없이 졸음이 밀려왔다. 이안이 언제 다시 돌아올지 모르니까 일단 자자······.

꿈까지 꾸면서 단잠을 자고 있는데 이안의 목소리가 들려왔다.

"여기서 이렇게 자면 어떻게 해. 침대에 가서 편히 자."

"으음······ 괜찮아요······ 헉! 누구세요?"

눈앞에 왠 묘령의 여자가 서 있는 것을 보고 깜짝 놀란 나는 벌떡 일어나 앉았다.

"리아! 그렇게 갑자기 일어나지 마! 애기 놀라잖아."

"응? 이안? 이안이에요?"

"응, 왜? 이상해?"

이상하냐고? 어, 완전 이상해. 무슨 남자가 여장을 했는데 여자보다 더 예쁘면 어쩌자는 거야…….

"이안, 그거 당장 벗어요."

"왜? 아까는 하라며."

"마음이 바뀌었어요. 짜증 나."

"왜 또."

"난 이안이 여장하면 웃길 줄 알았는데 하나도 안 웃기고 오히려 예쁘잖아요. 빨리 벗어요, 가발도 그 옷도. 그리고 가슴엔 대체 뭘 넣은 거예요?"

"단팥빵. 먹을래?"

이안은 가슴에서 단팥빵 두 개를 꺼내어 내게 내밀었다. 아이씨, 안 먹어!

"됐어요, 생각 없으니까 빨리 옷이나 벗어요."

"와…… 리아, 무척 대담해졌다. 이젠 막 옷을 벗기려고 드네."

흥이다! 이젠 네가 아무리 벗고 다닌다고 하더라도 못 달려들 걸 아니까 그렇지. 약 오르지? 이안은 가발을 쓴 채 머리를 한 번 툭툭 털어내더니 내게 시선을 고정시킨 채 살랑살랑 엉덩이를 흔들기 시작했다.

저건 또 뭔 짓이래…….

"리아, 이거 잘 봐둬."

이안은 아주 뇌쇄적인 눈빛과 웃음을 머금고 천천히 입고 있는 원피스의 지퍼를 내렸다.

툭.

한 번에 그가 입고 있는 원피스가 바닥으로 떨어지자 그는 살짝 빠져나와 농염한 댄스를 추며 나를 유혹하는 몸짓을 계속했다.

"이안, 아무리 그래 봐야 소용없어요. 나 절대 안정이라는 거 몰라요?"

"알아."

"쓸데없이 기운 빼지 말고 그냥 좀 평범하게 벗을 순 없는 거예요?"

"음…… 이건 쓸데없는 거 아닌데."

이안은 말을 하면서도 섹시한 몸짓을 멈추지 않으며 스트립쇼를 강행하고 있었다.

"그럼 뭐 하자는 건데요?"

"말하자면 교본이지, 교본. 숙련된 조교의 시범이랄까. 나중에 리아도 이렇게 해달라고."

헉! 이 자식…… 그러니까 지금 네가 하는 걸 나중에라도 기어이 나를 시키겠다 이거냐? 그럼 난 안 볼란다. 눈 감자…… 자는 척…… 자는 척.

이안은 피식 웃으며 나를 침대로 옮겨주었다. 그리고 아주 오랜만에 편안한 잠자리에 들 수 있었다.

16주 후.

아이들의 성별을 확인한 결과, 아들 둘에 딸하나란다. 이왕이면 나보다는 이안을 닮았으면 좋겠다. 이왕이면 인물 좋은 게 사는 데 도움이 될 테니까.

그런데 입덧…… 입덧이 무엇이다냐……. 난 그딴 거 모른다. 어떻게 된 일인지 쉬지 않고 먹을 게 땡기는데 어마어마한 소화력으로 체하지도 않고 쉬지 않고 먹어대고 있다.

임신 16주인 지금, 거울을 보니 배가 나올 시기는 아닌 것 같은데 하도 먹어대서 그런가 아랫배가 볼록하게 튀어나왔다. 아니야, 쌍둥이라 그럴 거야. 그렇게 위로하자. 음…… 얼굴도 좀 살이 붙은 것 같고. 그럼 체중은? 히엑! 5kg나 늘었어! 이대로 가다간 만삭 때는 한 30kg 늘어 있겠는데?

"뭐 하고 있어?"

이안이 갑자기 뒤에서 백허그를 해왔다.

"앗! 놀랐잖아요."

"놀랐어? 미안. 놀라면 안 되는데…… 우리 아가들 괜찮나?"

이안은 얼른 내 배에 귀를 대어보고 있었다.

아, 진짜…… 내 배…… 어쩔……. 이안, 그거 우리 아가들 아니야…… 그냥 똥배야.

"이안, 나 살찐 것 같지 않아요?"

"조금. 보기 좋아. 왜? 신경 쓰여?"

"으응……."

"신경 쓰지 마. 리아는 여전히 예뻐."

"그래도 내가 막 대책 없이 살찌면 이안도 싫을 거 아니에요."

"상관없어, 리아는 리아니까."

이안은 살며시 내 이마와 입술에 입을 맞춰주었다. 응…… 고맙기는 한데 아마 너도 시각적으로 느끼는 부분이 있으니까 내가 만약 살이 많이 찌면 싫을 것 같아. 나 같아도 네가 갑자기 30kg쯤 찐 몸으로 나한테 달려들면 무서울 것 같거든.

"리아, 무슨 걱정하는지 알겠는데 그런 걱정하지 말고 먹고 싶은 거 실컷 먹어. 혹시라도 정말 몸이 많이 불어난다 해도 내가 다 빼줄 테니까."

"이안이 어떻게 내 살을 빼줘요?"

"임신 전까지 하루에 두세 번씩 했었잖아. 리아 그때 살 많이 빠졌다면서. 한 여섯 번쯤 하면 되지 않을까?"

미친 거냐……. 살은 둘째치고 기가 빠지는 건 어쩔 거냐……. 너의 그 넘치는 정력은 대체 어디서 나오는 걸까. 너 진짜 나 모르게 산삼이라도 먹니? 너만 먹지 말고 좀 내놔봐.

"그거 아니더라도 취미 삼아 같이 운동 다녀도 되고. 그리고 남들 아기 하나 키우는 데만도 엄청난 체력이 소모된다는데 우리는 셋이니까 세 배로 힘들 거 아니야. 그때를 생각해서라도 미리미리 체력 보충해 놔."

"그래도 나만 혼자 찌니까 뭔가 억울해요. 나 먹을 때 이안도 같이 먹어요. 우리 찔 때 찌더라도 같이 좀 찌자고요."

"난 원래 잘 안찌는 체질이야."

아…… 그렇지, 참. 하긴 단거를 그렇게 많이 먹는데도 넌 이상할 정도로 살이 안 찌는구나. 네 몸엔 특별히 설탕 분해 효소라도 있는 것 같아.

"이제 조금씩 움직이는 게 더 낫다니까 우리 꽃구경 가자."

"네, 좋아요!"

지금은 5월이라 벚꽃은 져 버린 지 오래지만 장미의 계절이다. 이안은 나를 장미축제가 열리는 장미원으로 데리고 갔다. 놀이동산 옆에 붙어 있는 장미원은 사계절 장미가 피어 있다고는 하지만 제 계절을 맞아 형형색색의 장미들이 만발해 있었다.

"와…… 예쁘다. 임신하면 예쁜 거 많이 보라던데 먹는 것도 예쁜 것만 먹고. 그래야 예쁜 아기가 나온대요."

"리아와 나의 아이들인데 무조건 예쁠 거야. 그러니까 아무거나 닥치는 대로 먹어."

"닥치는 대로 먹었더니 며칠 만에 살이 북북 찌고 있잖아요."

"걱정 마, 내가 도로 원상복귀시킬 자신 있으니까."

그…… 래, 넌 충분히 그러고도 남을 것 같아. 오늘부터 먹는 거 조절해야겠다. 조금이라도 살쪘다간 저 막무가내 외계인이 살 빼 준답시고 달려들 것 같아.

하트 모양으로 꾸며진 장미들 옆에서 사진도 찍고 장미로 만든 비누도 사고 장미 차도 마시는 등 이리저리 구경하다 보니 어느새 관람 시간이 끝나가고 있었다.

"리아, 이제 구경 다 했으니까 나가서 뭐 좀 먹자."

"응? 아…… 나 배 안 고파요."

"리아가 안 고파도 아이들은 뭘 먹여야지. 엄마가 먹어야 애들도 먹을 수 있는 거잖아."

"뭐, 그렇긴 하지만 워낙 쌓아둔 지방이 많아서 끌어다 먹지 않을까요?"

"풉…… 진짜 특이해. 리아는 봐도 봐도 안 질린다니까."

헐…… 난 말이지, 다른 사람은 몰라도 너한테 그 소리 들으면 은근히 기분 나쁘다. 세상 우주 천지에 너보다 특이한 놈이 또 어디 있겠니? 잠깐…… 저 외계인의 아이들이라고 하면…… 저런 게 셋이나 나온다는 거야? 오 마이 갓.

아니, 뭐…… 생각해 보니 그다지 나쁘지 않을지도. 이안의 어린 시절을 상상해 보니 절로 웃음이 나오고 있었다.

다음 날.

"이안, 이리 좀 와봐요."

"응."

주방에서 설거지를 마친 이안은 내가 부르자마자 쪼르르 달려와 내 옆에 앉았다. 임신한후 가장 좋은 건 바로 이안이 이렇게 내 말 한마디에 절대 토 달지 않고 말 잘 듣는 강아지처럼 행동한다는 것이다. 아…… 이 기분 언제까지 만끽할 수 있을까. 그렇다고 계속 배만 불러 있을 수도 없고…… 쩝. 아쉽네.

"있잖아요, 병원에서 다른 산모들 얘기 들어보니까 다들 태명이 있더라고요."

"태명?"

"응, 정식으로 이름을 짓기 전에 미리 뱃속에 있는 아가한테 이름을 붙여주는 거예요. 튼튼이, 건강이, 사랑이, 행복이, 뭐, 이렇게. 우리도 뭐 하나 지어야 하지 않을까요?"

"우리는 세 개 지어야겠네."

"그러게요."

그때부터 우리는 머리를 맞대고 본격적으로 태명 짓기에 돌입했다.

"리아, 이건 어때?"

"뭔데요?"

"리아가 항상 나에게 말하는 거 있잖아, 내 별명."

"우주최강 변태 외계인?"

"응. 그거로 해."

셋이니까 하나는 우주, 하나는 최강, 하나는 변…… 야! 애 이름을 변태라고 할 순 없잖아!

"이안, 그건 좀 아닌 것 같아요."

"그래?"

"당연하죠! 애 이름이 변태가 뭐예요, 변태가!"

"예전에 리아가 내 이름을 엄청 길게 불렀던 것 같은데……."

"풀 네임으로 하자면 이안 맥스웰 캔커피 반딧불이 설탕별 뱀파이어 우주최강 변태 외계인이었죠."

"그중에서 쓸 만한 거 없어?"

"그나마 우주랑 최강은 좀 낫네요."

다시 고민…… 흐음…… 뭐가 좋을까? 아, 왜 난 이렇게 네이밍 센스가 없는 거야. 이안 별명 지을 때는 그냥 술술 나왔는데, 우리 아가들은 얼굴을 보지 못했으니 딱히 생각나는 게 없네…….

"아!"

이안이 갑자기 뭔가 떠오른 듯 소리를 질렀다.

"뭐 좋은 거 생각났어요?"

"리아, 들어봐. 우리가 내내 피임하다가 진짜 딱 한 번 핀란드에서 못 한 게 지금 이렇게 된 거잖아."

"응, 산타 마을에서. 그게 왜요?"

"진짜 딱 한 번에 세쌍둥이를 얻는다는 게 쉬운 일이 아니고 말이지."

"그렇죠, 그야말로 일타 쓰리피니까. 그렇다고 애 태명을 일타, 쓰리, 피. 이렇게 지을 순 없잖아요."

"아니, 그게 아니라 한 방! 어때? 아니면 홈런? 그것도 만루 홈런이지."

응? 너 가끔 계산이 이상하다.

애가 셋인데 쓰리 런 홈런이지 왜 그게 만루 홈런이 돼?

"리아도 이제 빼도 박도 못 하고 도망 못 가게 만들었으니까 나한텐 만루 홈런이야. 애 셋에 사랑스러운 와이프 하나."

아하, 하긴 그렇긴 하다. 너를 만나고 내내 난 도망칠 궁리만 했으니까. 처음엔 진짜 미친놈인 줄 알았잖아.

"그럼…… 우주, 최강, 홈런?"

"그래, 그걸로 해. 사실 마음 같아선 리아 주니어 1, 2, 3으로 하고 싶지만 그건 싫을 거 아니야."

"그건 너무 성의 없어 보이잖아요."

"그러니까 그걸로 해. 우주, 최강, 홈런."

그렇게 썩 마음에 들지는 않았지만 그렇다고 딱히 마음에 쏙 드는 이름도 생각나지 않았기에 우리의 세쌍둥이들은 우주, 최강, 홈런이 되었다.

그렇게 무더운 한여름을 구사일생으로 보내고 출산일을 한 달여 앞둔 어느 날 이안은 내게 사진을 찍자고 말했다.

"……사진? 지금 이 꼴로? 어떻게 나한테 그딴 소리가 나와요?"

"리아, 그런 소리 하지 마. 지금 리아는 내가 지금까지 봤던 그 어떤 여자보다도 아름다워."

"하나도 아니고 셋이나 들어차 있어서 배가 남산만 하게 나왔는데 뭐가 아름다워요. 살은 다 터지고 보기 흉하단 말이에요."

난 지금 산전우울증을 앓는 중이다. 막달이 되면서 호흡도 가빠지고 화장실은 또 왜 그렇게 자주 가고 싶은지, 무엇보다 극심한 수면부족은 나를 미치게 만들었다. 세 놈이 한 번씩 뻥뻥 차대지를 않나, 엎드릴 수도 똑바로 누울 수도 없어서 모로 누울 수밖에 없는데 그마저도 편하지는 않아서 이쪽저쪽으로 뒤척이다 보면 다시 화장실이 가고 싶어지고, 겨우 잠 좀 들라 치면 어느 놈이 깼는지 억 소리가 날 정도로 발길질을 해대는 통에 다크서클이 발목까지 내려앉을 기세다. 게다가 지금 내 몸은 조절을 한다고 했는데도 28kg나 불어 있고 배를 쳐다보면 여기저기 살이 터진 자국이 보여서 내가 봐도 징그러울 정도였다. 살 터지는 데 바르는 크림도 그다지 도움이 되지를 못했다. 자고 일어나면 북북 커지는 배의 크기를 크림이 따라가지를 못하나 보다.

하여간 그래서 요즘은 거울도 보기 싫은데 하물며 사진이라니…… 싫어, 절대 싫어!

"리아."

"싫다니까요."

"리아, 나 좀 봐줄래?"

이안이 내 옆에 다가와 앉아 두 손으로 내 뺨을 어루만지며 그의 얼굴을 똑바로 바라보게 만들었다.

"지금 난 그 어느 때보다도 리아를 사랑해. 매일매일이 리아 때문에 너무 행복해. 하지만 리아가 행복하지 않으면 아무 의미가 없어. 리아, 지금 불행해? 행복하지 못하다고 느껴?"

"……꼭 그런 건 아니지만…… 그냥 기분이 좀 그래요."

이안은 여기저기 살이 터져 보기 흉한 내 배를 쓰다듬으며 툭 튀어나온 배꼽과 주변에 꼼꼼하게 입 맞춰주었다.

"조금만 더 참으면 돼. 그러면 우리의 아이들이 나올 거야. 리아와 나의 아이들은 보나 마나 틀림없이 건강하고 사랑스러울 거야."

"……알아요. 그건 알지만 잠을 못 자서 더 예민한 것 같아요. 미안해요."

"아니야, 괜찮아. 할 수만 있으면 리아가 힘들게 느끼는 부분들을 내가 대신 겪어주고 싶어. 하지만 그럴 수는 없으니까 리아가 화나고 짜증 나고 힘든 거 다 나한테 풀어. 내가 분명히 얘기할 수 있는 건 아무리 우리 아이들이 사랑스러워도 리아만큼은 아닐 거라는 거야. 나에겐 언제나 리아가 첫 번째야. 최우선순위야. 리아를 대신할 만한 건 아무것도 없어."

"응…… 고마워요."

그래, 알아. 이 세상에 너만큼 나를 사랑해 주는 사람이 또 어디 있을까. 지금 너의 아이들을 가졌다는 것도 사실 아주 기뻐. 그럼

에도 불구하고 내가 자꾸 우울해지는 건 너는 여전히 빛이 나는데 나는 자꾸 초라해지는 것 같아서 그래……. 참 못났지. 그것도 알아. 그런데 어쩔 수 없어. 너는 정말 찬란하게 빛나는 외계인이니까. 그 눈부신 빛을 바라보고 있자니 자꾸 내가 비교되잖아.

"리아, 사랑해."

"응……."

"그러니까 우리 사진 찍자. 지금의 리아와 뱃속의 아이들까지. 나중에 웃으면서 볼 수 있게, 응?"

"……나 보기 흉하지 않아요?"

"아니야, 정말 예뻐. 진짜야. 난 지금까지 리아보다 예쁜 사람을 본 적이 없어. 리아는 리아 그대로 충분히 빛이 나는 사람이니까."

"……나한테도 빛이 나요?"

이게 무슨 소리지? 나는 외계인이 아니야. 너처럼 빛나는 외계인이 아니란 말이야. 위로하려는 건 알지만 너 너무 멀리 간 것 같아…….

"리아는 처음 봤을 때부터 빛이 나는 사람이었어. 내가 반한 그 순간부터 지금까지 단 한 번도 그 빛을 잃지 않았어, 오히려 더 찬란하게 빛나지. 그리고 나한테는 지금의 리아가 가장 빛나는 순간이야. 그러니 찍게 해 줘. 나 지금 리아의 모습을 평생 잊지 않고 간직하고 싶으니까."

아…… 정말 너는…… 가끔 이렇게 사람을 감동시킨다니까.

"……알았어요, 찍어요. 최대한 예쁘게 찍어줘요."

"응!"

이안은 나를 데리고 진경이 어머니의 웨딩샵으로 갔다.

"여긴 왜요?"

"잠깐만 기다려 봐."

진경이 어머님은 기다렸다는 듯 이안에게 커다란 상자 하나를 건네주었다.

"맞을까 모르겠네. 이안이 시키는 대로 하기는 했지만 워낙 막달은 몸이 많이 부으니까."

"맞을 겁니다. 신경 써주셔서 감사합니다."

"뭘. 리아, 몸은 괜찮니?"

"네, 그럭저럭 견딜 만해요."

이안은 다시 나를 데리고 미용실에 들어가 머리도 손질하고 메이크업까지 꼼꼼하게 살핀 후 사진관으로 갔다.

"자, 이제 이거 입어봐."

이안이 아까 진경이 어머님께 건네받은 상자의 뚜껑을 열어 보였다. 오…… 마이…… 갓.

상자 안에는 순백의 웨딩드레스가 들어 있었다.

배 부분이 드러나도록 위와 아래가 분리되어 있었지만 틀림없는 웨딩드레스였다. 이안은 몸을 가누기 힘든 나를 위해 손수 옷을 벗기고 웨딩드레스를 입히기 시작했다. 하나하나 조심스러운 손길에 사랑과 애정이 듬뿍 담겨 있었다. 면사포와 부케까지 들고 나서 거울을 보니 배가 많이 나와서 그렇지 너무나도 마음에 드는 웨딩드레스였다.

"이안…… 이거 너무 예뻐요."

"아니, 리아가 예쁜 거야."

이안은 내 발밑에 한쪽 무릎을 꿇고 앉아 눈을 들어 나를 바라보았다.

"내 아이를 가져줘서 고마워. 다시 태어나도 난 리아를 찾아낼 거야. 몇 번이고 다시 결혼할 거야. 그때는 도망가지 마, 알겠지?"

"응…… 그럴게요."

"나 이안 맥스웰이 이리아에게 다시 한 번 청혼합니다. I want to spend my life with you(당신과 평생을 함께하고 싶습니다). Will you marry me, again(다시 한 번 나와 결혼할래요)?"

당연하지…… 몇 번이든. 천 번이든 만 번이든 난 너와 결혼할 거야.

나의 빛나는 외계인은 오직 너 하나뿐이니까.

에필로그

"이안! 기저귀! 기저귀!"

"잠깐만, 리안 좀 눕혀놓고."

우리의 세쌍둥이들은 무사히 태어나 무럭무럭 자라고 있었다. 유일한 딸인 리안은 이안과 나의 이름에서 한 글자씩 따서 지은 이름이다. 한국에서도 외국에서도 부르기 편한 이름이라 지금 생각해도 정말 잘 지은 이름이라고 생각한다. 두 아들의 이름 역시 한국과 외국 모두에서 통용될 만한 이름으로 지었다.

첫 번째로 나온 아이의 이름은 지오, 두 번째로 나온 아이의 이름은 유진.

이렇게 리안, 지오, 유진은 역시 이안의 아이들답게 날이 갈수록 빛이 더해져 예쁘게 자라나고 있다. 하나 키우기도 벅찬데 무려 셋이라는 숫자는 듣는 사람들로 하여금 육아 전쟁이 아닌 육아 공포를 불러일으킬 거라고 생각했지만 의외로 그렇게 많이 힘들지는 않은 것 같다.

나에게는 천하무적 우주최강 외계인이 있으니까. 시도 때도 없이 울어대는 우리의 아이들은 내가 달래면 좀처럼 울음을 그치지 않으면서도 신기하게 이안이 손을 대면 거짓말처럼 울음을 그쳤다.

허…… 이 자식들…… 니들도 외계인의 핏줄이라 이거냐? 절반은 지구인이란 말이야! 엄마를 아주 우습게 알고 있어, 이것들이!

그래도 다른 건 그냥저냥 참을 만한데 세쌍둥이들이 한꺼번에 잠드는 일이 거의 없다 보니 내가 잠을 거의 못 잔다는 것이 가장 힘들었다. 아무리 빛나는 나의 아이들이라 해도 잠을 못 자는 건 도저히 사랑으로 극복이 안 되고 있었다. 이안이야 뭐, 원래 체력 만땅이고 잠도 별로 없어서 괜찮은가 본데 나는 나날이 기초 체력이 바닥을 치고 있었다.

"리아, 애들 셋 다 재웠어."

"정말? 와…… 진짜 이안 최고! 애들 잘 때 나도 눈 좀 붙여야겠어요. 이안도 좀 자둬요."

"난 괜찮아. 리아나 얼른 눈 감아."

"응, 나 그럼 잘게요. 애들 깨면 나 깨워요."

"걱정하지 말고 얼른 자."

이안이 있으니 걱정 안 하고 맘 편하게 누워 눈을 감고 있는데 뭔가 스멀스멀 이상한 손길이 다가오고 있었다.

"……이안, 지금 뭐 해요?"

"마사지."

"아니, 됐어요. 그냥 놔둬요."

"손님, 가만히 계시면 제가 다 알아서 풀어드릴 테니 걱정하지 마시고 눈 감으십시오."

……또 시작이군.

난 아이들이 깰까 봐 최대한 소리를 낮추고 이안에게 눈을 흘겼다.

"이안, 진짜 나 좀 쉬게 해줘요."

"그럼요, 걱정하지 마십시오. 저희는 손님이 최대한 편안하게 잠자리에 들 수 있도록 최상의 서비스를……."

"이안, 진짜 이안은 다 좋은데 너무 밝히는 데 문제가 있다고 생각하지 않아요? 나중에 우리 애들 크면 그때는 어쩌려고 그래요?"

"뭐, 엄마 아빠 사이가 무척 좋구나, 라고 생각하지 않을까?"

"내가 못 살아…… 아무튼 난 좀 잘 테니 건들지 말아요."

"마사지만. 다른 거 안 할게."

웃음기 하나 없이 진지한 이안의 얼굴을 아무 말 없이 빤히 바라만 보다 결국 의심스럽긴 하지만 다시 한 번 확인차 되물어보았다.

"진짜?"

"진짜."

"……알았어요."

이안의 손길이 무척이나 기분 좋은 건 사실이지만 피곤에는 장사가 없다. 아이를 가지기 전에 내가 무슨 체력으로 이안을 다 받아주고 살았는지 모르겠다. 그런데 이 자식…… 손이 점점…… 내 이럴 줄 알았지. 꿀 같은 낮잠은 포기해야겠구나. 어쩌겠어, 이 자식은 뼛속까지 변태 외계인인데……. 사랑이 죄지, 사랑이 죄야. 뭐, 별수 있겠어. 에잇! 그만큼 일 더 시켜야지.

"이안, 이리 와요."

내가 팔을 벌리고 그를 부르자 이안은 찬란한 미소를 지으며 내게 달려들었다. 넌 정말 세상에서 제일 사랑스러운 변태야.

그로부터 5년 후.

어느덧 30대가 되어버린 우리는 시간이 어떻게 흘러갔는지조차 모를 정도로 바쁜 생활을 보내고 있었다. 아이들이 기고, 걷고, 뛰어다니며 조잘조잘 말을 하는 과정을 보면서 시간이 흐르고 있구나, 라는 걸 가늠할 뿐이다. 임신과 출산으로 인해 내가 너무 힘들어하는 걸 옆에서 지켜본 이안은 힘닿는 데까지 낳아달라던 의지를 버리고 정관수술을 감행했다. 아이가 셋이나 있으니 이제 더 바랄 것이 없다면서. 나를 끔찍이도 위하는 이안은 여전히 변함이 없지만 내게 강력한 라이벌이 생긴 것 같다.

우리의 유일한 딸 리안.

이안이 내게 입을 맞추면 자기도 해달라고 떼를 쓰고 포옹을 하고 있으면 자기도 안아달라고 달려들어 온다. 잠시도 우리 둘이 붙어 있는 꼴을 못 보는 귀염둥이 리안은 내게 아주 유용한 방패막이가 되어주고 있었다. 후후…… 잘하고 있어, 리안. 그래! 그렇게 아빠한테 들러붙는 거야! 엄마를 쉬게 해주는 사람은 너밖에 없구나.

30대가 되고 나니 아주 정력에 물이 오른 이안은 20대 때는 저리 가라 할 정도로 지치지 않는 체력을 자랑하며 날마다 나를 괴롭히고 있었기에 리안의 집착이 난 오히려 고마울 정도였다.

"리안, 잠깐만 기다려. 아빠는 엄마랑 놀아줘야 해."

"싫어! 리안도 아빠랑 놀고 싶어!"

이안이 난감한 표정을 짓는 저 순간이 내가 가장 좋아하는 시간이다. 어때? 죽겠지? 아이고, 고소해라. 리안, 더 붙어! 더 끈질기게 달라붙어! 네가 이안의 딸이란 걸 증명해 봐! 네 아빠는 그 정도가 아니었단다. 막무가내 스토커의 진수를 보여봐, 넌 할 수 있어! 너도 외계인의 핏줄을 타고났잖아. 하지만 이안도 그렇게 만만한 상대는 아니라는 걸 깜빡하고 있었다. 저 외계인은 눈 하나 깜짝 않고 사람을 들었다 놨다 한다는 걸…….

"자, 들어봐. 리안."

"응, 아빠."

"지오, 유진, 리안 중에 리안이 제일 막내지?"

"응."

"리안도 동생 가지고 싶지 않아?"

"동생 가지고 싶어!"

헉! 동생이라니. 그리고 이안, 네가 네 발로 가서 수술하고 왔잖아. 잊었어? 아니…… 잊을 리가 없지. 저거 또 수 쓰는 거구만.

"리안이가 아빠, 엄마를 같이 있게 해줘야 동생이 나오는 거야."

"정말?"

"그럼, 당연하지. 리안이 하루에 딱 한 시간씩만 엄마, 아빠를 같이 있게 도와주면 틀림없이 리안이에게도 예쁜 동생이 생길 거야.”

“흠…… 한 시간이 얼만데요?”

“아! 한 시간은 리안이 오빠들이랑 숨바꼭질 열 번 하는 시간이야.”

“그럼 나 얼른 숨바꼭질 열 번 하고 올게요!”

“그래, 잘 다녀와.”

헐…… 저 승리자의 미소를 보라지. 아니, 어린애를 상대로 사기를 치면 어떡해! 나중에 뒷감당은 어쩌려고!

“이안, 이제 우리 가족계획 없는 거 아니에요? 나중에 리안이가 실망하면 어쩌려고 그런 거짓말을 해요?”

“거짓말 아닌데.”

이건 또 뭔 소리야? 혹시 너…… 수술한다고 하고 안 했니?

“나중에라도 아이를 원하면 재수술하면 돼. 몰랐어?”

“히익! 그런 거예요? 영구적으로 제거된 게 아니야?”

“수술 전보다 확률은 떨어진다고 하는데 우린 한 방에 올킬이었잖아. 마음만 먹으면 언제든지 가능하지 않을까?”

하하하. 그러냐…… 그럼 수술은 대체 왜 한 거냐? 난 또 나를 끔찍이 위해서 그러는 줄 알았네.

“내가 수술을 한 건 리아를 위한 게 첫 번째 이유기는 하지만…… 뭐랄까, 좀 더 자유롭고 편안한 성생활을 즐기기 위해서?”

“그건 또 무슨 소리예요?”

“애들이 언제 깰지 모르는 상황에서 전처럼 여유 있게 하지 못하니까 그렇지. 급해 죽겠는데 매번 콘* 찾기도 그렇고. 말하자면 날개를 단 거지, 아주 자유롭게."

……그런 거였어, 그런 거였어. 날 위한다는 건 그냥 핑계였어.

"리아."

"왜요, 나 피곤해요."

"아니, 그게 아니라."

"그럼 뭐요?"

"리아, 전에 TV 보면서 하와이에서 살고 싶다고 한 말 기억나?"

"응, 어떤 연예인이 하와이에서 사는 거 보니까 정말 좋아 보여서. 한가롭고, 날씨도 좋고, 여유롭고, 풍경도 좋고. 근데 그건 왜요?"

이안은 찬란하기 그지없는 미소를 보이며 나를 안아주었다.

"가자, 하와이."

"에? 여행 가자고요?"

"아니, 거기 가서 살자고."

"에에?"

"벌써 집도 다 구해놨어, 수속도 다 밟았고. 가기만 하면 돼."

"아니, 대체 언제?"

"리아가 거기 살면 좋겠다…… 라고 말한 바로 그다음 날부터."

……잠꼬대라도 함부로 하면 안 되겠군. 하와이…… 좋긴 하겠…… 아니, 그게 아니지!

"이안, 아예 거기서 살자고요?"

"살다가 싫으면 또 옮기지, 뭐."

"애들 학교 문제도 있고 친구도 사귀게 해주고 그런 것들은 다 어떻게 할 건데요?"

"학교야 어디든 다 있는 거고 친구들은 굳이 노력하지 않아도 저절로 생기지 않을까? 지금도 우리 애들 동네에서 슈퍼스탄데."

아, 뭐 그렇긴 하지. 애들 눈에도 빛나는 작은 외계인들이 지나다니는 게 신기해 보였던 게야…… 밖에 나가기만 하면 서로 말 붙이려 난리들이니까. 그렇지, 평범한 인간인 아이들 눈에는 마치 천사가 강림한 걸로 보이겠지.

난 젖 주다 눈멀 뻔했어.

이안을 만난 이후 생겨난 파란만장한 생활은 끝이 없을 것 같다. 그리고 이제는 나도 그게 싫지 않다. 아니, 사실은 너무 좋다. 그는 내가 원하는 건 뭐든지 들어주는 램프의 요정 같으니까.

"그래요, 가요! 하와이!"

결국 우리는 말 나온 지 한 달도 되지 않아 한국에서 하와이로 터전을 바꾸었다. 그리고 이안은 내가 아는 사람 하나 없는 곳에 떨어져 지낸다는 게 안쓰러웠는지 더욱 지극정성으로 나를 보살펴주었다.

"리아, 애들 다 잠들었어."

"수고했어요. 내가 재우면 안 자려고 버티는데 이안은 어쩜 그렇게 잘 재워요? 덕분에 편하긴 한데 좀 미안하네요."

우리의 아이들인 리안, 지오, 유진은 잠자는 문제를 제외하고도 놀이할 때나 공부할 때나 언제나 이안만 찾고 나보다 훨씬 더 그를 따른다. 남들은 복에 겨운 소리라고 할지 몰라도 난 내 배 아파서 낳은 세 명이나 되는 아이들이 한 명도 빠짐없이 아빠만 좋다고 따르니 좀 서운한 마음이 들었다.

너희들이 아무리 그래 봤자야. 이안이 너희들의 아빠라는 건 부정할 수 없는 사실이지만 부성애가 아무리 뛰어나다고 해도 이 엄마를 사랑하는 마음을 뛰어넘을 수는 없단 말이야. 저 이상하고 빛나는 변태 외계인은 뼛속까지 내 남자거든.

"리아, 애들 잔다니까."

"알아요. 방금 전에 말했잖아요."

"아주 깊이 잠든 것 같아."

"……."

이 자식…… 이거 뭐지, 이거 뭐지, 이거 뭐지? 그러니까 애들 자니까, 뭐! 애들 자면 나도 자야! 난 뭐 인조인간이냐? 아니, 근데 이놈의 자식은 어떻게 나이를 먹어도, 애 아빠가 되고 나서도 변함이 없어? 일관성이 있어 좋긴 하다만 그래도 우리 이제 30대란 말이야! 밤새고 나서도 팔팔하던 20대가 아니라고! 아…… 넌 아닌가? 외계인은 체력이 달라? 그래도 난 인간이야, 아주 평범한 인간이라고.

"이안, 나 피곤해요."

"알아, 리아는 그냥 가만히 있어. 내가 다 알아서 할게."

참…… 그 멘트도 한결같구나. 언제나 넌 가만히 있으면 된다고 해놓고 결국엔 같이 움직이게 만들잖아. 내가 한두 번 속니? 하와이에 터전을 잡고 산 지도 벌써 1년이 되어간다. 우리의 아이들은 하루가 다르게 커가고 있다. 문제는 아이들이 커가면서 숨 가쁜 생활에서 벗어나 조금 여유를 찾게 되자 이제는 하루가 멀다 하고 이안의 변태 병이 도진다는 게…… 아흑!

"리아……."

"왜 자꾸 불러요. 나 잘 거예요."

"그래, 그럼 리아는 자. 난 내 할 일 하고 잘게."

"이안!"

"쉿! 기껏 재운 애들 깨우고 싶어? 좀 조용히 해."

아…… 이 화상을 정말…… 어쩔 수 있나, 이러니저러니 해도 세상에 하나뿐인 내 낭군인 것을…….

"……아주 잠깐만이에요."

"알았어!"

난 이안의 입술에 천천히 나의 입술을 가져다 대었다. 시간이 지나도 변함없이 아름다운 이안은 지금도 눈이 부시게 빛이 나지만 내가 그를 사랑하는 한 그 빛은 결코 사라질 일 없이 더욱더 찬란하게 빛날 것이다.

"리아."

"왜요?"

"사랑해."

"응, 나도."

"리아."

"……왜요."

이안이 내 이름을 이런 식으로 자꾸 부를 때면 뭔가 내게 부탁할 일이 있거나 아니면 이미 뭔가를 계획했거나 둘 중의 하나인데…… 난 다년간의 경험으로 미루어 보아 이 외계인이 또 엉뚱한 짓을 저지르리라는 것을 확신하고 있었다.

"후…… 이안, 어차피 알게 될 거 그냥 말해요. 뜸 들이지 말고."

"그럴까?"

저…… 저…… 저 웃는 것 좀 봐…… 뭐지, 뭐지? 이번엔 또 뭐지? 또 이사 가자고 하려나?

"리아, 이제 몸 좀 어때?"

"에? 나야 뭐…… 괜찮아요. 왜요?"

"내가 더 많이 도와줄게."

"아니, 뭐…… 지금도 넘치게 도와주니까 내가 할 일이 별로 없는데……."

"우리 애들 참 예쁘지?"

"당연히 예쁘죠. 우리 애들이라서가 아니라 객관적으로 봐도 비교할 대상이 없을 정도로 예쁘잖…… 이안, 설마…….."

이안은 슬금슬금 내 블라우스의 단추를 풀어 내리기 시작했다. 내 입술과 목과 쇄골 뼈에 촘촘히 입맞춤한 뒤에 눈을 들어 나를 바라보는 이안의 눈빛이 초롱초롱 빛나고 있었다.

"리안이 자꾸 동생 낳아달라잖아."

헉스! 잠깐만…… 웨이러미닛…… 그럼 너 혹시 벌써 복원 수술 받고 온 거야?

"리아한테 먼저 얘기하고 하려고 아직 복원수술을 받지는 않았어. 내가 수술한 지 5년이 지나기 전에 복원해야 임신 확률이 높아진다고 하니까 지금이 딱 적절한 시기인 것 같아서."

"나야 뭐…… 사실 막달에 살짝 우울했던 걸 빼면 이안이 거의 다 알아서 해서 그다지 힘든 건 없었어요. 이안이 원하면 그렇게 해요, 이안이 행복해야 나도 행복하니까."

"정말이야?"

이안은 눈꼬리를 휘어지게 웃으며 나를 꼭 안아주었다.

"리아, 그거 알아?"

"뭘요?"

"나 이제 입안이 쓰지 않아."

"그래요? 그거 잘됐네요. 어쩐지 요즘은 그다지 단 걸 찾지 않더라니."

"하지만 리아는 여전히 달아."

"단 게 필요 없어졌는데 내가 여전히 달다고 느끼면 안 좋은 거 아닌가요?"

이안은 내게 깊숙이 입 맞추고는 아주 부드러운 손길로 나를 쓸어내렸다.

"그렇지 않아, 리아는 내가 지금까지 맛보았던 그 어떤 것과도 비교할 수 없을 정도로 황홀한 맛을 선사하니까. 그냥 단순히 단맛이 나는 게 아니야. 리아는 내가 유일하게 가지고 싶은 사람이고, 유일하게 잃을까 봐 겁이 나는 사람이야."

"나 이제 이안에게서 도망치지 않아요. 혹시라도 이안이 내가 싫증 나서 버리는 날엔……."

이안이 긴 손가락을 들어 내 입을 막았다.

"그럴 리가."

그가 나를 아주 조심스럽게 침대 위에 눕히고 온몸에 키스를 퍼붓기 시작했다.

"이…… 이안……."

"왜."

"아…… 저기 어차피 수술한 다음에 해야 애가 들어서는데 지금 이건 아무 의미 없잖아요."

"무슨 소리야, 아무 의미 없다니. 내 사랑이 아무 의미 없다는 거야?"

쩝…… 할 말 없게 만드네……. 오늘도 자긴 다 틀렸어. 내일 또 병든 닭마냥 꾸벅꾸벅 졸겠구나. 그나저나 이번에도 쌍둥이면 어쩌지? 에이, 모르겠다. 쌍둥이든 아니든 우주최강 외계인이 알아서 하겠지. 지금은 그게 문제가 아니라…… 아니라…… 흐윽…… 아…… 이 자식은 날이 갈수록 스킬이 발전하는구나……. 살살 해 줘.

그렇게 난 또 까무룩 정신을 놓고 말았다.

다음 날 아침.

우려했던 일이 벌어지고야 말았다!

내가 그렇게 적당히 하고 그만하라고 말했는데 들은 척도 안 하는 이안 덕분에 날이 밝을 때까지 침대에서 벗어날 수 없던 나는 부스스 잠이 깬 얼굴의 세쌍둥이와 눈이 마주치고야 말았다.

이안, 이안, 이안, 이안! 이 못 말리는 변태 외계인아! 네가 그렇게 하고 싶어서 달려들었으면 최소한 문은 잠그고 왔어야 할 거 아니냐고! 이제 어쩔 거야! 어쩔 거냐고! 갓난쟁이 어린 아기들도 아니고 할 말 못 할 말 다 하는 저 세쌍둥이들을 이제 어쩔 거냐고! 순간 당황해서 얼른 시트로 가리기는 했지만 이미 볼 거 다 봤을 텐데 이걸 어쩌면 좋단 말이야!

이안은 별 대수롭지 않게 넘겼지만 난 아이들 눈치가 보여서 아침 식사 시간 내내 어색하기 짝이 없었다. 리안과 지오, 유진은 오늘따라 식탁에서 말도 없고 식사도 하는 둥 마는 둥 하고 있었다.

그렇지…… 너희로선 충격적인 영상이었겠지. 밥맛 떨어지는 것도 이해해…… 하긴 하는데, 이걸 어떻게 설명을 해줘야 무사히 넘어갈 수 있을까?

"엄마."

"응? 어! 왜, 지오야?"

"이거 드세요."

지오는 내게 베이컨이 담긴 접시를 내밀었다.

"엄마, 제 것도 드세요."

유진 역시 내게 자신의 몫으로 준 계란말이를 내밀었다. 리안도 내 얼굴을 똑바로 쳐다보지 못한 채 자신의 접시에 손도 안 대고 내게 쭉 밀어놓았다.

"아니…… 왜? 너희 먹으라고 준 거야. 엄마 거는 여기 있어."

"엄마, 죄송해요!"

아이들은 저마다 울먹이는 목소리로 고개를 숙이며 내게 미안하다 말하고 있었다.

아니, 얘들이 대체 왜 이러지?

"아빠가 그러는데 동생 가지려면 엄마가 매일 아빠랑 힘들게 운동해야 한다고……."

응?

"동생 생기는 게 그렇게 힘든 건지 몰랐어요……."

으응?

"우리 안 먹어도 되니까 엄마 다 드세요. 힘내서 아빠랑 또 운동하러 가셔야죠!"

으으응? 이안…… 너 대체 애들한테 무슨 소리를 한 거야?

황당한 얼굴로 이안을 바라보니 그는 아이들에게 연신 잘했다고 칭찬하며 오늘부터 밥 때와 잘 때를 제외하고는 절대로 엄마, 아빠를 찾지 않을 것을 당부하고 있었다.

"자, 너희들, 이제 밥 다 먹었으면 나가서 놀아. 점심시간 맞춰서 들어오고, 알겠지?"

"네!"

"알았어요!"

"엄마, 힘들어도…… 파이팅!"

세쌍둥이들이 재빨리 식탁을 정리하고 나가자마자 이안은 회심의 미소를 띠면서 내게 다가왔다.

"방해꾼들 사라졌으니……."

"잠깐! 잠깐! 잠깐만, 이안!"

"왜?"

"왜긴 뭐가 왜예요? 진짜 이러기예요? 아직 복원수술도 안 받았으면서!"

내가 그러거나 말거나 이안은 제 할 일만 충실히 하고 있었다.

"그게 뭐가 중요해."

헐…… 뭐래니, 애 뭐래니, 애 뭐래니! 그게 제일 중요한 거거든! 너 방금 애들한테 사기 친 거잖아!

"리아, 지금뿐만 아니라 앞으로도 우리에게 가장 중요한 건 아이들을 위한 삶을 사는 게 아니라 우리를 위한 삶을 사는 거야. 난 그렇게 할 거고, 리아도 그렇게 했으면 좋겠어. 물론 아이들은 우리에게 너무나 소중한 선물이지만 과거에도 지금도 앞으로도 내게 가장 소중한 사람은 리아니까."

으…… 정말이지 이 변태 외계인은 나를 꼼짝 못 하게 만드는 재주를 가지고 있다니까. 그래…… 네 말이 다 맞아. 나도 마찬가지니까.

우리는 이렇게 매일 조금씩 더 서로를 사랑하며 살고 있다. 어제보다 조금 더 많이. 내일은 오늘보다 더 많이. 그가 나를 사랑하는 것보다 더 많이 돌려주기 위해 내가 할 수 있는 모든 것을 하며 살아가고 있다.

하지만 우리의 채무관계는 영원히 끝날 것 같지가 않다. 언제나 그는 내가 준 것보다 더 많이 돌려주니까.

이안 맥스웰, 너를 만난 건 내 생애 최고의 행운이었어. 정말이지 넌 내게 있어서 사상 최고의 남자야.

사랑해.

안드로메다가 내 고향별로 느껴질 만큼.

〈The End〉

안녕하세요, 꿈꾸는 이입니다.

〈사상 최고의 그놈〉을 읽어주셔서 대단히 감사합니다.

작품 하나를 완결시킬 때마다 서운한 마음을 감출 길이 없네요.

〈사상 최고의 그놈〉은 현대물 로맨스라기보다는 판타지 로맨스에 가깝습니다.

하지만 흔한 트렌디드라마에 나오는 재벌 2세 남자주인공이 보잘것없는 여자주인공을 사랑하는 신데렐라형 스토리와는 맥락이 다릅니다.

극중 남자주인공인 이안은 모든 걸 다 가지지는 못했으니까요.

애정결핍을 가지고 있는 남자주인공이 이 세상에 단 하나뿐인 사랑을 가지기 위해 고군분투하는 모습을 그리고 싶었습니다.

사는 게 지루하고 재미없는 그에게 단 하나의 활력소가 되어주는 그녀, 리아는 사실 제 성격과 흡사한 점이 많이 있습니다.

저도 속마음을 잘 내비치지 못하는 성격이라 그런지 극중 리아에게 많은 감정이입을 하며 썼습니다.

아시는 분들은 아시겠지만 제 필명 '꿈꾸는 이'는 다시 한 번 꿈을 꾸고 싶다는 의미에서 지은 필명입니다.

극중 이안처럼 완벽하지는 않지만 내 여자에게는 한없이 다정한 남자를 만나 어렵게 결혼을 했지만 우리는 가난했습니다. 이안처럼 돈을 잘 버는 남편이 아니었다는 게 함정이죠.

설상가상 아이를 낳고부터 남편의 건강이 날로 악화되어 젖먹이 어린아이와 이제 막 말이 터진 아이, 그리고 아픈 남편을 두고 밖으로 나가 일을 할 수도 없는 최악의 조건 속에서 스트레스 해소의 창구로 글을 쓰기 시작했습니다. 그냥 혼자 자기만족으로요.

사실 그때까지만 해도 글을 써서 돈을 버는 전업 작가가 된다는 생각은 꿈에도 하지 못했습니다.

그러다 〈우당탕탕 결혼 대작전〉, 〈사상 최고의 그놈〉, 그리고 〈에이컵 콤플렉스〉, 〈온다 최강 그녀〉 등 쉴 틈 없이 연재를 했고 정말 기적처럼 제가 쓴 로맨스 소설이 하나도 빠짐없이 전부 E—book 연재 탑 100에 오르는 일이 벌어졌습니다.

한 가지 확실하게 말할 수 있는 건 제가 다시 꿈을 꾸게 되고 나서 벌어진 기적은 제 인생에 있어서 다시 올 수 없는 기적일 거라고 확신합니다.

이제는 아파도 돈이 없어서 병원을 가기보다 누워 있는 걸 택하지 않아도 되고, 내 새끼들이 먹고 싶다는 거 고민하지 않고 사줄 수 있고, 고생만 하던 우리 낭군 수술도 시켜줄 수 있습니다.

여담입니다만 재작년 11월, 우리 부부 결혼 7주년 기념일에 있던 일입니다.

너무 늦게 만나 늦은 결혼에 늦은 임신에 게다가 가난하기까지 했던 우리들은 돌쟁이 아가를 두고 모자라는 모유 탓에 100원, 200원 모았던 저금통을 털어 분유를 샀습니다.

그날 남편이 나가서 500원짜리 소프트 아이스크림을 사오더군요. 제가 원래 소프트 아이스크림을 좋아하거든요.

그러면서 하는 말이,

"여보, 오늘이 우리 결혼한 지 7년 되는 날이야. 나 지금은 이것밖에 못 해줘. 하지만 난 언제나 당신한테 좋은 집에 살게 해주고 싶고, 좋은 옷을 입혀주고 싶고, 좋은 음식 먹여주고 싶다는 생각만 한다는 걸 믿어줘. 그리고 난 꼭 그렇게 할 거야. 지금 내가 아프고 일을 할 수가 없어서 자기 많이 힘들게 하는 거 평생을 두고 갚을게. 조금만 기다려 주면 난 반드시 그렇게 할 거야. 당신이 믿어주면 난 도둑질을 해서라도 그렇게 만들 거야. 미안해……."

제가 작가라서 각색한 게 아니라, 그날 결혼한 이후 가장 많이 울었던 날로 기억됩니다.

너무 착하고 성실한 남편인데 일하고 싶어도 일하지 못하고 추운 겨울 쌀까지 떨어지니 앞이 막막했나 봅니다. 결혼할 당시 반대를 무릅쓰고 한 터라 누구에게도 도움을 요청할 수가 없었습니다. 하긴 양가 모두 도움을 요청하기엔 다들 어려운 형편이기도 했고요.

정말 소설 같은 이야기지만 이게 불과 2년도 안 된 일이니 사람 인생이 참 우습지 않습니까.

이제 저는 남편에게 이야기합니다.

"나만 믿어, 여보! 내가 당신 행복하게 해줄게!"

제가 글을 쓰는 걸 좋아하고 행복해하는 모습을 보던 남편은 이제 제가 마음껏 글을 쓸 수 있도록 모든 지원을 아끼지 않고 있습니다.

아직 여전히 우리는 집도 없고 해결할 일이 무수히 많이 남아 있지만.

사랑하고 있습니다.

사랑받고 있습니다.

그리고 우리 가족은 언제나 소리 내어 웃습니다.

그리고 꿈을 꿉니다.

같은 꿈을 꿉니다.

아무리 없이 살아도 싸우지 말자. 슬퍼하거나 좌절하지 말자. 좋은 집이 아니어도 괜찮으니 월세 걱정 없이 마음 편히 살 수 있는 우리 집이 언젠가는 생길 거야. 그때는 우리도 남들처럼 가족여행 한 번 가보자.

어쩌다 보니 제 삶의 넋두리처럼 되어버렸는데 아무튼 리아와 이안의 이야기 중 말도 안 되는 에피소드는 전부 저와 남편이 우스갯소리처럼 농담하며 만들어진 이야기입니다.

이안이 하는 대사들 중 대부분은 실제로 남편이 제게 한 말이기도 하고요.

세상에 단 하나뿐인 기적 같은 로맨스. 누가 뭐래도 제게 〈사상 최고의 그놈〉은 제 남편입니다.

여러분들도 세상에 단 하나뿐인 사랑을 하고 계신가요?